KNAUR

Über die Autorin:
Nicole Walter hat Sprachen in München studiert und dann als Werbetexterin und freie Journalistin gearbeitet. Seit 1994 schreibt sie überaus erfolgreich Drehbücher für Fernsehserien und -filme und zählt heute zu den erfolgreichsten und gefragtesten Drehbuchautorinnen Deutschlands. Ihr erster Roman »Das Leben drehen« war ein Bestseller. Für ihren neuen Roman hat sie sich intensiv mit dem Leben und den Eigenarten der Alpakas beschäftigt.

NICOLE WALTER

Ein Blick in deine Augen

ROMAN

KNAUR

Besuchen Sie uns im Internet:
www.knaur.de

Aus Verantwortung für die Umwelt hat sich die Verlagsgruppe Droemer Knaur zu einer nachhaltigen Buchproduktion verpflichtet. Der bewusste Umgang mit unseren Ressourcen, der Schutz unseres Klimas und der Natur gehören zu unseren obersten Unternehmenszielen. Gemeinsam mit unseren Partnern und Lieferanten setzen wir uns für eine klimaneutrale Buchproduktion ein, die den Erwerb von Klimazertifikaten zur Kompensation des CO_2-Ausstoßes einschließt. Weitere Informationen finden Sie unter: www.klimaneutralerverlag.de

MIX
Papier aus verantwortungsvollen Quellen
FSC www.fsc.org FSC® C083411

Originalausgabe Juli 2020
Knaur Taschenbuch

Ein Imprint der Verlagsgruppe
Droemer Knaur GmbH & Co. KG, München

Redaktion: Regine Weisbrod
Covergestaltung: ZERO Werbeagentur, München
Coverabbildung: Collage unter Verwendung von Motiven von Heike Kelm / EyeEm / Getty Images und Elenamiv / Shutterstock.com
Abbildungen im Innenteil: Ka_Li / Shutterstock.com (Seil);
Ivan Alex Burchak / Shutterstock.com (Seil-Schrift);
Artur Balytskyi / Shutterstock.com (Alpaka);
Viktorija Reuta / Shutterstock.com (Pusteblume)
Satz: Adobe InDesign im Verlag
Druck und Bindung: CPI books GmbH, Leck
ISBN 978-3-426-52424-4

2 4 5 3 1

Für

Christine,
Manfred
und
all die Menschen,
durch die die Welt bunter und wärmer wird

Wer seinen Gegner umarmt, macht ihn bewegungsunfähig.

Aus Tunesien

Für Bobby

Geschichten werden wahr, sobald wir an sie glauben.

Als die Menschen ihr Lächeln verloren

Es war zu jener Zeit, als das Volk der Inkas im Land des Kondors und der sprechenden Berge lebte. Der Reichtum der Inkas war das Gold, auch die Perlen der Sonne genannt. Sonnengott Inti hatte es seinem Volk im fernen Peru geschenkt. Nicht, um sich etwas zu kaufen oder darum zu streiten oder gar dafür zu töten. Nein, in seinem Glanz sollte sich die Schönheit des Menschen widerspiegeln. Seine Klugheit, seine Fähigkeit zu Mitgefühl und Liebe und vor allem sein Lächeln. Dieses wunderschöne Lächeln war noch wertvoller als Gold. Es war das Lächeln, das Inti seinen Söhnen und Töchtern mitgab. Nicht, um über sein Volk auf Erden zu herrschen, sondern, um es zu besseren Menschen zu machen.

Doch was glitzert, bleibt nicht verborgen. So erreichte eines Tages die Kunde über das sagenhafte Goldland »Biru« auch Europa, das zu jener Zeit bereits von einer zerstörerischen Krankheit befallen war, der Gier. Hat sie den Menschen einmal erfasst, ist er für immer verloren.

Es waren die Spanier, die »Biru« nach langer Suche schließlich fanden. Vielleicht auch, weil Inti nicht damit zufrieden war, wie seine Söhne sein Reich verwalteten. Die Inkas waren nicht zu besseren Menschen geworden, sie fühlten sich als die besseren Menschen und machten andere Völker zu Untertanen. Das Volk Intis – des Vaters der Sonne, der Quelle des Lichts und der Wärme, des Beschützers der Menschen – war hochmütig geworden. Dennoch empfing es die Spanier mit Geschenken und natürlich mit einem Lä-

cheln. Doch die Spanier raubten ihr Gold und brachten ihnen Krankheiten, die töteten. Das Schlimmste aber war, dass das Volk der Inkas sein Lächeln verlor.

Du, Bobby, der du lächeln kannst wie kein anderer, du, der du mit deinem Lächeln jedes Herz erreichst, weißt, was das heißt – ein Leben ohne Lächeln. Es ist ein einsames Leben. Ein Leben ohne Bedeutung, ein trauriges Leben und – vor allem – ein Leben ohne Liebe.

So kam der Tag, an dem Inti seinen Söhnen verzieh und dem Volk der Inkas Gnade zukommen ließ. Er machte ihnen etwas zum Geschenk, das viel wertvoller ist als Gold. Er gab ihnen ihr Lächeln zurück. Er schenkte ihnen das Alpaka. Ein Geschöpf Gottes und des ewigen Lächelns: Ein Blick in seine Augen, so heißt es, und man ist für immer an es verloren.

Und jetzt sind wir es, die unser Lächeln verloren haben, weil wir gebeutelt sind von Gier und nur noch an uns denken und nicht mehr an den anderen. Weil Zeit etwas ist, hinter dem wir ständig herlaufen, obwohl wir niemals in der Lage sind, sie einzuholen. Weil das Leben für uns kein Geschenk mehr, sondern selbstverständlich geworden ist.

Aber wir haben Glück, denn das Alpaka hat sich auf den weiten Weg von Südamerika nach Europa gemacht. Um uns zu heilen mit seinem Lächeln, das es uns jeden Tag schenkt, und auch, um uns daran zu erinnern, wer wir vielleicht noch nicht sind, aber wer wir sein können. Auf dem Archehof und wo immer wir dem Alpaka begegnen.

In ewigem Lächeln.

Deine Maria Popp, deine Frau Bank und vor allem deine Mary Poppins

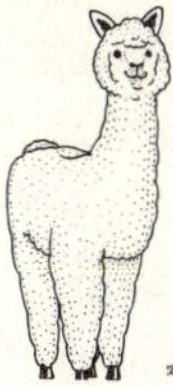

1

Mehr lieben und dafür mehr leiden?

Weniger lieben und dafür weniger leiden?

Möglicherweise war das die Frage, die sich der erste Sonnenstrahl auch an diesem Montagmorgen stellte, während er vorsichtig, aber doch neugierig durch den Spalt der heruntergelassenen Jalousie kroch.

Erst einmal sah er sich um, der durchaus erbetene Gast, und entdeckte nichts, das auf mangelnden Ordnungssinn hätte hinweisen können.

Kein Stäubchen, das erst durch Sonnenlicht offenbar wurde. Die Hausschuhe mit den rosafarbenen Puscheln standen ordentlich neben dem Bett. Die Bürokleidung war zurechtgelegt beziehungsweise hing akkurat an der Schranktür auf einem Bügel. Für den heutigen Tag war ein knielanger Bleistiftrock mit weiß-schwarzem Karomuster ausgewählt worden. Dazu passend eine weiße Bluse mit Stehkragen und Schleife, und falls das Unerwartete geschah und das Wetter trotz der angekündigten dreißig Grad umschlagen sollte, lag ein graues Wolljäckchen bereit. Offenbar gehörte es zum Charakter der Bewohnerin der Zweizimmerwohnung im Münchner Norden, auf alle Eventualitäten vorbereitet zu sein.

Blitzblank polierte Schuhe mit hohen Absätzen und ein knallroter Melonenhut rundeten das Bild ab. Das Dessous allerdings, das auf einem geblümten Lehnstuhl wie hingegossen bereitlag, war von der Art, die der Sonne die Schamesröte ins Gesicht getrieben hätte, wäre sie dazu in der Lage gewesen. So aber ließ sie die Strahlen weiter über das gepflegte Parkett gleiten bis hin zu den tadellos geputzten Bodenfliesen im Bad, über das Waschbecken mit seinem auf Hochglanz polierten Wasserhahn, hinauf zum Spiegelschrank, auf dessen freier Fläche unter dem glasklaren Spiegel acht Zahnbürsten wie kleine Soldaten vor Dienstbeginn schon einmal strammstanden. Für jeden Tag eine Zahnbürste. Und ein Ersatz, falls, ja, falls doch irgendwann das Unerwartete geschah und …

… das Geräusch klirrender Münzen riss Maria aus dem Tiefschlaf. Durch ihre Schlafmaske noch blind, tastete sie nach dem Wecker, stellte ihn ab, obwohl nicht er es war, der geläutet hatte, nahm die Stöpsel aus den Ohren, tastete weiter nach dem Smartphone mit dem Klingelton einer alten Registrierkasse, den Aaron originell gefunden und den sie seitdem nicht verändert hatte, zögerte einen Augenblick, während das Herz bis zum Hals klopfte. Atmete tief durch, nahm die Schlafmaske ab, wagte den Blick auf die WhatsApp, und das Herz stellte sein Klopfen ein.

Da stand es schwarz auf weiß: *Passt nicht!* Ohne auch nur den Hauch von *sorry*. Kein Wiedersehen also, aber daran war sie inzwischen gewöhnt, und an männliche Absagen, von denen es offenbar nur drei Kategorien gab, sowieso.

Kategorie 1, sie nannte es auch klare Kante: Es hat nicht klick gemacht.

Kategorie 2, die sanfte Tour: Ich will dich nicht verletzen, aber … und danach die Litanei, weshalb derjenige einfach nicht gut genug für diejenige, also sie, sei.

Kategorie 3 war die unangenehmste. Vor allem, wenn man das Gefühl hatte – so wie Maria am vergangenen Abend –, dass es durchaus hätte passen können. »Kein Interesse«, stand kurz und knapp auf ihrem Display, und damit war sie ausgeknockt, k. o. in der ersten Runde. Keine Tränen, aber die Frage, warum? Und warum immer wieder ich?

Sie hatten sich gut unterhalten bei Kerzenlicht, einer hervorragenden Pasta und exklusivem Wein. Und auch sonst mit allem, was für einen gelungenen Abend nötig war.

Zumindest bis zu dem Augenblick, als ihre Perlenkette riss, weil sie etwas zu heftig daran herumgespielt hatte. Okay, es war schon ein wenig peinlich gewesen, wie sie in ihrem engen Rock auf Knien über den glatten Boden des nicht gerade günstigen Restaurants gerutscht war, um die Perlen, eine Hinterlassenschaft ihrer Mutter, aufzusammeln. Und Aufmerksamkeit erregt hatte es auch bei den eher noblen Gästen. Doch er hatte wie ein Kavalier reagiert, war sogar mit ihr auf dem Boden herumgerutscht, bis sie gemeinsam alle Perlen eingesammelt hatten. Danach hatten sie erst einmal zusammen gelacht. Und wie sehr sie gelacht hatten. Hieß es nicht, gemeinsames Lachen sei das Wichtigste außer gutem Sex?

Auch deshalb hatte sie gehofft und, nachdem sie zwar allein, aber beschwingt nach Hause gekommen war, das passende Dessous für eine nächste Verabredung zurechtgelegt. Passt nicht. Fini. Vorbei. Ausgeträumt.

Vielleicht, so überlegte Maria, als sie jetzt mit beiden Füßen, von denen Aaron immer geschwärmt hatte, sie seien so wunderbar zierlich, nach ihren Puschelpommelpantoffeln, kurz Ppps, angelte, vielleicht hatte sie auch zu viel über Digitalisierung und den FinRech-Boom gesprochen? Darüber, dass beides zum Wandel des Geschäftsmodells und am Ende durchaus zu Filialschließungen der Banken führen konnte.

Wenn sie es jedoch, die Jalousien schnellten hoch, recht bedachte, hatte im Grunde nur sie geredet, während er immer stiller geworden war und sich ein Glas Wein nach dem anderen eingeschenkt hatte.

Maria blinzelte ins Sonnenlicht, das sich ihr sanft übers Gesicht legte, einem Gesicht von fast nostalgisch anmutendem Zauber. Große, dunkelbraune Augen unter perfekt geschwungenen Brauen. Am schönsten war ihr Mund in dem immer etwas zu blassen Bürogesicht.

Aaron hatte ihn als rosenblütengleich beschrieben, bevor er sie vor acht Jahren zum ersten Mal geküsst hatte. Sie waren am Meer gewesen. Auf seinem Segelboot. Das Segel hatte im Wind geflattert wie ein aufgeregt schlagendes Herz.

Ihr Herz, so unbeschreiblich glücklich. Ein »Nein« undenkbar. »Ja, ja, ja«, das hatte sie hinausrufen wollen. Ein immerwährendes Ja zum Leben. Doch sie hatte geschwiegen, lieber Kursänderung, weg vom Wind, von dem man nie weiß, wohin er einen trägt.

»Wir brauchen vier Umarmungen am Tag zum Überleben, acht Umarmungen zum Leben und zwölf Umarmungen zum inneren Wachstum«, das hatte Maria erst kürzlich in einer Anzeige gelesen. Sie kam von einer Frau namens Pusca, angeblich mit Talent für das mütterliche Auffangen von Menschen, die ein wenig Liebe benötigten. Aufmerksamkeit und Geborgenheit durch Umarmen, auch das stand in Puscas Anzeige. Und das für den sensationell geringen Stundenlohn von neunundachtzig Euro.

Maria hatte nachgerechnet. Falls Puscas einstündige Kuschel- und Gefühlstankstelle den Tagesbedarf an Umarmungen decken sollte, würde ein auf diese Weise gesund gehaltener Körper im Monat 2.620 Euro kosten. Andererseits war Marias letzte Umarmung schon einige Zeit her. Um genau zu sein: Das letzte Mal war sie am 21. April 2017 umarmt worden, als Aaron ihre Verlobung gelöst hatte und sie vor Schreck ohnmächtig in seine Arme gesunken war.

Erinnerungen sind Versprechen, die nicht eingehalten werden, hatte sie irgendwo gelesen. Der Satz hatte ihr gefallen.

Also dann vielleicht doch Pusca, Hund, Katze oder – die nächste Verabredung mit einem Unbekannten, vermittelt durch die Partneragentur mit dem Slogan: *Alle zehn Minuten beendet ein Single durch uns sein einsames, weil ohne Partner, sinnloses Dasein.* Warum kam ausgerechnet sie immer erst in der elften Minute an?

Mit einem Seufzen dachte Maria an ihren letzten No-go-Typen. Einem Mann, mit dem es nirgendwo hinging, und schon gar nicht hinauf zu Wolke sieben oder über das Meer mit flatterndem Herzen und Segel zur Insel der Glückseligkeit. Es hatte alles gepasst, Alter, Job, Aussehen, nur nicht – die Zähne.

»Mach dir keine Sorgen, ich lasse sie mir bleichen«, hatte er sie gleich beim ersten Date beruhigt.

»Warum, deine Zähne sehen doch gut aus«, hatte wiederum sie ihn beruhigt.

»Aber nein, schau mal …« – Mund auf, Mund zu – »gelb, aber sobald sie gebleicht sind, sind sie wunderbar weiß. Dann lach ich auch wieder. Ich lache gern, weißt du?«

»Das freut mich.« Maria hatte gelächelt und das Thema gewechselt. Sie hatten einen angenehmen Nachmittag miteinander verbracht, waren erneut verabredet gewesen, bis er sie angerufen hatte.

»Maria.« Er, düstere Stimme, sie, alarmiert.

»Ja?«

»Ich muss unsere Verabredung absagen.«

Kategorie eins, zwei oder drei?

»Die Zähne, Maria. Sie sind durch das Bleichen komplett unnatürlich …«

Gleich darauf eine WhatsApp mit einem in die Kamera zähnefletschenden Foto und der Nachricht: *Mach dir keine Sorgen, die Zähne dunkeln nach.*

Sie hatte ihn getröstet, dass es nicht so schlimm sei, er hatte geantwortet, aber nur, weil der Zahnarzt erst die beiden Vorderzähne gemacht habe, sie hatte ihm vorgeschlagen, die Zähne dann eben so zu lassen, da die Zähne von selbst wieder nachdunkeln würden, sobald man genügend Rotwein und Tee zu sich nahm.

Diese Aussage wiederum hatte zu ihrem ersten Missverständnis geführt, er hatte sich von ihr unverstanden gefühlt und sie als herzlos tituliert. Seine Zähne sollten nicht nachdunkeln, sondern weiß erstrahlen. Mit denen liefe er aber Gefahr, hatte Maria zu bedenken gegeben, dass sie dann eher unnatürlich seien. Er hatte nachgedacht, eingelenkt, sich für das »herzlos« entschuldigt und sich entschieden, doch nichts mehr an den Zähnen machen zu lassen.

»Dann bist du jetzt zufrieden?«, hatte sie bei einem Isarspaziergang Hoffnung geschöpft, dass die Matchpoints zwischen ihnen nicht nur theoretisch waren, sondern auch dem realen Leben standhielten.

Er hatte genickt. »Weil mich der ganze Mist jetzt keine zweitausend Euro, sondern nur vierhundert Euro kostet.«

Maria hatte kein Wort mehr verloren. Sie war gegangen. Mehr noch, sie war geflohen vor alldem, was sie von so einem Mann noch zu erwarten hatte.

»Was ist los?«, hatte er ihr eine WhatsApp hinterhergeschickt.

Sie hatte sich für die Absage der Kategorie 1, klare Kante, entschieden. »Es hat nicht klick gemacht!«

Einsamkeit war eine Bitch. Maria verzichtete auf das Dessous, das ohnehin nur zwischen den Pobacken gekniffen und gezwickt hätte, wählte Unterhosen- und BH-technisch die bequeme Variante, zwängte sich in Bleistiftrock, frisch gebügelte weiße Stehkragenbluse und High Heels. Hinfallen, aufstehen –

oh nein, nicht Krone geraderücken, sondern den von ihr heiß und innig geliebten roten Melonenhut aufsetzen, weitermachen und – erneutes Münzgeklingel – einen neuen Partnervorschlag annehmen. Nicht jetzt. Sie musste los.

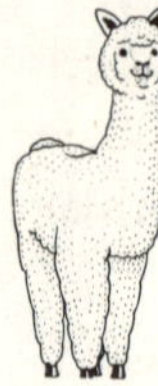

2

Eine Brücke aus Gras mitten im Chiemgau.

Während Maria Popp im neunzig Kilometer entfernten München das Haus verließ, um sich in den morgendlichen Berufsverkehr zu stürzen, dachte Bobby inmitten einer Herde von Alpakas sitzend über Grasbrücken nach.

Oma Hartmann hatte ihm am vergangenen Abend davon erzählt. Mit Oma Hartmann, die nicht wirklich seine Oma war, verheiratet mit ihrem Ehemann, dem Alten Paul, der nicht wirklich alt war, den Sesay-Kumaras aus Sierra Leone und seinem Vater Henri und seiner Schwester Stephanie lebte er seit fünf Jahren auf dem Archehof, von dem seine Mutter Ella einmal gesagt hatte, dass mit so einem Hof alle Märchen begännen.

Die Grasbrücke war jedoch kein Märchen. Es gab sie wirklich in einem fernen Land namens Peru, und jetzt rätselte Bobby, während Alpakastute Suri erneut unverrichteter Dinge vom Kotplatz zurückkam, wie diese Brücke wohl zustande kam. Wie sie aussah, vor allem aber, was Menschen bewog, so etwas Außerordentliches in Angriff zu nehmen.

Die kräftigsten Grashalme wurden dafür benötigt, die dann miteinander zu starken Seilen verflochten wurden, so zumindest hatte es Oma Hartmann ihm erklärt. Mit dem leichten Summen in der Stimme, von der der Alte Paul behauptete, sie habe es von den Alpakas übernommen, als sie einige Monate mit den Q'eros, den Nachfahren der Inkas, im Hochland der Anden gelebt hatten.

Diesem So-weit-weg-Land, wie Bobby es nannte, wenn er wieder einmal den Namen vergessen hatte. Dieses ferne Land mit seinen glitzernden Lagunen, eisigen Nächten, schneebedeckten Gipfeln und Terrassenlandschaften, die sich hinter den Dörfern so zauberhaft grün in die Höhe schraubten.

Nicht nur Bobby war von der Brücke aus Gras fasziniert, sondern auch Steph, wie Bobby seine Schwester nannte, nicht immer ganz sicher, ob sie ein richtiges Mädchen war. Zumindest sah sie nur ganz selten so aus in ihren viel zu weiten Hosen und den kurz gesäbelten Haaren.

Auch Oma Hartmann sagte immer, Steph sei ein Wildfang, der schon immer lieber auf Bäume geklettert war, als unter ihrem Blattwerk mit Puppen zu spielen.

Die drei Töchter von Mariama und Abubakar aus Sierra Leone waren dagegen genau das, was sich Bobby unter richtigen Mädchen vorstellte. Sie trugen Kleider, und Mariama stand jeden Sonntag vor der Messe extra früh auf, um ihren Töchtern die ausgefallensten Frisuren zu flechten. Abubakar sang mit Stephanies Freund Kio im Gospelchor, und die Familie Sesay-Kumara ließ, obwohl sie Muslime waren, keinen katholischen Gottesdienst aus, denn, wie Mariama zu sagen pflegte: Gott ist überall!

Oft sah Bobby Mariama, das Kinn auf seinen gefalteten Händen mit den etwas zu kurzen Fingern aufgestützt, beim Flechten zu und wunderte sich, was man mit krausen Haaren so alles anfangen konnte. Vor allem die Frisur gefiel ihm, die Mariama »Cornrows« nannte. Manchmal lief das, was tatsächlich aussah wie die Reihen von Getreidefeldern, von vorn nach hinten. Manchmal waren sie leicht gekrümmt, und auch ihre Abstände waren verschieden.

Zuerst feuchtete Mariama das Haar an, kämmte es so gut es ging durch, band den Teil, der nicht bearbeitet wurde, zu zwei Rattenschwänzen und begann zu flechten, indem sie das Haar fest von der Kopfhaut wegzog. Am Ende wurde das kleine Kunstwerk mit bunten Perlen verschönt.

Auch der Alte Paul sah gelegentlich zu, wenn Mariama ihren Töchtern die Zöpfe flocht. Offenbar hatte Oma Hartmann die Haare, die jetzt kurz, grau und struppig wie Borsten waren, früher auch so getragen. Damals, als sie und der Alte Paul noch im VW-Bus um die Welt gereist waren. Dann war ihnen das Geld ausgegangen, und so hatten auch sie auf dem Archehof ein neues Zuhause gefunden.

Diesem Platz an der Sonne, wie Bobbys und Stephanies Vater Henri den Hof auch gelegentlich nannte, weil sie die Familie Sonnenschein waren, für die die Sonne niemals unterging.

Doch sein Vater hatte sich getäuscht. Sie alle hatten sich getäuscht.

Seit genau einem Jahr war die Sonne fort und ging vor allem für Henri nicht mehr auf. Obwohl Bobby jeden Morgen als Erstes in sein Zimmer lief, die Vorhänge zurückzog, die Fensterläden aufklappte und rief: »Schau, Papa, das Leben ist schön!« Egal, ob die Sonne schien oder es in Strömen regnete.

Doch Henri Sonnenschein antwortete bloß: »Nur noch fünf Minuten, Bobby«, drehte sich zur Wand und zog die Decke über den Kopf.

Danach saß Bobby jeden Morgen bei Mariama in der Küche mit den vielen bunten Kissen auf der gemütlichen Eckbank und den lustig im Wind flatternden Vorhängen, starrte auf die Küchenuhr, und sobald der große Zeiger auf die letzte der fünf Minuten rutschte, sprang er auf, lief zu seinem Vater.

»Die fünf Minuten sind vorbei!«

Doch wieder antwortete Henri, die Stimme noch schleppender als zuvor. »Noch fünf Minuten, Bobby!«

Und so vergingen an manchen Tagen fünf Minuten um fünf Minuten, und Bobby wartete und wartete bis zum Abend auf seinen Vater; dass er wenigstens ein Mal aufstand, ehe er sich wieder schlafen legte.

Er hatte wieder einmal vergeblich gewartet, als ihn der Alte Paul an die Hand nahm und in sein Zimmer führte. Zu seinem magischen Globus, der so wunderbar von innen heraus leuchten konnte.

»Schau mal, Bobby«, hatte er gesagt, »diese vielen Farben und Formen, die sich mit jedem bisschen Drehen verändern. Das passiert auch, wenn du die Perspektive wechselst …«

»Perspektive?«

»Die Stelle, Bobby, an der du stehst. Was ich dir sagen will, ist, alles verändert sich, bewegt sich. Manchmal, weil sich die Dinge bewegen, manchmal aber auch, weil du dich bewegst. Wie auch immer. Nichts bleibt, wie es ist.«

»Deshalb ist Papa auch nicht mehr so, wie er war?«

»Viel wichtiger ist, dass auch dein Papa nicht so bleiben wird, wie er jetzt ist. Hab Vertrauen, Bobby.«

Bobby hatte einen Augenblick gebraucht, um zu begreifen, was der Alte Paul ihm damit sagen wollte, und noch schwerer fiel es ihm, dem Alten Paul zu glauben. Deshalb hatte er sich lieber zeigen lassen, wo der Archehof lag und woher die Alpakas kamen und Mariama mit ihrer Familie. Paul hatte den Globus um die eigene Achse gedreht und ihn dabei immer wieder gestoppt.

»Von so weit weg? Die Alpakas und die Kumaras?« Bobbys leicht schräg stehende Augen waren groß geworden, und er hatte nach und nach seinen etwas zu kurzen rechten Zeigefinger auf das Chiemgau, Peru und Sierra Leone gelegt. »Nur«, seine

Stimme war nicht mehr als ein Hauch gewesen, »nur, um bei uns zu sein?«

»Weil der Archehof der schönste Fleck auf Gottes Erdboden ist und alle hier in Frieden miteinander leben können«, hatte der Alte Paul geantwortet.

Wenn es jemand wusste, dann der Alte Paul. Und so hatte sich Bobby entschieden, vertrauensvoll auf die Veränderung zu warten, von der Paul gesprochen hatte, war erneut zu seinem Vater gelaufen und hatte ihn beschworen, dass auch er, trotz allem, auf dem Archehof in Sicherheit war.

Es hatte nichts geholfen.

Sein Vater ließ noch immer weder Licht noch Leben in den dunklen Raum, den er nur hin und wieder verließ, um das Nötigste an Körperpflege zu verrichten.

Jetzt, inmitten der Alpakas im Gras liegend, den alten Baumbestand mit dem Brunnen vor, die endlosen Wälder und Getreidefelder hinter sich, die schneeweiße Suri beobachtend, an einem Grashalm kauend, über die Brücke aus Gras nachdenkend und darüber, was Paul über das Leben und den Archehof gesagt hatte, wusste Bobby auf einmal, was der Archehof und die Brücke gemeinsam hatten. Beides war erbaut worden, um Menschen und Tiere über weite Wege und tiefe Schluchten hinweg zu verbinden. Und warum tat der Mensch so etwas? Aus Liebe.

Außer sich vor Freude über diese Erkenntnis sprang Bobby auf, hätte am liebsten alle umarmt, die schneeweiße Suri, die eitle Bella Donna, die brave Happy, den frechen Jason …

Am liebsten hätte er die ganze Alpakaherde in den Arm genommen. Doch Alpakas mochten es nicht, umarmt zu werden, das hatte ihm Oma Hartmann erklärt, als er sich gleich auf Suri, das erste Alpaka, das auf dem Archehof angekommen war, hatte stürzen wollen.

Alpakas bespuckten zwar keine Menschen, sondern nur sich selbst, wenn sie sich belästigt fühlten, aber sie liefen davon. Suri war vor ihm weggelaufen.

Auch das hatte Oma Hartmann ihm erklärt: »Kommt man einem Alpaka zu nahe, denkt es nicht mehr, sondern handelt instinktiv, also nur aus einem Gefühl heraus. Entweder ist es wie gelähmt, oder es flüchtet, manchmal kämpft es sogar.«

»Oh!«

»Deshalb musst du immer dafür sorgen, dass sich ein Alpaka in deiner Nähe sicher fühlt, Bobby. So kann es seinen Verstand benutzen und herausfinden, was du von ihm willst.«

Als Belohnung, weil er von Anfang an alles tat, um bei den Alpakas alles richtig zu machen, hatte Oma Hartmann nicht die anderen Kinder, sondern ihn gefragt, ob er der Pate des ersten Alpakafohlens auf dem Archehof werden wolle, so wie es auch bei den Hirtenkindern der Q'eros üblich war.

»Was muss ich tun?«

Mit diesem so besonderen Lächeln, dem Bobby-Lächeln, wie es die anderen nannten – einem Lächeln, mit dem er schon als Baby den Eindruck erweckt hatte, er lege mit ihm auch sein kleines, oft so wild pochendes Herz vertrauensvoll in die Hände der anderen –, mit eben diesem Lächeln hatte er Oma Hartmann angesehen und atemlos wiederholt. »Was, Oma Hartmann, muss ich tun?«

»Zunächst darfst du Suri nicht mehr aus den Augen lassen, Bobby«, hatte Oma Hartmann geantwortet. »Denn das Fohlen kann morgen, vielleicht aber auch erst nächste Woche kommen! Und du wirst ihm seinen Namen geben.«

»Misti, ich will, dass es Misti heißt.«

Außer sich vor Vergnügen war er wie Happy, die junge Alpakastute, auf der Weide herumgesprungen, hatte sich erschöpft wieder zurück ins Gras plumpsen lassen. Suri und die Alpakas hatten sich ihm neugierig genähert und beobachtet, wie er mit andächtig gefalteten Händen dasaß und auf Oma Hartmanns weitere Anweisungen wartete.

»Du musst ihm außerdem deinen Atem einhauchen, Bobby.«

»Meinen Atem einhauchen?«

»Richtig. Du legst den Mund auf die Nase des Fohlens und bläst deinen Atem ganz behutsam in seine Nüstern. Es ist dein Versprechen, dass du Misti beschützen wirst, egal, was passiert. Wirst du das tun, Bobby? Misti beschützen und für es da sein, wenn es in Not ist? Solange es lebt.«

»Solange es lebt?«

»Solange es lebt, Bobby!«

Bobby hob den rechten Arm, der wie seine Finger kürzer war als bei anderen Kindern, schwor feierlich, lächelte Oma Hartmann an, Oma Hartmann lächelte zurück, wobei sich um ihre Augen ein engmaschiges Faltennetz bildete. Bobby senkte den Arm wieder, nahm ihr Gesicht in beide Hände und strich ihr sanft übers Gesicht.

»Glättest du jetzt meine Falten, Bobby?«

»Das sind keine Falten, Oma Hartmann.«

»Was sind sie dann, Bobby?«

»Sonnenstrahlen«, hatte Bobby geantwortet, »von jetzt an bist du nicht nur die Oma der Familie Sonnenschein, sondern meine ganz persönliche Frau Sonnenstrahl.«

Bobby, zukünftiger Alpakapate, Grasbrückenbauer, weltbester Umarmer, Lächler, Herzverschenker, vor allem aber auch der Junge, von dem seine Eltern erzählt hatten, er habe sie gleich nach der Geburt mit diesem besonderen Blick angesehen, als wolle er sagen: »Was sagt ihr zu mir? Und was machen wir jetzt draus?«

Suri lief wieder in den Stall, Bobby folgte ihr erneut, doch es war dasselbe Spiel. Kaum hatte er den Stall erreicht, lief Suri schon wieder heraus. So ging es jetzt schon eine ganze Weile, und Bobby überlegte, ob er die anderen zu Hilfe holen sollte.

Die Anzeichen, dass es jeden Moment so weit sein konnte, verdichteten sich. Suris Euter war geschwollen, Oma Hartmann hatte ihm erklärt, dass er darauf achten solle. Ebenso wie die prallen Zitzen und die weichen Geburtsbänder im Beckenbereich, so Oma Hartmann, waren sie deutliche Anzeichen, dass die Geburt des Cria, so nannte man die Alpakafohlen, kurz bevorstand. Kaum hatte Bobby das alles zu Ende gedacht, legte sich Suri hin, streckte die Glieder und gab einen Laut von sich, den Bobby noch nicht von ihr kannte, stand wieder auf und hob den Schwanz.

Bobby begriff nicht sofort, nur, dass keine Zeit mehr war, um die anderen zu holen, dann tauchte schon das winzige Näschen des Fohlens auf und schob sich nach und nach unter Suris Schwanz nach draußen.

Das erste Beinchen, Bobby kicherte, weil es ihn an einen langen Zahnstocher erinnerte, und danach das zweite. Jetzt das ganze Köpfchen. Bobby hielt den Atem an, und der Körper, von dem Bobby später zu seiner Schwester sagen würde, er sei einfach so herausgeglitscht, rutschte aus der Mutter und blieb wie leblos auf dem Boden liegen. Es dauerte einen Augenblick, bis Bobby begriff: Das Baby war tot. So wie seine Mutter tot gewesen war. Auf dem Boden der Waschküche.

Bobby begann nach seiner Schwester zu rufen. »Steph, wo bist du, Steph!« So wie damals vor einem Jahr. Und mit jedem Rufen nach Stephanie, Steph, wurde seine Stimme lauter, schriller, verzweifelter, gipfelte in einem langen, markerschütternden Schrei, aufgefangen vom Wind, der ihn rasch mit sich forttrug, den Schrei, weit über den Archehof hinaus, als wolle er nicht zulassen, dass die Idylle erneut gestört wurde. Dieser Frieden inmitten vom Blühen und Duften. Der Archehof mit seinen ungezähmten Georginen, die Blüten kräftig und rund, dem honigbraunen Goldlack. Still und brütend die steifen Balsaminen, schlank und verträumt die Schwertlinien, fröhlich hellrot die verwildernden Rosenbüsche.

Bobby schrie erneut, der Wind gab auf, nicht aber die Alpakas, die sich jetzt von dem Neugeborenen ab- und Bobby zuwandten. Auf ihn zuliefen, ihn umrundeten, ihm ihren sanften Blick schenkten, als verstünden sie seine Not. Leises Summen. Behutsames Stupsen, ein leichtes Lächeln, und da fiel es Bobby wieder ein.

Leben kam nicht einfach so.

Man musste etwas dafür tun.

Atem einhauchen, damit es erwacht.

Und ihm, Bobby, hatte Oma Hartmann diese Aufgabe übertragen. Eine große Aufgabe, bei der er alles richtig machen musste.

Bobby atmete tief ein, beugte sich über das Fohlen, umschloss die Nüstern des Alpakas mit den Lippen, ließ den Atem ruhig entweichen, die Nüstern des Cria fingen leicht an zu beben, und Bobby stellte sich vor, wie der Atem seine Reise begann, bis hin zum Herzen. Dem Herzen, in dem, seiner Vorstellung nach, Gut und Böse gemeinsam an einem Tisch saßen und man sehr genau darauf achten musste, wen von den beiden man fütterte.

Sein Atem floss weiter, warm und lebendig durch den noch immer schlaffen Körper des Fohlens, doch jetzt, jetzt begann sich noch etwas anderes zu regen als die Nüstern. Bobby ging etwas auf Abstand. Zuerst war es der Kopf, der sich irgendwie versuchte, auf dem langen Hals zu halten, danach kamen die langen Beinen an die Reihe, wobei es für das Cria gar nicht so einfach war, mit ihnen zurechtzukommen. Bobby hätte gern geholfen, doch er wusste nicht, wie. Und es war auch nicht nötig.

Das Alpakajunge faltete die Beine unter sich, um sie dort wiederum, wenn auch noch etwas wacklig, so zu sortieren, dass es aufstehen konnte, ohne umzufallen. Das Fohlen stand. Noch einmal ein vorsichtiges Bewegen der Beine, und jetzt, Bobby hielt den Atem an, die ersten Schritte zu Suri, die sich beim Grasfressen von der Geburt erholte.

Das Wunder war geschehen.

Bobby Sonnenschein konnte Leben erwecken.

Und in diesem Moment wünschte sich Bobby mehr als alles andere, mehr als viele Geschenke zum Geburtstag oder unter dem Weihnachtsbaum, er hätte das schon vor einem Jahr gewusst. Und mit dieser Erkenntnis stieß Bobby erneut einen Schrei aus. Es war eine Mischung aus Glück und Verzweiflung.

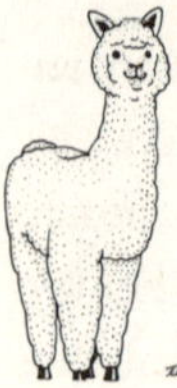

3

Stephanie war verunsichert. Für den Bruchteil einer Sekunde hatte sie geglaubt, Bobbys Stimme zu hören. Als rufe er nach ihr, so wie er immer nach ihr rief, wenn er Angst hatte oder sich freute. Wenn ihn etwas aus dem Konzept brachte. Doch da war kein Bobby. Nur der Flug lärmender Spatzen. Der Schatten hoher Bäume. Etwas weiter entfernt ein Haus mit blitzenden Scheiben und gelb-weißen Markisen. Eine Villa mit Pool und großem Garten, die immer ein wenig verlassen wirkte. Ganz nah an überwucherten Gleisen.

»Ist was?«

»Nein, nichts, wieso?« Die Ellbogen und Unterarme hinter sich aufgestützt, hockte Stephanie, halb sitzend, halb liegend, neben Lena, ihrer besten Freundin, und suchte weiter die Umgebung nach ihrem Bruder ab.

»Weil du so g'schaut hast.«

»Ich hab nicht g'schaut.«

»Dann halt nicht.«

Die Dunkelheit war weg und auch die fast unerträgliche Anspannung, die sie schon beim geringsten Anlass beschlich. Oma Bärbel nannte sie Herzensangst.

»Stephanie, alles okay?«

»Hab ich doch g'rade g'sagt, dass alles okay ist.«

Stephanie lachte, fast übertrieben laut. Sie hatte sich diese Art von lautem Lachen angewöhnt, wenn sie vom Schweigen ablenken wollte. Schweigen war zu ihrem Freund geworden. Das Reden noch immer nicht.

An diesem frühen Morgen gab sich Lena nicht wie sonst mit dem Lachen zufrieden. Der Blick blieb fragend, und Stephanie fügte hinzu: »Alles gut, echt, total super!« Sie wandte Lena den Rücken zu und beobachtete die Libellen.

Bunt schillernd sausten sie elfengleich übers Wasser und versuchten mit tollkühnem Balzflug ihre Auserwählte zu beeindrucken. Ebenso wie die männliche Dorfjugend auf der Alzbrücke. Nicht Lena mit ihren langen blonden Haaren oder Stephanie, sie waren noch zu jung. Stephanie wäre ohnehin lieber mit den Jungs von der Brücke gesprungen. Sie fand Mädchen albern, die kicherten und gleichgültig taten, obwohl sie ihre Körper mit jedem Drehen und Wenden neu in Szene setzten. Am Alzufer gab es genug davon.

Bei den Jungs wiederum waren Mumie, Arschbombe oder Hammer der Ausdruck ihrer Körpersprache. Egal wie, aber immer drei Meter tief von der Brücke, an der Stelle, wo die Alz Fahrt aufnahm und die Strömung tückisch wurde.

»Preißen versenken« hieß das Spiel, eine seit vielen Generationen von den Truchtlachingern ausgeübte Tradition. Man wartete auf der Brücke auf ein heranpaddelndes Schlauchboot, checkte, ob Bayerisch oder Hochdeutsch gesprochen wurde, Urlauber hatten auch eher kein Bier dabei, dafür aber einen Sonnenhut auf. War der »Preiß dann endgültig ausg'macht«, wurde unter Johlen und Kriegsgeheul gesprungen, mit dem Ziel, das Paddelboot mit einer möglichst hohen Wasserfontäne zu versenken. Der größte Spaß in diesen sich träge dahinräkelnden, scheinbar nicht enden wollenden Sommertagen, erfüllt von goldenem Licht.

»Jetz is er gleich dran …« Lena, kurz im Fluss abgetaucht, ließ sich tropfnass neben Stephanie fallen.

»Na und?« Stephanie gab sich gleichgültig.

Lena ließ sich jedoch nicht täuschen und grinste: »Dein Kio.« »Er ist nicht ›mein‹ Kio, dumme Kuh!«

Lena boxte Stephanie in die Seite und lachte: »Gib's doch zu, du bist verliebt!«

»Schmarrn!« Genervt boxte Stephanie zurück. Wenn sie jedoch ganz ehrlich mit sich selbst war, dann musste sie zumindest ganz tief in sich drin zugeben – wäre Kio nicht gewesen, sein Lächeln quer über den Schulhof, manchmal nur eine Momentaufnahme, oder das Wegballern von zehn Blechbüchsen in der Wurfbude, um ihr als Trost einen kleinen Stoffbären zu schenken, weil er wusste, wie es ohne Mutter war –, sie hätte nicht gewusst, wie sie das vergangene Jahr überstanden hätte.

Stephanie versuchte, das Bild der toten Mutter aus sich herauszuschütteln.

»Wenn eine Mama stirbt«, Stephanie hatte sich eine Geschichte ausgedacht, um ihren Bruder zu trösten, »dann kommt ein Engel, Bobby, und breitet seine Flügel ganz weit aus, hebt die Mama auf und fliegt mit ihr an ihren Lieblingsplatz.«

»Wo ist Mamas Lieblingsplatz, Steph?«

»Auf der Wiese mit den vielen Obstbäumen.«

»Da, wo jetzt die Alpakas sind?«

»Richtig, Bobby.«

»Und was macht Mama da?«

»Sie pflückt einen wunderschönen Strauß und bringt ihn mit zum lieben Gott.«

Oma Bärbel sagte immer, wünschen sei wie beten ohne Gott. Stephanie jedoch konnte sich keinen einzigen Wunsch vorstellen, der ohne Gott in Erfüllung gehen würde. Und so wünschte sie und betete jeden Tag, dass ihr Vater endlich wieder so wäre wie früher. Vielleicht etwas trauriger, das waren sie alle, aber nicht so, so … Hunderte von Bildern waren auf einmal in ihrem Kopf. Momentaufnahmen. Wie es gewesen war – früher. Und mit diesen Bildern war auch Heulibold wieder da.

Heulibold, die Traurigkeit unter den Kistenkobolden, mit denen Erzieherin Susi Gefühle erklärt hatte, als Stephanie noch im Kindergarten gewesen war. Es gab noch Zornibold, Bibberbold und Freudibold. Heulibold war der Hartnäckigste. Er saß im Nacken. Krallte sich fest. Ließ sie immer und immer wieder an den einen Moment denken.

Bobbys verzweifelte Rufe: »Stephanie, Steph!«

Wie sie die Schultasche in die Ecke geworfen hatte und die vielen Stufen hinuntergerannt war, von denen immer wieder welche dazuzukommen schienen, anstatt weniger zu werden. Stufen endlos. Der Keller mit dem schwachen Licht durch die wenigen kleinen Fenster. Eine Ewigkeit bis zum Erreichen der Waschküche, und dann Bobby noch immer schreiend auf Knien die Mutter umarmend, die halb gelegen hatte und halb gesessen, den Kopf auf die Dachziegel gebetet, die der Vater der Einfachheit halber erst einmal in der Waschküche gestapelt hatte.

Stephanie hatte an Bobby gezogen, doch Bobby hatte nicht losgelassen. Wenn er wollte, war er stark wie Supermann.

»So wie Mama? Ist sie jetzt auch ein Märchen?«

Die Mutter so still. Auch Bobby verstummt. Kein Zwitschern der Vögel mehr, nur das Geräusch der Waschmaschine. Die Wäsche immer und immer wieder bunt durcheinandergewirbelt. Stephanie hatte die Mutter angefasst, war zurückgezuckt und hatte die Waschmaschine abgestellt. Die Waschmaschine still. Die Mutter still. Die Waschmaschine heiß. Die Mutter kalt. Den Kopf noch immer gebettet auf den Dachziegeln, mit denen der Vater eine schadhafte Stelle hatte reparieren wollen, damit es nicht mehr in den Dachboden tropfte.

»Die Ziegel nicht in meiner Waschküche!« Die Mutter mit ihrem Schwung. Tür auf, entschlossener Schritt und da war sie – immer gewesen.

»Ist ja nur, weil ich da mit dem Wagen ganz nah ranfahren kann, Schatz, ich bring sie schon noch rauf, versprochen!«

»Aber noch heute, Henri!«

»Ich hab doch gerade gesagt, versprochen.«

Aus dem Heute war ein Morgen und ein Übermorgen geworden. Und dann lag die Mutter auf einmal da, ganz ruhig, als ob sie schliefe, in Bobbys Armen.

Stephanie hatte ihren Bruder weggeschoben, die Mutter geschüttelt. Nichts. Trotz der offenen Augen, die so warm sein konnten, manchmal auch streng, vor allem aber lustig. Die Augen ihrer Mutter waren die lustigsten gewesen, die sie kannte, jetzt waren sie leer. Starrten sie an. Ohne Blick. Kein Erkennen. Kein Funken Leben, sosehr sie auch versuchte, das Leben in ihre Mutter wieder hinein-, in sie zurückzuschütteln. Irgendwann hatte sie aufgegeben, hatte Bobby angesehen, der sich mit zugehaltenen Ohren völlig in sich hineingekauert hatte.

»Bobby, was ist passiert, bitte sag mir, was passiert ist?«

»Ich weiß es nicht, Steph.«

Wie unglücklich er dagesessen hatte. So verloren. Am liebsten hätte sie ihren Bruder in den Arm genommen. Tat es nicht. Forschte weiter…

»Ist die Mama ausgerutscht, Bobby?«

»Ich hätte sie doch aufgefangen, aber ich war nicht da, Steph, wirklich nicht!« Bobby sah sie ungläubig an. »Weißt du das denn nicht, dass ich sie aufgefangen hätte?«

Er begann zu weinen. »Ich bin stark, Steph. Weißt du nicht, dass ich stark bin?«

Sie hatte nicht weiter gefragt. Nie wieder gefragt. Vielleicht, weil es manchmal auch besser war, nicht alles zu wissen.

Die Jungs sprangen. Die Mädchen räkelten sich. Lena biss genüsslich in die Wurstsemmel, die ihr die Mutter als Proviant mitgegeben hatte. Stephanies Blick wanderte zum Himmel. Diesem herrlich blauen Etwas, auf dem, so Bobby, die Sonne wohnte, der Mond, die Wolken, die Sterne, der Regen und seit über einem Jahr nun auch die Mutter.

Stephanies Herz wurde ganz eng von dem vielen Vermissen, den vielen Fragen und dem immer und immer wiederkehrenden Warum? Niemand hatte sie davor gewarnt, dass Mütter einen verließen, auch wenn man noch lange nicht erwachsen war – und noch dazu auf so eine saudumme Art und Weise. Ausgerutscht. Ohne Dachziegel vielleicht nicht tot.

Sie war zwölf, und Bobby mit seinem Kuschelgesicht und dem ewigen Lächeln erinnerte sie oft an die Alpakas, die kurz nach dem Tod der Mutter auf dem Hof eingezogen waren, weil von der Mutter gemeinsam mit Bärbel schon lange vorher ausgesucht und gekauft. Die Mama mit den immer für alle geöffneten Armen. »Kommt vorbei, kommt, wir machen zusammen Musik, singen, spielen, kommt zum Essen, es ist für alle was da!«

Trotz seiner sechzehn Jahre würde Bobby nie ganz erwachsen sein. Auch deshalb hatte Stephanie nichts gesagt, als die Polizei gekommen war, um den Tod der Mutter zu untersuchen. Nur Bobby war an diesem Vormittag auf dem Hof gewesen. Mariama hatte die Kinder in Schule, Kindergarten und Kita gebracht. Ihr Mann Abubakar hatte auf dem Bau gearbeitet, Paul und Bärbel waren mit den Bienen unterwegs gewesen, um sie an Bauern zu verleihen, sie selbst in der Schule und ihr Vater in der Whiskeybrennerei Schmidtbauer, um Whiskey für den Hofladen mitzunehmen.

Die Polizei hatte den Tod der Mutter nach einer ausgiebigen Untersuchung zum Unfall erklärt, und niemand hatte daran gezweifelt. Also zweifelte auch Stephanie nicht. Und wenn sie eines über ihren Bruder wusste, dann – Bobby log nicht.

Im Gegenteil, er war der ehrlichste Mensch, den Stephanie kannte. Viel ehrlicher als sie selbst.

Das Johlen und kriegerische Geheul wurde lauter. Das nächste Opferboot näherte sich, eine Familie, Vater, Mutter, Kind. Stephanie stand auf, wollte zur Brücke.

»Was machst du, Steph?« Lena erwischte sie gerade noch am Fuß.

»Ich will auch!« Der paddelnde Vater legte sich ins Zeug, und auf der Brücke machte sich Kio zum Sprung bereit.

»Das ist nur was für Jungs, Steph!«

Kio mit einem Körper, der muskulöser war als der anderer Vierzehnjähriger, und einem breiten, schönen Lachen in dem ebenmäßig dunklen Gesicht. Der Vater paddelte. Kio setzte zum Sprung an. Stephanie ließ sich mit einem Seufzer wieder neben Lena fallen. Wer von den beiden würde gewinnen?

Stephanie vergaß für einen Moment Heulibold im Nacken, war ganz bei Kio, der noch immer auf der Brücke stand, jetzt aber jeden Muskel und jede Sehne anspannte, sprang, die Wasserfontäne zischte, das Schlauchboot kippte, die Kids auf der Brücke klatschten, Kio winkte – Stephanies Herzschlag stockte – in ihre Richtung.

Doch gerade, als sie schüchtern zurückwinken wollte, läutete ihr Handy. Bobby. Ihr Herzschlag setzte aus. Angst. Sie hatte sich vorhin doch nicht getäuscht. Ihre Hände zitterten, als sie ans Handy ging. Sie hörte, was Bobby ihr zu sagen hatte, schnappte sich das Fahrrad und fuhr, so schnell sie nur konnte, zurück zum Archehof.

Sie kam genau in dem Augenblick an, als Bobby auf der Wiese hinter Stall und Obstgarten anfing, alle vor Glück zu umarmen, Mariama, Baby Tidanke mit lustig abstehenden Zöpfen und kunterbunten Haarspangen, Bärbel und Paul, und dann war auch schon sie selbst an der Reihe.

»Misti«, schrie Bobby ihr ins Ohr, »es heißt Misti, Steph, Misti bedeutet weißes Alpaka, es ist ein Junge, und ich hab gedacht, es ist tot, und der Engel breitet die Arme aus und nimmt es mit.«

Das war es gewesen. Dieser eine Moment, in dem Bobby geglaubt hatte, das Alpaka sei tot. Auch das machte Stephanie manchmal Angst. Dass sie ihren Bruder fühlen konnte.

Bobby klammerte sich jetzt so fest an ihren Hals, dass Stephanie sich sanft befreien musste, um wieder Luft zu bekommen.

Er baute sich stolz vor ihr auf. »Ich hab es wieder lebendig gemacht, Steph.«

»Niemand kann Tote lebendig machen, Bobby.«

Bobby sah sie fassungslos an. Tränen in den Augen.

Jetzt war es Stephanie, die ihren Bruder festhielt. »Nicht weinen, Bobby. Schsch, Bobby, alles gut, alles okay.« Sie wiegte sich mit ihm wie das Schilf, das sie beide stundenlang am Ufer der Alz beobachten konnten, vom Wind gestreichelt, berührt, zerzaust, bis es sich wieder aufrichtete, sehr gerade, in seiner ganzen Haltung dem Himmel zugewandt. So wie Bobby jetzt. Kein Schsch, kein Wiegen mehr, stolz, gerade und würdevoll stand Bobby da.

»Ich bin Mistis Pate, Steph, ich hab ihm das Leben eingehaucht, und jetzt beschütze ich ihn. Sein ganzes Leben lang.«

Stephanie widersprach nicht mehr. War Bobby von etwas überzeugt, dann gab es daran nichts mehr zu rütteln. Sie stieg auf ihr Fahrrad, fuhr quer über die Wiese vorbei an den Obstbäumen und dem Haus mit seinen Sprossenfenstern, bunten Blumenkästen und himmelblauen Fensterläden.

So schnell wie möglich wollte sie zurück zur Alz, um vor allem Kio von der Geburt des Cria zu berichten. Nicht nur für Bobby, auch für sie war Mistis Geburt zu etwas ganz Besonderem geworden. So etwas wie ein Zeichen. Dass es weiterging, immer weiter, Schritt für Schritt und mit ganz viel Vertrauen in das Leben, Worte, die ihr die Mutter an ihrem zehnten Geburtstag in die Geburtstagskarte geschrieben hatte.

Was auch immer kommt, vielleicht auch Schweres, weitermachen und dem Leben vertrauen.

Stephanie legte den Kopf in den Nacken, sah den Himmel ohne Wolken, bemerkte, wie Heulibold, sich wie gewohnt im Nacken festkrallend, in Schieflage kam, sein Gleichgewicht verlor, über den Rücken rutschend auf den Boden plumpste, etwas verdutzt zurückblieb, bis Egon – den häufig über sie kreisenden Fischreiher hatte sie so getauft – ihn aufhob und davontrug, an einen Ort, so fern, dass Heulibold sicher ein paar Stunden, vielleicht auch Tage benötigen würde, um zu Stephanie zurückzufinden.

Manchmal, ja manchmal war das Leben auch wieder schön. Stephanie juchzte und trat so kräftig sie konnte in die Pedale …

Nicht nur Kios wegen, sondern auch, weil sie sich schon darauf freute, von der Alzbrücke zu springen und den nächsten ahnungslosen Preußen zu versenken!

Hätte sie geahnt, welchen Brief der Alte Paul in diesem Moment im Schreibtischchaos ihres Vaters fand, wäre sie nicht mehr ganz so glücklich gewesen. Vor allem hätte sie dem am Eingangstor zum Archehof angebrachten Holzschild, unter dem sie gerade hindurchgeradelt war, eine andere Bedeutung zugemessen.

Die Aufschrift auf dem Holzschild war: *Schee war's!*

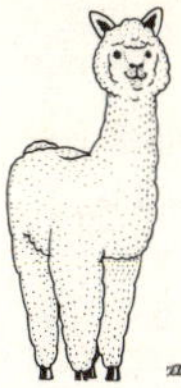

4

Trotz der WhatsApp, in der sie wieder einmal zurück in die Singlewüste geschickt worden war, und trotz des fehlenden Kaffees mangels Kaffeebohnen kämpfte Maria sich durch die Münchner Rushhour.

»Dichter Verkehr auf der A 8 Richtung München«, verkündete im Radio Bayern 3.

»Nicht möglich«, antwortete Maria, und weiter ging es, vom Münchner Norden nach Nymphenburg. Normalerweise hatte sie in der Bank einen Tiefgaragenplatz, heute jedoch wollte sie noch ein paar Schritte gehen. Sie fand einen Parkplatz, etwa zehn Minuten von ihrem Arbeitsplatz entfernt.

Die Luft war so, wie es der Sonnenaufgang mit rotem Alpenglühen versprochen hatte. Heiß, heiß und noch mal heiß. Mit Bedauern dachte Maria an ihr Büro, hatte den Impuls, sich in das nächste Straßencafé zu setzen und bei Espresso und Dampfnudel mit Vanillesoße in Wohlgefühl zu baden.

Warum konnte man nie genau das tun, was man gerade empfand, dachte sie noch und stolperte fast über den Mann, der ihr seinen Pappbecher entgegenhielt. Armer Kerl! Was jammerte sie. Es gab Menschen, die hatten es eindeutig schwerer als sie.

Doch kaum hatte sie einen Euro in den Becher geworfen, als seine Stimme hinter ihr laut, sehr laut wurde. Er schrie ihren Rücken förmlich an. »Ver…daaaa…mmmmm…teee Bitch!«

Die Einsamkeit war eine Bitch, aber doch nicht sie, Maria Popp, die gerade nur Gutes hatte tun wollen. Langsam, fast im Zeitlupentempo, wandte sie sich um, das Gesicht von ihrem tiefroten Melonenhut beschattet.

»Wie meinen?«

»Mich so zu verarschen!«

Der Mann, der alles andere als vertrauenerweckend aussah, tobte. Für den Bruchteil einer Sekunde überlegte Maria, ob Flucht eine Option war, doch High Heels und Bleistiftrock ließen nur eines zu – den Stier verbal bei den Hörnern zu packen, nach dem Motto, dass Angriff noch immer die beste Verteidigung war. Hoffentlich.

»Wenn Sie meinen Euro nicht haben wollen«, sie konnte sehr von oben herabschauen, wenn sie wollte, und von oben herabreden auch, »dann geben Sie mir den Euro eben zurück.«

»Sehr gern«, antwortete der Mann, und ehe sichs Maria versah, hatte er schon den Inhalt seines Bechers in ihre Richtung geschüttet. Der Euro fiel klirrend zu Boden. Über ihre frisch gewaschene und gebügelte weiße Bluse dagegen lief ein braunes Rinnsal. Der heiß ersehnte Kaffee, den sie allerdings lieber aus einer Tasse getrunken hätte.

Sie wollte ihn schon anschreien, ihn beschimpfen, dann jedoch begriff sie … Die Röte kroch aus ihrer hochgeschlossenen, jetzt nicht mehr ganz weißen Bluse verräterisch über den Hals, überzog schamhaft ihr Gesicht, und es dauerte einen Moment, bis sie den Blick wieder hob und ihm in die Augen sah. Wider Erwarten waren sie nicht mehr wütend. Sie waren – tieftraurig.

Marias Herz zog sich zusammen. »Das mit dem Euro tut mir aufrichtig leid!«

»Mir tut es nicht leid«, antwortete der Mann, meinte damit wohl nicht die Tatsache, dass sie ihm den Euro mitten in seinen Kaffee geworfen hatte, sondern eher den Fleck auf ihrer Bluse.

»Verstehe!«

»Glaub ich kaum.« Mit diesem doppeldeutigen Satz wollte er sich schon zurückziehen, doch Maria packte ihn spontan am Ärmel seiner, nun ja, durchaus schäbigen Jacke.

»Bitte warten Sie einen Moment, bin gleich wieder da!«

Ohne ein weiteres Wort betrat sie das kleine Café an der Ecke mit dem Versprechen *Coffee to go*, besorgte dem armen Mann, von dem sie vermutete, dass er ohne festen Wohnsitz war, nicht nur einen frischen Kaffee, sondern machte mit dem Cafébesitzer auch gleich den Deal, den Mann von nun an jeden Tag mit einer Tasse Kaffee zu versorgen, die sie wöchentlich im Voraus bezahlen würde.

»Passen Sie beim Fliegen auf«, rief der nicht unattraktive Mann hinter der Kaffeetheke.

»Weil ich ein Engel bin?« Sie lächelte leicht kokett.

»Weil Sie aussehen wie die, die mit dem Regenschirm vom Himmel schwebt.«

Maria lächelte nicht mehr, bedankte sich, informierte den Mann, der tatsächlich auf sie gewartet hatte, dass zumindest sein Kaffee, falls er bereit sei, sich öfter in der Gegend aufzuhalten, bis auf Weiteres gesichert sei, verabschiedete sich, auch mit der Hoffnung, ihn damit losgeworden zu sein, ging weiter, und dann fielen ihr zwei Dinge auf: Der Mann hatte jetzt seinen Kaffee, sie jedoch noch immer nicht, und – er war noch immer da. Zuerst dicht hinter, jetzt dicht neben ihr.

Sie trippelte schneller.

Er hielt mit ihr Schritt.

Sie blieb stehen.

Er blieb stehen.

»Kann ich noch etwas für Sie tun?«

»Sie erinnern mich an wen.«

»Wie supercalifragilisticexpialigetisch, bin beeindruckt.« Sie konnte den spöttischen Klang ihrer Stimme nicht verhindern.

»Hä?«

»Mary Poppins, sagt Ihnen nichts?«

Sie seufzte, nicht, weil er das Märchen offenbar nicht kannte, sondern, weil sie die Assoziation zu dieser Frau immer und immer wieder bei anderen auslöste.

»Du siehst ihr ähnlich.« Das hatte schon ihre Großmutter immer behauptet.

»Wem?«

»Na, Julie Andrews, wenn sie Mary Poppins ist.«

Julie Andrews sah sie tatsächlich ein klein wenig ähnlich, aber sie war keine Gouvernante, und sie konnte auch nicht fliegen. Ihr Outfit? Kostüm und Hosenanzug waren nun einmal ihre Businessuniform. Außerdem hatte das mit Mary schon im Kindergarten begonnen, sich über ihre Schulzeit fortgesetzt und war nun auch im Erwachsenenleben angekommen.

Maria Popp, Mary Poppins, okay, das lag nahe, aber nicht dass man sie aufgrund ihres Äußeren mit ihr verglich. Oder doch?

»Mary Poppins habe ich meinen Kindern vorgelesen, und im Film war ich mit ihnen auch.«

»Oh, tut mir leid!«

»Warum?«

»Weil …« Sie wusste nicht weiter und reichte ihm die Hand, sah, wie schmutzig seine war, atmete tief und tapfer durch und – zuckte nicht zurück, als er sie nahm.

»Franz!«

»Angenehm.«

»Magst mit mir einen kleinen Spaziergang machen, Frau Angenehm?« Er lächelte leicht, und mit diesem Lächeln verschwand alles, was Maria Unbehagen verursacht hatte. Der wilde Blick. Das ungepflegte Aussehen. Die schlechten Zähne. Jetzt sah sie hinter die Fassade. Den Mann – und hinter dem Mann den Menschen, der offenbar eine Familie gehabt hatte, vermutlich noch immer eine hatte, wo immer sie auch war.

Nicht nur die Einsamkeit war eine Bitch, das Schicksal war es offenbar auch. Und sie bedauerte in diesem Moment aufrichtig, seine Einladung ablehnen zu müssen. »Ich würde gern, aber ich muss zur Arbeit.«

»Wo ist sie denn, deine Arbeit?« Sein Interesse wirkte aufrichtig.

Sie zögerte kurz, ob sie so viel von sich preisgeben sollte, doch ein Ausweichen, eine Lüge, hätte ihn mit einem Fußtritt wieder dahin katapultiert, wo sie ihn für sich gerade herausgezogen hatte. In den Sumpf der Ausgegrenzten und der Unberührbaren. Derjenigen, denen man zwar einen Euro in den Hut warf oder für die man den Kaffee für eine ganze Woche klarmachte, aber die man auf keinen Fall zu nah an sich heranließ. Vielleicht einfach nur aus Angst, dass Obdachlosigkeit ansteckend war.

»Schon gut, ich wollt nicht neugierig sein.« Es war die Resignation in seinem Blick.

»Da drüben arbeite ich.«

Mit den jetzt warmen, freundlichen Augen folgte er ihrer ausgestreckten rechten Hand bis hin zu dem Gebäude mit den zwanzig Stockwerken, das durch seine Glasverkleidung nicht nur in der Sonne glänzte, sondern auch all das widerzuspiegeln schien, was sich auf den Straßen um das Gebäude herum abspielte.

Maria wollte den Mann gerade über ihren Aufgabenbereich aufklären, als sich die Freundlichkeit in seinen Augen zurückzog und wieder dem Zorn Platz machte.

»Da arbeitest du?« Nun war es mehr als Zorn. »Spinnst du?« Es war die Art von Wut, die man verdrängte, weil man selbst nicht ahnte, wohin sie führen würde, brach sie erst einmal aus. Die Art von Wut, die den betrogenen Ehepartner irgendwann dazu brachte, dem anderen den Maßkrug über den Schädel zu hauen.

Maria duckte sich unwillkürlich, und dann legte der Mann schon los mit einer Ausdrucksweise, die sie ihm nicht zugetraut hätte. Er bezeichnete ihre Bank, die Bank, in der sie mühsam Stufe um Stufe nach oben geklettert war, als gefräßiges Monster, als Geburtsort für Zocker, als Sterbehaus für diejenigen, die vertraut hatten und gescheitert waren, als Haus Gnadenlos, Playing God, Blutsauger des Kapitalismus, als das Dach über dem Kopf einer Verbrecherbande, für die ein Menschenleben keinen Wert hatte …

Jedes Wort spie er, nein er spuckte es aus. Nicht vor ihr, aber vor dem von Kameras überwachten Empfangsbereich. Mit weit ausgebreiteten Armen stand er da, ebenfalls Playing God, sprach direkt in die Kameras, als wisse er genau, wo sich jede einzelne von ihnen befand. Beschrieb hasserfüllt den Weg, den Vorstandssprecher und Vorsitzender des Aufsichtsrats nahm, wenn er sein Gotteshaus namens Bank betrat. Dass in der Tiefgarage schon jemand auf ihn wartete, um ihm die Wagentür zu öffnen, damit er gleich darauf im Aufzug verschwand, ohne Zwischenstopp in die oberste Etage mit viel Tageslicht fuhr, weil es nun einmal das Licht war, das die Macht symbolisierte. Er tobte weiter, und Maria ahnte, wie es einem Ertrinkenden erging, wenn er den Kopf nicht mehr über Wasser halten konnte. Immer wieder schlug seine Wortflut über ihr zusammen. »Größenwahnsinn, sektenartige Parallelwelt!«

Er war doch verrückt. Sie wollte nur noch eines. Rein in die Bank. Er versperrte ihr den Weg. »Ihr Verbrecher!« Sie roch seinen Kaffeeatem. »Was ihr wollt, ist doch, dass der Euro zerbricht. Banken ganz nah bei der Börse, im Tausendstelsekundentakt Entscheidung, mach ich das Geschäft oder nicht.«

»Ich bin doch nur …« Sie piepste.

Er brüllte. »Irrsinnige Summen, mit denen ihr spekuliert, damit bei Kursänderungen die vierte oder fünfte Stelle hinterm Komma reicht, um richtig Umsatz zu machen. Master of Universe. Eine gigantische Sandkiste, in der alles versickert, was sich der Arbeiter, der Angestellte, der Akademiker mühsam für seine Familie aufgebaut hat …«

»Was hat Ihnen die Bank angetan?« Sie piepste noch immer. Keine Antwort. Verstummen. Ihre Stimme wurde kräftiger, blieb aber sanft. »Sie haben die Falsche erwischt.«

»Sie arbeiten da.«

»Aber doch nicht als Investmentbankerin. Ich bin nur Kreditsachbearbeiterin im Bereich der Geschäftskunden.«

Sein Zorn war wie weggeblasen. »Noch schlimmer.« Seine Stimme klang tieftraurig, als sei sie mit ihm zwischen all den Worten, die er ihr entgegengeschleudert hatte, verloren gegangen. »Sie ruinieren die Menschen gleich an der Basis. Das sollte Ihnen leidtun. Nicht ich!«

Er drehte sich um. Maria atmete auf. Doch in diesem Moment wandte er sich ihr noch einmal zu. »Wenn du in die falsche Richtung fährst, Frau Angenehm, dann nützt es dir auch nichts, wenn du Gas gibst.«

Mit diesen Worten ging er davon.

Maria tat das, was sie immer tat, wenn sie innerlich aufgewühlt war. Sie schob den Bleistiftrock weit über die Oberschenkel, sodass sie in die Hocke gehen konnte. Dann legte sie beide Hände flach auf den Boden.

Die Erde spüren war, wie sich selbst spüren. Wer sich selbst spürte, ging nicht verloren. Sie wollte nicht verloren gehen.

»Wenn du in die falsche Richtung fährst, dann nützt es dir auch nichts, wenn du Gas gibst.«

Sie wollte den Satz abschütteln. Er passte nicht zu ihr. Ihr Orientierungssinn war perfekt. Doch er ließ sich nicht abschütteln. Er klebte an ihr, als sie die Bank betrat, klebte an ihr, als sie in den Lift stieg, kroch in sie hinein, als sie durch die Glastür die Abteilung Geschäftskredit betrat.

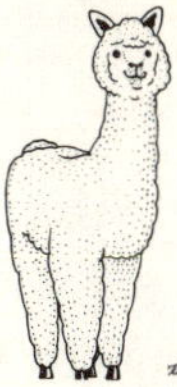

5

»Wo bleibst du denn?«

Marias Sekretärin Lilli Grimaud, Halbfranzösin mit Vorliebe für verrückte Frisuren, im Augenblick ein Bob in Pink, sprang mit dem Telefon in der Hand von ihrem Schreibtisch auf und stürmte auf Maria zu. Offenbar hatte Lilli nichts anderes getan, als auf ihre Chefin zu warten. »Herr Hartmann!« Sie deutete auf den Hörer mit einem fast schon ehrfürchtigen Gesichtsausdruck, als habe sie Macron persönlich am Apparat, und hielt mit der linken Hand die Sprechmuschel bedeckt.

»Später, Lilli!« Maria winkte ab. »Erst brauch ich einen Kaffee.«

»Aber Herr Hartmann …!«

Maria wusste, wie hartnäckig Paul Hartmann sein konnte, ohne selbst Kunde ihrer Bank zu sein. Daher blieb sie unbeeindruckt. »Kaffee, Lilli, hatte heute noch keinen … bin tot.«

Lilli nickte mitfühlend, wandte sich wieder dem Telefon zu, Maria wollte es noch verhindern, doch da hatte Lilli Paul Hartmann schon mitgeteilt, dass ihn Frau Popp in wenigen Minuten zurückrufen werde.

»Werde ich nicht!« Maria zischte.

Lilli legte erneut die Hand auf die Sprechmuschel und zischte zurück. »Wenn du nicht anrufst, ruft er alle zehn Minuten an, ach was, alle fünf Minuten ruft er dann an … Und ich hab wirklich anderes zu tun.«

»Beim nächsten Ton«, Marias Stimme klang amüsiert, »ist es nicht die Zeitansage, sondern Herr Hart…«

»Hör auf damit!« Lilli zischte nicht mehr, sie fauchte. »Das ist nicht lustig, Maria!«

»Stimmt, Lilli, es ist nicht lustig, dass dieser Henri Sonnenschein nicht in der Lage ist, seine Angelegenheiten selbst zu regeln.«

»Ein hübscher Mann, der Herr Sonnenschein …« In Lillis Augen blitzte es auf. Maria kannte diesen Blick. Mit ihm bekam Lilli – fast – alle.

»Seit ich Herrn Sonnenschein vom Kollegen Bauer übernommen habe, bin ich weder mit seiner Anwesenheit noch mit seinem Aussehen beglückt worden.« Maria blieb bewusst sachlich, wollte noch etwas hinzufügen, doch Lilli hatte sich schon von ihr ab- und Paul Hartmann am anderen Ende des Drahtes zugewandt. »Frau Popp ruft zurück … Hab ich doch gesagt, Herr Hartmann … ja, versprochen!« Marias Geste, dass sie Lilli gleich den Hals umdrehen werde, ignorierend, setzte Lilli ihr entgegenkommendes Zwitschern fort. »Frau Popp ruft zurück, wenn ich es Ihnen doch sage, Herr Hartmann … und einen schönen Gruß an Herrn Sonnenschein, geht es ihm noch immer nicht besser?«

Maria wurde den Verdacht nicht los, dass Lilli Henri Sonnenschein anbaggern würde, sobald er seine Trauer überwunden hatte. Falls das jemals geschah. Sie verdrehte die Augen und lief Richtung Toilette.

Weder Herr Hartmann machte sie nervös noch der Druck auf die Blase. Es waren die Bakterien, Pilze und Parasiten, die sie beunruhigten, seit sie Franz die Hand gegeben hatte. Im Moment galt daher nur eines: zu verhindern, dass Tausende von Keimkolonien von ihr Besitz ergriffen.

Maria hatte keine Vorurteile, aber Franz war, wer er war, und ihr Immunsystem war es auch. Zu schwach, um mit einer bakteriellen Völkerwanderung fertigzuwerden. Trump baute Mauern, sie stoppte die feindliche Invasion mit Händewaschen, ehe sie im Gleichschritt über die Schleimhäute in den Körper einmarschierten, sämtliche Organe besetzten und das Kommando über ihre Gesundheit übernahmen.

Sie hatte die Kontrolle. Im Toilettenvorraum – Maria war noch immer froh, einen Armhebelspender für die Desinfektion durchgesetzt zu haben – drehte sie den Wasserhahn auf und ließ das warme Wasser über Handgelenke und Hände laufen. Ein angenehmes Gefühl, mit dem sie sich auch gelegentlich beruhigte, wenn der Druck zu groß wurde. Sie musste erneut an Franz denken.

Was hatte ihn wohl so abrutschen lassen? Ob er zu schwach gewesen war für das System? Nachdenklich drehte Maria den Wasserhahn ab und begann mit dem gründlichen Einseifen der Hände. Oder zu stark? Ein Patriarch, der seinen Betrieb aufgebaut und zur Blüte geführt, irgendwann keine Funktion mehr gehabt hatte und mitansehen musste, wie alles kaputt ging?

Handinnenfläche säubern, gründlich, Handrücken, gründlich, Fingerspitzen, Fingerzwischenräume, gründlich, Daumen und – ganz wichtig – die Fingernägel. Maria nahm die Nagelfeile, und während sie mit ihr behutsam unter jeden Fingernagel fuhr, überlegte sie weiter. Seine Sprache, das Leuchtfeuer in den Augen, als er sie beschimpft hatte. Beides zeugte von zumindest noch gelegentlich aufblitzender Leidenschaft. Vielleicht hatte er sogar irgendeinem Vorstand angehört. Der tiefe Fall war ihr aus ihrem Berufsleben bekannt, und es jagte ihr Angst ein. Zu fallen, und niemand war da, der sie auffing.

Es war ja nicht so, dass man sofort verstoßen wurde. Der Abschied kam leise, schlich sich von hinten an.

Sanft und gedankenverloren massierte Maria die Seife weiter in die Haut.

Zuerst durfte man noch das Büro ganz oben behalten, dann allerdings kam die Bitte, sich vielleicht doch mit dem etwas kleineren Büro ein paar Etagen tiefer zu begnügen. Bis man schließlich an dem Ort ankam, den Kollegen Grabkammer oder Elefantenfriedhof nannten. Manche begriffen erst dann, wo sie gelandet waren. Auf dem Abstellgleis. Dazu vielleicht noch zwei weitere Schicksalsschläge, und man blieb endgültig liegen.

Franz hatte von Kindern gesprochen, denen er vorgelesen hatte, und Maria musste an einen anderen Obdachlosen denken. Der hatte sich den Eingang der Luxusboutique neben Lillis und Marias Lieblingsbar als Schlafplatz ausgesucht. Und da lag er, Nacht für Nacht, inmitten von unverschämt teuren und luxuriösen Klamotten hinter Glas und mit viel Licht in Szene gesetzt. Was Maria besonders berührte, war die stets sorgsam zusammengelegte Brille neben ihm auf dem Asphalt. Wie ein Relikt aus anderer Zeit. Einer Zeit, in der noch alles gut und das Bett innerhalb der eigenen vier Wände warm und weich gewesen war.

Maria sah den Mann förmlich vor sich, wie er den Roman beiseitelegte, die Frau neben sich küsste, die Brille abnahm, die Augen schloss, bis der Morgen kam, und mit ihm das unerbittliche Licht. Wie auf ihn gerichtete, etwas zu grelle Scheinwerfer, die den Traum als Fake entlarvten und ihn zurückstießen in die Realität, deren Boden hart und in der er einsam war. Wie Franz.

Was wohl draußen vor dem Fenster ist? Wie schwarz es sein kann. Wie es in einen hineinkriecht … Die letzten Worte ihrer Mutter. Zuerst sie, dann das …

Maria rieb die Seife noch sanfter als zuvor in ihre Haut. Sie glaubte nicht an das ewige Leben. Sie glaubte an das ewige Nichts. Das ewige Nichts, ohne jemals von einem Mann richtig geliebt worden zu sein. Aaron hätte sie nicht in dieser Situation verlassen dürfen …

Sie drehte den Wasserhahn wieder auf, spülte die Seife unter dem warm dahinfließenden Wasser ab, benutzte diesmal den Ellbogen, um den Hahn zu schließen, und ein Einmalpapiertuch zum Abtrocknen. Verließ die Toilette und stand vor Lilli.

»Ich hab ihn schon wieder dran.«

»Wen?« Maria kam nur langsam zurück aus ihrer Gedankenwelt.

»Na wen schon … Hartmann!«

»Okay«, Maria seufzte, »stell ihn durch …«

Lilli drückte erleichtert auf den entsprechenden Knopf, der Paul Hartmann erst einmal mit »Für Elise« versorgte. Dem Jingle, von dem Maria überzeugt war, hätte Beethoven geahnt, was er damit anrichtete, hätte er ihn nie geschrieben. »Für Elise«, kombiniert mit der monoton beschwichtigenden Aussage: Sie werden verbunden, bitte warten. *Please hold the line*. Und dann wieder von vorn. Bis derjenige am anderen Ende des Drahtes aufgab oder ihn jemand erlöste.

Maria wollte nicht Paul Hartmann, sondern sich selbst erlösen, indem sie ihn so schnell wie möglich abfertigte, doch in diesem Moment deutete Lilli auf Marias Bluse. »Du hast da was …«

»Was?«

»Einen Fleck.«

»Ist nur Kaffee!«

»Ich dachte, du hattest heute noch keinen?«

»Diesen, Lilli, diesen Kaffee hatte ich schon.«

»*Mon dieu*, was ist passiert?«

Maria betrat ihr Büro, ohne zu antworten. Lilli lief hinter ihr her. »Gallseife, sanft einmassieren, fünfzehn Minuten einwirken lassen, ausspülen.«

»Und selbst wenn wir Gallseife hierhätten, liebe Lilli, soll ich meine Kunden im BH empfangen?«

»Kommt auf den BH an?« Das war das Französische an Lilli, die Gallseife wiederum hatte sie ihren deutschen Genen zu verdanken. Ebenso wie ihr wortreiches Bedauern, dass Marias teure Bluse wohl dauerhaft im Arsch wäre, wenn der Kaffeefleck erst einmal so richtig eingetrocknet war.

Das Argument zog. Zweihundertdreiundzwanzig Euro warf man nicht zum Fenster hinaus. Maria sah sich um. Kein männlicher Kollege, kein Kunde weit und breit, nur sie und Lilli.

Maria schlüpfte aus der Bluse, Lilli warf einen prüfenden Blick auf den BH, ihre Mimik wandelte sich von Neugier in stille Verzweiflung und von stiller Verzweiflung in Ratlosigkeit: »Wie kannst du so was nur an deine schöne, weiche Haut lassen!«

Ehe Maria antworten konnte, ihrer Haut sei ihr Aussehen egal, klingelten in ihrem Smartphone wieder die Münzen. Lilli setzte ihr französisches Lächeln auf und schnurrte: »Und schon ist er da, der nächste Verehrer.« Wurde ernst. »Aber dann s'il vous plaît, ein sexy Teil und kein Verhütungsmittel!«

Es war nicht das erste Mal, dass Maria bereute, Lilli nach einem Mojito zu viel in das Thema Partnersuche eingeweiht zu haben. Lilli mit ihrem Standardspruch für jeden neuen Liebhaber. *»Je t'envoie trois fleurs, la première pour notre amitié, la deuxième pour la fidélité et la troisième pleine d'abeilles qui vont te piquer si jamais tu penses à m'oublier.«* Ich schicke dir drei Blumen, die erste für unsere Freundschaft, die zweite für unsere Treue und die dritte Blume mit ganz vielen Bienen, die dich stechen werden, wenn du mich jemals vergessen solltest. Dabei war es Lilli, die meist schon nach der ersten Nacht vergaß …

Das Münzgeklingel ignorierend, schlüpfte Maria in ihre Wolljacke, die sie in weiser Voraussicht mitgenommen hatte, knöpfte sie zu und spürte sofort, dass der Tag auch in dieser Hinsicht kein einfacher werden würde.

Nicht nur heute, sondern schon seit Tagen zeigte das Thermometer dreißig Grad, und die Hitze hatte sich in die Mauern des Bankgebäudes förmlich hineingefressen, sodass selbst die Nacht nichts mehr dagegen ausrichten konnte. Da es keine Klimaanlage in den Büroräumen gab, arbeitete der Ventilator auf Hochtouren. Allein der Gedanke an die bevorstehenden Endlosstunden mit Terminen, Zahlen und dem Druck von oben, Produkte wie Aktienfonds oder Zertifikate an den Kunden zu bringen, trieb Maria den Schweiß auf die Stirn.

»Du wirst schwitzen«, verkündete Lilli.

»Hartmann«, knurrte Maria, stemmte mit dem Ellbogen die Glastür zu ihrem Büro auf, in dem alles wie in ihrer Wohnung exakt seinen Platz hatte, sogar noch das Bild von Aaron auf dem Schreibtisch. Lilli stellte durch. Maria nahm den Anruf mit einem langen, leicht gequälten Seufzer entgegen, um schon einmal anzudeuten, dass der Anruf ungelegen kam und sie im Grunde keine Zeit für dieses Gespräch hatte, das voraussichtlich unerfreulich verlaufen würde.

Wenn schon nicht die Warteschleife half, dann war das die nächste Methode, um unliebsame Kunden abzuwickeln. Wobei ja nicht einmal Paul Hartmann ihr Kunde war, sondern Henri Sonnenschein, aber das schien einen Paul Hartmann nicht zu interessieren.

»Herr Hartmann, was kann ich für Sie tun?« Sie schnurrte. »Oh, das tut mir leid, dass Sie so lange in der Warteschleife hingen.« Sie wurde sachlicher. »Ach, des Briefes wegen wollen Sie mich sprechen? Im Namen von Herrn Sonnenschein?« War nicht mehr sachlich, sondern nüchtern. »Nun ja, Herr Sonnenschein ist seit einem halben Jahr mit den Kreditzinsen im Rückstand.« Wurde unpersönlich. »Er soll mich bitte anrufen, dann machen wir einen Termin aus, um Näheres zu besprechen. Wird er nicht? Er ist unpässlich? Der Tod seiner Frau. Natürlich. Sehr bedauerlich. Ist aber schon eine ganze Weile her, soweit ich weiß. Nein, Trauer hat kein Verfallsdatum. Natürlich. Die Geduld einer Bank dagegen schon, Herr Hartmann, und wir waren bisher außerordentlich großzügig … Ob ich auf den Archehof kommen will, um zu sehen, was auf dem Spiel steht? Nein, ich werde nicht auf den Archehof kommen, um zu sehen, was auf dem Spiel steht. Das weiß ich auch so. Viel wichtiger ist, dass Herr Sonnenschein es endlich begreift!« Es war nicht ihre Absicht, ihre Stimme genervt klingen zu lassen, nur der Schweiß triefte mittlerweile, wie von Lilli vorhergesagt, von ihrer Stirn. Maria wischte ihn mit dem Handrücken weg und fuhr fort: »Einen schönen Gruß an Herrn Sonnenschein. Ich erwarte seinen Anruf, dann machen wir einen Termin und sehen weiter.«

Ohne Hartmanns Antwort abzuwarten, legte sie auf und beobachtete mit glücklichem Lächeln, wie Lilli die ersehnte Tasse Kaffee auf den Schreibtisch stellte, exakt an die Stelle, wo sie zu stehen hatte. Nein, nicht ganz, ein klein wenig musste Maria die Tasse doch zurechtrücken, damit sie nicht bei einer unachtsamen Bewegung auf wichtigen Unterlagen landete. Lilli verdrehte die Augen, Maria setzte ihren »Ich bin der Boss«-Blick auf, Lilli zog mit einem Schulterzucken die Glastür hinter sich zu, Maria machte den PC an und googelte Pusca.

Dabei stach ihr als Erstes die wissenschaftliche Untersuchung einer Universität ins Auge, mit der Pusca für sich warb. Umarmungen taten nicht nur der Seele gut, nein, so schrieb sie, sie stärkten auch das Immunsystem, was einen wiederum weniger anfällig für Erkältungsviren werden ließ. Wenn sie, so zumindest überlegte Maria, im Sommer mit dem Kuscheln begann, konnte sie sich im Herbst die Grippeimpfung für den Winter ersparen. Sie zögerte nicht länger. Sie rief Pusca an und verabredete mit ihr einen Kuscheltermin.

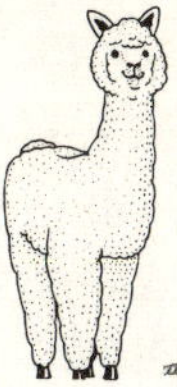

6

Zwei Tage später stand Maria vor einem der Wohnblocks, in denen 1972 die Olympiamannschaften untergebracht worden waren und in dem jetzt Pusca Umarmungen gegen Geld anbot. Etwas, das Maria noch immer traurig stimmte. Nicht nur, dass es mit ihr, sondern offenbar mit den Menschen überhaupt so weit gekommen war – zumindest in der westlichen Welt. Zuneigung erkaufen und so tun, als sei das völlig normal.

Oder dieses Tinder. Sex auf Bestellung im Menschenkatalog, aber kein Blick mehr für den anderen, wenn man sich auf der Straße begegnete. Abwicklung zwischenmenschlicher Prozesse mit dem Ziel größtmöglicher Effizienz. Im Geschäftsleben nannte man das Workflow. Dabei ging es allerdings um Zahlen und nicht um Nähe oder Liebe. Möglicherweise war sie das, was Lilli als *old school* bezeichnete. Die Mary Poppins der alten Schule. Mit ihrem aufgespannten Schirm hinausgeschwebt aus …, nun ja, dein Name ist Leben!

Maria war sich nicht ganz im Klaren, was sie erwartet hatte. Möglicherweise ein Ambiente ähnlich einem Rotlichtviertel. Jedenfalls nicht dieses unauffällige Mehrfamilienhaus mit durch und durch bürgerlich anmutenden Namensschildern neben den Klingeln. Hubertus Huber hieß es da und Saskia Müller, selbst Pusca war nicht einfach nur Pusca, sondern Anabel Pichottka im dritten Stock.

Maria atmete tief durch und legte den Zeigefinger auf die Türglocke. Noch konnte sie entscheiden, ob sie den Druck verstärken oder den Finger wieder vorsichtig zurücknehmen sollte, um Pusca nicht auf sich aufmerksam zu machen. Ihr Herz klopfte nicht. Es ähnelte eher den Trommelvirtuosen bei den Yamatos, *the drummers of Japan*, die sie noch mit Aaron in der Philharmonie nicht nur gesehen und gehört, sondern er- und durchlebt hatte. Arme, Beine, Kopf – jede Körperzelle hatte sich im Rhythmus der Trommeln bewegt, bis sie, befreit von all dem seelischen Feinstaub und Alltagsdreck, von innen heraus geleuchtet hatte. Sie hatte geleuchtet, und der Sex mit Aaron danach war das reinste Trommelfeuer gewesen. Virtuos. Danach war sie schwanger gewesen. Tränen. Vorbei. Der Türöffner surrte. Offenbar hatten die Erinnerungen sie noch einsamer werden lassen und ihr die Entscheidung abgenommen.

Es gab noch diesen Augenblick in diesem ebenfalls sehr normal wirkenden Treppenhaus, diesen einen Moment, in dem sie Stufe um Stufe hinaufstieg, da hätte sie den Unsinn mit dem Bezahlkuscheln noch beenden können. Sie wollte den Unsinn beenden. War schon dabei, sich umzudrehen, da stand Pusca vor ihr.

»Hi, ich nehme an, du bist die Maria?« Sie war ihr in dem kahlen Treppenhaus entgegengekommen, als sei sie es gewohnt, dass ihr die Kunden in letzter Sekunde noch den Laufpass gaben.

Maria wusste nicht, wen sie erwartet hatte. Was sie aber ganz sicher nicht erwartet hatte, war, wie durchschnittlich Pusca aussah. Fast unscheinbar. Blond. Mit filigranen Fältchen um die Augen, obwohl sie vermutlich jünger war als sie. Keine dreißig, aber mit einem sehr anziehenden Lächeln, von dem Maria sicher war, dass es ihm gelang, jeden einzufangen, den Pusca einfangen wollte.

»Maria Popp!« Maria streckte ihr höflich die Hand entgegen, doch Pusca nahm sie nicht nur, sondern packte sie mit festem Griff und zog die ihr nur widerstrebend folgende Maria noch einen Stock höher zu ihrer Wohnung.

Die Tür stand offen. Pusca lachte, ein an Fröhlichkeit kaum zu übertreffendes Lachen, ein Lachen, das Maria bei einer so ernsthaften Angelegenheit wie käuflicher Umarmung nicht erwartet hatte. Ein ermutigender Schubs, und Maria fand sich wieder im Reich des Geschäftsmodells »bezahltes Kuscheln«.

Eine drei Quadratmeter große Matratze mit orientalischer Tagesdecke war der Mittelpunkt des etwa fünfundzwanzig Quadratmeter großen Apartments. Girlanden und Luftballons wehten ihr von der Deckenlampe entgegen. Maria konnte sich nicht entscheiden, ob sie es als kitschig oder doch nur als etwas verspielt empfand. Die Regale waren mit Lebenshilfebüchern und Philosophiewälzern vollgestopft, auch auf dem Boden stapelten sich Bücher. Eine zweite Lampe warf bernsteinfarbene Sprenkel wie kleine Bälle in den Raum. Auf dem himmelblauen Sofa schmiegten sich Kuscheltiere, Decken luden zum Hineinwickeln ein. Maria wollte schon trotz der noch immer hohen Temperaturen nach einer Decke greifen, doch in diesem Moment schubste Pusca sie ein zweites Mal, und ehe sichs Maria versah, lag sie schon bäuchlings auf der Matratze, und Pusca legte sich auf sie.

»Was soll das, Anabel?«

»Pusca … Entspann dich!«

»Wie denn, wenn du mich zerquetschst?« Jeder Zentimeter von Puscas Oberkörper presste sich an Marias Rücken, während ihre Beine die von Maria umschlangen. »Ich dachte, wir gehen es langsam an.«

»Nicht reden, Maria, atmen, pass deine Atmung an meine an …«

»Ich hab meine eigene Atmung, wenn du unbedingt angepasst sein willst, dann bitte an mich …«

»Weil du bezahlst?«

Maria sagte nichts mehr. Versuchte es. Doch statt zu atmen, hörte sie ganz damit auf.

»Tief aus dem Bauch, Maria. Atme … ruhig.«

Maria hechelte: »Du weißt wirklich, was du tust?«

Statt einer Antwort begann Pusca Marias Ohrläppchen sanft zu kneten: »Entspann dich, Maria. Überlass dich ganz mir.«

Maria wollte sich entspannen. Sich einlassen, aber da war nun mal dieser eine Gedanke, der zunächst unauffällig vom Hinterkopf nach vorn kroch, Fahrt aufnahm und dann wie von der Tarantel gestochen durch ihren ganzen Denkapparat wirbelte. Es gab nur eine Möglichkeit, ihn zu stoppen, indem sie ihn aussprach: »Ich hoffe, du hast dir vorher die Hände gewaschen?«

»Das ist dein Problem?« Als hätte Maria etwas komplett Absurdes von sich gegeben, glitt Pusca von ihrem Rücken und sah Maria verblüfft an. Maria wollte schon mit einem Vortrag über Körperhygiene beginnen, da lachte Pusca wieder. »Keine Sorge, ich habe sie sogar desinfiziert. Kannst du dich jetzt vielleicht mal zumindest etwas entspannen?«

»Logisch. Klar.« Maria murmelte noch bäuchlings liegend in die orientalische Decke hinein, sich die Frage verkneifend, ob diese frisch gewaschen war, da drehte Pusca sie schon sanft zu sich um und begann mit dem Zeigefinger der rechten Hand von Marias Nase Richtung Haaransatz zu streichen. Immer und immer wieder. Das tat gut. Zu gut! Wäre es der Mann gewesen, in den sie verliebt war, oder Aaron … *Aaron, Geliebter, Atem meiner Seele, ich wünschte, es wäre Liebe gewesen, die dich so blind machte – für mich.*

»Woran denkst du?«

Maria brach die poetische Vorstellung von Aaron ab, verspannte sich. Wenn Aaron eines nie gewesen war, dann ein Poet.

»Du verlierst ungern die Kontrolle, richtig?«

»Ich würde eher sagen, ich bin diszipliniert.«

»So nach dem Motto, ich kann Erdbeeren pflücken, ohne selbst welche zu essen.«

»Genau.«

»Und was hast du davon, auf diesen wunderbaren, süßen Geschmack zu verzichten, den sich dein Gegenüber auf der Zunge zergehen lässt?« Pusca rückte dicht an Maria heran, sodass Maria ihren Atem spürte. Pusca hatte sich offensichtlich sogar die Zähne geputzt. »Was macht dir Angst, Maria, das Fühlen oder vielleicht sogar das …«, Pusca zögerte, als fiele es ihr schwer, es auszusprechen, »… Leben?«

Maria wusste keine Antwort.

»Du kannst das Leben nicht kontrollieren, Maria, es macht sowieso mit dir, was es will.«

»Nicht, wenn ich vorher erkenne, was es vorhat.«

»Du willst tatsächlich schneller sein als das Leben – und klüger?« Pusca lachte wieder ihr so anziehendes Lachen. »Energieverschwendung. Steck sie lieber in die Liebe.« Sie glitt mit der rechten Hand über Marias Brustkorb.

»Dafür müsste sie erst einmal da sein, die Liebe.« Maria wollte es nicht, aber ihre Stimme klang spöttisch.

»Liebe ist nicht das, was man erwartet zu bekommen, sondern das, was man bereit ist zu geben.«

»Du bist klug.« Marias Antwort war nicht frei von Spott.

»Ich nicht, sondern Katharine Hepburn.«

Pusca ließ die Hände weiter nach unten wandern, seitlich am Becken entlang, und begann, Marias Bauch zu massieren. Keine Berührungen im Intimbereich. Küsse verboten. Maria kicherte. Am Bauch war sie extrem kitzlig.

»Na endlich bist du etwas lockerer.«

Prompt nahmen Marias Muskeln wieder ihre Tätigkeit auf, und die Backenzähne pressten sich jetzt auch noch felsenfest aufeinander. Wenn das bezahlte Kuscheln etwas ersetzte, dann das Training im Fitnessstudio, für das sie bezahlte, ohne je hinzugehen. Regelmäßig zahlendes passives Mitglied. Sie wollte nicht passiv sein. Und vor allem wollte sie nicht fühlen, was sich gerade von ihrem Bauch oder besser dem Sonnengeflecht aus auf den Weg nach oben machte, als habe Pusca eine ganze Armada an Empfindungen in Bewegung gesetzt, die bisher das gemächliche Dasein von Couchpotatoes geführt hatten, sich dem eigenen verweigernd, dafür das Leben der anderen bei Netflix mit Hochspannung verfolgend.

Die Gefühle erwachten. Es waren zu viele. Unkontrollierbar. Maria schlug um sich. Pusca wollte sich schon in Sicherheit bringen, doch da hatte Maria sie mit voller Wucht am linken Auge getroffen.

»Spinnst du?« Pusca lachte nicht mehr. Sie war fassungslos. Ebenso wie Maria, die förmlich beobachten konnte, wie Puscas Auge anschwoll und sich blauviolett verfärbte.

»Es tut mir leid.«

»Und mir erst, verdammt …« Pusca lief zum Kühlschrank, holte Eis heraus, wickelte es in ein Geschirrtuch und presste die Packung aufs Auge. »Jetzt denken alle, ich hab 'nen Zuhälter.«

»Könnte schon sein.«

»Na super!«

»Ich geh besser.«

»Das glaub ich allerdings auch.«

Maria stand auf und suchte in ihrer Tasche nach ihrem Portemonnaie, doch Pusca winkte ab: »Lass es.«

»Weil ich ein hoffnungsloser Fall bin?« Marias Stimme klang kleinlaut.

»Vielleicht bist du einfach nicht bereit dazu.«

»Nicht bereit für eine Umarmung?«

»Das möglicherweise schon, nur vielleicht …«, Puscas Stimme klang wieder etwas milder, »… hast du auch nur Verstand und weißt, dass das hier nichts weiter ist als billiger Ersatz.«

»Billig? Neunundachtzig Euro, na, ich weiß nicht …«

Pusca presste noch immer die Eispackung aufs Auge, aber sie lachte, und Maria atmete auf.

»Lass dir nichts vormachen.« Zärtlich strich Pusca ihr über die Wange. »Bist schon okay, musst es nur noch selbst rausfinden.«

Maria gab nicht dem Impuls nach, Pusca zu umarmen. Sie streckte ihr die Hand entgegen. Pusca nahm sie nicht, wurde ernst. »Ich will dir noch was mitgeben.«

»Einen Teddybären.« Jetzt war es Maria, die lachte. »Zum Kuscheln.«

»Nein, etwas, das einmal ein sehr kluger Mensch gesagt hat.«

»Und das wäre?«

»Mit einer Hand klatschen, das wird nie funktionieren. Wir brauchen beide Hände, um einen Ton zu erzeugen.«

»Ton erzeugen? Ich kapier nicht?«

»Du willst nicht gehört werden, Maria? Niemand soll wissen, was du wirklich zu sagen hast?« Mit diesen kryptischen Worten gab Pusca ihr endlich die freie Hand.

Ohne zu wissen, was sie mit diesen Worten anfangen sollte, verabschiedete sich Maria, stand wenige Minuten später auf der Straße und atmete tief durch. Sie fühlte sich, als sei sie bei einer Prüfung durchgefallen. Klassenziel nicht erreicht. Zwischenmenschlich unbegabt.

Dennoch – etwas hatte sich verändert. War es die Luft? Das unentwegte Summen von Stimmen? Dieser leise Gesang, wie man ihn nur im Sommer wahrnahm? Dieser Sound, im Frühling von üppig blühender Vegetation überwuchert, im Herbst allmählich der Melancholie verfallend, bis ihn der Winter ganz verstummen ließ.

Der Sommer, in dem alles atmete, leidenschaftlicher lebte, duftete, sinnlicher und inniger war. Hatte Pusca das gemeint, als sie sagte, man müsse mit beiden Händen klatschen, um einen Ton zu erzeugen? Ging es darum, gehört zu werden und die Sehnsucht nicht zu ersticken, sondern die Not laut herauszuschreien? Sich nicht mehr verbergen. Keine Maske mehr tragen. Endlich damit beginnen, auch Schwäche zu zeigen?

Nein, das war nichts für sie. Sie wollte und sie würde sich niemals eine Blöße geben.

Denn nur die Harten kommen in den Garten, nur wer stark ist, wird respektiert.

Noch tat Maria ihr Möglichstes, um das Gefühl an den Platz zurückzudrängen, an dem sie vor ihm sicher war. In den Verstand. Dennoch schien es dem einen oder anderen Gefühlsfunken zu gelingen, ihr zu entkommen. Jedenfalls war da etwas in ihr, das sie schon fast als Lust auf Leben bezeichnen konnte.

Mit beiden Händen berührte Maria den Boden, um sich wieder zu erden, und weil sie in dieser Stellung nah an ihren Schuhen war, zog sie diese aus.

Barfuß laufen.

Einfach so.

Hinein in den Morgen. *Jeder neue Morgen ist ein neuer Anfang unseres Lebens. Jeder Tag ist ein abgeschlossenes Ganzes.* Stand irgendwo in der Bibel.

Maria lief gut gelaunt weiter. Trat auf eine Scherbe, schrie auf, setzte sich auf den Bordstein und zog die Scherbe aus dem rechten Fußballen, während die anderen achtlos an ihr vorbeigingen. Verdammt, tat das weh – und wie es blutete! Für den Bruchteil einer Sekunde wurde ihr übel. Zu Hause würde sie die

Wunde sofort desinfizieren müssen. Sie zog die Schuhe wieder an, fühlte den Schmerz noch sehr viel stärker. Doch barfuß nur auf den Fersen laufen schien nach dieser Erfahrung zu riskant.

Also biss sie die Zähne zusammen und spazierte nicht wie für den Bruchteil einer Sekunde geplant dem Morgen entgegen, sondern ganz banal zu ihrem Wagen. Einsamkeit war eine Bitch, und weder eine professionelle Umarmerin noch ein Ton, der erst durchs In-die-Hände-Klatschen entstand, konnten das Geringste daran ändern. Wie sehr auch alles in ihr drin lärmen mochte, draußen in dieser Welt war sie, Maria Popp, einfach nicht zu hören.

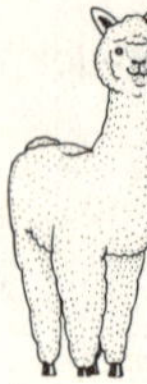

7

Mit einem Ruck zog Paul die Vorhänge auf, und die Mittagssonne flutete in Henris Zimmer, als habe sie nur darauf gewartet, in dem dunklen Raum alles heller und freundlicher zu gestalten. Es war sein Arbeitszimmer. Das gemeinsame Schlafzimmer betrat er schon lange nicht mehr, und auch kein anderer durfte es betreten oder den Raum umgestalten. Den Platz schaffen, den die Bewohner des Archehofes so dringend brauchten.

»Noch fünf Minuten, Bobby!«, kam es prompt von der Couch, auf der sich Henri wie so oft unrasiert, ungekämmt und im Trainingsanzug in Ellas Schlafdecke wickelte, die weder Bärbel noch Mariama hatten waschen dürfen.

»Sie riecht noch nach ihr …«, pflegte er jedes Mal zu sagen, wenn sie ihn behutsam darum baten. In diesem Ton, für den das Wort »traurig« unzureichend gewesen wäre. So ließen sie ihm die Decke und auch »ihr« Kopfkissen, in das sich Henri jetzt, um die Mittagszeit, mit dem Gesicht so tief verkroch, dass sich Paul um seine Sauerstoffzufuhr sorgte.

Auf diese Weise vermied Henri den Tag. Diesen Tag und den nächsten und wieder den nächsten.

Paul warf ihm einen besorgten Blick zu, ehe er ihn sanft korrigierte. »Ich bin's … Paul, nicht Bobby.«

Paul sprach mit Henri fast wie mit einem Kind, das sich eine ansteckende Krankheit eingefangen hatte. Nur mit dem Unterschied, dass Depression nicht ansteckend war und weder Essigwickel noch Ingwertee dagegen halfen.

Stille ohne Stimme.

Welt in Graubraun.

Angst ohne Namen.

»Ziehst du bitte die Vorhänge wieder zu, Paul?«

Vor einem Jahr noch war Henri voller Kraft gewesen. Lustig war er gewesen und von einer inneren Heiterkeit, die jeden sofort für ihn einnahm.

»Kommt zu uns auf den Hof«, hatte er ihn und Bärbel bei ihrer ersten Begegnung vor fünf Jahren umworben. Förmlich mitgerissen hatte er sie mit seinen Plänen – hin zu seinem und Ellas Shangri-La. Dem Ort, an dem alle Menschen in Harmonie und Frieden leben sollten. Egal, wie viel Geld man hatte, woher man kam, ob man alt war oder jung, ob gesund oder eingeschränkt. Gemeinsam eine Oase schaffen, das war Henris und Ellas realisierbarer Traum.

Wie so viele hatte Henri genug von dem täglichen Zähnezusammenbeißen und Sich-durchs-Leben-Powern. Wofür? Für das bisschen Sicherheit, das es ohnehin nicht gab? Das Immermehr, das so gar nichts mit Glücklichsein zu tun hatte? Volles Konto, Seele *out of order?*

Vielleicht war die Entscheidung, die Henri damals getroffen hatte, schon das erste Anzeichen gewesen, dass Henri auf sich achten musste. Eine zarte Seele, die Ella zum Leuchten gebracht hatte.

Als Direktor eines Marketingunternehmens war Henri zu diesem Zeitpunkt ziemlich ausgebrannt gewesen. Immer *on the road* aus Angst, dass ihn einholte, wovon er irgendwann gewusst hatte, was es war: das Leben. Dieses eigenwillige und unbestechliche Leben. Es nahm kein Geld. Es respektierte auch nicht, dass man hart arbeitete, anständig war, niemandem Leid zufügte, nicht übermäßig viel trank, nicht ungesund aß. Ohne Rücksicht auf Verluste tat es nur das, was es wollte, und schenkte ihnen – Bobby!

»Warum wir?«, hatten sie die Hebamme gefragt. »Und warum ausgerechnet unser Bobby? Wir haben doch alles getan, um ein gesundes Kind zu bekommen?«

Schuldgefühle.

Etwas falsch gemacht zu haben.

Nicht weiterwissen.

Angst vor der Zukunft.

»Nicht die Eltern suchen sich die Kinder, die Kinder suchen sich genau die Eltern aus, die sie brauchen«, hatte die Hebamme mit warmem Lächeln geantwortet. »Sie beide sind die Eltern, die Bobby will. Sie sind stark genug für ihn.«

Stark genug für Bobby? Im Gegenteil. Ella und Henri hatten Bärbel und Paul geschildert, wie Bobbys Wahl sie beide fast zerrissen hätte. Hin- und hergetaumelt waren sie zwischen der Fürsorge für Bobby und dem, was Stephanie brauchte, um kein Schattenkind zu werden. Das gesunde Kind, das hinter dem behinderten immer zurückstehen musste.

Der Archehof war die Lösung gewesen. Und mit jedem Glas, das er und Bärbel gemeinsam mit Henri, Johanna Schmidtbauer und ihrem Mann Leon in der Whiskeybrennerei Schmidtbauer verkostet hatten, hatte ihnen die Idee besser gefallen.

»Die Miete ist gering.« Henri hatte gelockt, und Ella hatte dazu gelächelt. »Und wenn ihr alt werdet und nicht mehr könnt, sind Ella und ich für euch da.« Ein verlockendes Angebot. Mehr noch, ein Versprechen.

Sie, die ebenfalls einfach nur hatten leben wollen. Nicht nur mit einem Teil des Himmels, sondern mit seiner ganzen Weite in sich. Langstreckenabenteurer, einmal um die ganze Welt, niemals aufgeben! Bis ihnen klar geworden war, dass auch sie alt wurden, zwar mit viel Erfahrung, aber einer viel zu kleinen Rente. Zu viel zum Sterben, zu wenig zum Leben, wie es so schön hieß. Ein Archehof statt betreutes Wohnen. Die Lösung. Der Silberstreif am Horizont.

Jetzt auch ihr Shangri-La.

»Steph und Bobby haben keine Großeltern mehr.« Familienleben statt Einsamkeit. »Das könntet ihr für sie sein, Oma und Opa.« Selbst wenn einer den anderen irgendwann zurücklassen musste. Ein tröstender Gedanke. Er hatte für ihn und Bärbel den Ausschlag gegeben.

Sie hatten keine Kinder, daher auch keine Enkel. Weil das Geheimnis des Lebens nun einmal war, dass man nie alles bekam. Klug, das frühzeitig zu verstehen. Es erleichterte vieles.

Einer für alle, alle für einen. Seit fünf Jahren. Und deshalb war es auch seine verdammte Pflicht, Henri aus dem Loch zu holen, in das er sich nach Ellas Unfall vergraben hatte.

»Komm ans Fenster, Henri.« Paul lockte, lächelte, versprühte Fröhlichkeit, nach der ihm nicht zumute war. »So ein herrlicher Tag. Weißt du überhaupt schon, dass wir Zuwachs bei den Alpakas haben?«

»Bobby … hat … es mir … erzählt.« Die Stimme flach, monoton mit vielen Sprechpausen.

»Und, Henri, hast du dir Misti schon mal angeschaut? Ein munterer kleiner Kerl.«

Schweigen.

Paul wusste natürlich, dass Henri es nicht getan hatte. Gab nicht auf. »Bobby ist sein Pate. So wie bei den Kindern in Peru. Bärbels Idee. So hat er Verantwortung, kann daran wachsen. Und auch Steph tut es gut, sie kann ihren Bruder ein wenig loslassen und ihr eigenes Ding machen.«

»Danke, das ist nett von euch, danke schön.«

»Ich glaube, Steph ist zum ersten Mal verliebt.«

Kam etwas? Es kam nichts.

Paul versuchte es erneut. »Bärbel meint in Kio, den Sohn von Johanna und Leon. Du weißt, dass sie ihn adoptiert haben? Erst vor ein paar Wochen. Ein großes Glück für ihn nach allem, was er hinter sich hat.«

Keine Reaktion.

»Kio hat sich ganz wunderbar um Steph gekümmert, als Ella …« Henri drehte sich zur Wand, und Paul brach ab. Keinen Sinn. Es. Hatte. Keinen. Sinn.

Es war der Tag nach Ellas Beerdigung gewesen, als Henri verloren ging.

Ein Regentag.

Sommerregen.

Paul mochte den Geruch. Diese besondere Mischung aus Baum, Stein, Holz und Erde. Frisch, aber auch etwas modrig. Ein bisschen so wie Rotkohl. Es sind oft nicht die Einzelheiten, es sind die Gerüche, an die man sich erinnert, und an das eine oder andere Bild.

Pauls Bild, das diesen Tag geprägt hatte, war Henri. Wie er am Fenster stand, so wie er es jetzt gerade tat. Irgendwann hatte Henri angefangen zu reden. Mehr zu sich als zu Paul.

Zunächst hatte er den Moment des Abschieds von Ella bis ins Detail beschrieben. Das Erschrecken über das Kinnband, das verhindern sollte, dass der Unterkiefer nach unten fiel. Den letzten Kuss auf ihre schon kalten Lippen. Die Hände gefaltet. Die Kerze flackernd. Das Fenster weit, damit die Seele den Raum verlassen konnte. Überflüssig, wie Henri empfand, da sie viel zu lange gefangen gewesen war im Keller ohne natürliches Licht. Wenn überhaupt, dann hatte die Seele sich längst ein Schlupfloch gesucht. Tot war tot. Und Ella, die noch ein paar

Stunden bei ihnen hatte bleiben dürfen, in ihrem gemeinsamen Schlafzimmer, aber schon zur Abholung bereit, war auch nicht mehr Ella.

Seine Ella, mit ihrem Lachen, ihren Träumen, Tränen, Hoffnungen – und vor allem ihrer großen, großen Liebe zu allem. Zu den Menschen, zur Musik, Kunst, Büchern, der Natur, den Vögeln, zu allen möglichen Tieren. Dem Frühling.

Wie sehr liebte sie den Augenblick, in dem die Forsythie neben der Terrasse goldgelb die heitere Jahreszeit einläutete und sich im Herbst in glühend violettem Braun verabschiedete, um sich im Winter ein wenig auszuruhen, damit sie auch im nächsten Jahr wieder in voller Blüte zurückkehren konnte.

Henri hatte die Forsythie vernichtet. Weil das, was einem die Forsythie vormachte, das Wechselspiel des Lebens war, die Illusion von Ewigkeit, genährt von giftig gelber Hoffnung, dass nie wirklich etwas ganz vorbei war.

Henri hatte weiter beschrieben, wie er sich an Ellas Sterbetag hatte umdrehen wollen, Ella darin zurücklassen wollte, und dann … Paul erinnerte sich noch heute, wie verändert Henris Stimme gewesen war: »Sie hat einfach meine Hand genommen, Paul.«

»Wie … deine Hand?«

»Ich hab es ganz deutlich gefühlt.«

»Ella ist tot, Henri.« Obwohl Paul im Gegensatz zu Henri der sonntägliche Gottesdienst wichtig war, auch Kios wegen, dem Jungen mit der engelsgleichen Stimme, machte er sich Sorgen.

»Nein, ist sie nicht, Paul.« Henris Stimme, sonst stark und fordernd, klang sanft. »Was Ella wirklich ist, ich meine, was sie ausmacht, ihr Geist, ihre Seele, was weiß ich … Das ist noch da. Und es hat auch mich mitgenommen, einen mir endlos erscheinenden Augenblick …«

»Wohin, Henri, wohin?«

Stille.

Endlos.

Und gerade als Paul geglaubt hatte, es käme nichts mehr, hatte Henri geantwortet. Er hatte Paul geschildert, wie er und Ella gemeinsam das Morgengrauen ebenso hinter sich gelassen hatten wie das Abendrot. Sie waren über Berge und Täler geflogen bis an den Punkt, wo man die Erdkrümmung erkennen konnte.

»Und genau an diesem Punkt«, auch den Blick, mit dem Henri ihn angesehen hatte, würde Paul nie vergessen, »exakt in dieser Sekunde, Paul, habe ich es verstanden. Tot zu sein ist nichts, und gleichzeitig ist es alles.«

»Was meinst du damit, Henri, was um Himmels willen willst du mir damit sagen?«

Henris Fantasie war für ihn ein Hilfeschrei gewesen. Ein Nicht-loslassen-Können. Paul hatte Angst bekommen um seinen Freund.

»Licht und Dunkel. Leere und Fülle, wir sind in jedem Grashalm, Paul, weißt du das?«

»Ich weiß.«

Doch er hatte Henri damit nur beruhigen wollen, und Henri durchschaute das.

»Nein, das weißt du nicht. Ich weiß es. Jetzt. Ella ist für immer und damit unsterblich. Ist das nicht ein tröstlicher Gedanke? Ich meine, auch für dich und Bärbel?«

Henri hatte dazu noch etwas sagen wollen, hätte so viel zu sagen, ja zu fragen gehabt, doch für Henri war das Thema erledigt gewesen. Er war in die Gärtnerei gefahren, hatte eine neue Forsythie gekauft und sie eingepflanzt.

Danach hatte Henri nie wieder darüber gesprochen.

War innerlich erloschen.

Und jetzt stand Paul am Fenster, mit Maria Popp im Kopf, ihrem verdammten Brief in der Hosentasche, der ganzen verdammten Realität, die einem nicht die Zeit ließ zu trauern, wie lange man eben trauern musste, und hatte nicht die geringste Ahnung, wie er Henri aus dem Bett zerren, ihn ins Badezimmer schleppen, duschen, rasieren, kämmen und anziehen sollte, damit er einen ordentlichen Eindruck machte, wenn er diese Frau gleich anrief, um mit ihr einen Termin zu vereinbaren.

Es ging nicht nur um ihn und Bärbel, Stephanie und Bobby, es ging auch um Mariama, Abubakar und ihre Kinder.

»Ich hab für dich gecookt, Henri!«, hatte Mariama ihn erst an diesem Morgen wieder gelockt. »Kaiserschmarrn, Henri, you like … like Kaiserschmarrn?« Sie hatte Henris Lieblingsspeise in den handschriftlichen Aufzeichnungen seiner Großmutter gefunden, unermüdlich geübt und machte mittlerweile den köstlichsten Kaiserschmarrn, den Paul je gegessen hatte. »Only for you, Henri, nur für dich, mein Freund, Gott segne dich.«

Und in wenigen Minuten würde er vor sich hin dampfen, der Kaiserschmarrn. Auf dem langen Holztisch unter den Obstbäumen, der genügend Platz für alle bot. Paul lief das Wasser im Mund zusammen. Gemeinsam essen, trinken, palavern – palavern war Mariamas Lieblingswort –, vor allem aber zusammen lachen inmitten des *potages*, dem Küchen- und Schnittblumengarten, den Bärbel und Ella noch gemeinsam angelegt hatten. Überquellend von Mangold, Sellerie, Salaten, Kohl, Tomaten, Würz- und Heilkräutern.

Bärbel und Ella hatte der Hof sogar einen kleinen Kartoffelacker zu verdanken, gesäumt von Lavendel und Buchsbaum. Für die Kinder. Weil Kinder es liebten, die Kartoffeln auf Spießen ins Feuer zu halten und sie danach halb gar, dafür aber mit verkohlter Schale zu essen.

Paul wandte sich von der Welt draußen ab, die heiter war und bunt, kehrte ins Schweigen zurück.

»Wir sollten in diesem Herbst wieder ein Kartoffelfeuer machen, Henri, was meinst du?«

»Okay.«

»Du spielst Gitarre, wir singen alle dazu, und Ella …« Er hatte noch nicht zu Ende gesprochen, da wusste er schon, dass er einen Fehler gemacht hatte, als er Ellas Namen ausgesprochen hatte.

Henri klappte zu wie eine Auster.

Paul tastete in die rechte Hosentasche nach dem Brief.

Es musste eine Lösung geben.

Es gab immer eine Lösung.

Tatsächlich? Unter diesen Umständen?

Ella hätte helfen können. Nur, Ella war tot. Ella kam nicht mehr zurück. Forsythie hin. Forsythie her. Nie wieder. Wie würde er ohne Bärbel sein?

Nicht denken. Der Brief in seiner Hosentasche. Darum ging es.

Du musst mit ihm reden, als wenn du auf Zehenspitzen um ihn herumschleichst, verstehst du das, Paul?

Ich weiß nicht, ob ich das kann, Bärbel.

Du bist der Einzige, der das kann, Paul!

Die richtigen Worte wählen.

Mutig sein.

Kraft tanken.

Den Blick wieder nach draußen wenden. Da, wo das Leben schön war und trotz allem irgendwie leicht und heiter und vor allem durch und durch gesund.

Aber noch saß niemand an dem Tisch unter den Obstbäumen, der sich, sobald Mariama zum afrikanischen Festmahl rief, unter all den herrlichen Speisen fast bis zur Erde bog, als wolle er sich auf diese Weise dafür bedanken, dass niemand, trotz knapper Finanzen, auf dem Archehof hungern musste.

Während Henris regelmäßiger Atem hinter ihm andeutete, dass er eingeschlafen war oder zumindest so tat, wanderten Pauls Augen weiter zur Weide, die durch einen Zaun geschützt war. Mit ausgebreiteten Armen versuchten Fanta, Hawa und Tidanke, das Cria einzufangen. Suri summte empört, und Bobby schimpfte. »Hört auf damit! Ihr macht Misti Angst!«

Doch die Mädchen kreischten vor Vergnügen und machten sich weiter einen großen Spaß daraus, in ihren schwingenden Röcken mit tanzenden Dreadlocks und wippenden Rattenschwänzen hinter Misti herzujagen, der ihnen immer wieder entkam. Verzweifelt versuchte Bobby sein Fohlen vor so viel weiblichem Übermut zu beschützen, doch die Mädchen waren flink und er viel zu unbeholfen. Bobby fing an zu weinen, und Paul zerriss es fast das Herz.

Es war Stephanie, die mit einem Tablett voll von Tellern und anderem Geschirr aus dem Haus kam, es auf den Tisch knallte, beide Hände in die Hüften stützte und schrie: »Fanta, Tidanke, Hawa, Schluss mit dem Schmarrn, sonst gibt's nichts zu essen.«

Die Mädchen blieben unbeeindruckt, doch in diesem Moment reichte es wohl auch Suri, dass ihr Fohlen von den »Babys«, wie Mariama ihre Töchter wohl auch noch nennen würde, wenn sie schon lange erwachsen waren, keine Ruhe bekam.

Paul sah es von seinem Fensterplatz aus kommen. Suri gurgelte, spuckte, und im nächsten Moment – offenbar hatte Suri den Entschluss gefasst, die drei Menschenkinder ebenso zu erziehen wie ihren Nachwuchs – klebte ausgerechnet an Tidanke, der Unschuldigsten der drei Racker, ein kleiner, grüner, durchgekauter Grasknäuel mitten auf der Stirn.

Tidankes gerade noch fröhliches Glucksen verwandelte sich in einen entrüsteten Aufschrei, aus dem ein lang gezogenes Heulen wurde.

Spontan drehte sich Paul zu Henri um. »Nichts Schlimmes. Suri hat nur eines von Mariamas Mädels angespuckt«, doch die einzige Antwort war regelmäßiges Atmen. Was hatte er erwartet?

Paul beobachtete weiter. Wie Fanta ihre kleine, noch immer vor Entrüstung weinende Schwester auf den Arm nahm und sie mit Hawa im Gefolge ins Haus schleppte. Dort würden sich die drei Mädchen vermutlich in die weit geöffneten Arme ihrer Mutter werfen und sich von ihr trösten lassen.

Keine Mutter mehr zu haben war schlimm, aber einen Vater zu haben, der da war und trotzdem nicht existent, das war schlimmer als schlimm.

Wut stieg in Paul auf.

Warum nahm Henri keine therapeutische Hilfe an?

»Ich will keine Medikamente, die mich kontrollieren«, war das Einzige, was Henri dazu zu sagen hatte. »Ich will kein Fremder in meinem Körper sein! Diese Leere, ich bin so leer …« Wenn er nur weinen könnte. Er hatte noch nicht eine Träne geweint.

Er, er, er, und wir anderen, die von ihm abhängig sind, sind ihm völlig egal!

Wir dürfen Henri nicht unter Druck setzen, Paul. Zuhören, wir müssen ihm zuhören.

Das würde ich ja, Bärbel, aber er sagt nichts.

Er sagt nur nicht das, was du hören willst.

Schlimmer ist, dass er nichts macht. Irgendwann muss er wieder was machen.

Trauer fragt nicht. Sie nimmt sich die Zeit, die sie braucht.

Vermutlich hatte Bärbel recht. So wie sie in so vielem recht hatte. Aber er sah auch das gelegentliche Zittern ihres rechten Augenlids in letzter Zeit, das sie vor ihm zu verbergen suchte. »Das Zuhause zu verlieren, Paul, ist wie hinausgeworfen zu werden aus sich selbst, eingesperrt zu sein in einem dunklen Loch mit dem letzten brennenden Streichholz in der Hand.«

Paul schluckte die Wut hinunter, die sich nun zu all der anderen Wut gesellte, die er schon heruntergeschluckt hatte. Vermutlich würde ein Magengeschwür die Folge sein. Oder ein Herzinfarkt. So viel, wie sein altes Herz in letzter Zeit pumpen musste … Dennoch blieb er behutsam, nahm wie von Bärbel gefordert Rücksicht.

»Mariama hat Kaiserschmarrn gemacht. Extra für dich.«

»Das ist nett von ihr, aber ich hab schon …«

»Was?«

»Gegessen, Paul.«

»Gestern Abend ein halbes Brot.«

»Ich brauch nicht viel.«

»Gut … Trotzdem, Henri, wir müssen reden!«

»Lass mich noch ein wenig ausruhen.«

»Nein, Henri, jetzt.«

»Okay, worüber?«

»Darüber.« Zumindest ein Hauch von Interesse. Mittlerweile war man ja schon für alles dankbar. Paul zog den vom vielen Danachgreifen zerknüllten Brief aus der Hosentasche, glättete ihn, reichte ihn Henri.

Henri warf nur einen kurzen Blick darauf: »Ach das. Hab schon gesehen.«

»Du weißt, dass der Brief existiert, und …« Paul war fassungslos. *Hab Geduld, Paul, hab Geduld.* »Und hast du ihn auch geöffnet?«

»Muss ich nicht. Ich weiß, was drinsteht.«

»Du weißt, dass die Bank mit der Zwangsversteigerung droht, wenn du nicht innerhalb von drei Wochen die ausstehenden Kreditraten bezahlst?« *Hab Geduld, Paul. Er ist krank. Er würde ja, wenn er könnte.*

»Ist doch normal, dass die so reagieren. Die wollen ihr Geld.«

Er zerstört nicht nur sein Leben, Bärbel, er fährt uns alle mit Vollgas gegen die Wand.

Kein Mensch ist eine Insel, Paul, alles hängt mit allem, jeder mit jedem zusammen.

Als ob uns das auch nur einen Millimeter weiterhilft.

Hab Geduld, Paul.

Paul hatte keine Geduld mehr.

»Und das sagst du einfach so?« Er hielt kurz den Atem an, bekam danach kaum noch Luft. »Das macht nichts mit dir? Dich kein bisschen besorgt?«

»Natürlich macht es was mit mir, nur …« Henri drehte sich wieder zur Wand. »Mir fällt schon was ein. Lass mir einfach noch etwas Zeit.«

»Zeit ist genau das, was du nicht hast, wir nicht haben.« Paul krallte sich an dem Brief fest. War sich aber bewusst, dass er, wenn das so weiterging, noch etwas ganz anderes benötigte, um sich festzuhalten.

»Ich krieg das schon hin, Paul.« Henris Stimme klang verwischt. »Vertrau mir« war kaum noch zu hören. »Nur ein bisschen Zeit« verklang.

In diesem Moment wusste Paul, dass er den Raum verlassen musste, damit er nicht mit einem Satz bei der Couch war, Henri an den Schultern oder an den Füßen packte und ihn aus dem Zimmer schleifte. Es wäre ihm trotz seines Alters nicht schwergefallen, so schlaff wie Henri mittlerweile war.

Paul tat es nicht. Drehte sich aber an der Tür noch einmal zu Henri um. »Was bist du nur für ein verdammtes Arschloch geworden, Henri!«

8

Paul war nicht zum ersten Mal in München. Ebenso wenig wie sein Bulli, der ihn und Bärbel so treu um die Welt gerollt hatte. Dennoch erregte ausgerechnet der uralte VW-Bus eine Aufmerksamkeit, die Paul nicht erwartet hatte. Kaum jemand am Straßenrand, der nicht stehen blieb und ihm verblüfft hinterherblickte.

Nicht, weil Paul gelegentlich zickzack fuhr. Da er kein Navi hatte, musste er wie in früheren Zeiten mit dem Faltplan kämpfen, der zerknittert und halb schief über dem Lenkrad hing.

Wohin in dem bunten Gewirr zahlloser neuer Einbahnstraßen und Radwege? Wo nur befand sich dieses verdammte Bankgebäude, nach dessen Adresse er ganz sicher nicht freiwillig suchte? Kurzer Blick durch die Lesebrille auf den Stadtplan, dann wieder ebenso flink zurück zum unübersichtlichen Straßenverlauf. Blick auf Stadtplan. Mülldeponie. Friedhof. Falsches Quadrat. Nächster Falz.

Mit der einen Hand bekämpfte Paul den fröhlich im Fahrtwind flatternden Faltplan – in der Hoffnung auf etwas Frische spendende Zugluft hatte er beide Seitenfenster heruntergekurbelt –, mit der anderen Hand versuchte er, den Bulli durch den dichten Verkehr zu lenken.

Wo war diese verdammte Straße? Auf dem Plan war er im grauen Meer einer Stadtrandsiedlung angelangt. Paul schwitzte, wobei der Schweiß ausnahmsweise nicht durch die Hitze ausgelöst wurde. Kein Bankgebäude weit und breit. Wieder falsch. Neuer Falz.

Bobby auf dem Beifahrersitz war ihm keine Hilfe. Im dunklen Anzug, mit blütenweißem Hemd, hing er mit halbem Oberkörper aus seinem Seitenfenster, weil es in München so viel zu sehen gab. Die Menschen, die wunderschönen alten Häuser … Selbst Bobbys schwarze Krawatte wehte im Fahrtwind, als winke sie jedem und allem zu, die den Bulli sahen.

Zuerst blieben die Passanten erstaunt stehen, als trauten sie ihren Augen nicht, dann fingen sie an zu lachen. Es war nicht das übliche Lachen, mit dem man sich amüsierte oder sich über etwas lustig machte. Es war ein befreites Lachen, so als würden aus einem bunten Eimer Glückshormone wie buntes Konfetti über ihre Köpfe gestreut. Und als versuchten sie mit unkontrolliertem Gestikulieren so viel wie möglich von dem Glück und den Hormonen aufzufangen, die ihnen entgegenzuflattern schienen. Man konnte auch sagen, sie winkten wie verrückt.

All das lag nicht an Bobby und auch nicht an dem Bulli, trotz dessen von unzähligen Bienen mit lustigen Biene-Maja-Gesichtern umschwirrtem Flower-Power der Siebzigerjahre, die bei einigen Passanten Erinnerungen an Meer, Freiheit und ewiger Jugend auslöste.

Es waren Augen. Große, dunkle Augen. Sanfte Augen mit hypnotischem Blick, der jeden, der nicht schnell genug auswich, mit dem Haben-wollen-Virus infizierte. Dazu Entzückensschreie in allen Tonlagen. »Ist das süß! Das gibt's ja gar nicht, so unglaublich … süüüüüüüß!«

Es kam von allen Seiten, das Lachen, das Winken, die Jubelrufe, all das drang durch die offenen Seitenfenster, bis hin zu Stephanie auf dem Rücksitz, in ihrem Che-Guevara-T-Shirt mit Ches aufmunternden Worten – *Seien wir realistisch, versuchen wir das Unmögliche* –, dazu ihre löchrigen Lieblingsjeans, die ohne Gürtel immer wieder über den Po rutschten, was Bobby, seriös im Anzug, missfiel.

»So geht man nicht zu einer Frau Bank, Steph«, hatte er seine Schwester gerügt.

»Du, Bobby, machst dein Ding. Ich mach meins.«

»Wenn dein Ding aber nichts taugt, Steph?«

Da sich fast alle Diskussionen mit Bobby in die Länge zogen, wenn man nicht aufpasste, hatte Stephanie sie mit einem knappen »Dann ist es halt so« beendet.

Jetzt allerdings kämpfte sie mit einem Strick, an dessen Ende so fest gezerrt und gezogen wurde, dass ihre Handinnenflächen inzwischen knallrot waren und vermutlich noch blutig werden würden, wenn sie es nicht endlich schaffte, die Reißleine zu ziehen.

Doch Fellnasen mit Kuschelgesicht und Kuschelkörper können verdammt stur sein, wenn sie die Freiheit wittern. In diesem Fall von hinten gleich links an Paul vorbei durch das offene Seitenfenster. Die Gelegenheit, sich den Wind um die Ohren pusten zu lassen, die wie kleine Antennen spitz aufgerichtet waren. Musste man doch, war man doch geradezu dazu verpflichtet, jeden Einzelnen, der lachte, winkte, jubelte und spitze »Ist das süüüüüüß«-Schreie von sich gab, mit Seelenblick und Ewigkeitslächeln zu beschenken.

Rechts hing also Bobby mit dem Kopf fast bis auf den Asphalt. Links tat Happy ihr Bestes, um so viel wie möglich von Luft und München aufzuschnappen. Paul indessen hatte endgültig jede Orientierung verloren, atmete tief durch und musste Bärbel zumindest in Gedanken recht geben.

»So ein Unsinn, Paul«, hatte Bärbel geschimpft, als er ihr von seinem Plan erzählt hatte, dass ihn nicht nur Bobby und Stephanie, sondern auch die pflegeleichte Happy zum Termin mit

Maria Popp begleiten sollte. »Alpakas hassen es, von ihrer Herde getrennt zu werden, und Autofahren hassen sie noch mehr.«

»Wenn der Prophet nicht zum Berg kommt«, hatte Paul seine Idee verteidigt, »dann fährt der Berg eben zum Propheten.«

»Sie ist keine Prophetin.«

»Sie ist aber jemand, der sich berufen fühlt, die göttliche Wahrheit zu verkünden.«

»Zwangsversteigerung ist keine göttliche Wahrheit, Paul, das ist ein vermeidbares Schicksal ...«

»Und genau deswegen, meine liebe Bärbel, und weil sich unser Henri noch immer weigert, fahre ich nach München.«

»Sie wird mit ihm reden wollen, nicht mit dir, Paul.«

»Sie wird, versprochen.«

»Versprich mir nichts, was du nicht halten kannst.«

»Hab ich dir jemals etwas versprochen und es dann nicht gehalten?«

»Wir sind jetzt seit fast fünfzig Jahren verheiratet, Paul.« Da war wieder diese Nachsicht in Bärbels Stimme, die er so liebte. »Natürlich hast du das.«

»Aber belogen hab ich dich noch nie.«

»Dann fang auch jetzt nicht damit an, indem du sagst, dass alles gut wird.«

»Es wird alles gut, Bärbel, versprochen.«

Gesagt hatte Bärbel daraufhin nichts mehr, sondern nur noch stumm seinen dunklen Anzug, das weiße Hemd und die passende Krawatte aufs Bett gelegt. Auch beim Polieren seiner schwarzen Lederschuhe hatte sie kein Wort mehr gesprochen. Was allerdings nicht bedeutete, dass sie tatsächlich schwieg.

»Ein Durchschnittsmensch, Bobby«, hatte Paul Bobby erklärt, als Bärbel wieder einmal intensiv geschwiegen und Bobby damit beunruhigt hatte, »also jemand wie du und ich, hat ungefähr zehntausend Möglichkeiten, um mit seinem Gesicht etwas auszudrücken. Unsere Bärbel …«

»Oma Bärbel.«

»Bei deiner Oma Bärbel sind es viel, viel mehr. Und vor allem sind sie alle dafür da, um mir ihre Missbilligung auszudrücken.«

»Armer Alter Paul.«

In diesem Moment war sich Paul tatsächlich als Ehemann von Bärbel ein klein wenig benachteiligt vorgekommen, hatte aber dennoch erreicht, dass sie sich zumindest das YouTube-Video ansah, das ihn auf die Idee gebracht hatte, Happy mit nach München zu nehmen.

Der Film zeigte, wie in Peru ein Alpaka ganz selbstverständlich in ein rotes Taxi zu seiner Menschenfamilie stieg und auf dem Rücksitz Platz nahm.

Happy allerdings dachte gar nicht daran, ganz selbstverständlich in den Bulli zu steigen, den Bärbel sorgfältig mit Stroh ausgelegt hatte. Kein Ziehen oder Zerren half. Die Sanftmut wie weggeblasen, hatte sie sich wie ein störrischer Esel benommen, unterstützt vom aufgeregten Summen der Herde hinter dem Gatter. Selbst Pauls energischem Schubsen, mit dem sich Alpakas untereinander zum Fortbewegen animierten, hatte Happy widerstanden.

Allgemeine Ratlosigkeit, bis Bobby *die* Idee hatte. Die Brücke aus Gras. Bobby würde Happy über eine Brücke aus Gras hinein in den Bulli führen. Kaum gedacht, war er schon losgerannt, und kurze Zeit später war er mit einem Arm voller Grasbüscheln zurückgekommen und hatte damit die Brücke gebaut, die Menschen aus Liebe zusammenführte und widerspenstige Alpakas in den Bulli.

Das heißt, Bobby hatte die Grasbüschel ausgelegt. Bei Happys Vorderpfoten angefangen bis hinein in den Bus. Happy hatte sich förmlich in sein Transportmittel hineinschnabuliert, und als ihr bewusst geworden war, wo sie sich befand – war die Falle schon zugeschnappt. Die Seitentür zu. Mit am Fenster platt gedrückter Nase und empörtem Summen hatte Happy im Chor ihrer aufgeregten Alpakafamilie ihren Unmut ausgedrückt.

Paul war so in Gedanken, dass er vor der roten Ampel erst im letzten Moment auf die Bremsen trat. Bobby flog zurück in den Sitz, und Stephanie ließ vor Schreck den Strick los. Nur Happy war zufrieden. Sie nutzte den Stillstand, um mit einer Kindergartengruppe, allesamt in Gelbwesten, zu flirten. Die Kinder quietschten vor Vergnügen. Happy summte. Bis sich drei Kinder aus der Gruppe lösten, über den Zebrastreifen begeistert auf sie zustürzten, um sie zu streicheln. Prompt nützte Stephanie den Moment von Happys erschrockenem Zurückweichen, zog sie blitzschnell zurück und befestigte den Strick ebenso blitzschnell mit Dreifachknoten an dem an der Seitentür angebrachten Haltegriff.

Die Kinder protestierten.

Happy protestierte.

Die Erzieherinnen sammelten schimpfend ihre Zöglinge wieder ein. Die Ampel schaltete auf Grün, Paul fuhr los und hörte noch, wie die Kinder, nur mühsam von den Kindergärtnerinnen zurückgehalten, nun begeistert hinter ihnen herriefen: »Biene Maja! Biene Maja!«

Bobby rief zurück: »Sie heißt Happy, nicht Biene Maja!«

Paul kurbelte das Seitenfenster hoch.

Bobby setzte sich wieder ordentlich in den Rücksitz.

Happy kuschelte sich jetzt eng an Stephanie, sodass sich Paul wieder konzentrieren konnte, bis Bobby in die rechte Hosentasche griff und ihm grinsend eine Walnuss vor die Nase hielt.

»Die lege ich dieser Frau Bank auf den Schreibtisch. Oma Bärbel sagt, der Walnussbaum soll das Böse und das Ungeziefer fernhalten, Schädlinge und feindlich gesinnte Menschen.«

»Du willst Frau Popp aber nicht damit sagen, dass sie Ungeziefer ist?« Paul erinnerte sich, wie Bärbel einmal scherzend eine Walnuss nach ihm geworfen hatte. Bobby war in Tränen ausgebrochen, weil Paul kein Ungeziefer sei und schon gar nicht böse, und hatte sich erst wieder beruhigt, als er und Bärbel einander in den Arm genommen hatten. Mit einem Satz war Bobby bei ihnen gewesen und hatte sich glücklich zwischen sie gezwängt.

»Am besten, Bobby, lässt du die Walnuss im Auto!« Paul ahnte Übles.

»Frau Bank ist ein uns feindlich gesinnter Mensch.«

»Sie macht nur ihre Arbeit, Bobby!«

»Also, keine gute Idee?«

»Keine gute Idee.«

»Aber dass ich ihr meinen Stachel nicht reinstecke, das darf ich ihr schon sagen, Alter Paul?«

»Welchen Stachel, Bobby?«

»Na, den der Bienenmann der Bienenfrau zum Bienenbabysmachen reinsteckt, und danach ist er tot …«

Fast hätte Paul erneut eine Vollbremsung gemacht, doch diesmal bemühte er sich um Gelassenheit, während er vom Altstadtring Richtung Königsplatz abbog. »Frau Popp ist keine Bienenkönigin, Bobby«, erklärte er ruhig, »und du, Bobby, bist keine Biene.«

Happy summte, Stephanie kicherte, und Paul überlegte, dass Bärbel Bobby das mit der Begattung von Bienen vielleicht doch noch einmal etwas genauer erklären sollte. Was ihn aber noch sehr viel mehr beschäftigte, als er jetzt die Nymphenburger Straße entlangfuhr, war, wie er Bobby daran hindern konnte,

Maria Popp zu erklären, sie sei Ungeziefer, das mit einer Walnuss bekämpft werden müsse, oder ihr bis ins letzte Detail zu schildern, weshalb sie eine Walnuss bekam, nicht aber seinen Stachel zum Babymachen.

»Wenn wir im Büro von Frau Popp sind, Bobby, sagst du kein Wort!«

»Kein einziges?«

»Kein einziges, Bobby!«

»Ein halbes vielleicht?«

»Auch kein halbes.«

»Einen Buchstaben, Alter Paul, einen Buchstaben darf ich aber schon sagen. Ein A vielleicht?«

»Okay, ein A darfst du sagen, Bobby.«

»A wie Arschlo…«

»Nein, Bobby, auch keinen Buchstaben. Nichts. Du sagst einfach nichts.«

Stephanie kicherte. Happy summte. Bobby schwieg gekränkt. Aus dem Radio begrüßte das *Here comes the sun* der Beatles das Bankgebäude mit den zwanzig Stockwerken und seiner sich wie pures Gold im Glaspalast spiegelnden Sonne.

»Oooooh!« Das kam von Bobby.

»Kein Wort, Bobby!«

»Dann musst du, Alter Paul, aber echt viel lässiger aussehen.« Bobby grinste wieder. »So, als ob du weißt, was du tust.«

»Ich weiß, was ich tue, Bobby!«

»Wenn du weißt, was du tust, Alter Paul, warum erzählst du das dann nicht deinem Gesicht?«

Ein Blick in den Rückspiegel verriet Paul, wie recht Bobby hatte. Er sah besorgt aus. Mehr noch, er wirkte zutiefst verängstigt, fast schon gequält. Rasch rückte Paul sein besorgtes Gesicht auf lässige Überlegenheit zurecht.

»Kein Wort, Bobby, kein einziges Wort.«

Bobby antwortete nicht mehr. Ein schlechtes Zeichen. Wenn Bobby etwas versprach, hielt er sich daran. Sagte er nichts, waren alle Möglichkeiten offen.

Paul fand einen Parkplatz, was er nicht erwartet hatte und als gutes Omen nahm. Ein Obdachloser mit einem *Coffee to go* in der rechten Hand wies Paul unnötigerweise ein. Dennoch gab Paul dem Mann, der sich als Franz vorstellte, etwas Kleingeld und dachte an die restlichen zwanzig Euro, die ihm jetzt noch blieben, um Bobby und Stephanie etwas zu trinken zu kaufen, und tanken musste er auch noch, damit sie wieder nach Hause kamen.

Während er deswegen leicht in Panik geriet und wieder das Lampenfieber spürte, das er für die Zeit des Einparkens zurückgedrängt hatte, wünschte ihm Franz sinnigerweise viel Erfolg bei den Blutsaugern und geldgierigen Monstern. Was ebenfalls nicht unbedingt aufbauend war.

Es musste gelingen.

Eine andere Option gab es nicht.

Bobby und Stephanie zogen Happy aus dem Bulli.

Gemeinsam und unter Franz' Applaus und Jubelrufen, das Lama solle die alle mal ordentlich bespucken und ihnen allen in den Hintern treten, betraten Paul, Stephanie und Happy die Bank. Bobby blieb zurück, um Franz darüber aufzuklären, dass Happy kein Lama, sondern ein Alpaka sei und daher auch nicht spucke. Nur manchmal. Und dann auch nur aus erzieherischen Gründen wie bei Mariamas Babys. Er wollte schon fortfahren und ausführlich erklären, wer Mariama und ihre Babys seien, doch da fiel ihm Franz ins Wort.

»Schade, dass ein Alpaka nicht immer auf Menschen spuckt.«

»Ich bedaure das auch«, antwortete Bobby höflich.

»Dann gib denen da drin wenigstens ordentlich mit Worten Zunder.«

Bobby, der schon ein paar Schritte weitergelaufen war, stoppte, dachte einen Moment nach und drehte sich tatsächlich erst nach reiflicher Überlegung zu Franz um.

»Sie meinen, ich soll da drin echt was sagen?«

»Du bist dafür genau der Richtige, mein Freund!«

Franz lächelte.

Bobby lächelte.

Sie klatschten einander ab.

Und dann lief Bobby, so schnell er nur konnte, dem Alten Paul, Stephanie und Happy hinterher, um den Archehof zu retten, der vielleicht oder sogar vor allem ihm zu verdanken gewesen war.

9

Warum hast du gerade *uns* den Hof verkauft, Alter Willi?«, hatte Bobby Willi Schwaiger gefragt, als der Großbauer wieder einmal bei ihnen zu Hause auf der Eckbank gesessen und sich seine Pfeife gestopft hatte.

»Weil du so schön tanzen kannst«, hatte Willi geantwortet und gelacht, so ganz tief aus dem Bauch heraus, wie Bobby es liebte, weil der Bauch dann so schön wackelte.

Es war tatsächlich Bobby gewesen, der den alten Mann ohne Erben dazu gebracht hatte, der Familie Sonnenschein den 1876 erbauten Versorgerhof zu verkaufen, obwohl es durchaus Interessenten gab, die sehr viel mehr geboten hatten als Henri.

Vor allem der junge Bauunternehmer Florian Wieser hatte um den Hof gekämpft. Er wollte auf dem idyllisch gelegenen Grundstück ein exklusives Wellnessareal errichten. Doch Geld war Willi mit seinen fünfundachtzig Jahren nicht mehr wichtig. Er wollte den Grundgedanken erhalten, mit dem sein Urgroßvater den Hof vor fast hundertfünfzig Jahren gebaut hatte: ein Zuhause schaffen für Menschen, mit denen es das Schicksal nicht so gut gemeint hatte wie mit anderen.

Nachdem Bobby verstanden hatte, dass der Hof möglicherweise sein neues Zuhause werden würde, war er vor Freude losgestürmt. Zunächst noch etwas ungelenk war er über die Obstbaumwiese galoppiert. So wie Misti kurz nach der Geburt. Hatte jeden Baum umarmt, die Blumen geküsst, sich rücklings ins

Gras geworfen, gejubelt vor Glück, und dann – hatte er zu tanzen begonnen. Leicht, fast schwebend, mit einer Anmut, die Willi Schwaiger niemals erwartet hätte. Immer und immer wieder eine Pirouette drehend.

»Wir nennen ihn auch Dancing King«, hatte Henri lachend erklärt. Willi hatte Henri, ohne ein weiteres Wort zu verlieren, die rechte Hand hingestreckt, und sie hatten den Kauf mit Handschlag besiegelt.

Paul erinnerte sich an diese Geschichte, als er in Maria Popps Büro ihrer Stimme lauschte, die trotz der Hitze draußen wie das Eis klirrte, das Bärbel regelmäßig aus dem Kühlschrank kratzte.

»Herr Hartmann, Sie müssen mir nichts über den Archehof erzählen.«

Der Kühlschrank in der Wohnküche des Archehofs war schon alt, taute sich daher nicht selbst ab wie die neuen Geräte und verbrauchte daher viel zu viel Strom. Das Leben war teuer, wenn man kein Geld hatte. Und je mehr einem zur Verfügung stand, desto billiger wurde es. Zumindest in der westlichen Welt.

»Herr Hartmann, ich kenne das Projekt.«

Maria Popp saß so hinter dem Schreibtisch, wie Paul sie sich vorgestellt hatte. Der Kragen ihrer blütenweißen Bluse war so glatt gebügelt, wie es Bärbel niemals zustande gebracht hätte. Selbst wenn Bärbel gebügelte Hemden und Blusen zu den wichtigen Dingen des Lebens gezählt hätte. Was sie nicht tat. Nie getan hatte.

Perlenkette, Perlenohrringe und dann dieser etwas absurd wirkende knallrote Melonenhut, der an dem Kleiderständer rechts neben der Glastür etwas verloren herumhing, so als habe er selbst keine Ahnung, was mit ihm anzufangen war, an sonnigen Tagen wie diesen, zu denen ein Strohhut so viel besser gepasst hätte.

Maria Popps Haltung hinter dem Schreibtisch war sehr gerade, um nicht zu sagen stocksteif. Der Blick kühl, der Mund, als habe ihr irgendein hinterhältiges Wesen das Lächeln geklaut, wie Bobby es ausgedrückt hätte, der sich mit Stephanie und Happy vor dem Büro aufhielt und sich ungewöhnlich ruhig verhielt. Was nichts an der Tatsache änderte, dass Paul auch seinetwegen wie auf Kohlen saß.

»Bobby, kein Wort«, hatte er ihn noch einmal ermahnt, als sie vor Maria Popps Büro angekommen waren.

Happy hatte gesummt.

Stephanie hatte gelacht. »Das schafft Bobby nie!«

Um das Gegenteil zu beweisen, hatte Bobby die Lippen fest aufeinandergepresst.

In Gedanken wandte sich Paul wieder Maria Popp zu. Sie lächelte noch immer nicht, und Paul hätte sie am liebsten gefragt, ob er ihr beim Lächeln irgendwie behilflich sein könne.

Bei der Bank berechnete der Score-Wert die Wahrscheinlichkeit eines Zahlungsausfalls. Auf Maria Popp übertragen, war es der Ausfall von Empathie, das absolute Sich-nicht-in-andere-hineinfühlen-Können. Ein Vorurteil sicher, und wäre da nicht ihr Gesicht gewesen, hätte Paul diesem Vorurteil vermutlich stattgegeben.

Aber da war nun einmal Maria Popps Gesicht. Nicht das Gesicht, das man auf den ersten Blick sah. Nein, das Gesicht des zweiten Blickes, wie Paul es bezeichnete, das Gesicht hinter dem Gesicht.

Es gab Menschen, da lag das Gesicht mit all seinen Facetten offen, war lebendig, man konnte in ihm lesen wie in einem Roman, der von Angst, Liebe, Verzweiflung, Glück, Schmerz und Hoffnung erzählte. Oder aber es war leer, und es blieb leer, sosehr man auch nach Inhalten suchte, in der Hoffnung, noch etwas in ihm zu finden, weil man nicht glauben konnte, dass es da nicht wirklich noch irgendetwas gab.

Bei Maria Popp dagegen war etwas zu holen. Das verriet ihm seine Lebenserfahrung, auch wenn sie jetzt Dinge sagte wie: »Ich kenne das Projekt und bin durchaus für Originalität und Nachhaltigkeit, aber …«

»… aber«, Paul unterbrach sie, »das beliebte Totschlagargument.«

Die rehbraunen Augen, irgendwie ratlos, und dahinter, er konnte es förmlich fühlen, Traurigkeit. Nicht wie die Henris, von der Paul das Gefühl hatte, seine ungeweinten Tränen seien zu innerem Stein erkaltet. Die Traurigkeit in den Augen der jungen Frau war lebendig.

»Unsinn. Aber Sie müssen doch einsehen … ich meine, Herr Sonnenschein ist mit seinen Raten seit einem halben Jahr in Verzug.« Ihre Traurigkeit rumorte, quälte, forderte noch. »Wir sind ohnehin sehr geduldig.« Die Traurigkeit schien sich selbst zu bekämpfen, wollte nicht traurig sein, sehnte, hoffte. »Das müssen Sie doch anerkennen. Wir haben alles getan, was uns möglich ist.«

Natürlich konnte all das, was gerade in Paul vorging, auch reine Spekulation sein. Nur – Paul war so weit in der Welt herumgekommen, war so vielen Menschen begegnet, Schamanen, tibetischen Mönchen, afrikanischen Medizinmännern, Menschen aus den unterschiedlichsten Kulturen, aber immer mit dem einen Wunsch: glücklich zu sein. Und wenn er Maria so betrachtete, spürte er diesen Wunsch auch in ihr. Dass sie glücklich sein wollte und unglücklich war.

»Hallo, Herr Hartmann, was ist mit Ihnen? Hören Sie mir überhaupt zu?«

»Selbstverständlich höre ich Ihnen zu.« Paul unterdrückte die spontane Regung, sie in den Arm zu nehmen. Ein gutes Zeichen. Ein Zeichen, dass er richtiglag. Noch nicht alles verloren war. Weder bei ihr noch bei ihm.

»Tatsache ist, dass der Score-Wert von Herrn Sonnenschein am Boden ist. Das bedeutet …«

»… dass Sie ihm keine Chance geben, denn eine Chance bekommen nur diejenigen, die sie nicht brauchen.«

»Herr Hartmann, nicht diese Floskel, ich muss doch sehr bitten.«

Nicht als Mann wollte er sie in den Arm nehmen, sondern als Freund, Vater oder einfach nur als ein menschliches fühlendes Wesen, das gelernt hatte, Einsamkeit nicht zu sehen, sondern zu schmecken, zu riechen und zu hören, auch wenn von etwas ganz anderem gesprochen wurde.

»Schon gut. Sie haben gesagt, was Sie sagen müssen. Können wir jetzt miteinander reden? Ich meine so richtig. Von Mensch zu Mensch.«

Das Gesicht hinter dem Gesicht verschwand. »Worüber, Herr Hartmann, wollen Sie mit mir reden? So von Mensch zu Mensch?« Ihre Stimme klang spöttisch.

»Wie wir das Problem gemeinsam lösen können?«

»Herr Hartmann!« Ihre Nasenflügel bebten. Vor Aufregung oder Empörung? »Wenn kein Wunder geschieht, Herr Hartmann, geht sowohl die Erwartung der Bank, dass die ausgebliebenen Darlehensraten bis zum ersten September, also in knapp drei Wochen, zurückgezahlt werden, ebenso gegen null wie die Erwartung, dass es künftig zu einer regelmäßigen Begleichung der Raten kommt.«

»Geht's nicht einfacher?«

»Was?«

»Nun, das Miteinanderreden?«

»Wie rede ich denn?«

»So, als ob eine Zwangsversteigerung nur Zahlen betrifft und nicht Menschen.«

»So ist es nun mal. Keine Einnahmen. Hohe Ausgaben. Kein Licht am Ende des Tunnels. Ich habe die Regeln nicht gemacht.«

»Natürlich ist der Unterhalt von Alpakas nicht ganz billig, da haben Sie schon recht, aber ...«

Diesmal war sie es, die ihn unterbrach: »Im Übrigen eine Unverschämtheit, so hier aufzutauchen.« Ihr Blick wanderte über ihren Schreibtisch, vorbei an seiner rechten Hand mit all den Unterlagen, die er noch krampfhaft festhielt, hin zur offenen Glastür. Dahinter fanden sich gerade Lilli, Maria Popps französische und sehr sympathische Sekretärin, Bobby, Stephanie und vor allem Happy wieder ein. Offenbar hatten sie eine kleine Runde durch die Büros in diesem Stockwerk gedreht, wenn Paul vor allem die weiblichen Entzückungsschreie richtig deutete, begleitet von männlichem, durchaus wohlmeinendem Brummen.

Dabei hatte der Sicherheitsdienst Happy mit aller Gewalt aus der Bank entfernen wollen, als Bobby, Stephanie und Paul die ängstliche und deswegen störrische Happy die Treppe hinaufgeschoben, gezerrt und immer wieder von hinten leicht geschubst hatten.

Lilli war jedoch lachend dazwischengegangen, hatte den Sicherheitsdienst zum Teufel geschickt, hatte Happys Halfter in die Hand genommen, und Happy war ihr ohne zu murren bis vor Maria Popps Büro gefolgt. *»Le coup de foudre«*, hatte sie gezwitschert. Liebe auf den ersten Blick.

»Bist du süß, *mon petit chou.*« Lilli flötete noch immer, Maria Popps strengen Blick ignorierend, der jetzt Stephanie mit ihrem Che-Guevara-T-Shirt und den zerrissenen Jeans streifte. Stephanie wiederum ignorierte Maria Popp, weil sie genug damit zu tun hatte, Bobby festzuhalten und zu verhindern, dass er tat, was er immer tat. Jeden Menschen zu umarmen, der gerade zufällig an ihnen vorbeiging.

Paul dachte noch, möglicherweise habe Bärbel doch recht gehabt und es sei ein Fehler gewesen, mit dem halben Archehof bei Maria Popp aufzuschlagen, als sich ihm Maria Popp wieder zuwandte.

»Seien wir realistisch, versuchen wir das Unmögliche!«

Paul sah sie überrascht an: »Sie geben uns eine Chan…?«

Er hatte den Satz noch nicht beendet, da entkam Bobby Stephanies festem Griff, stürmte in das Büro, raste an Paul vorbei, umrundete den Schreibtisch und warf sich Maria Popp mit so einer Wucht an den Hals, dass sie beide fast samt Stuhl umkippten. Er umarmte sie, bis Maria nach Luft schnappte: »Was zum Teufel soll das?«

»Danke, vielen Dank. Danke Ihnen so sehr!«

»Hörst du auf damit!« Maria wollte sich befreien, doch das war vergeblich. Wenn Bobby umarmen wollte, dann wollte er umarmen, egal, wie sehr man sich wehrte.

»Sie sind kein Teufel«, blies er ihr stattdessen vergnügt seine mit heißem Atem vermischten Worte ins Ohr, »und deshalb kriegen Sie auch keine Walnuss.«

»Verdammt, Herr Hartmann, befreien Sie mich von diesem, diesem … Kind.«

»Ich bin kein Kind und du keine Bienenkönigin.« Falls überhaupt möglich, klang Bobbys Stimme noch vergnügter, während er Maria Popps Hals noch heftiger umklammerte.

Stephanie grinste, Lilli grinste, und auch Paul meinte nur gelassen: »Bobby ist kein Hund, Frau Popp, Bobby trifft seine Entscheidungen selbst.«

In diesem Moment ließ Bobby tatsächlich los, legte den Kopf leicht schief, lächelte Maria Popp direkt ins Gesicht, das heißt in das Gesicht hinter dem Gesicht, gab ihr einen feuchten Kuss auf die Wange und sagte in ausgesucht höflichem Tonfall: »Sehr erfreut, Sie kennenzulernen, Mary Poppins!«

Während Paul dachte, wie zu Herzen gehend Bobby doch war, in seinem dunklen Anzug mit dunkler Krawatte und weißem Hemd, das Haar ordentlich gescheitelt und mit etwas zu viel Pomade flachgelegt, zu klein für sein Alter, zu groß, um noch das Kind zu sein, das er irgendwie immer bleiben würde. Während er weiter überlegte, dass Bobbys Anblick Maria Popp ganz sicher genau da berühren würde, wo er, wenn auch ein wenig zugeschüttet, ihr Herz vermutete, meinte Maria kühl: »Ich. Bin. Nicht. Mary Poppins.«

»Es ist immer anders, als man denkt.« Bobby blieb gelassen. Bis zu dem Augenblick, in dem Maria ein Papiertaschentuch aus der Schreibtischschublade holte, sich mit steinerner Miene Bobbys Kuss von der Wange wischte und den Kuss mit dem Papiertaschentuch in den Papierkorb warf.

»Sie werfen meinen Kuss in den Müll?«

»Das ist kein Müll, das ist ein Papierkorb.«

»Ein Kuss ist kein Papier.« Jetzt war Bobby fassungslos. »Er kann nicht weggeworfen werden. Ein Kuss ist für ewig.« Und dann waren Bobbys Tränen da, liefen über Gesicht und Mund.

Verlust schmeckt wie Salz. Die Worte kamen und blieben in Marias Kopf, und vielleicht war es dieser eine Moment, in dem sich in ihr etwas zu verändern begann. Auch wenn sie jetzt noch nichts davon bemerkte. Nicht einmal ahnte, dass es so war.

10

Maria sah Bobby an, der sich jetzt an Paul Hartmanns Hand klammerte. Sie sah ihn lange an. Sah sein rundes, freundliches, etwas zu flaches Gesicht, die leicht schrägen, jetzt unendlich traurigen Augen mit den hellen Pünktchen auf der Iris, den Körper, der so anders und gleichzeitig in seiner Art so perfekt war. Weil etwas an Bobby perfekt war – das durch und durch Gute, das er ausstrahlte.

Maria bückte sich und holte, ohne ein weiteres Wort zu verlieren, das Papiertaschentuch aus dem Abfall, glättete es sorgfältig und legte es ordentlich neben die Tastatur ihres PCs, wobei sie die Position des Papiertaschentuchs noch zwei-, dreimal veränderte, ehe sie mit ihr zufrieden war.

Gab es so etwas wie ein inneres Leuchten, so traf es jetzt auf Bobby zu. Es war, als habe Maria mit dieser kleinen Geste einen Schalter umgelegt, die Tränen schwanden, und etwas strahlte aus seinen Augen, aus seinem Lächeln, für das Maria keine Worte fand.

Jetzt ließ Bobby Pauls Hand los, Maria erwartete schon, dass er erneut auf sie zustürmen, sie umarmen und küssen würde – er tat es nicht.

Sah sie nur weiter an.

Mit einem Blick, so sanft, so voll, jetzt fiel auch Maria wieder das Wort ein, voll von Liebe.

Nachsichtiger Liebe.

Als nehme er sie in diesem Moment an, genau so, wie sie war. Wann hatte das ein Mensch jemals getan, der Gedanke kam Maria unwillkürlich, sie so zu nehmen, wie sie war? Wie sollte er auch, wenn sie es nicht einmal selbst tat.

Maria räusperte sich.

Bobby setzte sein Lächeln fort.

Maria bemühte sich, ihrer Stimme einen strengen Klang zu geben. »Für die Zukunft, junger Mann. Ich bin nicht Mary Poppins …«

»Wir haben eine Zukunft?« Bobby fing an zu tanzen, und für den Bruchteil einer Sekunde wunderte sich Maria, wie geschmeidig seine Bewegungen waren. »Wie wunderbar!«

Aber da war nicht nur Bobbys Anmut, mit der er zu einer Musik tanzte, die nur er hören konnte, da war auch noch der eindringliche Blick von Hartmann, der sanftmütige des Alpakas, sogar Lilli schien von ihr eine positive Antwort erzwingen zu wollen, während der Blick von Bobbys Schwester etwas Wildes an sich hatte, etwas Ungestümes, Ungebändigtes, Freies, etwas, um das Maria das Mädchen – fast – beneidete. Wenn auch nur für den Bruchteil der Sekunde, den sie für ihre Antwort benötigte.

»So einfach ist das leider nicht.« Bobby blieb abrupt stehen. Enttäuschung auch in den drei anderen Augenpaaren, nur das Alpaka sah sie weiterhin freundlich an.

»Alles ist einfach, man muss nur wollen!« Bobby blieb dabei. Maria warf Paul Hartmann einen Blick zu, er solle etwas unternehmen, doch er hatte offenbar nicht das geringste Bedürfnis.

»Es geht hier nicht um mich, Bobby!« Maria verlieh ihrer Stimme die übliche Sachlichkeit, die sie für renitente Bankkunden aus der inneren Schublade zog.

»Stimmt. Es geht um uns«, gab Bobby ebenso tapfer zurück. »Um Oma Bärbel, den Alten Paul, Papa Henri, Mariama und ihre Babys …«

»Herr Hartmann…«

»… und auch Mariamas Mann Abubakar und die Alpakas. Wohin sollen wir mit den Alpakas?«

»Eine Dreizimmerwohnung ist für Alpakas nicht der geeignete Platz«, ergänzte Paul Hartmann, anstatt diesen Jungen zur Raison zu bringen.

Und Bobby fuhr fort: »Happy, Suri, Misti … Ich hab Misti mit meinem Atem zu Leben erweckt …«

Maria verbiss sich ein »Quatsch, das geht doch gar nicht«, wandte sich jetzt ebenso eindringlich an Paul Hartmann, wie Bobby sich an sie gewandt hatte: »Herr Hartmann, ich bitte Sie …«

»… und jetzt bin ich für immer für Misti verantwortlich. Solange Misti lebt. Ich bin sein Beschützer.«

»Herr Hartmann!!!«

»Bobby hat doch recht.« Paul blieb gelassen. Mehr noch, er schien sich über den Gesprächsverlauf zu amüsieren.

»Sei mutig und wage hin und wieder eine Veränderung, die keiner erwartet hätte.« Durch seine Unterstützung wurde Bobby offensichtlich immer mutiger. »Das sagt auch Mary Poppins.« Bobby hielt Marias Blick fest. »Und Sie sehen genauso aus wie sie.« Ausweichen und Widerspruch unmöglich.

»In dieser Hinsicht hat deine Mary Poppins durchaus recht.« Maria nickte. »Man sollte nicht so große Angst vor Veränderungen haben.«

»Weil, wenn man alles neu und anders sieht, kann's sein, dass anderes auch geschieht.« Unbeirrt lächelte Bobby sein Bobby-Lächeln. Ein Lächeln, als gäbe es nichts Böses auf dieser Welt.

Maria wollte ihm erneut erklären, dass alles nicht so einfach sei, und schon gar nicht das Bankgeschäft, als Bobby ihr eine Kusshand zuwarf und zu Marias erneuter Verblüffung geschmeidig, ja, fast hätte sie es als samtpfötig bezeichnet, aus ihrem Büro tanzte.

»Wir nennen ihn auch Dancing King.« Paul sah Bobby schmunzelnd hinterher, drehte sich wieder um, legte Maria die Unterlagen auf den Schreibtisch. »Können wir jetzt bitte anfangen, darüber zu reden? Ich meine mit aller Vernunft und ohne Unterbrechung. Ich hab nicht ewig Zeit.«

Maria schnappte nach Luft. »*Sie* haben nicht ewig Zeit, Herr Hartmann? Jetzt weiß ich bald wirklich nicht mehr, was ich sagen soll.«

»Ja sollen Sie sagen«, Paul spürte, wie die Zuversicht wieder zurückkam, »zum Archehof, zu uns, ich meine, Sie haben doch selbst gesagt: Seien wir realistisch, versuchen wir das Unmögliche. Das ist doch schon mal ein Anfang.«

Maria lehnte sich gelassen in ihrem Schreibtischstuhl zurück. Hatte wieder die Oberhand. »Ich habe nur laut gelesen, was auf dem T-Shirt Ihrer Enkelin steht.«

»Ich hab Steph gleich gesagt, dass sie was Anständiges anziehen soll«, tönte es prompt von draußen, während Bobby seine Schwester strafend ansah.

Happy summte, Lilli streichelte und zwitscherte auf Französisch die wundervollsten Dinge in Happys Ohr. Stephanie zupfte spielerisch an Bobbys Krawatte, und Paul bemühte sich um Sachlichkeit, damit er wenigstens auf die Art und Weise weiterkam.

»Stephanie ist nicht meine Enkelin!«

Du verzettelst dich, Paul.

Nein, Bärbel, mein Schatz, ich verwirre meinen Gegner. Verhandlungstaktik.

Nur wer seinen Gegner umarmt, Paul, macht ihn bewegungsunfähig.

»Egal. Was ich damit sagen will, Herr Hartmann, der Satz auf dem T-Shirt Ihrer was auch immer …«

»Che Guevara …«

»Meine Schwester Steph ist nicht Che Gue…«

»Der Satz ist absurd, die ganze Situation ist absurd, und es wird Zeit, dass Sie das offenbar für Sie Unmögliche versuchen …«

»Wir kriegen das hin. Wir brauchen nur Zeit!«

»Sie sollten endlich realistisch sein und Herrn Sonnenschein mitteilen, dass er um eine Zwangsversteigerung seines Hofes nicht herumkommen wird.«

Peng! Das saß!

Stille.

Happy hörte auf zu summen, Lilli hörte auf zu zwitschern, Stephanie schlüpfte blitzschnell aus ihrem T-Shirt, zog es verkehrt herum an, damit das Zitat nicht mehr zu sehen war, das das Gespräch offenbar in die falsche Richtung geführt hatte, und Paul griff für den Bruchteil einer Sekunde an sein Herz, weil alles in dieser Gegend auf einmal so eng wurde.

»Ich nehme an, wir sind somit fertig.« Maria Popp stand auf, reichte Paul, der noch immer stand, über ihren Schreibtisch hinweg die Hand.

Paul wollte sie ja nehmen, aber das hätte aufgeben bedeutet, Rückzug, und beides kam für ihn nicht infrage. Fast verzweifelt verwies er auf die Unterlagen. »Sie haben noch keinen einzigen Blick hineingeworfen.«

»Ich melde mich.«

»Sie speisen mich ab.«

»Auf Wiedersehen, Herr Hartmann!«

Auf Wiedersehen? Was. Für. Eine. Unverschämte. Lüge. Paul hatte ruhig bleiben wollen, aber jetzt, da er angezählt war, ging es um jede Sekunde. Maria Popps ausgestreckte Hand ignorieren. Reden und nicht nur um sein und um Bärbels Leben. Auch um das Leben der anderen.

»Wir stehen doch erst am Anfang unserer Hofgemeinschaft, Frau Popp. Menschlichkeit ist unsere Zukunft, das Miteinander.

Immer mit diesem ›Jeder für sich‹, da gehen wir doch alle kaputt.«

»Herr Hartmann, bitte.« Maria hielt ihm weiter geduldig die Abschiedshand entgegen. »Wir haben doch schon alles besprochen.«

»Nichts haben wir besprochen! Kein einziges Wort von Bedeutung ist hier gefallen.«

Paul hatte den Satz noch nicht beendet, da lag auch schon die Walnuss vor Maria Popp auf dem Tisch.

»Danke, Bobby, das ist nett. Aber ich bin gegen Nüsse allergisch.«

»Gut so!«

»Bobby!«

»Was ist, Alter Paul? Sie ist doch ein Unge…«

»Was bin ich?«

»Kein Wort mehr, Bobby!«

»Ich hab ja nicht gesagt, dass sie ein Ungeziefer ist.«

»Wie bitte?«

»Stephanie«, Paul schrie fast, weil ihm die Situation derart entglitten war, »pack deinen Bruder und verschwinde mit ihm und Happy!«

»Okay.« Bobbys Stimme klang fröhlich. »Aber sag Frau Bank, meinen Stachel kriegt sie erst recht nicht!«

Paul hielt Stephanie, Bobby und Happy so lange mit den Augen fest, bis sie um die Ecke verschwunden und hoffentlich auf dem Weg zurück zum Bulli waren. Und auch danach wagte er erst nach weiteren Sekunden, sich Maria Popp wieder zuzuwenden.

»Was Kinder so alles daherreden!« Sie versuchte zumindest freundlich zu sein.

»Bobby besonders!« Paul lachte etwas gekünstelt. Maria lächelte, und Paul fasste den Mut weiterzusprechen. »Außer uns lebt, wie Bobby ja schon erwähnte, eine Flüchtlingsfamilie auf dem Hof.« Da sich Mariama geweigert hatte, ihn mit Tidanke nach München zu begleiten, *wir spielen hier nicht die Alibischwarzen*, hatte er ein Familienfoto aus ihrem Wohnzimmer stibitzt, das er jetzt sanft neben den Unterlagen und der Walnuss ablegte. »Das sind die Sesay-Kumaras.«

Gegen ihren Willen warf Maria einen Blick auf die fröhlich dreinblickende Familie, lächelte leicht beim Anblick der kunterbunten kleinen Mädchen mit ihren lustigen Frisuren.

»Nette Familie.«

»Das sind sie«, fuhr Paul noch immer außergewöhnlich sanft fort. »Wobei, um genau zu sein, heißen nur Mariama und ihre Töchter Kumara. Abubakar, ihr Mann, heißt Sesay. So ist das in Sierra Leone, die Sprache ist Kuranko. Eine Mande-Sprache, die in Sierra Leone und Guinea von ungefähr dreihundertfünfzigtausend Menschen gesprochen wird. Es gibt keine Buchstaben, deshalb können die Menschen nicht schreiben, sondern nur sprechen, und wenn sie doch schreiben lernen, benutzen sie unser Alphabet.«

»Sie schweifen schon wieder ab.«

»Natürlich, tut mir leid.« Er nahm auf dem Stuhl Platz, den Maria ihm schon längst angeboten hatte. Lilli stellte eine Tasse Kaffee und ein Glas Mineralwasser vor ihn hin, um das Maria wiederum nicht gebeten hatte.

»Danke, Lilli!«

»Denk an die Kinder«, zischte Lilli.

»Ich sagte, danke, Lilli!«

»Und das Alpaka, sooooo süß!«

»Daaaaanke, Lilli!«

Keiner von ihnen bemerkte, dass Bobby noch einmal zurückgekommen war, sich jetzt auf Zehenspitzen ins Büro schlich, blitzschnell nach etwas schnappte und ebenso leise wieder verschwand, während sich allmählich der »Duft« eines nicht resorbierten Anteils der Nahrung aus körpereigenen Substanzen und im Darm lebenden Mikroorganismen ausbreitete.

Maria war irritiert.

Paul war irritiert.

Und Lilli? Lilli schnappte sich eine Küchenrolle, wickelte, das, womit Happy nachdrücklich gezeigt hatte, was er von alldem hielt, in so viel Papier wie möglich und trug es dahin, wo es hingehörte. In die Toilette.

»Tut mir leid!« Paul sah Maria Popp verlegen an.

»Kann passieren, wenn man ein Tier mit in die Bank nimmt und es einem zeigt, wie wenig es von einem hält.« Lag da eine Ahnung von Humor in ihrer Stimme?

»Tut mir wirklich …«

»Nützen wir die Ruhe aus, sagen Sie, was Sie mir zu sagen haben, Herr Hartmann.«

In der nächsten halben Stunde besprachen Maria und Paul die Situation. Das heißt, Paul sprach, und Maria hörte zu, obwohl sie schon wusste, dass nichts davon ihre Entscheidung beeinflussen würde.

Weder, dass Mariama, Abubakar und ihre Kinder irgendwohin gebracht werden würden, wo Platz war, ohne Rücksicht darauf, dass sie auf dem Archehof eine neue Heimat gefunden hatten, noch, dass der Archehof für Bobby eine andere Zukunft bot als die Arbeit in einer Behindertenwerkstatt, die ihn unterforderte und bei der er mit hundertdreißig Euro Monatslohn nur ausgenützt werden würde. Und erst recht nicht, dass er und Bärbel mit ihrer niedrigen Rente kaum die Chance haben würden, eine schöne Wohnung zu finden, und vermutlich in einem winzigen, vom Staat unterstützten Zimmer im Seniorenheim landen würden.

Durch das gekippte Fenster drang von der Straße her Lachen ins Büro, begleitet von fröhlichen Stimmen und – Happys Summen.

»Dieser Lärm!« Maria sprang auf, um das Fenster zu schließen, starrte im nächsten Moment fassungslos nach draußen. »Das glaub ich jetzt nicht.«

Paul stand ebenfalls auf.

Drei Stockwerke unter ihnen hatte sich eine Menschentraube versammelt, die sich förmlich danach drängte, Happy einmal berühren zu dürfen. Lilli hielt das Halfter, und Stephanie hatte alle Hände voll zu tun, damit es für Happy nicht zu viel wurde.

Bobby dagegen stand etwas erhöht auf der Treppe, die zur Bank führte, und hielt, die Arme hinter dem Rücken verschränkt, eine leidenschaftliche Rede über das wunderbare Tier namens Alpaka. Löste, während er noch schwärmte, die Arme aus der Verschränkung, holte sie hinter dem Rücken hervor und – Paul und Maria nahmen es gleichzeitig wahr – präsentierte Marias knallroten Melonenhut. Jetzt lief er etwas ungelenk die Treppenstufen hinunter und begann von all den Umstehenden Geld einzusammeln. »Für Tiere und Menschen in Not!«, so Bobby.

Es gibt eine Stille, die man sich nicht vorstellen, die man nur wahrnehmen kann. Die völlige Abwesenheit von Lärm, die Anwesenheit von etwas anderem. Wie der Schnee, der auf die Wiese fällt, wie eine Welt ohne Wind. Der Augenblick, in dem die Welt vergisst zu atmen. *The sound of silence* in der Wüste. Die Stille in einer zu lauten Zeit. Stille so still wie der Tod.

All das war in Pauls Kopf, als sich Maria Popp zu ihm umdrehte, mit einem Gesichtsausdruck, den er nicht so schnell wieder vergessen würde. Ein Ausdruck absoluter Fassungslosigkeit.

»Mein Hut!«

In diesem Moment wusste Paul, weder die Walnuss gegen Ungeziefer noch Bobbys Stachel, den er *nicht* in Maria Popp versenken wollte, noch Happys nicht gerade geruchsneutrale Hinterlassenschaft – es war dieses knallrote Ding, dieser umgedrehte Topf … Dieser Hut würde für ihre Entscheidung ausschlaggebend sein. Und egal, was er jetzt noch vorbringen würde oder zu sagen hatte, nichts würde wiedergutmachen können, was Bobby diesem Hut wohl gerade in Maria Popps Augen antat. Paul Hartmann hatte seinen Kampf um den Archehof verloren, und es blieb ihm nichts anderes übrig, als mit einem knappen Abschiedsgruß so unauffällig wie möglich den Rückzug anzutreten.

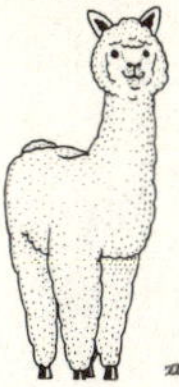

11

Es war nicht nur der Hut, der Maria aus der Fassung brachte, auch nicht, dass Bobby ihn mit dem eingesammelten Geld ausgerechnet Franz überreichte, diesem Obdachlosen, der seit ihrer ersten Begegnung mit dem von ihr spendierten *Coffee to go* nun schon den vierten Tag vor dem Bankgebäude stand und auf sie zu warten schien. Es war alles.

Beim ersten Mal hatte sie noch versucht, ein paar Freundlichkeiten mit Franz auszutauschen. Wie es ihm gehe, hatte sie ihn gefragt. Ob ihm der Kaffee schmecke, wie sein Leben so sei, ob sie irgendetwas für ihn tun könne? Anklagendes Schweigen und beschwörender Blick, das waren seine Antworten gewesen.

Das zweite Mal hatte sie ihn gegrüßt und ihm einen nicht allzu unangenehmen Tag gewünscht. Ihm einen schönen Tag zu wünschen, wäre in ihren Augen zynisch gewesen. Anklagendes Schweigen. Beschwörender Blick. Keinerlei Reaktion.

Beim dritten Mal hatte sie ihn nur noch gegrüßt, beim vierten Mal war sie wortlos an ihm vorbeigehuscht. Hatte gefühlt, wie sich sein Blick in ihren Rücken brannte, bis die Glastür des Bankgebäudes hinter ihr zufiel. Da sie um den Brennglaseffekt wusste, hatte sie nicht auf den Lift gewartet, sondern war die Stufen hinauf in den dritten Stock gehetzt, hatte sich dann außer Atem an Lilli vorbei vorsichtig ans Fenster geschlichen, und in derselben Sekunde schon hatte sein Blick sie wieder gehabt, wie ein geschickt geworfenes Lasso von der Straße hinauf in den dritten Stock.

Dieser Blick ließ sie auch dann nicht los, wenn Franz schon längst wieder verschwunden war. Unsichtbar geworden in seiner Wut und seiner Einsamkeit, in den für ihn dunklen Tag bis hinein in die Nacht, für die er sich vermutlich mit Alkohol betäubte, um dann am Morgen auf sie zu warten. Anklagend. Beschwörend. Stumm.

Und jetzt besaß er ihren Hut. Den Hut, den ihr die Mutter hinterlassen hatte, der manchmal noch nach ihr duftete, wenn Maria das Gesicht in ihm versenkte und die Augen schloss. Dieser Duft, den sie tief in sich einsog, sodass er sich ganz in ihrem Körper ausbreiten konnte, hatte nichts Synthetisches, war kein Parfüm, sondern war der Geruch, den jeder Mensch innehat. Ein genetisch festgelegter, individuell einzigartiger Körpergeruch, durch den schon das Neugeborene seine Mutter erkennt.

Das hatte sie nach dem Tod ihrer Mutter immer und immer wieder erlebt. Auch ohne Hut. Ihr Duft kam unerwartet, war plötzlich da wie aus dem Nichts, als wolle er nur einmal kurz Hallo sagen und ihr mitteilen, *ich bin immer noch da, nur in einem anderen Raum, mein Kind.*

Wollte Maria jedoch nach dem Duft ihrer Mutter greifen, ihn festhalten, die Nase in ihm versenken wie in ihrem Melonenhut, obwohl ihr Geruch aus ihm, wenn sie ehrlich war, schon lange verschwunden war, war es vorbei, als hätte sich die Tür zu dem anderen Raum wieder verschlossen.

Zehn Jahre war ihre Mutter jetzt tot, und Maria vermisste sie noch immer. Ebenso wie sie Aaron vermisste und ihr gemeinsames ungeborenes Kind. Jeden Haltegriff, das ihr das verdammte Schicksal anbot, zog es ihr im nächsten Moment wieder weg. So schnell, dass sie kurz das Gleichgewicht verlor. Nicht nur die Einsamkeit, auch das Schicksal war eine Bitch.

Maria nahm sich zusammen, schob Hartmanns Unterlagen so energisch zur Seite, dass sie auf dem Boden landeten. Sie bückte sich, um die einzelnen Blätter wieder aufzusammeln, und da war auf einmal – dieser Brief. Mit hübsch gemalten Blümchen und Bienchen, die um ein Haus mit vielen Bäumen dufteten und surrten. Dazwischen ein Tier, das, zumindest vermutete es Maria, so etwas wie ein Alpaka darstellen sollte.

Die Handschrift war kindlich.

Sehr geehrte Frau Bank,

stand da geschrieben …

ich schreibe Ihnen heute aus dem Himmel. Dort wohne ich jetzt seit genau einem Jahr zusammen mit dem Mond, der Sonne, dem Regen, den Wolken, den Engeln und dem lieben Gott.

Auch das war gezeichnet worden. Der Mond, die Sonne, der Regen, die Wolken, die Engel und der liebe Gott.

Sie müssen wissen, dass nicht der Archehof daran schuld ist, dass ich auf dem nassen Boden der Waschküche ausgerutscht und mit dem Hinterkopf so saublöd aufgeschlagen bin, dass ich sofort tot war. Auch nicht mein lieber Mann, Henri Sonnenschein, der manchmal ganz schön verplant ist und die Dachziegel hat liegen lassen, auf die mein Hinterkopf so saublöd draufgeknallt ist. Und auch nicht Bobby, mein herzallerliebster, wunderbarer, großartiger Sohn. Nein, es ist der liebe Gott gewesen, der mich im Himmel braucht, um auch dort einen Archehof einzurichten. Einen Ort, in dem alle Menschen vom magischen Globus durch eine Brücke aus Gras verbunden

sind. Die Brücke, die in Peru – dort, wo die Alpakas herkommen – aus nur einem Grund gebaut wird: aus Liebe.
Machen Sie sich keine Sorgen, Frau Bank. Wenn es Probleme mit dem Archehof, also nicht mit dem im Himmel, sondern mit dem im Chiemgau gibt, bin ich da und helfe von meiner Wolke aus mit. Weil ich meinen Kindern Stephanie und Bobby Sonnenschein versprochen habe, dass er für immer ihr Zuhause sein wird. Wo sollen sie denn auch alle hin, die Sesay-Kumaras, der Alte Paul und Oma Bärbel, der traurige Henri, der immer so lustig war, und vor allem die Alpakas mit Misti, dem ersten Fohlen auf dem Archehof.
Hochachtungsvoll
Ihre
Ella Sonnenschein

Maria überlegte, wer den Brief wohl geschrieben hatte. Die Tochter? Vermutlich nicht. Wer Che-Guevara-T-Shirts trug, malte keine Blümchen und Bienchen, und der drückte sich selbst mit zwölf oder dreizehn Jahren anders aus. Dann schon sehr viel wahrscheinlicher Bobby. Möglicherweise benutzt von seinem Vater oder Hartmann, um sie emotional zu packen. Bobby, Dancing King, weltbester Umarmer und Alpakaflüsterer.

Maria fühlte noch seine festen, etwas zu kurzen Arme, sah sein Lächeln, mit dem er sein Herz in ihre Hände gelegt, aber auch wieder mitgenommen hatte.

Hatte Maria bisher geglaubt zu wissen, was Einsamkeit ist, so war all das nichts gegen das Gefühl, das sie jetzt empfand. Ein Geschenk angeboten und es nicht angenommen zu haben.

Es war nur der Bruchteil einer Sekunde, in der Maria versucht war, schwach zu werden, dann tat sie das alles als Humbug ab, verbannte Brief und Unterlagen in den Tiefen ihrer Schreibtischschublade und konzentrierte sich auf den Stapel von Kreditanträgen auf ihrem Schreibtisch.

Erst als ihr Lilli ein Papiertaschentuch nach dem anderen unter die Nase schob, bemerkte sie, dass sie die ganze Zeit ebenso weinte wie Bobby vorhin. Weil sie Bobbys und Stephanies Schmerzen fühlte wie ihre eigenen. Weil sie nicht bereit war, neunundachtzig Euro pro Stunde für den Abklatsch dessen zu bezahlen, was die Umarmung des Jungen in ihr ausgelöst hatte. Weil ihr nicht nur die Liebe fehlte, sondern vor allem auch … nicht das Leben, um das kam ohnehin keiner herum, nein, *ihr* Leben fehlte ihr. Das Leben, das – wo auch immer, im Bauch ihrer Mutter oder im Universum – auf sie zugeschnitten worden war, jetzt irgendwo für sie bereitlag und das sie nicht finden konnte, sosehr sie auch danach suchte. *Werde die, die du bist.* Die Stimme war plötzlich in ihrem Kopf. Nur: Wer sollte sie sein? Wer war sie?

Maria schniefte ein letztes Mal in das Papiertaschentuch, wollte sich wieder ihrer Arbeit zuwenden, als ein kräftiges Klopfen sie endgültig zurückholte. Ohne ihre Aufforderung abzuwarten, polterte Hartung herein und füllte im nächsten Moment schon den kleinen Raum mit seinem wuchtigen, durchtrainierten Körper aus.

Karl Hartung war Ombudsmann. War ein Konflikt zwischen Kunde und Bank nicht zu lösen, kam er ins Spiel. Sein Job war aktive und kundenorientierte Verbraucherpolitik. Sein Job war es zu schlichten.

»Ich will keinen Prozess.« Auch seine Stimme war massiv.

»Wieso Prozess? Was für einen Prozess?«

»Die Banken stehen ohnehin schon viel zu lange im schlechten Licht da, und wenn es nicht nur in Italien, sondern in ganz Europa kracht, wird es nicht einfacher.«

»Wovon, Hartung, reden Sie?«

»Dass Sie auf den Archehof fahren sollen – und zwar nicht irgendwann, sondern kommende Woche.«

»Paul Hartmann!« Maria war gewohnt, dass Hartung ins Spiel kam, aber dass er so schnell ins Spiel kam, war ihr neu. Vermutlich hatte Hartmann schon vor ihrem Termin bei ihm Himmel und Hölle in Bewegung gesetzt und ihm nur noch per Handy das Ergebnis ihrer Unterredung mitgeteilt.

»Er droht nicht nur mit Prozess, sondern vor allem auch die Presse einzuschalten nach dem Motto, die Bank gibt dir den Rettungsschirm, wenn die Sonne scheint, fängt es an zu regnen, nimmt sie ihn dir wieder weg.«

Da war er wieder, der Geruch in ihrer Nase. Und sie spürte den in ihre Schublade verbannten Brief. Buchstabe an Buchstabe, sorgfältig gesetzt. Sie spürte ihn fast körperlich. Niemand schrieb heute noch mit solch einer Hingabe – und schon gar nicht ein Kind. Möglicherweise hatten ihn weder Bobby noch seine Schwester geschrieben, möglicherweise …

Sie versuchte es. Versuchte, nicht abzudriften. »Sie wissen so gut wie ich, dass nicht ich über Kredite entscheide.« Sie umklammerte mit beiden Händen die Schreibtischkante, bis die Knöchel weiß hervortraten. »Diejenigen entscheiden, die unsere Kunden nicht persönlich kennen.«

Lilli brachte Hartung eine Tasse Kaffee und sah Maria beschwörend an, als wolle sie sagen, Maria brauche keinen Hartung, um ihrem Herzen den richtigen Stoß zu geben. Doch Lilli kannte sich mit Tinder aus und weniger mit Zahlen. Maria wusste, dass dies gemein war, aber wie sollte man sich als Bankerin anders schützen als durch Zynismus.

Hartung setzte sich, ohne von Maria dazu aufgefordert worden zu sein, versenkte nach und nach vier Zuckerwürfel, rührte in Ruhe um. Und es war seine Ruhe, die in Maria eine Unruhe auslöste, die kaum noch auszuhalten war. Sie dachte an den kleinen roten Pickel am Hals, aus dem in kurzer Zeit ein schmerzhafter Ausschlag geworden war. Kein Arzt hatte dafür eine Erklärung gefunden, und dann war er auch wieder genauso plötzlich weg, wie er gekommen war. Die Schlaflosigkeit, ihre Gereiztheit und Ungeduld.

Hartung trank einen Schluck, sah sie an, als erwarte er, dass sie noch etwas zu sagen hatte.

»Es geht um Rentabilität und nicht darum, nur aus irgendeiner Emotion, aus Mitleid heraus ein Darlehen zu stunden, das ohnehin nicht zurückbezahlt wird.«

»Trotzdem müssen wir etwas tun. Sozusagen Goodwill zeigen.«

»Das haben Sie hiermit getan. Ich jedenfalls habe anderes zu tun.«

»Ich fahr mit Ihnen gern mal raus zu diesem Archehof.« Da war sie wieder, die Schleimspur im Anzug mit Krawatte, vor der sie bei jeder Weihnachtsfeier und jedem Betriebsfest floh.

»Dann tun Sie, was Sie nicht lassen können. Ich komme nicht mit!«

»Oh doch. Sie, Maria Popp, spannen Ihren Schirm auf, fliegen zum Archehof und bringen die Welt dort wieder in Ordnung.«

»Und wie?«

Hartung schlürfte seinen Kaffee in einem Zug aus, stand auf, sah mit seiner imposanten Gestalt auf sie herab, legte die Stirn in Falten, die Lippen wurden zum schmalen Strich, und dann schwoll sein Tonfall an, veränderte sich im Sekundenbruchteil vom Wind zum Sturm.

»Indem Sie verdammt noch mal eine Lösung finden, die alle zufriedenstellt – oder die zumindest beweist, dass unsere Bank alles für ihre Kunden tut.«

Er beruhigte sich wieder, seine Augen aber blieben auf sie fokussiert. Stille. Vielleicht war es diese Stille, die Maria wieder diese innere Stimme hören ließ. *Wer bist du?* Sie war so real, dass sich Maria spontan nach ihr umsah. *Wer bist du, Maria Popp? Wenn du dir nicht hilfst, dann hilft dir keiner. Werde endlich die, die du bist.* Ehe ihr klar wurde, was sie tat, richtete sie sich langsam auf, schob den Schreibtischstuhl zurück, stand auf.

Auch Hartung stand auf. »Dann sind wir uns einig?«

Ihre Beine zitterten. *Wer bist du?* Ohne Hartung zu beachten, holte sie den Brief aus der Schreibtischschublade, *werde die, die du bist.*

»Was haben Sie vor?«

»Mich auf die Suche machen …«

»Wonach?«

Sie ließ Hartung mit der unbeantworteten Frage sitzen, ging an Lilli vorbei, verließ die Bank, nickte Franz zu, der ihren Melonenhut zum Geldeinsammeln benutzte.

Kluge Entscheidung. Sie wusste nicht, ob Franz es ihr nachrief oder es nur in ihrem Kopf war. Wie auch immer. Es war ja nicht für immer, dass sie einfach tat, was sie wollte, und in der Sonne einen Cappuccino trinken, eine Schmalznudel essen und den Brief noch einmal in Ruhe lesen würde. Nur für heute. Danach würde sie tun, was Hartung von ihr verlangte.

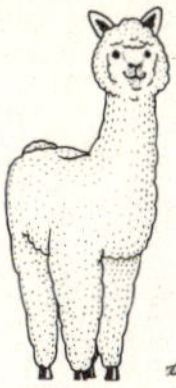

12

Spannen Sie Ihren Schirm auf, Mary Poppins, und bringen Sie die Welt auf dem Archehof in Ordnung!« Bääähm! »Hingabe an die Arbeit hebt denjenigen, der Karriere macht, vom gemeinen Fußvolk ab!« Tschakkaaaa!

Hätte Maria in dem Moment, als sie nach einer Stunde Sonnenschein in ihr Büro zurückkehrte und im Flur auf Hartung traf, einen Punchingball gehabt, hätte sie sich nicht mit einem innerlichen *Bääähm* und *Tschakka* zufriedengegeben, sondern Hartung gleich eine in die Fresse gehauen. Das heißt dem Punchingball mit einem Foto von Hartung.

Ihr so etwas grinsend ins Gesicht zu sagen!

Ihr, die mit der Bank ins Bett ging und mit der Bank aufwachte. Wenn jemand von *Sex* redete, dachte sie nicht an wildes Zusammenspiel zweier Körper, an heiße Küsse und Zärtlichkeit, nein, in ihrem Kopf war sofort die Zahl *Sechs*, die selbst in der Bibel, das wusste sie noch aus dem Religionsunterricht, die Zahl der Arbeit und der Mühsal war und garantiert nichts mit Vergnügen zu tun hatte.

Arbeit und Mühsal.

No risk and sex.

Maria war schon oft wütend gewesen, aber was sie empfand, als sie sich über die vom sonntäglichen Ausflugsverkehr verstopfte A 8 Richtung Chiemgau quälte, kam dem Wunsch zu töten recht nahe. Und nicht nur Hartung, sondern auch ihrem

Scheißschicksal, das sie sich ganz bestimmt nicht ausgesucht hatte, so ganz nebenbei ein wenig den Hals umzudrehen.

Sommer, Sonne, Superstau. Rettungsgassen wurden zu Schleichwegen. Seitenstreifen zu Abkürzungen. Gas geben, sobald wieder ein paar Meter gewonnen waren, drängeln, nötigen, an der Stoßstange kleben, nur um für ein paar Stunden rauszukommen, im Grünen zu sein, Marias Nerven lagen bloß.

Dabei war sie extra früh aufgestanden, um den Stadtflüchtigen zu entgehen, dieser Gesamtmünchner Völkerwanderung, die ihr schon seit Jahren die Spaziergänge an der Isar, das Bergwandern, das Schwimmen im Chiemsee oder die Einkehr im Tegernseer Bräustüberl zu seiner berühmten Schweinshaxe und dem selbst gebrauten süffigen Fassbier vergällte.

Jedes Wochenende gehörte sie zu den Daheimgebliebenen, weil sie die Staus scheute, die am Ende des Tages alles kaputt machten, was der Tag Schönes gebracht hatte. Das Nadelöhr vom Tegernsee Richtung München war besonders schlimm.

»Sie hätten sich ja nicht unbedingt den Sonntag für den Besuch auf dem Archehof aussuchen müssen!« Sie hörte Hartungs Stimme schon, ganz dicht am Ohr. Diesem Frauenflüsterer, besonders auf Weihnachtsfeiern, Aus- und Einständen, oder wenn ein Kollege zur Beförderung einen ausgab. In der Bar gegenüber, wo sie gerne in aller Seelenruhe mit Lilli ihren Mojito trank. Nicht einmal da ließ Hartung sie in Ruhe. Hartung, der bei Feiern selten nüchtern blieb.

Mary, Mary, stille meine Sehnsucht … Weiter kam er nicht. Denn wenn Maria wollte, konnten allein ihre Augen Ohrfeigen verteilen. Sie mochte keinen belanglosen Flirt am Arbeitsplatz.

Und natürlich hätte sie nicht am Sonntag auf den Archehof fahren müssen. Nur wann dann? Ihr Terminkalender platzte aus allen Nähten. Ja, okay, vielleicht hätte tatsächlich auch ein einfaches, aber umso entschiedeneres »Nein« genügt. Ein »Von mir aus soll Hartmann an die Presse gehen. Von mir aus soll Henri Sonnenschein uns verklagen. Wir haben den Vertrag erfüllt. Er nicht!«.

Nur, sie gehörte nun einmal zu der Sorte Mensch, die sich im Supermarkt hinter die Schlange stellte und dabei die freie Kasse übersah.

Ein Lemming war sie, Maria Popp, eine Unterfamilie der Wühlmaus, die selbst im Winter unter der Schneedecke aktiv war, damit dort Ruhe und Ordnung herrschten. Ruhe! Maria seufzte, während sie ungeduldig darauf wartete, dass es endlich weiterging. Ruhe, das war es, wonach sie sich sehnte. So wie früher, wenn sie, begleitet vom Bass ihres Vaters, *Country roads take me home* singend im knallgelben Minicooper so manches Mal die leere Landstraße zum Haus ihrer Großmutter gerumpelt waren.

Vor allem an diese herrlich kalten Tage im Februar erinnerte sie sich gern. Faschingsferien bei der Oma.

Mit einem bleichen, wolkenlosen Himmel und viel Schnee. Die Sonne lange Schatten werfend, ohne auch nur einen Hauch von Wärme zu spenden, und die gefrorenen Felder unter dem Glitzern des Schnees.

Der Rauch, der kerzengerade aus dem Schornstein in eine unbewegte Luft stieg, war immer das Erste gewesen, womit sich das Haus ihrer Großmutter hinter hohen Hecken bemerkbar machte. Ein untrügliches Zeichen, dass diese Großmutter mit heißer Schokolade und ihren köstlichen Marillenknödeln auf sie wartete. Und dann war das Haus selbst aufgetaucht, in seiner ganzen unauffälligen Idylle. Klein, schon etwas windschief, als habe es sich dem Osteoporoserücken ihrer Großmutter angepasst.

»Krumme Bäume tragen ebenso viel Obst wie die geraden«, hatte ihr »kleine Omi« immer gesagt. »Lass dich niemals vom Äußeren eines Menschen täuschen, mein Kind.«

Nie wieder hatte Maria so eine Ruhe empfunden wie mit der Tasse heißer Schokolade in der Hand vor dem Kachelofen, Kater Mikesch, kohlrabenschwarz mit vier weißen Stiefelchen schnurrend neben sich, beide den Bauch voll von Marillenknödeln. Die Stimmen der Familie im Hintergrund. So ein Ganz-bei-sich-Sein, Eins-Sein mit allem und der ganzen Welt, dem vor ihr liegenden, endlos lang erscheinenden Leben – wie eine Kiste, bis zum Rand angefüllt mit Möglichkeiten.

Man musste nur ein wenig darin wühlen, um das Beste und Schönste für sich herauszuholen.

Hatte es geheißen.

Bäääähm! Tschakka!

Warum wurden Kinder eigentlich von Anfang an belogen?

Keiner ihrer Träume hatte sich erfüllt, und nichts wies darauf hin, dass sich dies in absehbarer Zeit, wenn überhaupt, ändern würde.

Sie hatte in dem Haus ihrer Großmutter leben wollen. Mit Mann und mindestens drei Kindern. Sich unter der alten Linde mit einem Glas Wein in den Abend hineinträumend. Ohne Wolken am Himmel, stattdessen mit ganz viel Rot in unterschiedlichen Schattierungen, wenn im Sommer die Sonne unterging. Grillengesang. Das Rauschen wogender Ähren. Mückenschwärme, die es heute nicht mehr gab, ebenso wenig wie das Haus ihrer Großmutter. Nach ihrem Tod hatte ihr Vater es verkauft. Er hatte zugelassen, dass andere Menschen einzogen, um unter der alten Linde zu träumen, sich zu sehnen, Melancholie zwischen Resttag und Nachtbeginn.

Ihr Vater hatte sie auch davon überzeugt, nicht Philosophie oder irgendetwas anderes zu studieren, das ihre vielen Fragen beantwortete. Sondern, narrensicher, eine Banklehre zu absolvieren mit anschließendem Betriebswirtschaftsstudium.

Auch deshalb war der Kontakt abgebrochen. Und weil er sie mit der sterbenden Mutter allein gelassen hatte.

Verständnisloser Vater, tote Mutter, kinderlos, ohne Großmutterhaus, Aaron weg, nachdem sie das Baby im zweiten Monat verloren hatte, kein Lindenbaum, das Schicksal hatte ihr die Spielkarten gereicht, und sie hatte die Arschkarte gezogen.

Ich habe deine Hände nicht gefaltet und dir auch keine Rose zum Abschied mitgegeben. Warum fiel ihr das jetzt erst ein. Jetzt, wo sie die Autobahn bei Rosenheim verließ, weil sie es nicht mehr aushielt, eingepfercht zwischen einem Van vor ihr und einem SUV hinter hier, weil sie atmen musste – und nicht nur wegen des Verkehrs, sondern weil ihr die Erinnerung in diesem Moment die Luft abschnürte. *Warum muss ich ausgerechnet jetzt daran denken, dass ich nicht lange genug in diesem kleinen Zimmer war, in das sie dich gelegt hatten. Danach. Mit der obligatorischen Kerze auf dem kleinen Tisch. Sie haben mir deinen Schmuck gegeben. Ich habe ihn angelegt, den Ring, die Kette, die gerade noch deine lebendige, atmende Haut berührt haben. Ich will nicht, dass es sich einbrennt, dieses letzte Bild von dir. Ich will dich lebend, lachend, atmend. Mit deiner unbändigen Lebensfreude, die so schnell umschlagen konnte in Ärger und Traurigkeit. Du warst wie der April. Meine Aprilmutter.*

Sie tastete nach dem schmalen, ovalen, zart gezeichneten Silberring ihrer Mutter, den sie noch immer trug. Warum dachte sie jetzt daran? War es Bobbys Brief – oder von wem auch immer er stammte –, den sie in den Unterlagen gefunden hatte? Nicht Hartungs wegen fuhr sie auf den Archehof, sondern des Briefes wegen. Um ihn zurückzugeben, diesen Brief, der das Unangenehmste auslöste, was einer Kreditsachbearbeiterin passieren konnte. Eine innere Verbindung zu denjenigen Menschen herstellen, deren Haus die Zwangsräumung drohte. Vor allem deswegen musste sie ihn wieder loswerden!

Du hättest ihn auch mit der Post schicken können.

So einen Brief schickt man nicht mit der Post. Was ist, wenn er verloren geht?

Fast als wolle Maria sich selbst entkommen, drückte sie aufs Gas. Die Landschaft rauschte an ihr vorbei. Blickverschwendung. Innerer Themenwechsel allein schon aus Selbstschutz.

Sie würde sich nicht noch einmal einwickeln lassen. Sie würde sich von Paul Hartmann den Archehof zeigen lassen und feststellen, was sie ohnehin schon wusste: Ein Projekt, das sich selbst trug und genug Profit abwarf, um die Darlehensraten pünktlich zu bezahlen, sah anders aus.

Maria hatte noch nicht zu Ende gedacht, als ihr etwas mitten durch den Kopf schoss. Von Schläfe zu Schläfe. Messerscharf. Sie schrie auf. Die Landschaft, an der sie ohnehin kein Interesse hatte, verschwamm vor ihren Augen, ihr wurde übel, gleichzeitig rutschte der Schuh mit dem fürs Autofahren viel zu hohen Absatz vom Gas, fand in letzter Sekunde das Bremspedal, schaffte, ohne auf den Sportwagen hinter ihr zu achten, eine Vollbremsung. Maria riss die Fahrertür auf, stürzte aus dem Wagen, gerade noch rechtzeitig, um sich nicht in ihren Schoß oder auf die helle Polsterung des Beifahrersitzes zu übergeben.

»Kann ich Ihnen helfen?« Okay, die Gesamtsituation war ungünstig, aber als sie den Kopf jetzt ganz leicht nach rechts drehte, sah sie in ein so tiefes Blau, von dem sie nicht einmal geahnt hatte, dass es in menschlichen Augen existierte. Meer ja, Himmel okay, aber Auge, never ever … Und besorgt waren die schönen Blauaugen noch dazu. Wenn sie ehrlich war, hatte sie schon lange niemand so besorgt angesehen. Außer Lilli vielleicht.

Sich ihres leicht desolaten Anblicks bewusst, drehte Maria den Kopf behutsam in seine Ausgangsposition zurück, damit ihr nicht noch schwindliger wurde. Das hieß, sie hing vom Nacken aus kopfüber nach unten, als mache sie sich für die Guillotine bereit.

»Brauchen Sie ein Taschentuch?«

»Ja. Gern!« Mit der rechten Hand tastete sie nach hinten, fühlte nicht nur das Papiertaschentuch, sondern für den Bruchteil einer Sekunde auch die Wärme der Hand, die zu den blauen Augen gehörte, tupfte damit Lippen und Mundwinkel ab, überprüfte mit einem Blick nach unten, ob ihre Bluse Schaden genommen hatte, zum Glück nein, auch nicht der Rock, der beileibe nicht billig gewesen war, sehnte sich nach einer Zahnbürste oder zumindest nach einem Kaugummi oder, wenn es unbedingt sein musste, auch nach Fisherman's Friend, richtete sich dennoch auf, weil ihr jetzt durch die gebückte Haltung nicht nur der Nacken wehtat, sondern auch die Übelkeit zurückkam, drehte sich um und stand vor dem gesamten Mann.

Einem sehr männlichen Mann.

Mit einem sehr männlichen Gesicht.

Mit einem Gesicht, das ihr vorkam, als hätte sie es schon mal gesehen. Parship? Lieblingsbar? Bankkunde? Nein, nun wurde sie doch das, was sie seit Jahren erfolgreich verhindert hatte – sentimental.

Aber es war nun mal das Gesicht des Menschen, das man, ohne es zu wissen, in sich trug, bis man ihm endlich begegnete. Davon zumindest hatte sie in zahllosen Liebesratgebern gelesen. Und seitdem hatte sie, wenn auch unbewusst, auf es gewartet, sich nach ihm gesehnt. Das Gesicht, das die Träume von drei Kindern, einem Glas Wein unter einer alten Linde vor einem idyllischen Hexenhäuschen wie dem ihrer Großmutter wieder lebendig werden ließ.

»Wollen Sie?« Jetzt bot er ihr tatsächlich auch noch einen Kaugummi an.

»Danke!«

Versuch es nicht einmal zu verstehen, was hier geschieht, wieso fühle ich mich auf einmal so ..., wieso kenne ich dich, obwohl ich dich nicht kenne, weshalb finde ich keine Worte, um dies alles zu beschreiben, warum verlieren Raum und Zeit jede Bedeutung?

Kälte, Hitze, Alpenglühen. Sie wusste nicht, wie ausgerechnet das letzte Wort in ihren Kopf kam. Alpenglühen – wie schräg. Vermutlich lag es an den Chiemgauer Alpen im Hintergrund.

»Wären Sie so gütig, mir zu antworten?«

»Hab ich doch!« Sie öffnete den Mund, deutete auf den Kaugummi.

»Das meine ich nicht.«

»Sie haben noch was zu mir gesagt?«

»Zumindest versuche ich Sie seit etwa drei Minuten mit Worten zu erreichen.«

»Sie übertreiben.«

»Und Sie schweigen.«

Lächerlich. »Wenn es für Sie so wichtig ist, also, was haben Sie gesagt, während ich mich gerade mit einer schwierigen Sache beschäftigt habe?« Sie wusste, dass ihre Stimme schnippisch klang. Sie wollte sich schon zurücknehmen, aber er war schneller.

»Nichts Wichtiges, nur, ob Sie wieder okay sind?«

»...?«

»Sie haben sogar sich sehr offenbarend geantwortet.« Ein Zucken in seinen Mundwinkeln, als könne er nur mühsam das Lachen zurückhalten. Er zog sie auf. Sie hasste es, geneckt zu werden.

»Und bitte, was habe ich Ihrer Meinung nach offenbart?« Sie zupfte und rückte sich zurecht, kaute ihren Kaugummi, versuchte freundlich zu bleiben und Haltung zu bewahren.

»Ich solle mich um meine eigenen Angelegenheiten kümmern.«

»Das habe ich zu Ihnen gesagt?«

»Ohne Worte, aber mit Gesicht und Körper.«

»Oh, tut mir leid.«

»Schon in Ordnung.« Seine Mundwinkel hörten auf zu tanzen, wurden wieder ernst. »Nur, das nächste Mal schauen Sie bitte in den Rückspiegel, bevor Sie so abrupt stehen bleiben. Ich wäre Ihnen fast hintendrauf gefahren.«

»Deshalb sage ich immer«, es kostete Maria einige Anstrengung, ihr klopfendes Herz einigermaßen zu beruhigen, »nicht immer so nah auffahren.« Kleines, souveränes Geschäftslächeln. »Der ganze Kram mit Versicherung, Polizei, Werkstatt, und Sie wären auch noch schuld gewesen …« Hätte Maria den Ausdruck seiner Augen beschreiben müssen, so hätte sie ihn als langsames Begreifen geschildert, wer da vor ihm stand. Keine Verrückte, sondern …

»Wissen Sie, an wen Sie mich grade erinnern?«

Sie hatte es geahnt. »Ich bin es nicht, und … ich werde es auch niemals sein!«

Sein noch immer verblüffter Gesichtsausdruck erhellte sich durch ein weiteres Grinsen. Auch das gefiel ihr. Das gefiel ihr viel zu sehr.

»Lassen Sie uns bei einem gemeinsamen Abendessen herausfinden, wer Sie nicht sind und nie sein werden.« Ehe sie noch zurückzucken konnte, berührte seine Hand erneut ihre Hand, mehr noch, sie hatte anschließend wie durch ein Wunder seine Visitenkarte in der Hand. »Rufen Sie mich an.« Sprach's, ging zu seinem Sportwagen zurück, wobei sie ein ganz leichtes Nachziehen seines rechten Beines bemerkte. Sie musste daran denken, dass auch sie noch vor ein paar Tagen aufgrund der Scherbe in ihrer Fußsohle gehumpelt hatte. Noch etwas, das sie gemeinsam hatten.

Der fremdvertraute Mann stieg in seinen Sportwagen, ließ den Motor an und zog mit einem lauten Hupen an ihr vorbei.

Maria sah ihm nach, bis nichts mehr von ihm zu sehen war. Nahm gedankenverloren den Kaugummi aus dem Mund, wickelte ihn ein, warf ihn ebenso gedankenverloren in den Straßengraben, etwas, was sie sonst nie tat. Sie stieg in ihren Wagen und fuhr ebenso gedankenverloren los. Sie hatte schon einige Kilometer hinter sich gebracht, als sie sich dazu entschloss, einen kurzen Blick auf die Visitenkarte zu werfen, die neben ihr lag.

Anrufen würde sie nicht. Niemals. Aber es war zumindest eine schöne Vorstellung, dass es noch Männer wie ihn für sie gab. Männer, die ihr Herz in Aufruhr brachten. Sie lächelte. Und da es sie gab, würde sie ganz sicher auch noch auf Parship einen finden.

Da war die Visitenkarte und – auch wieder nicht. War sie tatsächlich so bescheuert gewesen, den Kaugummi statt in das Papiertaschentuch in das Einzige einzuwickeln, was sie von ihm hatte, Name, Adresse, Telefonnummer?

Offenbar, denn nicht seine Visitenkarte lag neben ihr, sondern das Taschentuch, das er ihr gegeben hatte. Mit seiner DNA, die ihr allerdings auch nicht weiterhalf. Außer, er war im Polizeicomputer registriert. Aber wollte sie einen straffällig gewordenen Mann? Wie auch immer. Was ihr weitergeholfen hätte, lag von einem Kaugummi verschandelt irgendwo da draußen. Vermutlich längst *gone forever with the wind*.

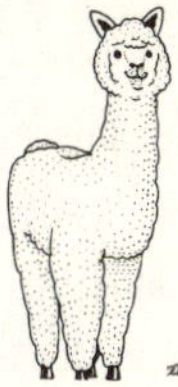

13

Abhaken. Sich auf die bevorstehende Aufgabe konzentrieren.

Die Straße machte eine scharfe Kurve, ein Wegweiser wies auf die Abzweigung zum Archehof hin. Das Navi allerdings forderte sie vehement auf, geradeaus weiterzufahren.

Maria entschied sich für analog und somit gegen digital. Sie stellte die penetrante Besserwisserei des Navis ab, folgte dem Wegweiser, der sie zu einer etwas abschüssigen, von hohen Hecken gesäumten Straße lotste.

Ein Dorf mit alten und neuen Landhäusern. Bauerngärten, Balkone geranienschwer. Maria hasste Geranien. Sie machten nichts als Dreck. Auf ihrem Balkon. Nicht auf dem der Nachbarin über ihr, die sie gepflanzt hatte, als gäbe es keinen nächsten Sommer mehr. Sie fuhr an einem Schreibwarenladen vorbei, an einer Metzgerei, einer Bäckerei, dem Gasthof zur Post, in dessen Biergarten noch alles ruhig war, aber schon die ersten Tische weiß-blau gedeckt wurden.

Bald würden sie besetzt sein, von Familien mit Kindern, jungen Paaren, alten Männern, die beim Weißbier, Schafkopfen und einer Zigarette im Mundwinkel versuchten, vielleicht nicht ganz so einsam zu sein, der ewige Stenz, der Witwer, der Geschiedene. Manche Frau trug hier auch noch ihr Dirndl, Männer eher selten Lederhosen, die Kirche würde vielleicht noch voller sein als die in der Stadt. Danach der Gang zum Familiengrab auf dem alten Friedhof.

Wie still es war, wie friedlich. So als sei die Zeit stehen geblieben oder als vergehe sie im Chiemgau ein wenig langsamer als anderswo. Irgendjemand hatte mal zu ihr gesagt, das Chiemgau sei nicht nur eine Landschaft, das Chiemgau sei ein Lebensgefühl. Das Lebensgefühl der Fischer, der Bauern, der Instrumentenbauer, der Künstler, der Bootsbauer, oder wen es sonst noch so alles gab. Heile Welt. Vermutlich aber ebenso verlogen wie anderswo. In diesem Moment tauchte der Archehof vor Marias Augen auf.

Sie hätte nicht sagen können, was sie erwartet hatte. Vielleicht so eine Art roter Teppich, ausgerollt von Paul Hartmann, um sie mit allen Mitteln der Überredungskunst davon zu überzeugen, den Hof weiterhin finanziell zu unterstützen. Oder dass die Bewohner Spalier standen.

Ja, sie hatte tatsächlich erwartet, gebauchpinselt zu werden, sich innerlich schon dagegen gewappnet, auch das liebevoll zubereitete Frühstück abzulehnen. Gegen eine Tasse heißen schwarzen Kaffees wäre allerdings nichts einzuwenden gewesen. Da sie aufs sonntägliche Ausschlafen verzichtet hatte, war sie schon wieder müde. Maria kam auf dem Parkplatz vor dem Archehof zum Stehen, gähnte und sah sich um.

Da war nichts, kein Teppich, kein Menschenspalier, überhaupt kein Mensch und vor allem, wieder einmal, kein Kaffee. Nur das Zwitschern der Vögel und sonst Stille. Nicht angenehm verträumt, auch nicht abweisend.

Irgendwie beängstigend war sie, verlassen wirkend lag der Archehof vor ihr. Unwillkürlich musste sie an die Serie *Criminal Minds* denken, mit der sie sich oft die Nächte um die Ohren schlug und danach noch schlafloser war als zuvor. Begann sie doch meist in genauso einer Idylle mit einem furchtbaren Mord, ehe sich die siebenköpfige, hoch spezialisierte FBI-Eliteeinheit aus erfahrenen Psychologen und Special Agents ins Privatflugzeug setzte, um den Fall aufzuklären und weitere Morde zu verhindern. Gänsehaut. Und kein Special Agent weit und breit, der für sie etwas hätte tun können.

Die Japaner sagten, Gott wohne in den Trommeln. Bei ihr dagegen wohnten die Trommeln vor allem im Herzen. Vor Puscas Haus hatte sie das erste Mal nach langer Zeit wieder die rasenden Trommelstöcke gefühlt, von denen es hieß, es sei das Gerassel vorbeifliegender Augenblicke.

Auf dem Archehof rasselte es jedoch nicht, es flog auch kein Augenblick vorbei, da war alles still. Stillstand. Kein Wunder, dass hier nichts mehr voranging. Unheimlich war das. Mit ganz viel *criminal* in ihrem *mind* und lärmendem Herzen wagte sich Maria schließlich doch durch das schmiedeeiserne Tor, über dem eine Holztafel mit der Aufforderung schwebte: »Pack ma's.«

Weiter.

Schritt für Schritt.

Und im nächsten Moment wurde Maria nicht von Paul Hartmann oder einem anderen Hofbewohner empfangen, sondern von Schatten spendenden Bäumen mit ihrem Chor der Vögel, überbordendem Grün, ausladenden Ästen wie zur Umarmung bereit, ihrem leisen Flüstern, in dem alle Wahrheit lag, alles Sehnen, Maria schluckte, sie hätte doch Philosophie studieren wollen, wusste nicht, warum und weshalb sie auf einmal so anders war, so bloß, als würde sie offen liegen und jeder hätte Zugang zu ihr. War es die Begegnung mit dem Mann, von dem sie nicht einmal wusste, wie er hieß? Was war los mit ihr? Wenn sie ehrlich war, hatte sich schon etwas verändert, seit Hartmann mit seinem seltsamen Gefolge in ihrem Büro aufgetaucht war. Sie wollte es nicht. Aber jetzt musste sie da durch. Hätte sie allerdings die Möglichkeit gehabt, sie hätte gleich eine ganze Ladung einer Substanz geschluckt, die ihre Gefühle in schützende Watte packte.

So aber blieb sie stehen, wie immer, wenn sie sich wieder beherrschbar machen wollte, berührte mit beiden Händen den Boden, begann zu zählen. Normalerweise bis zehn, heute sicherheitshalber bis zwanzig. Den Mann, der sie vom Fenster im ersten Stock des Archehofs aus beobachtete, bemerkte sie nicht.

Maria richtete sich wieder auf.

Ging weiter.

Der Mann zog sich zurück.

Nicht unter einer Linde, aber unter einer Kastanie – auch schön – lud ein langer Holztisch zum Verweilen ein, mit Stühlen, von denen die Farbe schon etwas abgeblättert war. Dahinter ein Beet mit Rhododendron. Der Rhododendron war abgeblüht, aber Maria konnte sich noch gut vorstellen, in welch violettem, orange- oder rotgelbem Feuer er vor wenigen Wochen noch geglüht hatte.

Dafür gab es jetzt Gladiolen, Schwertlilien und Dahlien, dahinter ein Holzschuppen mit weißen Scheibengardinen aus Spitze, vermutlich für Gartengeräte. An einem Ahornbaum lehnte ein pinkfarbenes Fahrrad mit einem auf dem Träger befestigten Korb, das Lenkrad mit einem bunten Strauß Trockenblumen und mit langen, bunten Bändern geschmückt. Das Fahrrad war von wildgrünem Blattwerk umwachsen und diente offenbar zur Dekoration. Etwas, das Maria für überflüssig hielt, aber so wund, wie sie gerade war, etwas Warmes in ihr auslöste. Hinter Baum und Fahrrad zog sich ein Jägerzaun um einen Teil des Grundstücks.

Erinnerungen an das Haus ihrer Großmutter. Weitergehen. Vorbei an dem Nebengebäude, das mit einem neuen Kredit restauriert und zu kleinen Wohnungen umgebaut werden sollte. Hartmann hatte recht. Wenn nichts geschah, würde es allmählich verfallen. Für den Bruchteil einer Sekunde blitzte das Bild einer Abrissbirne vor ihrem geistigen Auge auf. Zertrümmern. Zerstören. Dem Erdboden gleichmachen.

Ein Windstoß fuhr durch die Bäume. Die Äste nickten ihr zu. Maria legte die Hand auf die roten Steine des Nebengebäudes. Sie waren warm und atmeten flach.

Maria ging jetzt noch langsamer. Ein weiterer Holzschuppen tauchte auf, der offenbar zu einem Hofladen umfunktioniert worden war.

Die Tür, weiß gestrichen, einladend geöffnet und vom Boden bis zum Dach von Efeu umrankt. Ein Kranz aus Stroh hing an der Tür, und am Boden stand eine Blechschüssel, wie Marias Großmutter sie noch gelegentlich zum Waschen benutzt hatte. Auch an dieser Tür lehnte ein Fahrrad, das aber funktionsfähig erschien. Offenbar hatte jemand auf dem Hof eine große Affinität zu Fahrrädern, dachte Maria, während sie gleichzeitig überlegte, welcher Aufwand betrieben werden musste, um die Tür am Morgen mit alldem zu schmücken und es am Abend wieder zu entfernen.

Was für eine Zeitverschwendung. Sie rückte sich zurecht. Ebenso wie dieser ganze Nippes nichts anderes war als überflüssig. Staubfänger.

»Hallo!« Auch wenn sie aufgrund der bis auf das Vogelgezwitscher anhaltenden Stille keine Antwort erwartete, so gebot es doch die Höflichkeit, sich bemerkbar zu machen, ehe man einen Hofladen betrat.

Keine Antwort. Nicht einmal ein Atmen. Nichts. Maria trat ein. Links vom Eingang ein Tisch mit buntem Geschirr aus Ton, dahinter türmten sich auf der Ladentheke riesige Gläser, bis zum Anschlag gefüllt mit Süßigkeiten, Limonadelollis, Brausepulver, Eiskonfekt, Drops, Liebesperlen und Lakritze. Erneutes Erinnern. Der Dorfladen in der Nähe ihrer Großmutter. »Lang nei« – Rosi, die Besitzerin, hatte ihr immer eines dieser großen Gläser mit Lakritze hingehalten und ihr auch noch erlaubt, auf der Wiese vor dem Laden einen Margeritenstrauß zu pflücken. »Für d' Oma und für d' Mama.«

Und hier gab es nicht nur gewöhnliche Lakritze, sondern Salzlakritze. Maria lief das Wasser im Mund zusammen, hätte am liebsten *neig'langt*, doch sie beherrschte sich. Selbst wenn sie ein paar Cent für die Salzlakritze auf die Verkaufstheke gelegt hätte, wäre sie sich bestechlich vorgekommen.

Sie sah sich weiter um. Hinter Glasvitrinen duftende Seifen, Cremes, Flakons für Parfüm. In einer Kiste stapelten sich – wie es aussah – selbst genähte Kissenbezüge, Leinentischtücher, über einem alten Holzstuhl waren Baumwolltücher und Schals mit herrlich bunten, afrikanisch anmutenden Mustern drapiert. Was sie aber sonderbarerweise am meisten anzog, waren nicht nur die Stofftieralpakas in allen Größen, sondern auch eine Alpakafigur aus Stein.

Normalerweise fasste Maria nicht an, was ihr nicht gehörte, aber da konnte sie nicht anders. Sie nahm die Figur, die glatt und schmeichelnd in ihrer Hand lag, als sei das der Platz, nach dem sie schon immer gesucht hatte.

»Verschwinden Sie, sonst hol ich die Polizei!«

Maria wirbelte herum und sah sich einem Mann im Pyjama gegenüber. Er war barfuß, unrasiert, und das blonde Haar stand wirr vom Kopf, als habe er sich seit Tagen nicht gekämmt. Für den Bruchteil einer Sekunde tauchte ein blutüberströmter und auch sonst schrecklich zugerichteter Körper aus *Criminal Minds* vor ihr auf, dabei ahnte sie längst, wen sie da vor sich hatte.

»Henri Sonnenschein?«

»Legen Sie den Stein sofort wieder hin und verschwinden Sie von meinem Hof.«

»Ihrem Hof?« Maria hatte sich gefangen und lächelte zuckersüß. »Der Hof, Herr Sonnenschein, gehört der Bank!«

»Dieser Verbrecherbande, diesen gnadenlosen Blutsaugern, Monstern ohne Herz …«

»Was für ein Empfang!« Sie blieb zuckersüß. »Für jemanden, der Ihren Hof retten soll …«

Henri starrte sie an, als sei sie eine Erscheinung. Maria glaubte schon, er werde sich entschuldigen, doch sein Blick blieb finster, und jetzt machte er auch noch einen Schritt auf sie zu. Und das ganz sicher nicht wie Bobby, um sie zu umarmen. Im Gegenteil. Alles an ihm wirkte bedrohlich.

»Sie sind es doch, die mit einer Zwangsversteigerung drohen. Setzen Sie uns nicht unter Druck, dann muss auch nichts gerettet werden.«

Für den Bruchteil einer Sekunde war Maria fassungslos. So jemand war ihr in ihrer gesamten beruflichen Laufbahn noch nicht begegnet. Und jetzt begegnete er ihr nicht nur, sondern er kam, Gesicht und Körper eine einzige Drohung, näher. So viel zu Trauer und Nichtkönnen, dies war ein Nichtkönnenwollen. Sie wich einen Schritt zurück. Er machte einen weiteren auf sie zu. Maria wollte schon hinter die schützende Ladentheke springen, als hinter Henri eine Stimme laut wurde.

»Wossene order issene akanie ijorro watio wati, Mrs. Popp.«

Mrs. Popp war das Einzige, das Maria verstand. Sie reckte sich ein wenig, um festzustellen, wer hinter Henri Sonnenschein stand, und sah in ein schönes, dunkles und warmes Gesicht. Alles an dieser Frau schien zu lächeln.

»Mariama!«

Sie reichte Maria die Hand.

»Popp.« Maria nahm sie.

Henri machte eine wegwerfende Handbewegung: »Macht's doch, was ihr wollt's, aber nicht mit mir«, und verschwand ebenso plötzlich, wie er aufgetaucht war.

Maria sah ihm verblüfft nach.

Mariama lächelte.

Maria lächelte auch. Versuchsweise. Nur wie sich mit einer Frau verständigen, die offenbar aus Schwarzafrika kam und bei der der Deutschkurs noch zu keinem nennenswerten Ergebnis geführt hatte. Marias Lächeln wurde breiter.

»Ich, Maria Popp.« Sie klopfte sich heftig auf die Brust, »Bank.« Sie legte die Alpakafigur aus der Hand, fischte in ihrem Geldbeutel nach einem Euro, trat auf Mariama zu und legte ihn ihr in die Hand. »Geld. Bank. Ich.« Ein erneutes Klopfen gegen die Brust.

Mariama blickte auf den Euro und wieder zu Maria. Maria glaubte schon, sie habe noch immer nicht verstanden, suchte schon nach einer neuen Variante, um ihr Anliegen zu vermitteln, doch da antwortete Mariama zwar mit Akzent, aber in bestem Deutsch. »Der Gierige möchte am liebsten am Morgen Samenlöcher bohren, aus denen er am Abend schon ernten kann.« Sie gab Maria den Euro zurück, wandte sich ab und drehte sich dann noch mal zu ihr um: »Wossene order issene akanie ijorro watio wati, ist meine Sprache, Krio, und es heißt, herzlich willkommen, schön, dass Sie da sind.«

Mariama lächelte nicht mehr, sah Maria stattdessen an, als könne sie mit ihren tiefdunkeln Augen bis in den letzten Winkel von Marias Herz, Körper, Geist und Seele blicken. So unsinnige Worte wie *Voodoo*, *Hexenkult* und Ähnliches kamen Maria in den Sinn.

Sofort rückte sie sich innerlich zurecht. Im Gegensatz zu Lilli, väterlicherseits geprägt von den Problemen in den Pariser *banlieues*, ihr Vater war ein waschechter Pariser, hatte sie keine Vorurteile. 2015 hatte sie sogar ganze Stapel von Handschuhen, Schals und Mützen eingekauft und zu den ZOB Angels gebracht, die damals im eisigen bayerischen Winter am Münchner Busbahnhof nahe dem Hauptbahnhof Flüchtlinge mit dem Nötigsten versorgt hatten, ehe sie weiterreisten.

»Wo ist Herr Hartmann?« Maria verließ gedanklich das Jahr 2015 ebenso wie die ZOB Angels, die sich inzwischen aufgelöst hatten und möglicherweise anderswo zu helfen versuchten, vielleicht in Griechenland, wo die Situation für Flüchtlinge entsetzlich war, und kehrte zu der Frau zurück, die möglicherweise unter diesen Menschen gewesen war. »Marianna, wir haben einen Termin …«

»Mariama!«

»Mariama, ich verstehe, wie Marianne nur mit m.« Maria gab sich Mühe, um diese Brücke zu schlagen. »Ich heiße ähnlich. Maria. Maria Popp.«

Mariamas schönes Gesicht blieb unbewegt, war für einen Augenblick geheimnisvolles Afrika mit seinem endlos weiten Grasland unter sengender Sonne, nur vereinzelten Bäumen, dafür unzähligen Herden, immerfort wandernden Gnus, geschmeidigen Großkatzen und dem Trompeten der Elefanten. Maria war nie in Afrika gewesen. Auch das nicht.

Als habe Mariama Marias Gedanken gelesen, lagen Heiterkeit und tiefe Traurigkeit einen Augenblick eng umschlungen in Mariamas schmalen Augen, doch jetzt richtete sie sich wieder auf, wurde stolz, fast erhaben.

»Herr Hartmann ist mit seiner Frau, den Kindern und den Bienen!« Sie stand aufrecht vor ihr in ihrem farbenfrohen Wickelrock, pink, violett, orange, und einem braunen T-Shirt mit weißen Querstreifen.

»Den Bienen. Natürlich, nur …« Marias Blick wischte über die Unisex-Armbanduhr an ihrem Handgelenk. Klassisch schlicht, Handaufzug, absolut geeignet, vor männlichen Geschäftspartnern zu bestehen. Zart, schlank, vielleicht sogar mit einem Brillanten versehen, wären fürs Bankgeschäft zu weiblich gewesen. »Wie gesagt, wir sind verabredet.« Sie sah Mariama entschlossen an. »Jetzt.«

Alles an Mariama wurde weich. »Ein alter Mensch«, ein leichtes Lächeln, »hat gelernt, besser Kalender im Bauch als Kopf.« Mit diesen kryptischen Worten in diesmal nicht perfektem Deutsch ging nun auch sie und ließ Maria einigermaßen fassungslos zurück.

Niemand, der sie ins Haus einlud.

Niemand, der ihr einen Kaffee anbot, den sie bitter nötig hatte.

Natürlich hatte sie keinen roten Teppich erwartet, das war nur einer ihrer Witze gewesen, die sie sich selbst erzählte und dann mit sich selbst darüber lachte, weil es nur selten ein anderer tat. Was sie aber bei ihrem ersten Besuch auf dem Archehof antraf, war *nichts* und *niemand*. So, als sei sie das überflüssigste Wesen auf der ganzen Welt, das nur so ganz nebenbei die Aufgabe zu erfüllen hatte, das Zuhause von, sie zählte die Bewohner gedanklich durch, etwa zehn Menschen zu retten.

War das hier überhaupt jemandem klar? Oder lebte man auf dem Archehof nach dem Motto: Mit den Füßen fest in den Wolken?

Verdammt noch mal, sie wollten etwas von ihr, nicht sie von ihnen. Insgeheim weiter auf eine Art fluchend, wie sie es von sich nicht gewohnt war, verließ Maria nun ebenfalls den Hofladen. Da machte man den weiten Weg aus München, obwohl der Schreibtisch im Büro unter ihrer Arbeitslast fast zusammenbrach und sie den Sonntag noch dringend gebraucht hätte, um sich zu erholen, und das nur, weil sie helfen wollte, und jetzt?

Unwillkürlich musste sie an Bobby denken, mit dem sie des Melonenhuts wegen noch ein Hühnchen zu rupfen hatte, und seine zerrupfte Che-Guevara-Schwester. Was für arme, arme Kinder, ausgeliefert der kompletten Verantwortungslosigkeit ihres Vaters.

Noch immer aufgebracht, stöckelte Maria an dem geschmückten Fahrrad, dem Holztisch, den blühenden Beeten,

Ahorn-, Kastanien- und Apfelbäumen vorbei, der Forsythie ebenso wie an dem Nebengebäude, für dessen Ausbau Hartmann unverschämterweise noch einen zusätzlichen Kredit gefordert hatte, stöckelte auf das Gartentor zu, entdeckte erst jetzt dessen Kehrseite – *Schee war's*, stand ebenfalls auf einem Holzschild –, dachte noch, dass es vermutlich als selbsterfüllende Prophezeiung angebracht worden war, stöckelte auf den Parkplatz zurück – und wurde von einem Honigblumen- und Flower-Power-Bulli gestoppt, der ihr mit quietschenden Bremsen den Weg abschnitt.

Bärbel und Paul Hartmann sprangen gleichzeitig heraus. »Es tut uns so unendlich leid!« Mit bildlich gesprochen offenen Armen, den Bäumen im Garten nicht unähnlich, nur mit weniger Grün, liefen sie auf Maria zu.

»Bei den Imkern hat es länger gedauert als geplant.« Das war Paul Hartmann.

»Mariama hat angerufen.« Das wiederum war die Frau, die Paul Hartmann ihr als seine Frau Bärbel vorstellte. »Die erste Begegnung mit unserem Henri ist offenbar etwas missglückt.«

»Dafür muss ich mich wirklich entschuldigen.« Das wiederum war Paul. »Im Grunde ist er nicht so.«

»Andererseits: Er hat das Bett verlassen«, ergänzte Bärbel Hartmann, lächelte Maria strahlend an und fuhr fort: »Das ist doch schon was, finden Sie nicht?«

»Offenbar hat er das Bett nur verlassen, um mich vom Hof zu jagen.« Den ironischen Unterton konnte Maria nicht verhindern, obwohl sie unbedingt hatte sachlich und vor allem professionell bleiben wollen.

»Schön.« Bärbel strahlte noch mehr. »Dann hat er zum ersten Mal seit einem Jahr wieder mal richtig Temperament gezeigt!«

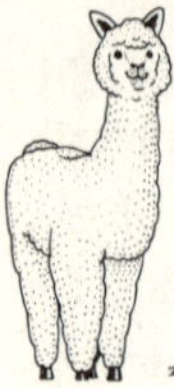

14

Später hätte Maria nicht zu sagen gewusst, weshalb sie nach diesem absurden Auftritt Henri Sonnenscheins nicht sofort in den Wagen gestiegen und nach München zurückgefahren war. Zumal sich auch Paul Hartmann um zwanzig Minuten verspätet hatte.

Da sich die A8 an Sonntagen, zumindest vormittags, nur Richtung Chiemsee staute, wäre der Rückweg frei gewesen. Eineinhalb Stunden Fahrt, und sie hätte es sich auf ihrem kleinen Balkon gemütlich machen können, dem noch immer die Blumen fehlten. Sie hätte ein wenig vor sich hin dösen können, die helle Haut, die selbst nach stundenlangem Sonnen blass blieb, mit Sonnenschutz 50 plus geschützt. Endlich eine Tasse Kaffee, ein leichtes Frühstück, an die nette Begegnung mit dem leicht hinkenden Mr. Namenlos denkend und sich mit dem Männermaterial beschäftigend, das ihr die Partnervermittlung an diesem fantastischen Sommertag anbot – oder auch nicht. Weil sie als hoffnungsloser Fall nur noch dafür taugte, ihr das Geld aus der Tasche zu ziehen.

In dieser Hinsicht war Marias Selbstbewusstsein nicht mehr sehr stabil. Danach vielleicht ein kleiner Stadtspaziergang durch den Englischen Garten, am Eisbach entlang, den Surfern zusehen, sich anschließend am Chinesischen Turm vom Schankkellner in Karohemd und Lederhose ein kühles Bier zapfen lassen, während irgendwo und irgendwer ein Blechinstrument bearbeitete, der Pferdekutscher auf seinem Bock sein Nickerchen hielt und seine beiden Pferde geduldig auf Kundschaft warteten.

Mit der Maß in der einen und einem knusprigen Hendl in der anderen Hand hätte sie sich einen Platz an einem der etwa zweitausend Holztische mit viertausend Holzbänken suchen können, auf denen sich ungefähr sechstausend Menschen drängten. Mit weißem Bierschaum auf der Oberlippe in die Sonne blinzelnd, um sich herum die verliebten Pär…

Das war der Punkt, an dem Maria ihr Gedankenspiel abrupt abgebrochen und sich zum Bleiben entschlossen hatte.

Nicht Hartungs wegen. Das Ende des Archehofs hätte sie allein schon mit Sonnenscheins Desinteresse, mehr noch mit seiner Respektlosigkeit begründen können, und auch Hartmanns Verspätung zeugte nicht gerade von Problembewusstsein und Lösungsorientiertheit.

Sie blieb auch nicht der Hoffnung wegen, denjenigen wiederzusehen, der sie in ihrer prekären Situation mit Taschentuch und Kaugummi versorgt und dessen Visitenkarte sie unglücklicherweise weggeworfen hatte, sodass sie jetzt im Straßengraben verrottete. Möglicherweise war es der Brief, von dem sie annahm, dass Bobby ihn, wenn auch mit Stephanies Hilfe, geschrieben hatte, der in ihr den Impuls auslöste zu bleiben.

Wäre sie jedoch ganz aufrichtig mit sich gewesen, war es etwas anderes.

In dem Augenblick, in dem sie durch das Tor gegangen war, hatte der Archehof etwas in ihr berührt. Am liebsten wäre sie sofort aus den High Heels geschlüpft, hätte mit bloßen Füßen und den Händen den Boden berührt. Hätte zu tanzen begonnen wie ein Kind, mit einem Kranz aus Gänseblümchen im Haar und einer Kette aus Löwenzahn.

Du hast eine Mauer um dich gezogen, warum fielen ihr ausgerechnet jetzt Aarons Abschiedsworte ein. Er hatte sie, nachdem sie ohnmächtig in seinen Armen gelandet war, nicht einfach so zurückgelassen. Er hatte ihr erklärt, weshalb er nicht länger mit ihr zusammen sein wollte, zusammen sein konnte. *Ich weiß, dass hinter der Mauer alles ist, was ich brauche, Liebe, Verständnis, Lust aufs Leben. Aber seit du das Baby … Du lässt mich nicht mehr rein, und ich stehe draußen und verhungere. Zieh deine Schuhe aus und vergrab die Zehen in die warme, lebendige Erde. Lebe, Maria, lebe.*

Das hatte sie natürlich nicht getan. Er ließ sie im Stich und nicht sie ihn, weil ein Baby im zweiten Monat für ihn noch kein Mensch, sondern ein nicht lebensfähiger Embryo gewesen war. Er hatte sie allein gelassen mit der Erinnerung an das plötzliche Ziehen im Bauch. Ganz leicht zunächst. Eines, dem man nicht gleich Beachtung schenkt. Wann beginnt das Leben? Mit der Befruchtung einer Eizelle? Bei der Geburt? Irgendwann dazwischen? War ihr gemeinsames Baby gestorben oder einfach abgegangen? Sechs Wochen alt. Nicht größer als ein Zentimeter. Nicht überlebensfähig und doch … *Vielleicht wäre es behindert gewesen*, er hatte sie ja zu trösten versucht, *seien wir doch dankbar. Ein behindertes Kind hätten weder du noch ich gepackt.*

Danach hatte er einfach weitergemacht. Sie nicht. Wie hätte sie auch leben sollen, wenn es ihr Kind nicht durfte.

Manchmal, in den schlaflosen Nächten, malte sie sich aus, wie es geworden wäre mit ihm oder ihr, vier Jahre alt wäre das Kind jetzt gewesen. Nicht die Füße, aber die Hände, das war von Aaron geblieben, wenn sie damit den Boden berührte. Es hatte nie etwas geholfen.

Aber jetzt, so absurd, so absolut lächerlich es auch war, empfand sie all das, die singenden Vögel, das sich um den Apfelbaum jagende Eichhörnchenpärchen, diese klare, reine Luft, die sie endlich wieder atmen ließ, bis tief hinein in die Lungen, die Ruhe, das Erahnen einer irgendwo noch heilen Welt … das alles war wie ein Anker, der sie daran hinderte abzudriften, zurück in die Einsamkeit.

Zumindest bis zu dem Augenblick, in dem ihr auf der Treppe zum Haupthaus ein dunkelhäutiger, gutaussehender Mann Anfang vierzig in Jogginghosen, T-Shirt und einem unter dem rechten Arm zusammengerollten Teppich entgegensprang und Bobby sie, offensichtlich außer sich vor Freude über ihren Besuch, hinterrücks überfiel, sodass sie mit ihrem Allerwertesten, breit ausgestreckten Beinen und einem lauten Ritschratsch, das zweifelsohne von ihrem Bleistiftrock stammte, im Gras landete.

»Du Idiot«, zischte sie, merkte im selben Augenblick noch ihren Fauxpas, wollte schon sagen, wie leid ihr das tue, doch da fing Bobby schon an zu weinen und lief, so schnell ihn seine Beine tragen konnten, ins Haus.

»Tut mir leid«, wandte sich Maria hilflos an Bärbel, während sie versuchte, wieder auf die Beine zu kommen.

»Das sollte es auch«, antwortete Bärbel kühl.

»Ich hab das nicht so gemeint … völlig gedankenlos …« Maria versuchte weiter auf die Beine zu kommen, aber auch der dunkelhäutige Mann, vermutlich Mariamas Ehemann, verweigerte jede Unterstützung, sondern ging einfach weiter.

»Natürlich ist Bobby kein …«

»Merken Sie nicht, dass Sie es mit jedem Wort noch schlimmer machen?« Bärbel sah Maria entsetzt an.

»Tut mir leid.«

»Auch indem Sie sich unentwegt entschuldigen, denn nur, wer will, dass man ihn entschuldigt, weiß, dass er schuldig ist, was in Ihrem Fall so viel heißt wie …«

»Okay, okay, ich hab verstanden.« Da saß sie nun noch immer auf dem Boden, sich hilflos fühlend wie ein Käfer, der auf dem Rücken gelandet war. In einiger Entfernung rollte der Mann, den sie für Mariamas Ehemann hielt, unter der Kastanie den Teppich auf.

»Abubakar ist Moslem«, erklärte Bärbel. »Er betet fünfmal am Tag.«

Abubakar kniete sich auf den Gebetsteppich, berührte mit Händen und Stirn den Boden und begann leise vor sich hin zu murmeln. Maria atmete tief durch, nahm Schwung, wieder ein gequälter Aufschrei des Stoffes, der den Restrock zusammenhielt. Vermutlich würde sie gleich halb nackt hier stehen, und das vor einem offenbar gläubigen Moslem.

Selten hatte sich Maria so als Trampel gefühlt wie in diesem Moment, und dann fügte Bärbel auch noch unnötigerweise hinzu: »Ihr Rock hat einen mächtigen Riss abbekommen. Also so, Frau Popp, können Sie nicht rumlaufen.«

Maria tastete nach hinten. Es war noch schlimmer als gedacht.

»Wir sind haftpflichtversichert«, ergänzte Paul Hartmann, der kurz im Haus verschwunden war und sich jetzt wieder zu ihnen gesellte.

»Das überrascht mich allerdings«, versuchte Maria die Situation etwas aufzulockern. Keiner lachte.

Abubakar betete, eines der Eichhörnchen schimpfte von einem Zweig aus auf ihn herab, und nun dröhnte auch noch Sidos *Tausend Tattoos* aus einem offenen Fenster im ersten Stock.

In was für ein Irrenhaus war sie da geraten.

»Die Musik leiser, Steph«, rief Paul, »Abu betet!«

Sido wurde leiser, das Eichhörnchen nicht, Abubakar blieb in seinem Gebet unbeirrt, und Maria beneidete ihn fast darum, was er damit bei Gott, Allah oder wem auch immer fand.

Vielleicht auch nur sich selbst.

Das zumindest hatte ihre Großmutter immer gesagt: »Hab niemals Angst, dich selbst kennenzulernen, Maria, das ist der einzige Weg, um ein gutes Leben zu führen.«

Jetzt allerdings brauchte sie keine Zitate ihrer Großmutter, sondern etwas, das sie anziehen konnte.

Bärbel sah das offensichtlich ähnlich. »Kommen Sie!« Ehe sichs Maria versah, zog Bärbel sie schon am offenen Küchenfenster mit köstlichem Kaffeeduft vorbei. Er dockte im Suchtzentrum ihres Gehirns an, spielte dort *Ring my bell* von Anita Ward, vermischte sich mit Sidos und Allahu-Akbar-Monotonie, die an eine hängen gebliebene Schallplatte erinnerte.

»In Brasilien ist eine Tasse Kaffee ein Willkommensgruß. Eine Einladung zum Gespräch«, erklärte Bärbel.

»Sagt der eine: Schmeckt dir der Kaffee?« Maria versuchte es erneut mit einem Witz. »Sagt der andere: Nicht die Bohne.« Wieder lachte nur sie.

Bärbel zog sie über den Flur, hievte sie beide geschickt an Roller, Ball, Puppe, Schuhen, Schultasche und sogar an einer auf dem Boden liegenden Jacke vorbei.

»Tut mir leid, die Unordnung hier. Zu viele Menschen auf zu wenig Raum.« Bärbel deutete auf einen Berg von Schuhen unter der Garderobe, die aussah, als würde sie bald unter Jacken, Mänteln, Regenzeug, Anoraks und was auch immer zusammenbrechen.

»Ich bringe meine Wintersachen im Sommer in den Keller.« Maria wollte nicht belehrend klingen.

»Der Keller ist zu feucht.« Bärbels Tonfall bewies, dass es ihr nicht gelungen war. »Da müsste auch noch einiges getan werden. Aber wie Sie ja wissen, fehlt uns dafür das Geld.« Sie stieß die Tür zum Badezimmer auf. »Sie können sich hier ein wenig frisch machen. Handtücher und Waschlappen finden Sie im

Schrank. Ich hol Ihnen was zum Anziehen. Bin gleich wieder da.«

Sprach's und zog die Tür hinter sich zu. Maria blieb allein zurück und überlegte zum wer weiß wievielten Mal, wo sie da nur hineingeraten war. Am Montag würde sie Hartung einen Kaktus auf den Schreibtisch stellen, als Zeichen dafür, dass er in der nächsten Zeit nicht einmal daran denken sollte, in ihre Nähe zu kommen.

Maria zog die Schuhe aus, schlüpfte aus Rock und Bluse, drehte den Wasserhahn über dem Waschbecken auf – es war blitzblank poliert, wenigstens das –, warf einen prüfenden Blick in den Spiegel, ob zumindest noch irgendetwas von ihr zurückgeblieben war, schrie auf und wich erschrocken zurück.

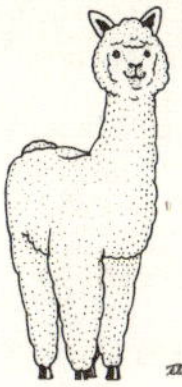

15

Schöne Mary Poppins.« Aus der Badewanne zwischen den beiden Teilen des Badewannenvorhangs hindurch strahlte Bobby sie an. Und nicht nur Bobby. Noch etwas anderes strahlte. Es war viel kleiner und zarter als Happy, dem Maria schon vor ihrem Büro begegnet war an dem Vormittag der Hinterlassenschaften: katastrophale Bilanz, herzerwärmender Brief, stinkender Kot. Aber es hatte ebenfalls schon sehr viel Fell, unglaubliche Augen und ein Babyface, das vermutlich jede andere dazu gebracht hätte, sich förmlich darauf zu stürzen und es von oben bis unten zu knutschen, bis das Fell nicht mehr braun war, sondern übersät von Küssen.

Ein Alpakafohlen. Mit einem Kranz aus frischem Gras auf dem Kopf. Wie geschmückt für diesen ersten Moment der Begegnung mit der fast nackten Maria.

»Bobby, meine Güte, hast du mich erschreckt.« Mit einer schnellen Bewegung zog Maria das Badetuch vom Handtuchhalter und wickelte es sich um den Körper.

»Wieso brauchst du ein Badetuch? Du hast doch gar nicht geduscht?« Bobby und Alpaka sahen sie gleichermaßen fragend an, wobei das Alpaka den Kopf noch ein klein wenig schräg legte.

»Könntet ihr mich bitte allein lassen?« Maria versuchte freundlich zu bleiben.

»Das ist Misti.« Bobby stellte seinen geschmückten Begleiter vor, ohne auch nur die geringsten Anstalten zu machen, Marias

Aufforderung Folge zu leisten. »Ich hab ihn geholt, damit du ihn kennenlernst, und böse bin ich dir auch nicht mehr.«

»Danke, Bobby, das freut mich.«

»Schon okay.« Bobby lächelte. »Ich bin Mistis Pate, weißt du? Es war tot, weißt du? Dann hab ich ihm meinen Atem eingehaucht, und jetzt lebt es wieder.«

»So ein Unsinn. Wenn es lebt, war es nicht tot!« Maria hatte noch nicht ganz zu Ende gesprochen, da veränderte sich Bobbys Gesicht. Die Lider flatterten, die Unterlippe zitterte.

»Das ist kein Unsinn.« Die Augen füllten sich mit Tränen. »Meine Aufgabe ist es, Misti für immer zu beschützen.« Misti rückte den Kopf gerade und summte, als wolle er bestätigen, was Bobby sagte.

»Tut mir leid, Bobby.« Maria machte eine hilflose Geste und fragte sich gleichzeitig, wie oft sie sich bei ihm noch würde entschuldigen müssen. Bobby war ein Kind. Nein, ein Kind war er nicht mehr, aber … Sie war noch nie mit diesem besonderen »Aber« konfrontiert gewesen, hatte nicht die geringste Idee, wie man mit einer Behinderung umging, verlegte sich auf einen freundlichen, jedoch bestimmten Tonfall.

»Kommt ihr jetzt bitte aus der Badewanne und lasst mich allein?«

»Okey-dokey.« Schlagartig war Bobby wieder fröhlich, nahm Misti auf den Arm, was diesem offenbar überhaupt nicht gefiel, denn er strampelte so, dass Bobby ihn sofort wieder losließ, sprang aus der Wanne, Maria öffnete gerade noch rechtzeitig die Tür, sodass Misti in seinem Überschwang nicht mit dem Kopf gegen die Badezimmertür knallte. Misti floh nach draußen. Bobby kletterte etwas unbeholfen hinterher.

»Wir wollten dich nicht erschrecken, Mary Poppins, wir haben nur Verstecken gespielt. Du hast uns gefunden. Und jetzt bist du dran mit dem Verstecken …«

»Ich weiß nicht, Bobby …« Während Maria noch überlegte, wie sie Bobby mit mehr Feingefühl als zuvor beibringen konnte, dass sie für ihn und Misti nicht die richtige Spielpartnerin war, betrat Bärbel das Badezimmer – mit einem hübschen Sommerkleid in der Hand.

Sie sah Bobby streng an. »Misti ist so schnell die Treppe hinuntergerast, dass er sich fast überschlagen hätte.«

»Oh, tut mir leid!« Bobbys Blick war mehr als erschrocken. Er war entsetzt.

»Deine Aufgabe ist es, Misti zu schützen, und nicht, ihn zu gefährden!« Bärbels Stimme blieb streng. »Ein Alpaka gehört nicht ins Haus.«

Bobbys Augen füllten sich mit Tränen, und Maria kämpfte gegen den Impuls an, diesmal ihn in die Arme zu nehmen und auf die Wange zu küssen.

»Suri hat außerdem schon verzweifelt nach ihm gesucht. Die ganze Herde ist in Aufruhr.«

»Tut mir leid!«

»Und zum Abschluss, Bobby: Man belästigt auch keine fremden Damen!« Endlich hatte Bärbel ein Einsehen und reichte Maria das Kleid.

»Bobby war zuerst da«, verteidigte Maria Bobby spontan, während sie in das Kleid schlüpfte, »wenn, dann hab ich ihn belästigt!«

Bobby lachte, warf Maria eine Kusshand zu und war in der nächsten Sekunde ebenso schnell verschwunden wie Misti.

»Das war nett von Ihnen.« Bärbel zog den Reißverschluss am Rücken zu. Wobei sie ein- oder zweimal etwas ruckeln musste, da er klemmte. Zufrieden trat sie einen Schritt zurück.

Auch Maria sah an sich herunter. Das Sommerkleid war im Stil der Sechzigerjahre geschnitten, ärmellos, schmale Taille, weiter Rock, weiß mit zartgelben Blüten. Sie trug so etwas nicht. Bevorzugte den strengen Stil.

»Passt.« Bärbel lächelte.

»Passt.« Mehr noch, es saß wie angegossen.

Vielleicht hätte Maria fragen sollen, wem das Kleid gehörte, so aber ging sie davon aus, dass es noch aus Bärbels Jugend stammte, und da war auch noch etwas anderes, das ihr im Kopf herumspukte.

»Beeindruckend, dass Bobby bei Misti so eine Art Mund-zu-Mund-Beatmung gemacht hat. Was war los? Herzstillstand bei der Geburt?«

»Keine Mund-zu-Mund-Beatmung. Er hat ihm das Leben eingehaucht.« Bärbel lachte. »Ich sehe Ihren ungläubigen Blick, aber wie schon in der Bibel steht ›Gott der Herr machte den Menschen aus einem Erdenkloß, und er blies ihm den lebendigen Odem in seine Nase. Und also ward der Mensch eine lebendige Seele.‹«

Draußen kniete Abubakar auf seinem Gebetsteppich, und im Badezimmer zitierte Bärbel Hartmann aus der Bibel. Maria ging sicherheitshalber nicht darauf ein, dass Bärbel Bobby mit Gott verglich.

Maria schlüpfte in ihre Schuhe. »Jetzt noch eine gute Tasse Kaffee, dann können wir loslegen!« Mit schwingendem Rock verließ sie das Bad, was sich durchaus angenehm anfühlte, so frei und weiblich, und im nächsten Moment schon hingen drei kleine Mädchen an ihrem Kleid und an ihren beiden Händen.

Und was für Mädchen. Sie trugen lustige, bunte Schlafanzüge, das Kraushaar war in unzähligen Zöpfen gebändigt, geschmückt mit bunten Bändern und Kugeln, und alle drei redeten durcheinander und vor allem auf Maria ein.

»Liest du mir was vor?«

»Spielst du mit mir?«

»Komm, ich zeig dir Jason!«

»Jason? Deine Puppe? Die da am Boden liegt? Die solltest du aufheben. So geht man nicht mit Puppen um.«

»Jason ist unser Lieblingsalpaka.« Ungläubige Blicke aus sechs fast schwarzen Augen sahen sie an.

»Ja, natürlich. Noch ein Alpaka.«

Die Mädchen lachten, Bärbel scheuchte sie liebevoll zurück in den ersten Stock, öffnete eine weitere Tür und führte Maria durch das Wohnzimmer, dem man ebenfalls anmerkte, dass viele Menschen auf zu engem Raum wohnten. Man könnte auch sagen, es staute sich wie in einem Möbellager mit Billigangeboten. Kein Wohlfühlort.

»Wenn wir erst einmal das Nebengebäude saniert haben, können wir dort einziehen.« Maria glaubte Bärbel Hartmann inzwischen gut genug zu kennen, um zu wissen, dass dies keine Entschuldigung, sondern schlicht eine Erklärung war. »Und die Kumara-Sesay-Familie auch. Bisher fehlt uns dafür das Geld.«

»Dafür fehlt Ihnen das Geld«, wiederholte Maria trocken und trat in den sich dem Wohnzimmer anschließenden Wintergarten, der sich als Wohlfühlort entpuppte.

Wie schon der Garten beherrschte ein riesiger Holztisch mit Platz für zehn Personen den Raum. Wehmut stieg in Maria auf, wenn sie daran dachte, dass sie meist allein aß und es auch so bleiben würde, da sie die Nummer elf gewesen wäre und somit keinen Platz hätte in einer Familie wie dieser. Wollte sie denn überhaupt Teil dieser Familie sein?

Niemals!

Um den Holztisch herum viel saftiges Grün. Dazwischen immer wieder Bambus und Bonsaibäumchen. Ein steinerner Buddha zog Marias Aufmerksamkeit auf sich. Mit dickem Bauch und zufriedenem Lächeln hockte er neben einem munter vor sich hin sprudelnden Brunnen. Tiefenentspannung pur.

»Setzen Sie sich«, forderte Bärbel sie freundlich auf.

»Wohin?«

»Wohin Sie wollen.«

Maria blieb stehen. Sämtliche Wachsamkeitsantennen sensibilisiert. Friedliche Atmosphäre und Harmonie waren ein gefährlicher Sog, wenn es ums Geschäft ging. Sie konnten Zusagen hervorlocken, zu denen man nicht bereit war.

Bärbel bemerkte Marias Blick. »Wunderschön, nicht? Den Buddha haben Paul und ich aus Tibet mitgebracht. Kennen Sie Tibet? Nein? Sie sollten unbedingt mal hin. Sie sind noch jung, Frau Popp, schauen Sie sich die Welt an.«

»Ich hab es schon öfter mit einem Bonsai versucht …«

»Und?«

»Sind eingegangen … alle!«

»Ella war unser grüner Daumen.«

»Ella?«

»Henri Sonnenscheins verstorbene Frau.«

»Natürlich.«

»Ich hab auch erst lernen müssen, wie man den Bonsai pflegt. Der richtige Standort ist wichtig, das Düngen und ja, vor allem das Umtopfen. Wenn Sie wollen, erklär ich es Ihnen …«

»Nicht nötig, danke.«

Maria sah sich weiter um, während ihr das frische Röstaroma aus der handbemalten Kanne ebenso in die Nase stieg wie die üppigen Düfte der Pflanzen, von denen Maria nur den Oleander und das Zitronenbäumchen an seinen Zitronen erkannte. Als könne sie Gedanken lesen, stellte Bärbel ihr die anderen Pflanzen vor.

»Das ist unser Orangenjasmin und das unsere Osmanthus fragrans mit ihrem wunderbaren Pfirsichbukett, hier die gemeine Myrte, ein immergrüner Strauch, ich liebe das harzig Frische an ihr, sie erinnert mich ans Mittelmeer, wo sie auch herkommt, und da hinten, Frau Popp, das ist unser Bananenstrauch. Schnuppern Sie mal, riecht wie Bananeneis, das sagen zumindest unsere Kinder immer. Eukalyptus und Nachtjasmin,

Hustenbonbon und Kaugummi, alles in unserem Wintergarten.«

»Erinnert mich eher an einen Parfümladen.« Maria konnte den leicht ironischen Tonfall nicht verhindern.

Bärbel lachte nur. »Das sagt mein Mann auch immer. Bei uns riecht's wie in München bei Douglas, dabei war er, bevor er zu Ihnen gefahren ist, schon jahrelang nicht mehr in München. Zu schnell. Zu laut. Zu wenig Mensch. Und zu Douglas hätten ihn keine zehn Alpakas hineingeschubst.« Suchend sah sie sich um, als fiele ihr erst jetzt auf, dass Paul noch fehlte. »Wo ist er überhaupt?« Lachte. »Paul gehört zu den Männern, die gerade noch da und im nächsten Moment wie vom Erdboden verschluckt sind, weil sie immer so schrecklich viel zu tun haben. Kennen Sie das?«

»Ja.« Marias Tonfall war trocken. »Nur, dass sie bei mir nicht wiederkommen.«

Für den Bruchteil einer Sekunde war Bärbel verblüfft. »Wie traurig, Sie sind eine so hübsche junge Frau.«

»Tja.«

»Auch keinen Freund?«

»Nein.«

»Also niemanden, der Sie mal in den Arm nimmt, wenn ...«

Stopp! War das ein Versuch, ihre emotionale Schwachstelle auszuloten? Herauszufinden, wo sich bei ihr der Schalthebel befand, um einen gewünschten Impuls auszulösen. Lilli nannte das Triggern. Für Maria war und blieb das jedoch unzulässige Manipulation.

Andere trugen unterschiedliche Brillen mit sich, Maria war ein Fan von Blicken. Der, den sie jetzt aufsetzte, war leicht überheblich. »Ich bin gern Single.«

»Na, dann mach ich mich mal auf die Suche nach meinem Paul.« Sprach's und verließ den Wintergarten.

Maria blieb zurück.

Wieder einmal.

Kam sich verloren vor.

War unschlüssig, ob sie sich setzen oder weiter stehen bleiben sollte, kam sich fremd vor in diesem Kleid, der Umgebung, eine Fremde unter Fremden, die Nummer elf für einen Tisch für zehn.

Schon auf der Fahrt hierher war es seltsam gewesen, aber jetzt war es, als habe ihr jemand ein Glas Eiswasser die Kehle hinuntergeschüttet, das sich nun über die ganze Brust ausbreitete, sich wieder sammelte und zur eisigen Lache wurde, rund um ihr Herz. Eis und Feuer. Denn nun wurde ihr heiß. Und das hatte nichts mit der Lufttemperatur zu tun. Eine Hitzewallung schwappte von ihrem Bauch bis zum Kopf, machte sie atemlos, und auf einmal war da die Angst zu implodieren. Wie schon im Wagen verlor sie erneut die Kontrolle, doch die durfte sie nicht verlieren. Wenn sie sich verlor, gab es auf der ganzen Welt keinen, der nach ihr suchte.

Maria hatte sich schon oft einsam gefühlt, aber noch nie so sehr wie in diesem Augenblick, als sie sich trotz weicher Knie zum Stehenbleiben entschied. Den Blick weiterwandern ließ. Über Tassen und Teller, die dasselbe Blumendekor hatten wie die Kanne, die Leinentischdecke, ebenfalls mit Blumen bestickt, vermutlich Handarbeit, weiter durch die zurückgeschobene Glasscheibe hin zur Weide, auf der Bobby noch immer mit Misti herumtobte.

Bobby bemerkte Marias Blick, blieb abrupt stehen, winkte ihr zu, und in der nächsten Sekunde schon schubste er das Fohlen zum Wintergarten. Ein anderes schneeweißes Alpaka, vermutlich die Mutter, folgte bei Fuß. Die Idee mit dem Paten war ja ganz nett, machte ihre Aufgabe als Mutter jedoch nicht einfacher.

Happy und noch ein Alpaka gesellten sich zu Misti, Suri und Bobby, und ehe Maria noch wusste, wie ihr geschah, sah sie sich vier neugierigen Fellnasen gegenüber, die gemeinsam in den Wintergarten strahlten und jetzt Anstalten machten, einzutreten und damit vermutlich mit ungebändigter Neugier alles zu verwüsten, was von Ella Sonnenschein so liebevoll gestaltet worden war.

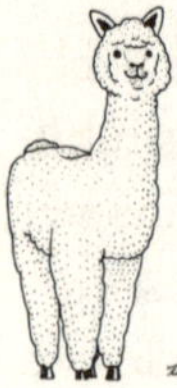

16

Die Alpakas sahen zwar ganz nett aus, wie sie jetzt herantrabten, aber so nah am gedeckten Tisch? Hygienisch war das jedenfalls nicht. Maria machte einen Schritt zurück. Sie wurde nicht gern bedrängt, weder von Mensch noch von Tier. Vor allem, wenn das Tier nicht die geringste Scheu vor ihr hatte und jetzt mit einem eigenartigen Singsang näher kam.

»Kannst du deine Tiere bitte bei dir behalten, Bobby?«

»Logisch, Frau Poppins …«

»Popp, Bobby, ich heiße Popp.«

»Okay, einigen wir uns auf Mary.«

»Maria!«

»So wie die heilige Maria, die mit dem Josef auch nirgends bleiben durfte?«

»Also gut, Mary.« Nicht, dass ihr jetzt mitten im Sommer die ganze Weihnachtsgeschichte aufgetischt und sie nach der Fantasiefigur auch noch zur Heiligen wurde.

Bobby grinste, und Maria fragte sich unwillkürlich, ob er wirklich so unschuldig war oder sehr viel durchtriebener, als man ihm zutraute. Dumm war Bobby jedenfalls nicht. Ganz und gar nicht. Sie versuchte es nun ebenfalls mit einem Lächeln.

»Und jetzt hol bitte deine Tiere zurück.«

»Okay, meine liebe Mary!« Seine Stimme tröpfelte wie Honig. Er wollte die vier Alpakas zurückscheuchen, doch irgendwie wurden sie immer mehr, und jetzt kam auch noch Mariama herein, servierte ein typisch afrikanisches Frühstück, sah Bobby zwar inmitten der vielen Fellnasen, blieb jedoch ungerührt, wandte sich stattdessen an Maria und erklärte, dass die Eier mit viel Zwiebeln, viel Chili und Paprika bereitet wurden.

Bobby war wie Maria für den Bruchteil einer Sekunde von dem köstlichen Duft abgelenkt, und den wiederum nützte Happy. Sie sprang in den Wintergarten, während die anderen Alpakas sich tatsächlich zurückzogen, und blieb vor Maria stehen. Maria hob abwehrend die Hand.

»Happy tut nichts.«

»Nein, sie scheißt mir nur vors Büro.«

Bobby lachte. »Dabei sind Alpakas eigentlich stubenrein!«

»Dann wird es Zeit, dass deine Happy das auch endlich weiß.«

Bobby lachte erneut sein ansteckendes Lachen, das irgendwo tief in der Kehle begann und sich schließlich wie goldflirrender Blütenstaub um ihren Kopf legte.

Maria mochte Bobbys Lachen. Nicht aber, dass Happy jetzt fast den Esstisch erreicht hatte. Bei. Aller. Liebe. Das war unhygienisch.

»Stopp!« Maria sah Mariama Hilfe suchend an, doch in diesem Moment heulte von irgendwoher ein Kind, Mariama seufzte, eilte aus dem Wintergarten und ließ Maria mit diesem Gefühl zurück, das sie jedes Mal überkam, wenn ein Kind die Ärmchen um den Hals seiner Mutter schlang. Eine Mischung aus Melancholie und Sehnsucht. Auch Bobby war keine Hilfe, jagte wieder mit den anderen Alpakas davon, Happy dagegen blieb stehen.

Das Tier, das in den Augen der Nachfahren der Inkas das Geschenk des Sonnengottes Inti war, um seinem Volk das Lächeln zurückzugeben, das einst durch Macht und Gier der anderen verloren gegangen war.

Das Alpaka mit dem ewigen Lächeln.

Das Alpaka, von dem es heißt: *Wer in das Gesicht eines Alpakas schaut, ist für immer verloren.*

Happy sah Maria in die Augen. Groß und dunkel, sanft und weit wie das Meer an ruhigen Tagen, bis nichts anderes mehr wichtig ist, nur du und der Moment.

Maria entspannte sich.

Happy sah sie an.

Keine Beklemmung mehr.

Was willst du von mir?

Kein bisschen Eissee mehr ums Herz. Keine Gefahr mehr zu implodieren. Auch nicht zu explodieren. Vor allem aber keine Angst. Nur Frieden. Das wollte Happy von ihr. Maria wich nicht zurück. Name war Programm. Sie ließ das Glück zu. Streckte vorsichtig die Hand nach Happy aus.

Ohne sie aus den Augen zu lassen, trat Happy einen Schritt zurück. Nur einmal das Fell berühren, Maria versuchte es erneut. Happy wich aus. Nur einmal umarmen. Nicht mit Happy. Vielleicht auch besser. Maria wollte das Kleid nicht beschmutzen, das ihr Bärbel Hartmann geliehen hatte, und Happy sah so aus, als habe sie gerade erst mit ihren Alpakakumpels im Gras herumgelungert.

Aber da war diese Sehnsucht, und Happy stand wieder still. Als könne sie in Marias Seele blicken. Als wisse sie genau, dass der Moment, in dem Maria bereit sein würde, mit ihr Freundschaft zu schließen, alles ändern konnte. Dass von dieser Sekunde an der Archehof gerettet sein würde.

Maria streckte die Hand noch etwas weiter aus. Ganz behutsam, um das Alpaka nicht zu erschrecken. Happy erschrak nicht, trat aber dennoch zurück. Maria wollte es, sie wollte es unbedingt, es musste doch einmal zumindest möglich sein … Nur noch wenige Zentimeter. Verdammt noch mal, steh endlich still! Maria zitterte. *Die Augen eines Alpakas wecken in uns eine Sehnsucht, so stark, dass einen sogar das Herz verlässt, weil es den Schmerz in uns nicht mehr erträgt …*

Nur eine Sekunde noch. *If you have a bad day, here is a smiling Alpaca.*

Die Fingerspitzen hatten zumindest bereits ihr Ziel erreicht, na, geht doch, die ganze Hand wollte folgen, stell dich nicht so an, als hinter Maria zuerst Schritte und dann eine Männerstimme laut wurden.

»Raus!«

Happy machte einen erschrockenen Satz nach rückwärts, drehte sich um und galoppierte in Richtung Herde, die sich, von Bobby streng bewacht, hinter dem Gatter zusammendrängte und mit aufgeregtem Summen das Geschehen im Wintergarten beobachtete. Bobby öffnete das Gatter, und im nächsten Moment schon wurde Happy von Suri, Jason und all den anderen umringt, angestupst und umschmust.

Maria hatte einen Moment gebraucht, um sich zu beruhigen, dennoch war sie noch ziemlich aufgewühlt, als sie sich jetzt umdrehte.

»Musste das sein?« Henri Sonnenschein stand vor ihr. Zum zweiten Mal an diesem Tag. Diesmal war er rasiert, die Haare waren gekämmt, er trug frische Jeans und ein T-Shirt, das zwar nicht gebügelt, aber frisch gewaschen zu sein schien. Maria war überrascht, wie gut er aussehen konnte, als sie bemerkte, dass Henris Verärgerung nicht Happy, sondern ihr galt. »Sie haben das Tier erschreckt.«

»Raus aus dem Kleid!«

»Warum können Sie nicht zur Abwechslung einfach mal freundlich sein.«

»Auf der Stelle ziehen Sie es aus!«

»Waren Sie schon immer so?«

»Das Kleid. Auf der Stelle.«

»Den Teufel wird sie tun.« Offenbar war Paul Hartmann durch Henris Brüllerei aufmerksam geworden und stellte sich gemeinsam mit seiner Frau Bärbel schützend zwischen Henri und Maria.

»Frau Popp hat was zum Anziehen gebraucht, Henri.« Bärbel sprach sanft mit ihm. Fast wie mit einem Kind. »Sie hat sich beim Hinfallen den Rock zerrissen!«

»Man fährt auch nicht mit solchen Schuhen«, ein verächtlicher Blick von Henri auf ihre High Heels, »aufs Land!«

»Das ist immer noch meine Sache.« Auch Maria gab sich nicht die geringste Mühe, freundlich zu bleiben. »Außerdem war es Ihr Sohn, der mich umgeworfen hat.«

»Er wollte Frau Popp umarmen«, erklärte Paul, und Bärbel ergänzte: »So wie Bobby halt ist.«

»Man sollte ihm beibringen, bei den Menschen gewisse Unterschiede zu machen«, gab Henri trocken zurück.

»Sie wollen Ihrem Sohn beibringen, dass man eine Frau wie mich lieber nicht …« Maria brach ab, setzte wieder an. »Sie machen es einem wirklich nicht leicht, Ihnen zu helfen, Herr Sonnenschein!«

Maria wollte sich zu ihrer ganzen Größe von ein Meter fünfundsiebzig mit High Heels hinaufschrauben, um Henri, der dann noch immer um etwa fünf Zentimeter größer war als sie, in die Augen zu sehen, doch in diesem Moment war es, als erlösche etwas in Henris gerade noch Feuer spuckenden Augen.

»Es ist Ellas Kleid!«, sagte Henri leise. »Ich ertrage es nicht, jemand anderen darin zu sehen.«

Ohne ein weiteres Wort drehte er sich um und schob sich an Bobby vorbei, der in den Wintergarten zurückgekehrt war und die Szene mitverfolgt hatte. Bobby sah seinem Vater mit großen Augen nach, während Paul Maria eine Tasse Kaffee einschenkte und sie ihr reichte. »Zur Stärkung.«

Bärbels Stimme klang, als wolle sie Maria bitten, Henri sein Verhalten nicht nachzutragen. »Kommen Sie, Frau Popp, Sie bekommen was von mir … Kommen Sie, wir finden schon was.« Und Bobby, der es offenbar an der Zeit fand, auch seinen Beitrag für den Frieden unter den Menschen zu leisten, meinte liebevoll: »Sei nicht traurig, Mary. Papa meint das nicht so.«

Doch Maria wollte keinen Frieden unter den Menschen. Sie war auch nicht traurig. Im Gegenteil. Sie erinnerte sich nicht, jemals so außer sich gewesen zu sein.

»Ich bin nicht traurig, Bobby. Ich bin sehr, sehr böse auf deinen Papa.«

»Bist du nicht. Du tust nur so. Du bist traurig.« Nun sah auch Bobby sehr traurig aus.

»Das werde ich wohl besser wissen, Bobby, bei aller Liebe.«

»Du weißt es vielleicht besser, liebe Mary, aber ich, Bobby Sonnenschein, kann in deinem Gesicht lesen wie in der ersten Zeile vom Sehtest, den ich immer beim Augenarzt machen muss. Erst bei der letzten Zeile …«

»… hat er Probleme«, mischte sich Paul in die Unterhaltung, und Bärbel meinte: »Aber das spielt keine Rolle … Bobbys Augen sind gut!«

Es gab vielleicht sogar diese eine Sekunde, in der Bärbel und Paul Hartmanns Versuche, die Situation zu glätten, bei Maria etwas hätten erreichen können. Ebenso wie Bobbys Blütenzauberlächeln, das Happys nicht unähnlich war. Sie war tatsächlich nahe daran, nachzugeben und Bärbel zu bitten, ihr etwas anderes zum Anziehen zu bringen. Dann jedoch bäumte sich alles in ihr auf.

»Wo finde ich Herrn Sonnenschein?« Ihre Stimme klang schroff.

»Ich glaube nicht, dass das eine gute Idee ist.« Paul Hartmann wirkte besorgt.

»Wo. Finde. Ich. Herrn. Sonnenschein?«

»Wir sollten essen, die Eierspeise wird kalt.« Auch Bärbel hielt eine erneute Konfrontation mit Henri Sonnenschein offenbar für keine gute Idee.

Bobby dagegen schon. »Erster Stock gleich das erste Zimmer neben der Treppe.« Er nickte ihr aufmunternd zu.

»Danke, Bobby!«

»Und wenn du das Kleid ausgezogen hast, Mary ...«

»Ja, Bobby?«

»Dann legst du dich zu ihm ins Bett und gibst ihm eine dicke Umarmung.«

»Ganz bestimmt nicht, Bobby! Wenn es etwas gibt, was ich bestimmt nie tun werde, dann ist es, deinen Vater zu umarmen.«

Maria drehte sich mit einem Schwung um, sodass der weite Rock von Ellas Sommerkleid noch nachwehte, als sie den Wintergarten schon verlassen hatte und die Treppe, trotz der High Heels, zwei Stufen auf einmal nehmend, hinauflief, noch Bobbys Stimme im Ohr: »Aber Papa braucht zum Umarmen wieder eine Frau!«

Wenn Maria wollte, konnte sie fliegen.

Auch ohne Schirm.

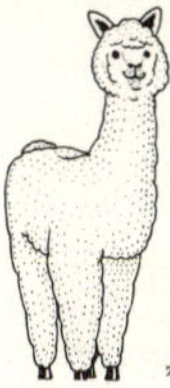

17

Das im Finstern zitternde, sich fürchtende innere Kind. Das sich vor allem ängstigte, vor dem es in der Helligkeit nichts zu fürchten gab und das dennoch so Furcht einflößend blieb wie das, was Kinder, die schlecht geträumt hatten, im Dunkeln bebend erwarten. Das Unerklärliche. Weder Sonne noch Tag konnte es verscheuchen.

Mit einem leichten Seufzer wollte Henri sich zur Wand drehen, die er in den vergangenen Monaten zu schätzen gelernt hatte, weil sie nichts forderte, nichts von ihm verlangte, immer da war, als die Tür aufgerissen wurde und gleich darauf jemand schwer atmend hinter ihm stand. Das Atmen war weiblich. Er ahnte, wer es war, und dementsprechend unfreundlich wählte er seinen Tonfall.

»Ich hab nicht Herein gesagt.«

»Ich habe nicht geklopft.« Die Stimme blieb unerwartet freundlich.

Es kostete ihn einige Mühe, sich wieder aufzurichten, obwohl er einige Kilos abgenommen hatte, fühlte sich sein Körper an, als sei er einbetoniert und damit schwer wie Blei. Langsam drehte er sich zu ihr um. Stützte den Kopf auf die rechte Hand. Musterte sie von unten nach oben. Es tat weh, was er sah.

Ella war blond gewesen, Maria Popp der dunkle Typ, aber sonst, da war eine gewisse Ähnlichkeit, auch wenn er nicht zu sagen vermochte, was genau an dieser Frau ihn an Ella erinnerte. Es war nicht nur das Kleid, und er hasste diese Frau dafür. Sie. Sollte. Einfach. Nur. Verschwinden.

»Sie haben ja noch immer das Kleid meiner Frau an!«

In Marias Ohren klang seine Stimme überraschend friedfertig. Vielleicht auch resignativ. Dieser Mann hatte sich aufgegeben. Sie sah sich um. Gab es ein äußeres Merkmal dafür, dass man vom Leben abgesprungen war wie von einem fahrenden Zug und irgendwo tief verletzt in der Pampa hockte, dann war es dieses Zimmer: Das Sofa, auf dem Henri jetzt sehr gerade saß, war verschlissen. Wie bei Pusca gab es Regale, die vom Boden bis zur Decke reichten und mit Büchern so vollgestopft waren, dass Maria schon fürchtete, sie würden unter der Last zusammenbrechen und alles, was in ihrer Nähe war, erschlagen. In Stapeln lagen sie auf den Holzbohlen und türmten sich neben dem Schreibtisch, auf dem eine Petroleumlampe stand. Daneben lagen Pinzetten, Scheren, dazwischen zwei kleine Gefäße. Eines mit weißem, zähem Klebstoff, das andere voller winziger Papierschnipsel.

»Sie restaurieren alte Bücher?« Das war interessant. Das hätte sie nicht von ihm gedacht.

»Ich habe alte Bücher restauriert!« Er betonte die Vergangenheitsform, als sei es undenkbar, dass er je wieder etwas anderes tun würde, als auf der Couch zu liegen und unliebsame Besucher vom Hof zu werfen.

»Interessant.«

»Warum?«

»Nun ja.« Sie wusste nicht weiter. »Ich liebe es, in Antiquariaten zu stöbern. Einmal war ich in Portugal, Coimbra, in der Biblioteca Joanina. All diese Bücher, alles, was der Mensch je gedacht und getan hat …«

»Und unten im Keller war das Gefängnis«, entgegnete Henri trocken, »für all das, was der Mensch so getan und gedacht hat …«

»… für Wissenschaftler und Studenten, die vom hauseigenen Universitätsgericht verurteilt worden sind. Ich weiß.« Sie lächelte. Bücher. Der Zugang zu ihm. Er lächelte nicht.

Maria sah sich weiter um. Vertrocknete Pflanzen, Schichten von Staub. Offenbar hatte Henri nicht nur sich selbst, sondern hatten ihn auch die anderen aufgegeben. Zumindest sein Gefängnis. Vom hauseigenen Archehofgericht verurteilt. Sie behielt das Kichern für sich.

»Darf ich das Fenster öffnen? Es riecht so …«

»Ziehen Sie endlich dieses verdammte Kleid aus!« Sein Ton war wieder schroff.

»Können wir nicht wie zwei vernünftige Menschen miteinander reden?«

»Nicht in diesem Kleid!«

Maria atmete tief durch. »Okay, dann zieh ich es eben aus!«

Ohne Henri Sonnenschein auch nur für den Bruchteil einer Sekunde aus den Augen zu lassen – später hätte sie selbst ihr Verhalten nicht mehr erklären können –, griff sie mit der linken Hand von oben nach dem Schiebergriff des Reißverschlusses.

»Doch nicht hier!« Er protestierte.

Maria lächelte. Gefiel sich inzwischen in dem, was sie tat, wollte den Reißverschluss lässig bis zu der Stelle nach unten ziehen, an der sie ihn mit der anderen Hand erreichen wollte, doch er klemmte. Sie ruckelte. Er klemmte. Sie ruckelte erneut … scheiße.

»Jetzt drehen Sie sich schon um!« Wenn es beim schroffen Tonfall auch die vergleichsweise harmlose Variante gab, dann hatte er sich dafür entschieden.

Maria dagegen fragte sich unwillkürlich, wann sie ein Mann das letzte Mal ausgezogen hatte. Mit solch Widerwillen in Stimme und Händen jedenfalls noch nie.

Doch auch Henri kam mit dem störrischen Zipper nicht weiter. Er stöhnte und fluchte, und sein Hin-und-her-Gezerre wurde immer heftiger.

Maria verbiss sich die Bemerkung, dass seine Frau offenbar nichts dagegen hatte, wenn sie das Kleid anbehielt. Sie achtete die Trauer. Aber sie verlangte, dass man trotz Trauer seine Pflichten erfüllte. Tat sie schließlich auch. Und sie hatte nicht nur einen Menschen verloren.

Stand still. Wartete ab, dass etwas geschah. Nichts geschah. Außer dass Henri sich endlich mit mürrischem Gesichtsausdruck von der Couch wegbewegte, barfuß zu seinem Schreibtisch trottete, dort nach etwas suchte.

Er schob einen Haufen zum anderen und richtete womöglich ein noch größeres Durcheinander an als zuvor.

»Ein Reißverschluss ist kein Buch.« Zumindest versuchte sie diesen Scherz. »Mit Restaurieren werden Sie nicht weiterkommen.«

Henri warf ihr einen verächtlichen Blick zu, fand, was er gesucht hatte – einen weichen Bleistift –, stellte sich hinter sie, legte ihr die linke Hand an den Hals, was sie für den Bruchteil einer Sekunde beunruhigte, bis sie bemerkte, wie behutsam er war. Mit dem Daumen fixierte er den Stoff und begann mit dem Bleistift in der rechten Hand auf den Reißverschlusszähnen hin- und herzufahren.

»Was machen Sie denn da?«

Keine Antwort. Nur die Finger kühl auf ihrer Haut.

Ein Kribbeln vom Hals bis zu den Fußspitzen. Wie lange hatte sie schon kein Mann mehr an dieser Stelle berührt, an der sie es liebte, berührt zu werden. Ganz sanft am Hals. Ob er das Pochen ihrer Halsschlagader ebenso fühlte wie sie?

»Offen!« Dem Tonfall nach hatte er gar nichts empfunden. Weder sie noch sich selbst. »War nur verklebt.«

»Danke!«

»Okay, dann können Sie das Kleid jetzt ausziehen. Ich nehme an, Sie wissen, wo das Badezimmer ist.«

Maria hatte sich tatsächlich schon zurückziehen, mehr noch fliegen wollen, raus aus der Trostlosigkeit, fort von der Resignation, die ansteckend schien, doch jetzt drehte sie sich zu diesem ungehobelten Mann um. Langsam. Lasziv. Und Henri zog sich nicht zurück. Blieb. Die Augen ungläubig.

Maria lächelte. Streifte die kurzen Ärmel von den Schultern, das Kleid rutschte zu Boden, sie stand da in Schlüpfer und BH. Gekonnt, ja fast anmutig, stieg sie trotz hoher Absätze aus dem Kleid, hob es auf und schleuderte es voller Wucht mitten in Henri Sonnenscheins verblüfftes Gesicht.

»Sind Sie übergeschnappt?«

»Ganz im Gegenteil. Ich, Herr Sonnenschein, fahre jetzt nach München zurück.« Ihre Stimme war kühl, fast eisig. »Und kommende Woche will ich einen Vorschlag haben, für den es sich zu kämpfen lohnt.«

»Warum?«

Maria antwortete nicht.

»Tun Sie doch nicht so. Das ist doch alles nur dummes Gerede.«

Maria legte die Hand auf die Türklinke.

»Tun Sie doch nicht so, als würde Sie mein Schicksal oder das der Kinder und der Familien hier auch nur die Bohne interessieren.«

Verließ in ihrem Dessous das Zimmer, kam nach einem langen Augenblick wieder zurück.

»Ich hab nicht Herein gesagt!« Er knurrte.

»Ich habe auch nicht geklopft!« Maria trat ein. Wieder in Rock und Bluse warf sie ihm den Brief förmlich ins Gesicht. »Sie fragen nach dem Warum? Da ist es … das Darum! Ja, vielleicht interessieren mich Ihre Familie und die Menschen hier tatsächlich nicht, aber Sie sollten an ihnen interessiert sein. Nächste Woche habe ich Ihren Vorschlag auf meinem Tisch!«

Sprach's, drehte sich um, der lange Riss an ihrem Hinterteil wurde sichtbar, die Tür knallte hinter ihr zu.

Henri war sein ungläubiges Grinsen über diesen, nun ja, erneut außergewöhnlichen Anblick seiner Sacharbeiterin für Geschäftskredite möglicherweise gar nicht bewusst, doch dann fiel sein Blick auf den Brief. So viele Bienchen und Blümchen, die Sonne, die Blumen, ein Alpaka, all das, was Bobby so gern malte.

So lange hatte er nichts gefühlt. Und jetzt wurde er nach Tränen und Wut schon mit dem dritten Gefühl konfrontiert. Es kribbelte wie ein Fuß, der eingeschlafen war und allmählich wieder durchblutet wurde. Das machte ihm Angst. Er hatte Angst, den Brief zu öffnen. Hatte Angst, nicht nur mit Worten, sondern mit seinem Verhalten in den letzten Monaten konfrontiert zu werden. Begriff, dass er egoistisch gehandelt hatte.

Aber den Brief nicht zu öffnen, war keine Option.

Er atmete tief durch.

Holte das karierte Blatt mit der kindlichen Handschrift aus seinem kunterbunten Umschlag. Schloss noch einmal die Augen, wollte so bleiben, riss sie dann fast mit Gewalt wieder auf und – begann zu lesen.

Sehr geehrte Frau Bank,

stand da geschrieben.

ich schreibe Ihnen heute aus dem Himmel. Dort wohne ich jetzt seit genau einem Jahr zusammen mit dem Mond, der Sonne, dem Regen, den Wolken, den Engeln und dem lieben Gott.

Auch das war gezeichnet worden. Der Mond, die Sonne, der Regen, die Wolken, die Engel und der liebe Gott.

Sie müssen wissen, dass nicht der Archehof daran schuld ist, dass ich auf dem nassen Boden der Waschküche ausgerutscht und mit dem Hinterkopf so saublöd aufgeschlagen bin, dass ich sofort tot war. Auch nicht mein lieber Mann, Henri Sonnenschein, der, manchmal ganz schön verplant, die Dachziegel hat liegen lassen, auf die mein Hinterkopf so saublöd draufgeknallt ist. Und auch nicht Bobby, mein herzallerliebster Sohn. Nein, es ist der liebe Gott gewesen, der mich im Himmel braucht, um auch dort einen Archehof einzurichten. Einen Ort, in dem alle Menschen vom magischen Globus durch eine Brücke aus Gras verbunden sind. Die Brücke, die in Peru, wo die Alpakas herkommen, aus nur einem Grund gebaut wird: aus Liebe.
Machen Sie sich keine Sorgen, Frau Bank. Wenn es Probleme mit dem Archehof, also nicht mit dem im Himmel, sondern mit dem im Chiemgau gibt, bin ich da und helfe von meiner Wolke aus mit. Weil ich meinen Kindern Stephanie und Bobby Sonnenschein versprochen habe, dass er für immer ihr Zuhause sein wird. Wo sollen sie denn auch alle hin, die Sesay-Kumaras, der Alte Paul und Oma Bärbel, der traurige Henri und vor allem die Alpakas mit Misti, dem ersten Fohlen auf dem Archehof.
Hochachtungsvoll
Ella Sonnenschein

Henri starrte auf den Brief. Las ihn erneut. Las ihn immer wieder. Er weinte nicht. Er stand auf, ging ins Pauls Büro. Irgendwo mussten die Kontoauszüge und die Zahlen sein, die er dringend benötigte, um zu wissen, wo der Archehof überhaupt stand. Ob noch etwas zu retten war und, wenn ja, wie. Diese unmögliche Frau erwartete einen Vorschlag. Diese unmögliche Frau würde ein Angebot bekommen, und wenn es das Letzte war, was er in diesem Leben noch tat.

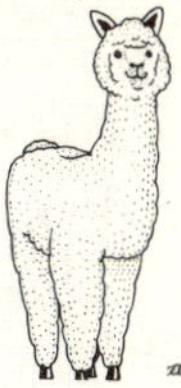

18

Paul und Bärbel Hartmann begleiteten Maria zu ihrem Wagen. Sie kamen am Hofladen vorbei, dessen Tür noch immer so einladend offen stand wie bei ihrer Ankunft. Zum Stöbern, zum Entdecken oder einfach nur zum Tratschen.

In Marias Kindheit war der Tante-Emma-Laden im Dorf ihrer Großmutter etwas anderes gewesen als ein Supermarkt, in dem man rasch den Wochenendeinkauf erledigte.

Der Tante-Emma-Laden war der Ort gewesen, an dem sich niemand einsam fühlte. Und derjenige, der einsam war, konnte es für einen Augenblick lang vielleicht nicht ganz vergessen, aber zumindest für einige Zeit zurückdrängen. Für die Kinder war er das Süßigkeitenabenteuerland, für die Großen Gefühlstankstelle bei Morgenzeitung, Kaffee oder Tee, dazu vielleicht ein Stück Gebäck. Und wer rauchen wollte, tat es vor dem Laden, dazu ein kleiner Ratsch.

Noch heute liebte Maria den Geruch von Nikotin an frischer Luft. Es hatte etwas Vertrautes, auch wenn sie im Grunde gegen das Rauchen war. Gemütlich war es gewesen. Ein Stück heile Welt.

Sie hatten den Hofladen schon ein ganzes Stück hinter sich gelassen, als Maria stehen blieb, in seine Richtung zeigte und von Paul und Bärbel wissen wollte, ob er überhaupt etwas einbrachte.

»Der Hofladen?«, fragte Paul.

»Ja.«

Bärbel und Paul schüttelten synchron den Kopf.

»Und warum nicht? Bei dem Angebot! Mir hat es da drin richtig gut gefallen.«

»Was sollen wir machen?« Bärbel zuckte mit den Schultern, und Paul ergänzte: »Die Leute kommen nicht.«

»Nicht mal für Salzlakritz?«

»Sie mögen Salzlakritz?« Bärbel warf ihr einen verwunderten Blick zu.

Allein schon bei dem Wort lief Maria das Wasser im Mund zusammen. »Ich liebe sie, nur in München krieg ich sie nicht, und in den Norden komme ich nicht.«

Ohne ein weiteres Wort ging Bärbel die paar Schritte zum Laden zurück und stand gleich darauf mit einer Tüte Salzlakritzschnecken wieder vor Maria.

Spontan wich Maria der ihr entgegengestreckten Hand aus, so verführerisch das Angebot auch war. »Bitte nicht.«

»Warum nicht?«

»Ich darf nichts annehmen.«

»Ich will Sie doch nicht bestechen.« Bärbel klang gekränkt. »Ich will mich nur dafür bedanken, dass Sie sich die Mühe gemacht haben, zu uns zu kommen. Noch dazu an einem Sonntag.«

»Tut uns leid«, Paul half seiner Frau, »dass das alles irgendwie schiefgelaufen ist.«

Einer Entschuldigung konnte man widerstehen, nicht aber Salzlakritze. »Also gut«, gab Maria nach, »aber ich bezahl dafür.«

»Das möchten wir nicht!« Wieder kam es von Bärbel und Paul synchron.

»Das ehrt Sie, aber geschäftlich wird das so nichts mit dem Archehof.« Maria zog ihr Portemonnaie aus der Tasche.

Das Argument überzeugte. Maria durfte einen Euro bezahlen, wobei sie wusste, dass die Tüte allein schon im Internet das Dreifache kostete. Immerhin ein Anfang, wenn sie auch das Gefühl nicht loswurde, dass auf dem Archehof das Geben seliger machte als das Nehmen.

Kaum gedacht, drückte ihr Bärbel gleich noch etwas in die andere Hand und brachte Marias Finger mit sanftem Druck dazu, das »Ding« fest zu umschließen.

»Sie wird Sie beschützen.«

Das »sie« fühlte sich glatt und kühl an. Maria öffnete die Finger. »Was ist das?«

»Eine Conopa!«

Es war eine der Figuren, die Maria im Laden gesehen hatte. Allerdings in einer sehr viel kunstvolleren Ausführung.

Das Gesicht des Alpakas war klarer herausgearbeitet. Die Augen groß, der Blick intensiv, und sie war bemalt. Zwei voneinander wegstrebende Federn am Bauch des Tieres, das sich mit einem in braungelben Farben gehaltenen Rautenmuster an beiden Seiten stolz aufrichtete. Die Grundfarbe war ein helles Grau. Die Steinfigur war wunderschön.

»Was ist eine … Conopa?« Das Alpaka lag gut in Marias Hand.

»Sie ist das am häufigsten verwendete rituelle Steinobjekt aus der alten Inkazeit.«

»Aber nicht, um böse Geister zu vertreiben, wie die Walnuss?« Maria musste schmunzeln.

Bärbel warf ihrem Mann einen irritierten Blick zu. »Ihr habt doch nicht …«

»Bobby hat …«

»Ich glaube, er wollte mich mit der Walnuss vertreiben, hat irgendwas von Schutz gegen böse Geister gemurmelt. Ich nehme an, der böse Geist vom Archehof bin ich.«

»Paul! Wie konntest du das zulassen?«

»Ich hab's ihm gesagt, aber du kennst doch Bobby, wenn er sich mal was in den Kopf gesetzt …«

»Ich war von Anfang an dagegen, dass mein Mann bei Ihnen dieses Theater veranstaltet.«

»Sie hätten sich durchsetzen sollen.«

»Siehst du.« Noch immer aufgebracht wandte sich Bärbel an Paul. Da Maria keine Lust hatte, in ihren letzten Minuten auf dem Archehof Ursache für einen Streit zu sein, versicherte sie schnell, dass sie ja auch trotz Bobbys Walnuss gekommen sei und – diesen kleinen Scherz konnte sie sich nicht verkneifen – Walnüsse offenbar doch nicht in der Lage waren, den Feind fernzuhalten.

»Was müssen Sie nur für einen Eindruck von uns haben.« Bärbel fuhr sich aufgeregt durch ihr kurzes, grau-weiß meliertes Haar, das Maria an die kräftigen Naturborsten eines Besens erinnerte. Einmal mit beiden Händen gegen den Strich gefahren, und es würde vermutlich aussehen, als strebe jede einzelne Strähne in eine andere Richtung. Maria mochte Bärbel Hartmann. Sie war so ganz anders als sie. Herzlich, furchtlos und unangepasst. Für den Bruchteil einer Sekunde beneidete Maria Bärbel Hartmann um diese Eigenschaften.

»Es war vielleicht nicht gerade geschäftstüchtig von Bobby, aber irgendwie … nett, wie er um den Hof kämpft.« Marias Stimme klang weiterhin vermittelnd. Gleichzeitig wollte sie mehr über die Conopa in Erfahrung bringen.

Sie hatte zwar schon einige Reisen unternommen, aber nicht weit genug. »Also die Conopa hat was mit Ritualen der Inkas zu tun …«

Paul nickte. »Es ist das heilige Andentier wie Lama, Vicuna und sogar Pumas.«

»Aber weil wir ein Alpakahof sind, ist es nun mal ein Alpaka«, fuhr Bärbel mit der Erklärung fort. Sie habe diese Figur zwar von einer Reise nach Peru mitgebracht, aber wolle sie nun selbst aus Ton formen und verkaufen.

»Eine gute Idee.« Das zumindest klang nach einem Plan, falls Bärbel in der Lage war, über sich hinauszuwachsen und es zu verkaufen und nicht zu verschenken.

»Nur die Werkstatt muss in das Nebengebäude. Das muss dafür aber erst umgebaut werden und dafür …«

»… brauchen wir Geld.«

Der neue Kredit. Maria ließ den Blick zum Nebengebäude wandern. Johannisbeerbüsche, die sich zur Erntezeit sicher unter den schweren Früchten krümmten. Wilder Wein, der über die Fassade wucherte, sodass die oberen Fenster wie schwarze Löcher inmitten von dunkelgrünem Dickicht erschienen. Ein Windstoß fuhr durch den Wein. Die Blätter der benachbarten Bäume winkten, das Gebäude hielt den Atem an, als wartete es auf die Beantwortung der Frage, die Paul Hartmann so nicht gestellt hatte. Zumindest nicht noch einmal, um Maria nicht zu sehr zu bedrängen.

Dennoch – hatte Maria ein Einsehen? Würde sie ein Gebäude retten, dessen Wände den Atem derer speicherten, die hier geboren worden waren, gelebt hatten und gestorben waren? Wände, die Geschichten atmeten. Glück. Trauer. Tränen. Lachen. Das gesprochene und das unausgesprochene Wort. Und darüber das Dach, ebenfalls reparaturbedürftig, das vor Regen und Sonne geschützt und die Seele behütet hatte.

Gedanken, die Maria nicht denken wollte. Sie deutete auf die kreisförmige Versenkung in der Mitte der Wirbelsäule der Alpakafigur. »Wofür ist das?«

»Das wurde mit den Zeremoniengaben wie Koka, Mais, Lamafett oder Samen befüllt.«

Erneut stiegen Bilder in Maria auf. Sehnsuchtsbilder von schwimmenden Inseln, kargem Land inmitten von wilden

Berglandschaften. Orte voll magischer Energie. Cusco, der Nabel der Welt. *Dort, wo die Sonne in der Mitte steht.* Der Name für Quito, den die Ureinwohner der von den Spaniern errichteten Hauptstadt gegeben hatten. Von Quito aus hatten Aaron und sie Peru erobern wollen. Es wäre ihre Hochzeitsreise gewesen. Mit Aaron wäre sie weit gereist. Ohne Aaron war sie noch immer hier.

»Die Conopas«, fuhr Bärbel indessen fort, »werden als Wacas des Familienkults angesehen und von Generation zu Generation weitergegeben. Sie sind heilig und sorgen für Fülle und ein gutes Leben.«

Maria wollte einwenden, dann sei die Figur auf dem Archehof wohl besser aufgehoben, als Bärbel erklärte, die Conopas würden auch verwendet, um die Familienlinie zu segnen. Das bedeutete gesunde Kinder.

Gesunde Kinder. Maria schluckte. Nicht dieses Thema. Bitte nicht dieses Thema.

»Die Conopa ist auch ein Fruchtbarkeitssymbol.«

Selbst wenn Bärbel diese eine Sekunde bemerkte, in der Maria sich verspannte, so ließ sie es sich nicht anmerken und erzählte unbeirrt weiter von den Spaniern, die Conopas als gotteslästerlich eingeordnet und auf die schwarze Liste gesetzt hatten.

»Viele Andenfamilien«, fuhr sie fort, »hatten so große Angst vor Verfolgung und Bestrafung durch die katholische Kirche, dass sie die Steine versteckt und die Riten nur noch geheim ausgeführt haben. Zum Glück, sonst gäbe es die Conopas heute nicht mehr. Die Spanier hätten sie alle vernichtet, und etwas Wertvolles wäre für immer verloren gegangen.«

»Die hier ist aber nicht so alt.« Maria wog ihr Alpaka aus Stein in der Hand, und es war, als spürte sie seine Magie, diese Kraft, die sie zurückführen konnte in die Zeit der Inkas, sagenumwoben und mystisch.

Bärbel lachte. »Natürlich nicht. Die Conopas, die heute noch bei Ausgrabungen gefunden werden, sind weltweit auf Museen verteilt. Trotzdem verfügt auch dieser kleine Kerl über *enqa* …«

»Enga?«

»Das ist das Wort für Lebenskraft. Bei einer Alpakaherde muss sie jedes Jahr erneuert werden, sonst verschwinden die positiven Kräfte …«

»… und die Tiere sterben?«

»Schlimmer. Die Conopas werden hungrig und fressen die Herzen der Menschen, die sich in ihre Nähe wagen.«

»Oh je.« Maria kamen Zweifel, ob es eine gute Idee war, Bärbels Geschenk anzunehmen. »Ich will mein Herz behalten. Oder denken Sie, eine Bankerin hat keines?«

Bärbel lachte erneut. Maria mochte ihr Lachen, so wie auch Bobbys Lachen und das Lächeln von Mariama. »Vergraben Sie sie, so wie die Inkas früher, an einem geheimen Ort. Entweder im Haus oder irgendwo im Garten.«

»Ich habe keinen Garten.«

»Einen Balkon?«

»Schon, aber …«

»Die kleine Figur wird Sie beschützen.«

»Und mich das ganze Jahr über an den Archehof erinnern und danach zwingen, wiederzukommen und mir eine neue Conopa zu holen, was wiederum bedeutet, dass Sie fest davon ausgehen, dass es den Archehof in einem Jahr noch gibt!« Maria begann Bärbel zu durchschauen, und das kurze belustigte Aufflackern in Bärbels Augen bestätigte ihr, dass sie damit nicht ganz falschlag.

»… ich hoffe, das tun Sie auch ohne die Conopa – und auch nicht erst in einem Jahr. Mit einer guten Nachricht?«

»Das hängt nicht von mir ab.«

Bärbel sah sie nur an. Blaue, klare Augen, unter deren offenem Blick Maria nicht wusste, wohin mit sich selbst.

Zu ihrer Erleichterung schoss Bobby in diesem Moment auf sie zu, umarmte sie, erklärte ihr seine große, große Bobby-Liebe und bat sie nicht, sondern forderte von ihr unbedingt »ganz, ganz bald« wiederzukommen. Sprach's, drehte ein, zwei Pirouetten und tanzte mit weit ausgebreiteten Flügelarmen zur Weide, wo Misti auf ihn wartete.

»Unser Bobby!« Bärbel schüttelte leicht den Kopf.

»Er ist halt so.« Paul Hartmann zuckte mit den Schultern, und dann fuhr auch noch Stephanie mit einer Badetasche um die Schulter auf ihrem Fahrrad vorbei, winkte den Hartmanns und Maria fröhlich zu, rief: »Ich geh jetzt mit dem Kio Preißen versenken.« Und war auch schon wieder weg.

»Und unsere Steph ist das genaue Gegenteil!«

Von Mariama gab es ein »Gott segne Sie« mit auf den Weg. Maria bedankte sich, und gleichzeitig wanderte ihr Blick zu dem Fenster, hinter dem sie Henri Sonnenschein vermutete.

Aller Voraussicht nach lag er wieder in seinem Bett und bemitleidete sich nach dem Lesen des Briefes noch mehr als zuvor. Blieb tatenlos. Übernahm keine Verantwortung. Opferte seine Familie und all die anderen Menschen vom Archehof seiner Selbstsucht, als habe nur er das Recht zu trauern. Was war mit seinen Kindern? Bobby und Stephanie? Was war mit Mariama und ihrer Familie, mit Bärbel und Paul? Was wurde aus ihnen, wenn er nicht in die Gänge kam? Sie konnte unmöglich der Motor sein. Das war nicht ihre Aufgabe. Henri Sonnenschein war es, der sich der Realität verweigerte. Viel Hoffnung für den Archehof hatte sie nicht. Das System war mächtiger als sie. Und bisher, wenn sie ehrlich war, hatte sie das nicht gestört.

Auf dem Parkplatz verabschiedete Maria sich endgültig. Nicht nur von den Hartmanns, sondern von alldem hier, falls

Henri Sonnenschein nicht doch noch den Hintern hochbekam. Wollte in den Wagen steigen, zögerte aber dann doch noch einen Moment, wandte sich an die beiden, die sie insgeheim nur noch Bärbel und Paul nannte: »Ich hab Herrn Sonnenschein gesagt, wenn er mir innerhalb einer Woche einen brauchbaren Businessplan vorlegt, habe ich was in der Hand, dann kann ich vielleicht noch etwas erreichen.«

»Ich werde dafür sorgen«, antwortete Paul.

»Danke«, sagte Bärbel.

»Man lebt schließlich nur ein Mal.« Maria setzte ihr entgegenkommendes Geschäftslächeln auf, wollte in ihren Wagen steigen, als Bärbels Stimme sie zurückhielt.

»Falsch!«

»Was ist falsch?« Was kam denn jetzt schon wieder? Maria stieg vorerst nicht ein.

»Man stirbt nur ein Mal.« Bärbel fuhr sich mit beiden Händen durchs Borstenhaar, lächelte breit und klatschte in die Hände: »Wir leben jeden Tag.«

»Ja, natürlich.« Maria wusste nicht mehr weiter, stieg in ihren Wagen, ließ den Motor an.

»Fahren Sie vorsichtig.«

Wie lange hatte das schon niemand mehr zu ihr gesagt? Dass sie vorsichtig fahren sollte. Dass es nicht egal war, ob sie gut in München ankam oder nicht. Sie winkte, fühlte sich so aufgehoben wie lange nicht mehr, ließ den Wegweiser, der sie zum Archehof geführt hatte, hinter sich, kletterte mit ihrem Wagen die leicht bergauf führende, von hohen Hecken umsäumte Straße hinauf, erreichte das Dorf mit seinen alten und neuen Landhäusern, Bauerngärten und geranienschweren Balkons, passierte Schreibwarenladen, Metzgerei, Bäckerei, den Gasthof zur Post, in dem sich, wie erwartet, mittlerweile die Familien um die weiß-blau gedeckten Tische drängten.

Maria wusste nicht, ob es der vorbeiwischende Anblick der Familien war, der dieses Gefühl in ihr auslöste und mit ihm eine Erinnerung aus ihrer Kindheit, die so lange verdrängt, vergessen gewesen war und jetzt wieder vor ihrem geistigen Auge stand, als sei es gestern gewesen …

19

Sie ist wieder acht Jahre alt und verbringt die Ferien bei ihrer Großmutter. Ihr bester Freund Maxi und sie schlendern am Bahndamm so vor sich hin. Über ihnen dieser Himmel. Ein Himmel wie heute. Tiefblau und nur selten unterbrochen von weißen Wolkenstrichen. Die Schienen leuchten in der Sonne, und es ist so heiß, dass sie sich beinahe die Sohlen der nackten Füße verbrennen, als sie sie probeweise auf die Schwelle setzen, um darauf ein wenig zu balancieren.

Was für ein Tag. Ein Zitronenfalter flattert fröhlich vor ihrer Nase. Leuchtend gelb. Sorglos. Als gehöre die ganze Welt ihm allein. Als gäbe es nichts Böses in ihr. Nichts Dunkles wie der Tunnel, der sich jetzt vor ihnen öffnet. Am liebsten würde Maria mit ihm umherflattern. So heiter von Blüte zu Blüte und dann hinein in den Eisenbahntunnel, den sie und Maxi schon so lange erforschen wollen. Doch so ein Tunnel ist nicht ungefährlich. Was, wenn irgendwann doch ein Zug kommt, obwohl die Eisenbahnstrecke schon vor langer Zeit stillgelegt wurde und die Schienen überwuchert sind von Geißkraut, dem kahlen Bruchkraut, purpurrotem Storchschnabel, Scharfem Mauerpfeffer, Liebesgras, Schwarznessel, Löwenzahn … »Stillgelegte Gleise sind wie eine botanische Wundertüte«, hat ihr die Großmutter erklärt. Die Samen würden durch Züge im Land verteilt und trügen damit zur grünen Vielfalt bei. »Denn sobald wir auf eine Pflanze treten, tragen wir unter den Sohlen die Samen von einem Ort zum anderen.« Auch deshalb läuft Maria so gern barfuß. Ein guter Gedanke, mit den Füßen die Erde zum Blühen zu bringen. Maria will dem Zitronenfalter in den Tunnel hinterherspringen, doch Maxi bleibt zurück. Ihn hat ein herabhängender Drahtzaun neugierig gemacht.

Sie schlüpfen durch eine Lücke und finden sich in einem Garten wieder. Und in was für einem Garten! Einem fantastischen Garten. Einem Garten wie ein Park. Riesengroß mit Erdbeerstauden und lärmend auffliegenden Spatzen. Hohe Bäume. Exakt angelegte Blumenbeete voll von Petunien und Kornwinden. Rosenspaliere und Buchsbaumhecken. Und Schmetterlinge. Noch nie hat Maria so viele Schmetterlinge gesehen.

Und etwas weiter oberhalb des Gartens steht ein Haus. Eine Villa mit blitzenden Scheiben, vornehm weißen Markisen und irgendwie golden. Ein goldenes Haus, in dem ganz eindeutig sehr reiche Menschen leben, auch wenn es verlassen wirkt. Gepflegt und verlassen.

Sie und Maxi wollen gehen. So fremd ist das alles und irgendwie unheimlich. Aber da ist der Pool, bis zum Rand gefüllt mit herrlich klarem und blauem Wasser, und es ist heiß, und die Füße brennen vom Barfußlaufen und Samenweitertragen.

Maxi springt zuerst hinein in seiner Unterhose. Maria zögert noch kurz, schämt sich ein wenig, streift dann auch ihr Kleid über den Kopf und springt ebenfalls in das wundervoll kühle Nass. Wie lange sie im Pool herumplanschen, weiß sie nicht, nur dass es Spaß macht, sich gegenseitig mit Wasser zu bespritzen. Kichernd. Leise, dann immer lauter, weil sich in der Villa nichts rührt. Keine Bewegung. Nicht im Haus, nicht im Garten, nur Vögel, Bienen und Schmetterlinge, die von Baum zu Baum, von Blüte zu Blüte fliegen. Die Flügel so zart. Die Farben so bunt. Ihr Treiben so fröhlich. Und im Pool, was für ein Spaß.

Bis Maria den Schatten hinter einer der blitzenden Scheiben entdeckt. Jemand beobachtet sie.

Sie springen aus dem Wasser, schnappen sich ihre Kleider, Maxi schlüpft durch den Drahtzaun, läuft, ohne sich auch nur einmal nach ihr umzusehen, so schnell ihn seine Füße tragen, aber Maria – bleibt.

Bis heute kann sie nicht sagen, warum. Neugier? Stärker als die Angst? Oder das Gefühl, dass hinter der Scheibe etwas auf sie wartet, das sie noch nicht kennt?

Das Kleid an ihren nassen mageren Kinderkörper gepresst, schleicht sie geduckt hinter Hecken zum Haus, erreicht das Fenster im Erdgeschoss, späht hinein und …

… sieht aus ihrem Versteck heraus zunächst einmal ein Zimmer. Ein schattiges Zimmer mit einer riesigen Sammlung … Ihr Herz bleibt fast stehen vor Aufregung, klopft bis zum Hals, bleibt wieder stehen. Was sie sieht, ist das Grausamste, was sie je gesehen hat. Gerade noch fröhlich von Blüte zu Blüte flatternd, frei und vergnügt, Kapriolen fliegend, den Frühling einläutend, den Sommer versüßend, liegen sie jetzt aufgespießt in riesigen Glaskästen. Schmetterlinge und Falter. Geboren, um die Welt reicher und farbiger zu machen. Und jetzt wie Schneewittchen im gläsernen Sarg. Vergiftet von der Stiefmutter.

Ein Junge, etwas älter als sie, vielleicht zehn oder zwölf Jahre alt und sehr blass, sitzt an einem Tisch. Selbst wenn er sie und Maxi beobachtet hat, ist er jetzt konzentriert. Obwohl es mitten am Tag ist, trägt er einen Schlafanzug und tut etwas mit den weißen, viel zu dünnen, fast knochigen Händen. Der Schlafanzug ist bis obenhin zugeknöpft. Trotz der Hitze. Was er tut, kann sie nicht erkennen. Nur dass er dabei sehr behutsam und vorsichtig ist. Sie schlüpft in ihr Kleid, und da er in sein Tun vertieft ist, wagt sie sich hinter der Hecke hervor und hat jetzt einen besseren Blick. Ein winziges Brett liegt vor ihm. Daneben eine Dose, aus der er etwas holt. Maria stockt der Atem. Es ist ein Zitronenfalter.

Er legt den kleinen, von einer Nadel aufgespießten, leblosen Körper in eine etwa drei Millimeter schmale Rinne inmitten des Brettes, breitet die Flügel links und rechts davon aus, sodass die Flügel glatt und eben auf der Auflagefläche liegen, als habe sich der Schmetterling endgültig seinem Schicksal ergeben. Nun hebt der Junge die Flügel etwas an, schiebt die Beinchen mithilfe der Präpariernadel an den Körper, und in diesem Moment sieht Maria, dass sich ein Flügel noch ganz leicht nach oben bewegt, so als wolle er einen letzten Versuch machen, diesem grausamen Schicksal zu entgehen, und davonfliegen … Maria erträgt es nicht mehr, will den Kopf wegdrehen, davonlaufen, doch der Junge hat sie schon gesehen. Es ist ein hübscher Junge. Dichtes, dunkles Haar, zarte, ebenmäßige Züge. Aber die Augen. Maria hat noch nie solche Augen gesehen. Wie zwei schwarze Knöpfe, obwohl tiefblau, unter geraden Brauen. Und dann dieses leichte Lächeln um den hübschen Mund. Als erfreue er sich an ihrem Entsetzen.

Sie steht wie festgewurzelt.

Er wendet sich ab.

Er steht auf, und Maria sieht, dass er nicht nur eine Krücke braucht, um zu gehen, sondern auch eine Schiene am rechten Fuß hat. Mit dem auf das Brett lebend aufgespießten und jetzt toten Zitronenfalter geht er zum Glaskasten, öffnet ihn, legt den Falter dazu, schließt ihn wieder, streicht behutsam mit den mageren Fingern über das Glas. Dreht sich erneut zu Maria um.

»Huh!«, macht er in ihre Richtung, und »Buh!« – und freut sich erneut an ihrem Erschrecken. Maria dreht sich um, und während sie davonläuft, hört sie sein Lachen durch das gekippte Fenster. Es verfolgt sie, vielleicht nicht mehr im Ohr, aber im Kopf. Sie schlüpft durch den Drahtzaun, ist froh, dass Maxi auf sie wartet.

In den Eisenbahntunnel gehen sie nicht, aber sie balanciert auf den Schwellen der Schienen. Sie ist kein Mädchen, das weint. Sie ist ein Mädchen, das Schmerz mit Lachen verdeckt. Gleichzeitig schwört sie sich, nachts wiederzukommen und die Beete zu zerstören, die die Schmetterlinge in die verdammte Falle locken, über die sie später nachliest, wie sie funktioniert.

Sie liest, dass man manche Tagfalter, besonders Bläulinge, abends ohne Netz mit dem sogenannten Tötungsglas – einem mit Korkstöpsel verschließbaren Plexiglas, entweder leer oder schon mit Gift gefüllt – ganz leicht von Blüten und Gräsern abnehmen kann. Ebenso wie die am Tage fliegenden Blutströpfchen, die man obendrein an den Fühlern zu fassen bekommen sollte, um auf diese Weise mit einer Tötungsspritze von unten etwas Gift in den Thorax zu spritzen, so hat es vermutlich auch der Junge mit den blauen Augen gemacht, und sie sofort nadeln, das heißt aufspießen zu können. Das Gift der Stiefmutter. Der gläserne Sarg. Die Schönheit Schneewittchens.

Damals war sie mit ihrer Assoziation zum Märchen der Gebrüder Grimm gar nicht so falschgelegen, vielleicht weil sie wirklich etwas von Mary Poppins hatte? Sie konnte zwar nicht mit Tieren sprechen, aber ihr Mitgefühl für Schmetterlinge und Falter war damals so intensiv gewesen wie ein Teelöffelchen voll Zucker. Dennoch war sie nicht wiedergekommen. Denn mit den Beeten hätte sie auch die Blumen zerstört. Und wer wollte Leben gegen ein anderes aufwiegen.

Vielleicht entschied sie damals zum ersten Mal, sich aus dem Schicksal anderer herauszuhalten. Zu kompliziert war es, den gesetzmäßigen Ablauf von Dingen zu verändern. Zahlen waren von weitaus angenehmerer Natur. Die kontrollierte Art zu leben. Mit ihnen als Grundlage konnte man nichts falsch machen. Sie waren Fakten, und der Rest lag nicht in ihrer Hand.

Dennoch – selbst jetzt, als sie dreißig Jahre später vom idyllischen Chiemgau mit seiner ins goldene Mittagslicht getauchten Alpenkette im Hintergrund zurück nach München fuhr, sich an dieses Haus erinnerte, hatte sie noch dieselbe Wut in sich, wenn sie an die Situation dachte, denselben Unglauben und dieselbe Abscheu wie damals.

Sie verspannte sich. Wollte nicht fühlen, was sie bei der Erinnerung an die toten Schmetterlinge fühlte. Als seien es nicht die Falter, sondern als sei sie es, die in einem Glaskasten lag, aufgespießt von Egoismus und Mitleidlosigkeit. Nein, es gab keine Entschuldigung für diesen Jungen. Auch heute nicht. Okay, er war krank gewesen, möglicherweise sogar körperlich auf Dauer behindert. Vielleicht einsam in dem großen Haus ohne Menschen. Der Anblick, wie sie und Max putzmunter im Swimmingpool herumgealbert hatten, musste ihm wehgetan haben. Aber – man nahm Schmetterlingen nicht das Fliegen, nur weil man selbst kaum laufen konnte. Man spießte nicht auf, weil man sich selbst wie aufgespießt fühlte. Man nahm nicht das Leben, weil man selbst innerlich wie tot war.

Maria konzentrierte sich wieder auf die Straße. Hier irgendwo musste die Stelle sein, an der ihr übel geworden war, sie angehalten und sich übergeben hatte. Allein, wenn sie an ihn dachte …

Sie gehörte nicht zu den Romantikerinnen, die glaubten, was Liebesfilme vorgaukelten. Dass es den einen gibt, der dein Herz erkennt, deine Seele, deine Sehnsucht, der dich anlacht, frech deine Hand nimmt, einfach losrennt, dich haltend, sich mit dir schneller und schneller dreht, bis du den Boden unter den Füßen verlierst, abhebst und mit ihm fliegst. Egal, wohin. Ihm komplett vertrauend. Alles ist auf einmal ganz leicht. Kein Falsch mehr, alles gut, wie es ist, kein »du und ich«, sondern nur noch ein »wir« – bis in alle Ewigkeit, Amen.

Nein, bisher hatte sie nicht zu diesen Romantikerinnen gehört. Jetzt schlug allein schon ihr Herz schneller, wenn sie an ihn dachte. Wie er sie angesehen hatte. Nichts an ihm war fremd.

Lächerlich. Absolut bescheuert. Nicht einmal Aaron hatte diese Gefühle in ihr ausgelöst. Sie hatten sich einander genähert, sich kennengelernt, sich nicht plötzlich, sondern nach vielen Gesprächen, Abendessen, Theater- und Konzertbesuchen ineinander verliebt. Gehalten hatte es trotzdem nicht. Wenn also Behutsamkeit beim Verlieben keine Garantie war, dann ging man mit Liebe auf den ersten Blick möglicherweise auch kein Risiko ein. Egal, wie es anfing, das Ende tat immer weh.

Was für Gedanken.

Was für unsinnige Gedanken.

Sie wusste weder, wie er hieß, noch, wo sie ihn »zufällig« treffen konnte. Sie baute nicht auf Fantasien. Sie lebte die Effizienz. Und was das Fliegen betraf, hielt sie sich doch lieber an das Zitat, das in ihrer Bank gelegentlich hinter vorgehaltener Hand geflüstert wurde: Die meisten kommen nur nach oben, weil sie unten zu viel Unheil anrichten … Vielleicht hatte sie deshalb nur den dritten Stock des Bankgebäudes erreicht.

Sie parkte den Wagen am Straßenrand. Entdeckte Geißkraut und Schwarznessel. Berührte spontan mit beiden Händen den Boden, hätte am liebsten auch noch die Schuhe ausgezogen, um die Samen weiterzutragen.

Tat es nicht, fragte sich, wann und warum sie angefangen hatte, sich ständig die Hände zu waschen. Oft mit solcher Kraft, dass sie hinterher rot waren wie die einer Schwerarbeiterin.

Sie lief über die Straße. Vielleicht hatte sie ja Glück. Vielleicht gelang es ihr ja doch, ihn wiederzufinden, den Unbekannten, der sie so beeindruckt hatte. Die Visitenkarte würde sie wegen des Kaugummis nicht behalten, aber zumindest seinen Namen, seine Adresse und seine Telefonnummer notieren. Einfach nur, um zu wissen, dass sie könnte, sobald sie wollte, was sie nicht tun würde, weil das nicht ihre Art war, aber davon träumen, das durfte sie. Mit Träumen vergab man sich nichts, und das Einschlafen war leichter.

Maria suchte nicht eine Minute, auch keine zehn, auch keine zwanzig Minuten nach der Visitenkarte. Tatsächlich lief sie eine geschlagene Stunde auf und ab und wieder auf und wieder ab. Ohne Resultat. Nicht nur die Visitenkarte war *gone with the wind*, sondern auch der Mann, dem es vielleicht gelungen wäre, ihr Leben von Grund auf zu verändern.

Verpasste Chance.

Wieder eine.

Es würde nicht ihre letzte sein.

Maria stieg zurück in den Wagen, holte ein Sagrotantuch aus dem Handschuhfach, reinigte gründlich ihre Finger. Fuhr los und schenkte nicht einmal durch den Rückspiegel dem Chiemgau einen letzten Blick.

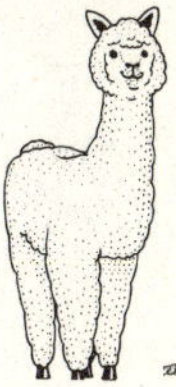

20

Zwei Stunden später kam Maria in München an. Sonntags waren die Straßen in der Innenstadt nicht leer, aber – beruhigt. Vor allem um diese Zeit, wenn die Menschen sich schon da eingefunden hatten, wo sie sich hatten einfinden wollen. Auf der Praterinsel mit Blick auf das berühmte Isarflimmern. Im Englischen Garten, im Michaelibad oder im neu gestalteten Tierpark Hellabrunn.

Nichts von alldem machte Maria Lust auf mehr. Sie wollte nach Hause, die Eindrücke aus Vergangenheit, Gegenwart und ersehnter Zukunft verarbeiten, die sich da, wo ihr Bauch war, in einem dicken Knäuel verheddert hatten. Vielleicht war es auch schlicht Hunger, der sie quälte.

Durch diesen Henri Sonnenschein war sie ja nicht einmal dazugekommen, Mariamas köstliches afrikanisches Frühstück zu kosten.

»Raus aus dem Kleid!« Was für eine Frechheit. Und dann sein Blick, als sie seine Aufforderung wörtlich genommen hatte. Einfach so einen Striptease vor ihm hinlegen. Das hatte sie nicht einmal für Aaron gemacht.

Sie amüsierte sich noch immer darüber, während sie die Tüte mit Salzlakritze nach und nach leerte. Dabei kicherte sie vor sich hin. So rebellisch kannte sie sich gar nicht. Aber irgendwie gefiel ihr diese neue Seite an ihr.

Sie musste Lilli davon erzählen. Lilli lachte sich bestimmt tot über sie, und nach ihrer Wiederauferstehung war sie vielleicht noch für einen Drink in der Bar bereit. Mit einer bevorstehenden Verabredung fühlte sich der Rest des Tages nicht mehr ganz so leer an. Sie rief Lilli an.

Man konnte Lillis Grinsen in der Stimme hören, ehe sie etwas sagte. Maria hörte sie grinsen und wusste: Tinder! Also nächtliche Stunden im zerwühlten Bett – und das mit einem Fremden, den sich Lilli praktisch aus dem Katalog bestellt hatte. Und das machte Maria zunehmend Sorgen.

»Du kennst die Typen doch gar nicht.«

»Das ist ja der Kick.«

»Irgendwann gerätst du an den Falschen.«

»Den Richtigen heiratet man, kriegt mit ihm Kinder, hat nach zwei Jahren keinen Sex mehr und, wenn doch, dann ist er langweilig …«

»Puh, bist du realistisch!«

»Einer von uns beiden muss Realist sein, du Romantikerin.«

»Du denkst, ich bin romantisch? Wovon redest du? Ich bin überhaupt nicht romantisch!«

»Du bist sogar sehr romantisch, *ma belle*, du kannst es nur gut vor dir selbst verstecken. Nicht aber vor mir.«

»Wechsle nicht das Thema! Es gibt Psychopathen …«

»Ich steh auf Bad Boys!«

»Lilli!«

»Mach dir keine Sorgen, *ma petite*. Ich pass schon auf mich auf. Hab meine Waffe dabei …«

»Du hast was?«

»Meine Pistole aus dem Darknet, zwar illegal, aber was soll's!«

»Bist du jetzt total …«

»Scherz. Fall doch nicht immer wieder auf mich rein. Wir sehen uns morgen im Büro.«

»Hoffentlich.«

»Und wenn nicht, dann … Du weißt, ich will verstreut werden im Meer, und bitte zieh nicht dein kleines Schwarzes an. Das macht dich noch blasser, als du ohnehin schon bist.«

Wieder das Schmunzeln in ihrer Stimme.

»Lilliiiii!«

Doch Lilli hatte schon aufgelegt, also kein Drink, und Maria musste wieder an den Zitronenfalter denken, gerade noch fröhlich von Blüte zu Blüte flatternd und dann aufgespießt hinter Glas. Ein Glassarg würde es nicht werden, aber auch keine verstreute Asche im Meer, denn das – fast war Maria schadenfroh – war in Deutschland verboten. Ob das in Frankreich anders war?

Maria machte sich einen Espresso, und während die Kaffeemaschine dampfte und zischte, dachte sie über Tinder nach. Ob der Unbekannte dort registriert war? Aber um das herauszufinden, hätte sie sich bei Tinder anmelden müssen. Und allein schon der Gedanke an Sex wie im Supermarkt war ihr zuwider. Hatte man Hunger, griff man zu. War man satt, fort damit.

Obendrein war Maria sicher, dass sie selbst bei Tinder zur Ladenhüterin mutieren würde. Ebenso wie bei Parship. Im Grunde war das alles nicht ihr Ding. Party war nicht ihr Ding. Allein ausgehen ebenso wenig. Sie hatte es einfach nicht raus.

Sie beneidete Frauen wie Lilli, die ungezwungen waren und lässig. Sich nahmen, was sie sich nehmen wollten. Gefiel Lilli ein Typ, legte sie ihm die Hand mit den gestylten Fingernägeln auf die Schulter, ließ ihre beim Ausgehen stets auffallenden Ohrringe hin und her baumeln und ihre vielen Armbänder klirren, verwickelte den Auserwählten im Handumdrehen in irgendeinen Small Talk, wobei ihr französischer Akzente durchaus hilfreich war. Ließ er sie abblitzen? Auch kein Problem. Lilli lachte nur darüber. »Bin halt nicht sein Typ.«

»Zurückweisung macht dir nichts aus?«

»Das Leben ist ein Spiel, Maria, nimm doch nicht alles so verdammt ernst!«

Doch so einfach lebte es sich für Maria nicht. Sie wünschte Lilli innerlich gutes Gelingen, und vor allem, dass sie am nächsten Morgen noch lebte und ihr letzter großer Auftritt nicht in die Schlagzeilen kam. Sie trat mit dem Espresso in der Hand auf den Balkon, ärgerte sich über die vielen kleinen Schatten auf ihrer Markise, die von den Geranien der Nachbarin über ihr stammten, stellte den Espresso auf den kleinen Campingtisch, buddelte die Conopa ein, die sie sehr behutsam auf den Balkon getragen hatte, und hoffte, das kleine Steinalpaka über das Jahr nicht zu vergessen, damit es nicht irgendwann doch ihr Herz auffraß.

Wobei, das schaffte ihr Herz schon ganz allein. Selbstzersetzung, bis nichts mehr von ihm übrig blieb. Wie man wohl lebte, so ohne Herz? Sie konnte es vielleicht doch mit Isarflimmern und kleinem Spaziergang herausfinden, dabei vom Visitenkartenmann träumen und all den versäumten Möglichkeiten.

Sie konnte aber auch versuchen, das Leben, wie von Lilli geraten, zwischendurch als Spiel zu sehen. In eine der am Sonntagabend überfüllten Münchner Bars gehen, an diesen Ort, an dem man sich so allein fühlen konnte wie nirgendwo anders. Zwischen all den Menschen. Stehend. Weil es keinen freien Platz mehr gab und keine Männer, die für eine Frau aufstanden und ihr den Stuhl zurechtrückten.

Manchmal machte es ja auch Spaß, sich in eine Ecke zu verkrümeln, die Medienleute, Rechtsanwälte, Werbetypen zu beobachten, wie sie einfielen in den Raum, in dem die Tische viel zu eng standen. Dicke Sonnenbrillen, dicke Taschen, dicke Lippen. Botoxstirn. Bei Frauen und Männern.

Sie erinnerte sich an ihr letztes Date mit männlicher Botoxstirn, organisiert von Parship, im Vorstadtcafé in der Türkenstraße. Eine quälende Stunde lang war sie sein Spatzl gewesen.

Und – sie konnte versuchen, die Hand lässig auf die Schulter eines gestylten Typen zu legen, der aussah, als habe er Geld, und ihm mit verführerischer Stimme eine kostenlose Anlageberatung anbieten. Danach. Dass es sich für ihn in jedem Fall lohnte.

Nichts von alldem würde sie tun.

Ebenso wenig würde sie sich von ihren vier Wänden auffressen lassen.

Sie brauchte jemanden, der sie hielt.

Heute.

Herzschlag zu Herzschlag.

Puls an Puls.

Mein Atem auf deiner, dein Atem auf meiner Haut.

Kein Tinder, kein Parship-Match, das wieder mit Registrierkassengerassel bei ihr gelandet war, sondern Pusca.

Was waren schon neunundachtzig Euro für einen Augenblick wie diesen, als Henri Sonnenschein die Hand ganz sanft auf ihren Hals gelegt hatte. Der falsche Mann zwar, aber das richtige Gefühl.

Sie rief Pusca an. Pusca hatte erst zwei Stunden später Zeit. Also fuhr Maria erst einmal zur Bank, wobei ihr zum ersten Mal bewusst wurde, so richtig bewusst, wie mächtig das Gebäude war. Dass es mit seinen zehn Stockwerken die Straße dominierte.

Maria vermied die Parkgarage, in der sie einen Stellplatz hatte. Sie war ihr schon während der Woche unheimlich. Sonntags, wenn außer ihr keiner in den Büros war, wurde sie zum No-Go.

Hatte sie gehofft, sich zumindest an diesem Tag Franz zu ersparen, hatte sie sich getäuscht.

»Sogar am heiligen Sonntag ist die Lady unterwegs, um den Menschen das Geld aus der Tasche zu ziehen. Die grooooooße Bankerin für kleine Leute.«

»Schmeckt Ihnen der Kaffee, oder kann ich noch etwas für Sie tun?« Sie hatte die Frage noch nicht beendet, da wusste sie, wie von oben herab ihre Stimme klang.

Aber dieser Franz nervte. Jeden Tag mit seinem vorwurfsvollen Gesicht, manchmal mit unausgesprochener, meist mit deutlich ausgesprochener Anklage. Bei ihr drehte er die Metamorphose um. Gerade fühlte sie sich noch als Schmetterling, traf sie ihn, wurde sie zur hässlichen Raupe.

Schon wieder der Schmetterling. Hoffentlich wurde sie die Erinnerung an den Jungen hinter dem Fenster schnell wieder los.

Sie wollte sich entschuldigen, aber Franz war schneller.

»Ich brauch Ihren verdammten Kaffee nicht. Schieben Sie sich Ihren Kaffee in den A…!«

Er machte eine Bewegung, als wolle er das für sie übernehmen, sie machte einen Satz Richtung Treppe und rief: »Im Gegensatz zu Ihnen benutze ich auch für meinen A… Wasser und Seife.«

»Sie sind …!«

»Ich weiß. Trotzdem noch einen schönen Abend.«

Zwei Stufen auf einmal nehmend, lief sie zur Seitentür, die sie an Sonntagen bevorzugte, ein kurzer Blick über die Schulter, Franz stand wie erstarrt, machte nicht den geringsten Versuch, ihr zu folgen. Sie sperrte auf und saß fünf Minuten später über den Unterlagen, die Paul Hartmann dagelassen hatte.

Die Bilanzen waren eine Katastrophe. Weder Laden noch Bienen konnten auch nur annähernd einbringen, was der Erhalt des Archehofs kosten würde. Da sie keine Sekunde lang darauf baute, dass Henri Sonnenschein ihr einen tragfähigen Vorschlag unterbreitete, musste sie etwas finden. Irgendetwas, auf das man aufbauen, was tatsächlich Geld bringen konnte. Sie begann zu googeln, stieß auf eine Idee, sagte Pusca ab und kündigte Bärbel und Paul Hartmann telefonisch an, was sie neben einem Businessplan am nächsten Wochenende vom Archehof erwartete.

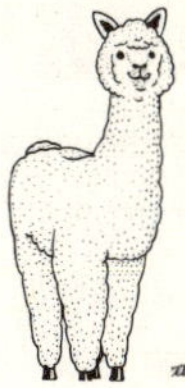

21

Maria hatte sich kaum in Happys Nähe gewagt, da stellte die Stute schon die Ohren etwas nach vorn und hob den Schwanz. Es sah bedrohlich aus, als wolle Happy gleich auf sie losgehen. Maria wich erschrocken zurück.

Happy folgte ihr nicht. Blieb stehen, als wäre sie überrascht, legte den Kopf leicht schief, die Augen wurden größer, als sie ohnehin schon waren, und sie gab ein Geräusch von sich, sodass Maria nicht anders konnte, als laut aufzulachen.

Zu süß sah die Stute jetzt aus, die offenbar die letzte Begegnung mit Maria in schlechter Erinnerung hatte. Dass Maria sie gegen ihren Willen hatte berühren, gar streicheln wollen, und Henri Sonnenschein derjenige gewesen war, der sie, wenn auch indirekt, vor jeglichem Übergriff auf die zarte Seele des Alpakas bewahrt hatte. Happy hielt Abstand, und Maria, nicht unglücklich darüber, nahm den Kontakt freundlich, aber bestimmt wieder auf.

»Ich fass dich schon nicht an, keine Sorge!«

Als habe sie Maria verstanden, kam Happy, weißes Fell mit den braunen Tupfen, die an Sommersprossen erinnerten, vorsichtig näher, während sich die anderen Alpakas in dem weitläufigen Holzstall über einen Heuballen hermachten. Im Sicherheitsabstand beäugt von Kater, den alle nur Kater nannten, weil er nicht einer Person gehörte, sondern um Truchtlaching herum von jedem das Beste für sich herausholte. Etwas Leckeres zu fressen oder ein schattiges ruhiges Plätzchen zum Ruhen. Niemand konnte so wundervoll ruhen wie Kater. Bäuchlings, die vier Katerpfoten gespreizt, die Augen geschlossen, aber oft genug blinzelnd, um die Situation im Griff zu haben.

Jason, Suri, Misti, Bella Donna, Francis, Franz, Melody, und wie sie noch alle hießen, bohrten ihre Kuschelköpfe in den Ballen und tauchten nicht nur mit Heu im Maul wieder auf, sondern hatten auch die Köpfchen kreuz und quer mit Halmen bestückt. Happy dagegen nahm Maria weiter schnuppernd unter die Lupe.

»Nicht die Ohren anfassen«, mahnte Bärbel, »auch nicht das Gesicht. Wenn Sie Happy streicheln wollen, Maria, dann den Rücken oder seitlich. Auf keinen Fall von hinten, denn dann …« Sie führte vor, was in diesem Fall geschehen konnte, und prompt trat Happy mit dem rechten Hinterbein nach ihr. Bärbel war vorbereitet. Wich aus. Ein anderer hätte durchaus mit einem Bluterguss rechnen müssen.

»Also doch nicht ganz so harmlos«, stellte Maria trocken fest.

»Ich habe den Fehler gemacht, nicht Happy«, gab Bärbel zur Antwort und klärte Maria weiter auf. Falls ihr die Leine bei der Wanderung aus der Hand glitt und zwischen Happys Beine rutschte, sich niemals bücken und die Leine auf diese Weise hervorholen, sondern auf den richtigen Moment warten, in dem man auf die Leine treten konnte, ohne das Alpaka abrupt zu stoppen, das möglicherweise davongaloppieren wollte. Sonst war auch dann eine unverletzte Rückkehr von der Alpakawanderung vermutlich nicht mehr gegeben.

So viel zum harmlosen Kuscheltier, spöttelte Maria. In Gedanken hatte sie das Bild vor sich, wie sie auf einer Trage ins Krankenhaus eingeliefert wurde. Ausgeknockt in der ersten Alpakarunde. Happy, die stolze Siegerin, die im Siegestaumel mit beiden Hinterläufen gleichzeitig ausschlug und ihr damit den Rest gab. Oder sich mit drohendem Alpakablick über sie beugte. *Gib uns den Kredit. Gib uns noch Zeit. Gib uns den Kredit, sonst …*

Jetzt allerdings sah sie harmlos aus, die kleine glückliche Sommersprosse, und musterte Maria weiter neugierig mit großen, dunklen Augen. Die Ohren waren aufgestellt. Ein leises Schnuppern, als wolle sie sagen, okay, okay, lass es uns noch einmal miteinander versuchen.

Und Maria ließ es zu, den Blick, das leise Summen, das »Ich knuddel dich gleich wie verrückt«-Gefühl, das Happy in ihr auslöste. Als sei alles gut. In diesem Moment. Einfach nur alles gut.

Von Henri Sonnenschein war nicht einmal der Hauch eines Schattens zu sehen, was Maria im Augenblick allerdings nicht störte. Ein Lebewesen, für das man eine Gebrauchsanleitung brauchte, genügte ihr. Sie würde später mit ihm sprechen. In Ruhe. Nein, sie würde warten, bis er mit ihr sprach. Er wollte etwas von ihr, nicht sie von ihm. Sie blieb das ganze Wochenende, nicht nur wegen des Archehofs, sie hoffte auch auf eine Chance, *ihn*, nicht Henri, sondern den anderen noch einmal zu treffen.

Jetzt, in praktischen Shorts, bequemem T-Shirt und festen Schuhen wollte sie allerdings erst einmal mit den Alpakas wandern, um herauszufinden, was das Besondere an diesen Tieren war, das die Menschen anzog wie ein Wanderprediger seine Jünger.

»Es ist magisch«, hatte es im Internet in den Kommentarspalten geheißen, die sie auf Puscas Umarmung hatte verzichten lassen. »Harmonie pur«, »eine Begegnung mit sich selbst auf die beste Art und Weise«, »*das* Mittel gegen Stress«.

»Alpakawanderungen?« Hatte Maria erwartet, Bärbel telefonisch *die* Geschäftsidee zu verkünden, so hatte sie sich getäuscht. »Das, Frau Popp, machen wir natürlich immer wieder – und mit dem größten Vergnügen. Es tut der Seele gut. Mitten durchs frische Gras, durch den Wald … die reine Luft, die wir hier haben. Weg von der Straße.«

Für den Bruchteil einer Sekunde war Maria enttäuscht gewesen. Vor allem irritiert, da in den Bilanzen nichts zu finden gewesen war, das auf derartige gewinnbringende Aktionen hinwies. Es sei denn, diese Einkünfte gingen an der Steuer vorbei.

Vorsichtig hakte sie nach. »Ich habe davon nichts in den Unterlagen finden können … Ich meine, Sie verdienen doch sicher ganz gut damit. Und wie halten Sie das …« Sie hatte es nicht aussprechen wollen, wirklich nicht, aber dann, sie war nun einmal ein Mensch, der den Dingen auf den Grund ging, sagte sie es doch: »Was ist mit dem Finanzamt, ich hoffe, Herr Sonnenschein …«

Zum ersten Mal, seit Maria Bärbel Hartmann kannte, wurde ihre Stimme ungehalten: »Wer denken Sie, wer wir sind? Steuerhinterzieher? Oh ja, wir können die Raten für den Hof nicht bezahlen, aber haben dafür unzählige schwarze Konten auf den Cayman-Inseln. Ja, geht's noch?«

Maria hatte niemanden beleidigen wollen. Leicht verunsichert fuhr sie fort: »Nein, natürlich nicht, ich frage mich nur …«

»Mit der Familie machen wir die Wanderungen.« Bärbel klang nach wie vor verärgert. »Abu, Mariama, die Kinder … Gelegentlich kommen auch Nachbarn und Freunde mit. Vor allem für Kinder ist das ein ganz besonderes Erlebnis! Urlauberkinder aus der Stadt, die sollen ja was von der Natur mitkriegen und vom Landleben …«

»Aber was bringt das ein?« Während Bärbel noch schwärmte, ging Maria in Gedanken erneut die Unterlagen durch, die ihr Paul Hartmann überlassen hatte. Hatte sie etwas übersehen? »Ich habe dazu keine Zahlen gefunden?«

»Wie, was bringt das ein? Was genau meinen Sie mit ... was bringt das ein?«

»Dass der Archehof ein Problem hat. Es heißt Geld.« Maria hätte die Ironie gern für sich behalten, aber sie konnte nicht anders bei so viel schon fast unanständiger Naivität.

»Sie meinen, wir sollen uns dafür bezahlen lassen, dass wir anderen eine Freude machen?«

»Jetzt kommen Sie mir bloß nicht buddhistisch.« Maria schickte ein Stoßgebet gen Himmel. »Nun«, sie konnte es nicht verhindern, sprach mit Bärbel jetzt fast wie mit einem Kind, das noch an Pippi aus dem Takatukaland glaubte, »im Internet habe ich unzählige Angebote organisierter Alpakawanderungen gefunden. Offenbar ist das im Moment genauso beliebt wie Yoga und Achtsamkeitsseminare ... Und man kann recht gut damit verdienen.«

»Was etwas kostet, ist nichts wert«, gab Bärbel freundlich zurück, »war schon Einsteins Meinung.«

»Das ist alles, was Sie dazu zu sagen haben?«

»Die Idee war, Alpakas zu züchten und sie an andere Höfe zu verkaufen.«

»Soweit ich weiß, wurde bisher nur ein Fohlen auf dem Hof geboren.«

»Ich weiß.« Zum ersten Mal klang Bärbels Stimme resigniert. »Und ihn können wir nicht verkaufen, weil Bobby sein Pate ist. Ein Leben lang. Aber bald werden wir ein zweites Fohlen haben. Von Bella Donna.« In Bärbels Augen blitzte es auf. »Da könnten Sie die Patenschaft übernehmen.«

Ein geschickter Versuch, sie ganz an den Archehof zu binden. Nicht mit ihr. Maria schüttelte den Kopf. »Frau Hartmann, so kommen wir nicht weiter.«

»Was ist wichtiger, Geld oder Kinderseele?«

Maria schickte ein inneres Om an jede ihrer Nervenzellen, holte tief Luft und versuchte es erneut: »Bleiben wir bei den Alpakawanderungen. Pro Person kann man durchaus dreißig Euro verlangen. Jetzt rechnen Sie mal, zwanzig Leute, allein an den Wochenenden, plus organisierte Seminare, Therapiegruppen während der Woche … überlastete Manager, Schulklassen …«

»Stopp, Frau Popp, stopp!« Bärbel klang überfordert.

»Ja?« Was war denn jetzt schon wieder?

»Wir lassen nicht jeden Menschen an unsere Alpakas, und schon gar nicht gestresste Manager. Unsere Alpakas sind etwas Besonderes. Sensible Tiere. Haben Sie doch selbst erlebt.«

Sensibel? Eher bockig und stur. Maria seufzte. Hatte sie etwas anderes erwartet? »Also wenn Sie sich allem verweigern, was Geld bringt …« Maria fühlte sich fast hilflos. »Was kann ich da noch für Sie tun?«

Schweigen. Dann, etwas kleinlaut am anderen Ende des Telefons: »Und gesetzt den Fall, wir kämen nach ausführlicher Überlegung und Abwägung zwischen Nutzen und Schaden, also was ich sagen will, wenn wir zu dem Schluss kämen, dass es unseren Alpakas nicht schadet … Also, wie kämen wir an die Leute ran, von denen Sie sprechen … ohne zusätzlichen Kredit für Werbung, denn den wollen Sie uns ja auf keinen Fall geben …«

»Mit Einfallsreichtum. Social Media, Frau Hartmann …«

»Bitte Bärbel!«

War das alles, was Bärbel Hartmann dazu zu sagen hatte? Maria überlegte, ob sie mit diesem Schritt zu viel professionelle Distanz aufgab? Ach was, warum nicht? Sie konnte jederzeit wieder zurückfahren. Jetzt war wichtig, dass man irgendwie vorwärtskam.

»Okay, Bärbel, Social Media kostet erst mal nichts, wir machen einfach ein paar hübsche Fotos vom Hof, den Alpakas und euch … Später, wenn es läuft, setzen wir einen Profi dran.«

»Nicht von uns. Keine Fotos. Nein, das will ich nicht, keine privaten Bilder auf Facebook und Instagram – und schon gar nicht mit den Kindern … Ich bin absolut dagegen, dass man Kinder auf solchen Seiten zeigt.«

Konnte hier irgendetwas auch einmal selbstverständlich sein und nicht zum Hindernislauf ausarten?

Maria seufzte: »Also gut, erst mal Hof und Tiere und vor allem nicht die Kinder.«

»Bobby ist behindert, und Fanta, Tidanke und Hawa sind schwarz, da habe ich viel Schlimmes gehört. Menschen können grausam sein.«

Maria gab Bärbel insgeheim recht. Die Kinder würden nicht in Erscheinung treten. Besser so. Dennoch wiederholte Bärbel, sie habe kein gutes Gefühl dabei, außerdem müsse sie mit Henri reden, Henri gehöre der Archehof, er sei derjenige, der entscheide …

»Auf einmal!« Maria verbiss sich den Kommentar, dass ihr gerade diese Eigenschaft, entscheidungsfähig zu sein, bei Henri nicht gerade ins Auge gestochen war.

»Er kriegt das hin, ganz bestimmt.«

So wäre es vermutlich noch Stunden am Telefon weitergegangen, hätte Maria dem Ganzen nicht entschlossen ein Ende bereitet. »Wissen Sie was? Das klären wir alles, wenn ich da bin …«

»Sie kommen wirklich?« Wie lange hatte sie schon nicht mehr dieses Strahlen in einer Stimme gehört, wenn sie ihren Besuch ankündigte?

»Ich habe mit Herrn Sonnenschein besprochen, dass er mir bis dahin sagen soll, wie es weitergeht …« Schweigen. Sehr lautes Schweigen. Letztlich hatte es Maria nicht anders erwartet. »Wir machen zusammen eine Alpakawanderung, und danach reden wir, wie man damit Geld verdienen kann, und auch über alles andere. Denn wenn wir so weitermachen …« – hatte sie tatsächlich von *wir* gesprochen? – »… dann geht gar nichts weiter.«

»Sie sind großartig.«

»Können Sie mir eine hübsche kleine Pension empfehlen?«

»Das kommt überhaupt nicht infrage. Sie sind unser Gast.« Maria zuckte zurück. Sie kamen ihr zu nah. Viel zu nah. »Herzlich willkommen auf dem Archehof, Maria.«

Auch das hatte schon lange niemand mehr zu ihr gesagt. Vielleicht war das der Grund, weshalb sich Maria schließlich einverstanden erklärt hatte, mit dem Hintertürchen, dass sie sich jederzeit ja etwas anderes suchen konnte, wenn ihr alles zu viel wurde.

Die Conopa frisst nicht nur Herzen, hörte sie irgendetwas in sich drin flüstern, *sondern sie gibt einem das verlorene Herz auch zur gegebenen Zeit wieder zurück.*

Magie. Das empfand Maria, als sie jetzt vor Happy stand, die sich noch einen Schritt weiter auf sie zuschob. Bobby hielt Maria eine Tüte mit Futter hin. »Nimm, meine herzallerliebste Mary. Happy frisst das total gern.«

»Beißt sie?« Maria sah Bärbel und Bobby leicht verunsichert an.

»Ach was.« Bärbel lächelte. »Alpakas beißen nicht.«

»Außer wenn sie jemanden nicht mögen, meine herzallerliebste liebe Mary.« Bobby strahlte fröhlich und hielt Maria weiter die Tüte mit den Alpakaleckerlis entgegen. »Du musst die Hand ganz flach halten. Das ist total wichtig.«

Marias Hand zitterte leicht, als sie eine Handvoll aus der Tüte nahm, die nach Kräutern und getrockneten Blüten duftete. Als Kind hatte sie Hunde und Pferde gefüttert, aber ein Alpaka – noch nie. Im nächsten Moment fühlte Maria Happys Schnäuzchen so wunderbar zart in der Hand, aber nur kurz, denn dann kamen die anderen, Bella Donna, Suri, Jason, Francis, drängelten, schubsten, summten, knurrten, gelegentlich spürte Maria ein ganz leichtes Zwicken auf der Haut, das nicht wehtat, sie jedoch so lebendig fühlen ließ wie lange nicht mehr.

Maria lachte, holte Nachschub, fütterte, bis Bärbel ihr die lange Leine entgegenhielt, an der sie Happy über Stock und Stein führen sollte, wobei sie erneute Anweisungen für sie bereithielt.

»Es gibt in der Reihenfolge, wie wir gehen, nur zwei Regeln. Charly, der Anführer, geht ganz vorn, und Happy bildet das Schlusslicht, das ist Gesetz, den Rest entscheiden die Alpakas …«

Maria schluckte. Der Gedanke gefiel ihr nicht. Was war, wenn Happy ihr nicht gehorchte und keiner von den anderen es mitbekam. Ihr ausbüxte, sie so heftig trat, dass sie unglücklich fiel. Ohnmächtig wurde. Oder sie nicht wusste, was zu tun war, während die anderen vor ihr hermarschierten, weiter und weiter, über Felder und Wiesen, durch die angrenzenden Wälder. *Lost in paradise*. Und niemand da, der etwas von ihrem Dilemma bemerkte. Das sich mangels eines ausgeprägten Orientierungssinns durchaus zum Desaster entwickeln konnte. Doch ihr Protest fand weder bei Bärbel noch bei Bobby Gehör.

»Machen Sie sich keine Sorgen, Happy hat Ihnen doch gerade aus der Hand gefressen.« Lächelnd drückte Bärbel Maria das Führungsseil in die Hand, und dann ging es los, wobei Maria in Gedanken all das wiederholte, was Bärbel ihr noch auf den Weg mitgegeben hatte.

Allein schon das Halten der Leine war eine Wissenschaft für sich. Der Mensch sollte vorneweg gehen, die Leine gut in der Hand liegen, niemals um die Hand gewickelt sein, sondern locker, nicht zu lang, aber auf keinen Fall zu kurz, da Alpakas jederzeit den Spielraum brauchten, um sich in der Gegend umzusehen.

Während sich die Alpakaprozession hinter dem Archehof mit Paul und Charly an der Spitze in Gang setzte, fragte sich Maria, was sie hier eigentlich tat und weshalb sie nicht wie immer am Freitagnachmittag hinter dem Schreibtisch saß.

Doch da war noch etwas anderes. Mohnblumen, der Duft frisch gemähter Wiesen, endlos erscheinende Kornfelder, verstreute Häuser. Nur gelegentlich ein Mensch, der noch grüßte, obwohl er einen nicht kannte. Die andere Welt. Die Welt ihrer Kindheit. Eine heile, idyllische, von ihr fast vergessene Welt.

Eine Ruhe zog in Maria ein, die sie lange nicht mehr in sich gespürt hatte. Sie begriff, dass es für alles eine Zeit gab. Für das Glück und den Schmerz.

Nicht nur dieser Gedanke kam Maria bei ihren ersten Schritten noch sehr theoretisch in den Kopf. Nicht funktionieren, leben. Nicht immer und ständig alles kontrollieren, aus vorauseilender Sorge, dass etwas geschehen könnte, von dem man nicht einmal genau wusste, was es war, und während des Funktionierens übersehen, dass gerade jetzt ständig etwas geschah. Vogelzwitschern. Kinderlachen. Ein Blick. Ein Wort. Der Duft von Rosen. Der köstliche Geschmack von Schokolade auf der Zunge. Wann hatte sie dieses innere Wissen, dieses Sein aus ihrem Leben verdrängt und sich ausschließlich für Stadt, Schreibtisch und Tunnelblick entschieden? Und – viel wichtiger noch – warum?

Es hatte keinen Auslöser gegeben. Sie war einfach nur erwachsen geworden.

Schritt für Schritt mit Happy an der Leine ging sie weiter, folgte dem Alpaka vor ihr, das wiederum seinem Vorgänger folgte. Schritt für Schritt, fast meditativ. Maria hatte sich schon lange nicht mehr so gefühlt. So sehr bei sich selbst. Bis Bärbel auf ihre Höhe zurückfiel und sie mit weiteren Vorgaben belästigte.

»Ein Alpaka konzentriert sich immer auf den Menschen, der es führt. Deswegen sieht es einen vor ihm auffliegenden Vogel oder einen davonhuschenden Hasen zu spät und erschrickt. Manchmal springt auch ein Hund auf es zu, dann muss man besonders achtsam sein. Ist die Leine zu lang, denken die Tiere, sie können machen, was sie wollen. Beides ist nicht entspannend für Mensch und Tier. Jedes Tier hat eine individuelle Leinenlänge, bei der es super läuft. Zehn Zentimeter können da schon einen Unterschied ausmachen. Etwa ein Meter Abstand ist ideal. Bergauf ein wenig mehr Leine, oder bei rutschigem, unebenem Gelände. Und nie vergessen: Der Mensch führt, nicht das Alpaka. Mindestabstand immer eine Tierlänge. Die Rangordnung bestimmen die Alpakas selbst, und wir gehören während der Wanderung zur Herde, trotzdem sind wir erst einmal fremd. Ein gut erzogenes Tier weiß instinktiv, dass der Zweibeiner der Chef ist. Es wird also höflich den Menschen, der von hinten drängelt, auch vorbeilassen wollen. Es können drei Dinge bei zu dichtem Auflaufen passieren: Das Tier bleibt stehen, um den Menschen vorbeizulassen, oder das Tier versucht, seinen Führer zu überholen, weil der mit dem Rücken zum Tier läuft, der hintere Drängler aber mit dem Vorderkörper eine Bedrohung darstellt. Es gibt ranghohe Tiere, die – im Gegensatz zum Menschen – partout nicht als Erste gehen wollen. Oder eines möchte unbedingt hinter seinem besten Freund herlaufen. Oder sie haben sich am Morgen gestritten und keine Lust, hintereinander zu gehen. Oder, oder … Manchmal wollen die männlichen Chefs der Tiere auch den Überblick behalten und hinten gehen. Manchmal haben sie auch einen schlechten Tag und sind launisch … Schauen, Schnuppern und immer wieder Grasen sind übrigens erlaubt. Nicht aber das Herumtrödeln. Will das Alpaka vor einem partout nicht weitergehen, hilft ein leicht menschlicher Schubs …«

»Ich soll es doch nicht berühren.« Zum ersten Mal kam Maria wieder zu Wort.

»In diesem Fall schon.«

Maria fühlte sich endgültig überfordert. »Ist es dann nicht einfach entspannter, ohne Alpakas zu wandern?«

Bobby sah sie fassungslos an, und Bärbel antwortete mit strahlendem Lächeln. »Wenn wir zurück auf dem Hof sind, beantworten Sie sich die Frage am besten selbst.«

22

Hätte Maria die Frage sofort beantworten müssen, hätte sie vermutlich nur ein Wort verwendet: Katastrophe! Denn sobald sie sich nicht nur dem Gehen überließ, sondern pflichtbewusst Bärbels Anweisungen zu befolgen versuchte, tat Happy, was sie wollte. Sie begann zu drängeln, sie überholte, ärgerte die anderen, blieb stehen, fraß Gras, sah, dass die anderen schon weitergegangen waren, machte einen Satz, sodass Maria große Mühe hatte, das Führungsseil in der Hand zu behalten. Maria stolperte eher, als dass sie lief, kam irgendwann nach Atem ringend neben Bärbel und ihrem Francis zum Stehen.

»Happy macht mit mir, was sie will!« Maria sah Bärbel unglücklich an.

»Sie spürt, dass Sie nicht bei der Sache sind. Bemühen Sie sich einfach.« Mit diesen Worten marschierte Bärbel mit Francis weiter. Maria mit Happy schnell hinterher.

»Ich versuche mich doch daran zu halten, was Sie gesagt haben.«

»Genießen Sie einfach, oder können Sie das nicht, einfach genießen?« Gelassen wanderte Bärbel weiter.

Maria blieb den Bruchteil einer Sekunde etwas fassungslos zurück, typisch Archehof, einmal hü und dann wieder hott, was gerade noch galt, war im nächsten Moment unwichtig. Entschlossen setzte Maria sich in Bewegung, holte Bärbel ein. »Ich hab nur versucht, mich an das zu halten, was Sie mir gesagt haben.«

»Wie wäre es, wenn Sie anfangen, sich selbst zu vertrauen, dann vertraut Ihnen ganz sicher auch Happy.«

Maria wusste nicht, ob sie lachen oder auf der Stelle umkehren sollte. »Happy hält mich also für ein schlechtes Herdentier.«

»Ein Anfang wäre, wenn Sie Happy ihrer Aufgabe überlassen würden, den Abschluss zu bilden. Tauchen Sie nicht ständig neben mir auf.«

»Natürlich.« Maria wollte sich hinter Bärbel und Francis mit genau einer Armlänge einreihen, als sich Bärbel ihr noch einmal zuwandte. Sie lächelte.

»Entspannen, nicht so viel denken, alles andere wird sich finden.«

Und es fand sich. Tatsächlich. Das Gras duftete, die Wiesenblumen leuchteten, die Felder dehnten sich in endlose Weite. Ein Fischreiher tauchte auf, schoss auf Marias Kopf zu. Maria schrie auf, duckte sich rasch, die Zügel fest in der Hand, hinter Happy, die wider Erwarten vom Flügelschlag des Reihers unbeeindruckt blieb und den Stopp nützte, um zu grasen.

»Das ist doch nur Egon, der Fischtöter!« Stephanie hatte offenbar als Einzige des Alpakatrupps Marias Hechtsprung registriert und hielt sich jetzt förmlich den Bauch vor Lachen.

»Für was hält er mich? Für einen Fisch?« Noch immer alarmiert nach links und rechts spähend, tauchte Maria wieder langsam hinter Happys Rücken auf.

»Das weiß man bei ihm nie«, antwortete Stephanie fröhlich, »aber ich sag's ihm noch mal. Er ist mein Freund!« Noch immer grinsend, folgte sie den anderen, die zum Glück nichts von Marias peinlichem Auftritt mitbekommen hatten, dem hoffentlich kein zweiter folgen würde.

Doch nicht nur Egon interessierte sich für den kleinen Alpakatrupp, sondern auch die Menschen, die ihnen begegneten.

Sie lachten, winkten, grüßten. Und war ein Hund dabei, so hielten sie ihn fest, damit die Alpakas nicht erschraken. Egon war weitergezogen, Maria somit wieder entspannt, schnupperte den Duft der Wildblumen tief in sich ein, erfreute sich am Spiel der Schmetterlinge und erinnerte sich unwillkürlich an den Jungen hinter Glas mit den kalten Augen, der in der seelenlosen Villa hinter stillgelegten Gleisen seine Zeit damit vertrieben hatte, Schmetterlinge zu töten und aufzuspießen. Unwillkürlich fragte sie sich, was aus ihm geworden war, wischte den Gedanken jedoch beiseite. Geschäftlich hatte sie mit solchen Leuten genug zu tun.

Sie verfolgte einen schwirrenden Zitronenfalter, blieb beim Nektar begrüßenden Bienengesumme.

Wobei ihr auffiel, dass sowohl Schmetterlinge als auch Bienen rar geworden waren. Theorie war das eine, das praktische Erleben ein anderes.

Dennoch – fast hätte Maria angefangen, sich wie im Paradies zu fühlen, hätte sie das tun können, was Bärbel ihr geraten hatte: sich zu entspannen. Dann wären möglicherweise sogar all ihre hundertfünfunddreißig Lachmuskeln im Einsatz gewesen – wie in einem Blog über Alpakawanderungen versprochen. So allerdings waren es nicht die Lachmuskeln, sondern alle anderen Muskeln, die sich zunehmend bemerkbar machten. Anspannen, entspannen, denken, alles richtig machen, anspannen, entspannen, denken. Bärbel konnte sagen, was sie wollte, Maria war nun mal die, die sie war. Auch inmitten von noch mehr Mohnblumenwiesen, noch saftigerem Grün, Waldschatten, der Himmel tiefblau, die Luft rein, dazu diese Stille, diese Weite. Es war die Form von Einsamkeit, in der man nicht allein war und von der sie nicht einmal geahnt hatte, wie sehr sie sich nach ihr sehnte.

Sie atmete tief durch, wollte versuchen, nicht nur den Geist, sondern auch den schmerzenden Körper der Naturschönheit hinzugeben – und tatsächlich gelang es ihr für einige Minuten, als der Registrierkassen-Sound von Pink Floyds *Money* Moment und Stille grausam durchbrachen. Alpaka- und Menschenköpfe wirbelten zu ihr herum.

»Psst!« Bobby legte den Finger auf den Mund.

»Mein Diensthandy«, entschuldigte sich Maria. »Es ist Freitag. Bin sozusagen im Außendienst und muss erreichbar sein.«

»Dann bitte leiser!«, rief ihr Paul von der Spitze des Trupps über sämtliche Menschen- und Alpakaköpfe hinweg zu.

»Okay, sorry.« Maria nickte, der Treck setzte sich wieder in Bewegung. Maria fiel zurück und nahm von Happys unwilligem Summen begleitet den Anruf an. Es war Hartung, der wissen wollte, wie Maria mit dem Archehof vorankam.

»Gar nicht, solange Sie mich aufhalten.« Happy hatte das Summen abgelegt, den Vorteil der Situation für sich erkannt, blieb stehen und begann zu grasen. Das war Maria nicht unrecht. Im Stehen telefonierte es sich angenehmer.

»Was meinen Sie damit?« Unangenehm dagegen war Hartungs viel zu laute Stimme am Ohr.

»Dass ich jetzt in Ruhe meine Alpakawanderung fortsetzen möchte«, entgegnete Maria, beendete das Gespräch, steckte das Smartphone etwas umständlich in ihre Bauchtasche, zog leicht an Happys Seil, und da Happy offenbar genug Gras gefressen hatte, setzten sie in Frieden und Harmonie ihre Wanderung gemeinsam fort.

Doch gerade als Maria die Herde fast eingeholt hatte, rasselte Pink Floyds Registrierkasse erneut, wenn auch so leise, dass der Alpakatrupp ungestört weitermarschierte.

Wieder das umständliche Prozedere. Smartphone raus aus der Bauchtasche. Lillis Information entgegennehmen, dass ein Kunde den Termin am Montag abgesagt habe. »Nur damit du Bescheid weißt, Maria!« Einen Blick auf Happy werfen, die nicht graste, aber summte, und das einen klitzekleinen Hauch unwillig. Lilli hörte das Summen, quietschte so laut auf, dass Happy die Ohren spitzte: »Stimmt, du bist ja bei den Alpakas.«

»Ich mach mit Happy gerade eine Wanderung.«

»Happy, *mon amour*. Ich will ein Alpaka, sofort.« Lilli jubelte. »Es darf dann auch in meinem Bett schlafen.«

»Ha, ha, mit dem ganzen Ungeziefer in der Wolle …«

»Ach Quatsch, das wird vorher geduscht.«

Unwillkürlich musste Maria daran denken, wie sich Bobby mit Misti hinter dem Duschvorhang versteckt und sie erschreckt hatte. Sie schmunzelte, wies Lilli darauf hin, dass Alpakas Herdentiere waren und nicht geeignet, um sie allein zu halten.

Während sie mit Lilli entspannt plauderte, wurde Happys Unwillen größer. Sie zog und zerrte, sodass es Maria inzwischen Mühe machte, das Seil zu halten.

»Und wie ist es?« Lilli quietschte noch immer, und Maria fragte sich, weshalb die Stimmen mancher Menschen, wenn sie mit oder über Tiere und Babys sprachen, eine so unnatürliche Tonlage annahmen.

»Noch weiß ich nicht, was alle dran finden«, antwortete sie deswegen umso sachlicher, »aber vielleicht kommt's noch.«

»Einlassen, loslassen.« Wie Bärbel hatte Lilli ein ganzes Repertoire an Lebenshilfeworten zur Auswahl. Maria fragte sich, ob es die irgendwo zu kaufen gab. Am Wortflohmarkt vielleicht, im Dutzend billiger, weil schon viel zu oft missbraucht.

Sie verabschiedete Lilli, steckte das Smartphone zurück in die Bauchtasche, folgte den anderen in der Hoffnung, dass nun endlich Ruhe sei, doch sie arbeitete für eine Bank, da war niemals Ruhe – und schon gar nicht um elf Uhr morgens an einem Freitag, an dem jeder vor dem Wochenende noch etwas erledigt haben wollte, und so entwickelte sich Pink Floyds *Money* zur hängen gebliebenen Schallplatte aus der längst vergangenen Zeit, in der Pink Floyds *Money* aus den Charts nicht wegzudenken gewesen war.

Smartphone raus aus der Bauchtasche, wieder rein in die Bauchtasche, wieder raus aus der Bauchtasche. Dabei Happy immer fest am Zügel und den Trupp im Auge.

Mit jedem Anruf wurde Happy nervöser. Selbst das Gras interessierte sie nicht mehr, und kaum hatte Maria wieder einmal aufgelegt, machte Happy einen Satz und rannte ihren vierbeinigen Kumpels hinterher, als sei es der Teufel persönlich, der sie am Führungsseil hielt.

Maria versuchte noch das Smartphone in die Bauchtasche zu stecken. Sinnlos. Auch, weil es erneut rasselte. Sie blieb stehen. Nahm ab. Wurde von einem Kollegen in ein Gespräch über niedrige Kreditraten, Kreditentscheidung, flexible Rückerstattung verwickelt, während Happy in die Richtung blickte, von der Maria erst jetzt bemerkte, dass der Alpakatreck dort in einem Wald verschwunden war.

Noch ehe Maria sich sammeln, überlegen, das Telefonat beenden konnte, machte Happy erneut einen Satz, um ihre Aufgabe als Schlusslicht zu erfüllen.

Mit dem Smartphone in der Hand und der Stimme ihres Kollegen am Ohr, dazu die Leine, an deren anderem Ende Happy jetzt wie um ihr Leben lief, ging es über Stock und Stein, wobei Maria endgültig feststellte, wie wenig Kondition sie hatte. Atemnot, brennende Oberschenkelmuskeln, Brennen in der Handinnenfläche, doch Loslassen des Führungsseils war keine Option. Auch nicht jetzt, als im Wald der Weg bergauf führte und so schmal und holprig wurde, dass sich Maria immer wieder an einen Baum stützen musste, um nicht das Gleichgewicht zu verlieren. Wären die anderen noch in Sichtweite gewesen, hätte sie möglicherweise das Seil losgelassen, in der Hoffnung, dass sich jemand anderes um Happy kümmerte, so aber war es eine grauenhafte Vorstellung, Happy allein im Wald, das Seil möglicherweise im Gestrüpp verheddert. Niemand, der half. Und dann kam vielleicht ein Wolf oder ein Bär. Mittlerweile traute Maria dieser Gegend alles zu.

Also hielt Maria fest. Stolperte durch das, was gerade noch Landschaft und Idylle gewesen war und sich jetzt aufgrund zahlreicher Maulwurfhügel auf der dem Waldweg nachfolgenden Lichtung zum Hindernisrennen entwickelte. Und dann – kein Alpakatrupp weit und breit – blieb Happy auch noch abrupt stehen. Marias Smartphone fiel zu Boden. Happy tat das, wovor Bärbel Maria gewarnt hatte. Sie schlug aus, aber nicht nach Bärbel, sondern nach dem Smartphone, und trat mit voller Kraft darauf, als wolle sie dieses nervige Ding endgültig zerstören.

Hätte Maria das Smartphone nun aufheben wollen, hätte sie sich bücken und Happy zwischen die Beine greifen müssen, was nicht ungefährlich war. So konnte sie nur den kompletten Ruin dessen erahnen, was für sie einmal die Verbindung zur Welt gewesen war.

Aus und vorbei. Lost in der Pampa mit einem wild gewordenen Alpaka, das sich, sosehr Maria jetzt auch am Seil zog, keinen Millimeter mehr bewegte, während die Herde, ordentlich aufgereiht wie Perlen an der Schnur, für den Bruchteil einer Sekunde in weiter Entfernung auftauchte und dann wieder, vermutlich endgültig, hinter einem Hügel verschwand.

Keine Bank, nicht einmal ein Baumstumpf, auf den Maria sich zum Nachdenken und Schonen ihrer gequälten Glieder hätte setzen können. Wiese war keine Option. Die war voller Zecken. Und sie hatte die Impfung noch nicht aufgefrischt. So stand sie mit Happy da und wartete. Irgendwann würde ihr Fehlen doch bemerkt werden und jemand kommen, um sie aus ihrer misslichen Lage zu befreien.

Niemand kam.

Happy graste.

Ein leiser Versuch, sie zum Gehen zu bewegen, und schon rammte das Alpaka die Vorderpfoten fest in den Boden. Kein Zerren half, kein Ziehen, kein Gutzureden und auch nicht das Versprechen, nie wieder in Happys Nähe zu telefonieren. Happy vertraute ihr nicht und würde es vermutlich auch nie tun.

Maria wollte nicht weinen. Nicht wegen eines Tieres, nicht wegen Menschen, die nicht in der Lage waren, ihr Leben in den Griff zu bekommen, und gleichzeitig liefen ihr die Tränen übers Gesicht, als könne sie nie wieder damit aufhören.

»Kann ich Ihnen helfen?«

Die Stimme. Diese wunderbare Stimme. Von der sie sich schon einmal am liebsten hätte tragen lassen wollen. Bis in den Himmel auf Liebeswolke sieben. Sie hatte ihn nicht kommen hören. Rasch wischte sie sich mit dem einen Handrücken über die Augen, um einigermaßen trocken zu sein, ehe sie ihn ansah. Zurückhaltend. Sachlich. Nichts von dem verratend, was sie empfand.

»Alpakawanderung!«

Er lachte. »Der Archehof, ich verstehe, warum haben Sie mich nicht angerufen?«

»Sie wollten mitwandern?«

»Nicht gegen viel Geld.«

»Kann ich verstehen.« Was redete sie da. Ihre Idee war es doch, diese Wanderungen gegen viel Geld anzupreisen für etwas, das sie nicht waren – erholsam. Aber vielleicht lag es wirklich nur an ihr.

Wie auch immer.

So wie er dastand, als habe ihn eine Wiesenfee aus den Tiefen der Erde wachsen lassen, um sie zu retten, so gutaussehend, so lächelnd, so irgendwie ganz und gar vollkommen, sie hätte sich auf den ersten Blick in ihn verlieben können und wusste auf diesen zweiten, dass sie es schon längst getan hatte … Auf welch gefährliche Pfade begab sie sich noch?

»Ich habe eher an ein nettes Abendessen gedacht. Ich kenne da ein einfaches, aber gutes Fischrestaurant.«

Maria ging in Abwehrhaltung. Was bildete dieser Mensch sich ein? »Sie denken, es reicht, mir eine Visitenkarte in die Hand zu drücken, und ich rufe an.«

»Ja.«

Dieses selbstbewusste Lächeln. Dieser klare Blick. »Wenn Sie für mich beim Archehof anrufen und sagen, wo ich mich befinde und dass ich abgeholt werden möchte, können wir darüber reden.«

Er blickte auf sein Smartphone. »Hier ist doch ein ordentlicher Empfang? Oder haben Sie kein Handy?«

Stumm deutete Maria auf den Boden.

»Oh, Sie hätten nicht drauftreten sollen.«

»Ich war's nicht!«

Maria warf Happy einen düsteren Blick zu, Happy schenkte ihr ein Lächeln, kaute weiter, Maria wollte ihn noch warnen, doch da hatte er sich schon mit den Worten gebückt: »Mal schauen, ob es noch okay ist«, Happy holte mit der Hinterpfote aus, traf ihn an der Hüfte, und Maria musste hilflos mitansehen, wie derjenige, der es hätte sein können und von dem sie noch immer nicht wusste, wie er hieß, einknickte und zu Boden ging.

»Verdammtes Vieh.«

»Sie haben den Fehler gemacht.« Maria wusste nicht, weshalb sie Happy verteidigte, verdient hatte sie es nicht. War im nächsten Moment aber auch besorgt: »Ist was passiert?«

Derjenige welcher rappelte sich auf, untersuchte seinen Körper, machte die eine oder andere Dehnbewegung, klopfte sich ab, meinte noch, es sei alles okay, zeigte Maria triumphierend das Smartphone, das er zurückerobert hatte, Maria sah, dass es zwar einen Sprung hatte, aber sonst offenbar noch funktionierte, als sich eine wütende Stimme mit Bärbel – ohne Francis – vor ihnen aufbaute.

»Maria, mit diesem Menschen sollten Sie nicht reden.«

»Maria, ein schöner Name.« Er grinste. Maria wollte ihn nun endlich nach seinem Namen fragen, doch da hatte ihr Bärbel das Führungsseil schon aus der Hand genommen.

»Die anderen warten auf Sie, wir dachten, es sei sonst was passiert …«

»Ist es auch«, antwortete Maria, wollte sich erneut an *ihn* wenden, doch der hatte sich schon einige Schritte von ihr in Richtung Straße zu seinem geparkten Sportwagen entfernt, die Maria in ihrer Aufregung gar nicht wahrgenommen hatte. »Ich hab Ihnen noch gar nicht gedankt«, rief sie ihm nach und bemerkte erneut, dass er das rechte Bein nachzog. Es schien schlimmer als bei ihrer letzten Begegnung. Happy hatte ihn offenbar hart getroffen.

»Das können Sie später!« Er winkte ihr zu. »Ich ruf Sie an.«

»Sie haben Florian Wieser, diesem Unmenschen, Ihre Telefonnummer gegeben.« Bärbel schien entsetzt.

»Nein.« Maria frohlockte, trotz Bärbels Entsetzen, immerhin wusste sie jetzt, wie er hieß, *Florian Wieser.* »Und ich verstehe auch nicht … Was hat er Ihnen getan?«

»Nichts. Und dass es so bleibt, dafür werde ich sorgen.« Mit dieser kryptischen Aussage stapfte sie mit Happy davon, und Maria blieb nichts anderes übrig, als ihr zu folgen.

23

Das Licht faszinierte sie. Das späte Licht eines langen, heißen Tages, das sich im ruhigen Wasser des Chiemsees spiegelte. Abendrot. Ein leiser, sanft über das Wasser streichender Wind brachte Linderung. Er trocknete die Haut vom Schweiß, verspielte sich im Haar, schenkte Erinnerung an Momente, die ähnlich gewesen waren. Behutsam und bis zum Rand gefüllt mit Herzklopfen, Erwartung, aber auch mit Angst, in den Augen des anderen ein Bild von sich zu sehen, das einem nicht gefiel. Weil man unsicher war, Blödsinn redete, nicht hübsch genug war, nicht klug genug, zu klug, einfach nur falsch, während er nach der Richtigen suchte und für einen selbst so verdammt richtig war.

Die erste Verabredung war die einzige Chance. Alles oder nichts. Deshalb hatte sie ihn gegoogelt, sobald sie auf den Archehof zurückgekehrt war.

»Was machst du da?«

Sie hatte sich unter den Schatten der Kastanie gesetzt, während Paul, Bärbel und Stephanie im Stall die Alpakas versorgten. Schon war Bobby bei ihr. »Darf ich auch mal?« Ohne auf ihre Antwort zu warten, griff er nach dem Smartphone.

»Nein, Bobby, das darfst du nicht.«

»Wer ist der Mann?«

»Niemand!«

»Niemand so wie keiner, liebe Mary?«

»Genau so, Bobby.« Wie er vor ihr stand mit den etwas zu kurzen Armen und Beinen, dem durch und durch freundlichen Gesicht und seinem Lächeln, das, so zumindest erschien es Maria, ebenso ewig war wie das der Alpakas. Sie konnte nicht anders. Sie lächelte zurück und widmete es dem Text, der unter Florians Foto aufblitzte: *Florian Wieser Bauunternehmung GmbH. Wieserbau bedeutet Beständigkeit, Erfahrung und einen Qualitätsanspruch, der nachhaltig gelebt wird. Wir bieten: Zuverlässigkeit, Ehrlichkeit, Vertrauenswürdigkeit und Respekt.*

Bobby plauderte indessen fröhlich weiter. »Also niemand wie keiner, nicht einer, keine Menschenseele.«

»Bobby, bitte!« Ein sympathisches Foto von Florian Wieser. Maria machte einen Screenshot.

Bobby hatte seine Überlegung noch nicht beendet. »Also, wenn da niemand ist, herzallerliebste Mary, nur eine Seele ohne Mensch, warum schaut dann der Mann aus wie der, den Papa und Oma Bärbel nicht leiden können?«

Maria wollte nachhaken, weshalb Henri Sonnenschein und Bärbel Hartmann so gegen Florian Wieser eingestellt waren, auch wenn sie dem keine besondere Bedeutung zumaß, aber da rief Bärbel nach Bobby. Er solle sich um Misti kümmern, das sei schließlich seine Aufgabe. Bobby umarmte Maria, drückte ihr einen feuchten Kuss auf die Wange und lief, nein, er tanzte davon. Maria sah ihm nach, ohne zu bemerken, dass sie erneut lächelte. Nicht von der Art, wie man normalerweise lächelte. Es war ein Lächeln, das einen herausnahm aus der Gegenwart.

Maria bemerkte es, gab dieses Lächeln dem Irgendwo zurück, aus dem es gekommen war.

Sie konzentrierte sich wieder auf Florian Wieser, den sie in Gedanken ab sofort nur noch Florian nannte. Sein letztes Projekt war ein Industriegebiet in der Nähe von Truchtlaching. Sie googelte auch das, überlegte, dass es eine coole Sache wäre, ihn als Bankkunden zu gewinnen, und stieß darunter auf einen positiven Zeitungsbericht über Florian Wieser.

Maria hatte nicht länger gezögert, unter seiner Büronummer angerufen, sich von seiner Sekretärin nicht abwimmeln lassen, sogar ihre Stellung in der Bank genutzt, und schon Sekunden später war Florian am Apparat.

In dem Moment, in dem sie seine Stimme hörte, wurde ihr bewusst, dass er tatsächlich der erste Mann war, den sie – privat – zuerst angerufen hatte. Sonst war sie da eher altmodisch. Es war nicht die Sache der Frau, den Mann zu umwerben, sondern umgekehrt. Allerdings hatte er auch nicht ihre Telefonnummer, somit war alles okay.

Äußerlich blieb sie ruhig, während sie innen drin das Gefühl hatte, jede einzelne Zelle sei aus den Fugen geraten, somit auf der Flucht – und das auch noch in völlig unterschiedliche Richtungen.

Betont locker erkundigte sie sich nach dem Fischrestaurant, das er ihr empfohlen hatte. Er nannte ihr die Adresse und half ihr dann mit keiner einzigen Silbe weiter. Keine Frage, wann sie gehen wolle, ob er sie einladen dürfe, nichts dergleichen, sondern nur Schweigen, das sich so in die Länge zog, dass sie es nicht länger aushielt, sich bedankte, ihm einen schönen Abend wünschte und auflegte.

Eine Sekunde später rief er an, fragte sie, ob er sie ins *Seeblick* einladen dürfe, amüsierte sich köstlich, dass er sie mit dem unerwarteten Anruf und der Frage endgültig aus dem Konzept brachte, sie verabredeten sich für neunzehn Uhr, wobei Maria Bärbels wegen darauf verzichtete, von Florian abgeholt zu werden, und behauptete, sich mit einer Freundin aus Kindertagen treffen zu wollen. Bärbel hatte ihr geglaubt, und für den Bruchteil einer Sekunde hatte Maria sich ihrer Lüge wegen geschämt.

»Ich komme direkt hin, Herr Wieser.«

»Aber wenn Sie fahren, dürfen Sie nichts trinken. Und bitte Flori.«

»Flori?«

»So nennen mich alle. Herr Wieser ist rein geschäftlich, und bei Florian habe ich immer das Gefühl, etwas angestellt zu haben.«

»Klingt nach strengen Eltern.« Er ging nicht darauf ein. Sie waren sich ähnlich. Mochten nicht, wenn ein Fremder zu schnell zu nahe kam. »Okay, Flori, und ein Glas Wein geht immer.«

»Okay, Maria, dann bis später!«

Die Uhrzeit hatte er nicht wiederholt, und jetzt wünschte sie, er hätte es, denn inzwischen war es zwanzig Uhr, und von Florian Wieser war noch immer weit und breit nichts zu sehen. *Also doch ein Keinniemand,* hätte Bobby vermutlich gesagt und ihr vielleicht erklärt, dass es zwar die Seele ohne Mensch gab, aber keinen Menschen, wenn die Seele fehlte.

Wie auch immer. Bis jetzt hatte sie Mineralwasser getrunken. Dann wurde der mitfühlend fragende Blick der älteren, etwas rundlichen Bedienung im Dirndl und mit gemütlichem Gesicht intensiver, Maria reichte es, und so wurde aus dem Mineralwasser ein Pinot Grigio, an dem sie jedoch nur ganz vorsichtig nippte, um *Flori* noch ein wenig Zeit zu lassen.

»Sie warten immer noch mit dem Essen?« Das Bedauern der Bedienung nahm zu.

»Ja, ich warte noch.« Die Bedienung wollte schon wieder gehen, doch da entschied Maria, Florian Wieser nun doch unter den Karteileichen abzulegen, weil das Stichwort *Interessanter Mann* offenbar keinem tatsächlichen Vorgang mehr entsprach oder, anders ausgedrückt, Florian Wieser kein aktives Mitglied mehr in ihrer Organisation *Suche nach dem Richtigen* war. Jemanden warten zu lassen war ein No-Go, und ihre Telefonnummer hatte er inzwischen.

»Bringen Sie mir bitte die Speisekarte …« Ihre Stimme klang ebenso entschieden wie verärgert, und sie fragte sich, welcher Teufel sie ritt, nicht schon längst gegangen zu sein. Aber jetzt war sie da, hatte Hunger und wollte, dass zumindest ihr Magen den Abend genoss.

»Sie sind schon da, das freut mich!« Wie lässig er wie aus dem Nichts vor ihr stand. Offenbar eine seiner bevorzugten Verhaltensweisen. In Jeans, weißem Hemd und Sneakers, die aussahen, als hätten sie ein Vermögen gekostet. Keine Spur von schlechtem Gewissen.

»Seit fast einer Stunde.« Ihre Stimme blieb knapp.

Ebenso die der Bedienung. »Für Sie auch die Karte, Herr Wieser?« Offenbar kam er öfter hierher. Allein oder …

Maria verfolgte den Gedanken nicht länger, Florian nickte, ohne die Bedienung anzusehen, blieb mit den Augen bei Maria, während sich die Bedienung zurückzog. »Ich hoffe, dass Sie schon so lange hier sind, war der Vorfreude geschuldet und nicht dem Chaos auf dem Archehof?«

»Es war der Tatsache geschuldet, dass ich ein pünktlicher Mensch bin.«

Seine Verblüffung war echt: »Wir waren um zwanzig Uhr verabredet.«

»Neunzehn Uhr.«

»Zwanzig Uhr. Mir würde nie im Traum einfallen, Sie warten zu lassen.«

»Und doch bin ich sicher«, sie lachte verhalten auf, »es war neunzehn Uhr.«

»Zwanzig Uhr.« Er lächelte, aber etwas in seiner Stimme ließ keinen Widerspruch mehr zu, er winkte der Bedienung, bestellte eine Flasche Château Pichon Longueville, Lalande 2ème Grand Cru Classé Pauillac, von der Maria gesehen hatte, dass sie über zweihundert Euro kostete. Sie wollte noch protestieren, aber da bat Florian die Bedienung schon, den Pino Grigio mitzunehmen. »Jetzt trinken wir einen Spitzenwein.«

»Selbstverständlich, Herr Wieser.«

»Danke, Rosi!« Es war das erste Mal, dass er die Bedienung wirklich beachtete.

Maria dagegen fühlte Ärger in sich aufsteigen, der nicht zu dem schönen Abend passte. »Ich werde gern gefragt …«

»Sie mögen keinen Château Pichon Longueville, Lalande 2ème Grand Cru Classé Pauillac?« Zutiefst betroffen sah er sie an, in seiner Stimme lag jedoch ein Lachen. Er zog sie auf. Maria wurde unsicher.

»Ich hab ihn noch nicht probiert, ich weiß nicht …«

»Dann ist doch alles in Ordnung. Sie dürfen nur ein Glas Wein trinken? Dann eben nur den besten.«

»Ihnen ist die Promillegrenze offensichtlich egal.«

»Och, ich habe gute Kontakte zur Polizei.« Sie wusste nicht, was ihre Mimik in diesem Moment widerspiegelte, aber dieses Mal lag in seiner Stimme nicht nur Lachen, er lachte so laut und so vergnügt aus sich heraus wie ein kleiner Junge, dem ein Streich gelungen war. »Ich bin mit dem Taxi gekommen.«

Sie konnte nicht anders, ihr Herz öffnete sich, nahm ihn in Empfang mit seinem Lachen, seiner Stimme, seinen blitzenden Augen, mit all dem, was ihn ausmachte, dem Hinken und seinem frechen, herausfordernden und auch leicht übergriffigen Wesen, das er in der nächsten Sekunde erneut an den Tag legte, als er ihr die Speisekarte aus der Hand nehmen wollte. Nicht noch mal. Nicht mit ihr.

Sie war entschlossen, zumindest diesen Kampf zu gewinnen. Ein kurzes Gerangel, dann hatte sie die Speisekarte zurückerobert, bat die Bedienung, eine zweite zu bringen, und lächelte Florian charmant an. »Zumindest das, was ich essen will, suche ich mir ganz allein aus.«

»*Touché*.« Seine Augen blieben vergnügt. Und jetzt bemerkte Maria, dass sie nicht die Einzige war, der Florian gefiel. Immer wieder verstohlene Blicke von Frauen, mit und ohne Begleitung. Florian ignorierte sie, und Maria kam sich, auch wenn sie es albern fand, wie etwas Besonderes vor. Im leisen Wind und Abendlicht. Auf einen Thron gesetzt und gesehen. Wirklich gesehen. In diesem Moment hätte Florian alles von ihr haben können oder zumindest – Maria rückte sich wieder zurecht – fast alles.

Sie bestellten. Maria entschied sich für eine Chiemseerenke Müllerin Art in Butter gebraten, mit Schmortomaten, Buttermandeln und Petersilienkartoffeln, obwohl Florian ihr die hausgemachte Bouillabaisse mit Sauce Rouille empfohlen hatte, für die sie sich auch entschieden hätte, wäre er noch später oder gar nicht gekommen. Er nahm die Bouillabaisse.

Maria verlor sich erneut für einen Moment im See. Kein Segel, kein Boot. Stattdessen Seeflimmern wie tausend Monde, sich widerspiegelnd im stillen Wasser. Florian folgte ihrem Blick, und Maria wurde bewusst, dass sie den Mann ihr gegenüber nicht kannte, dass er ihr völlig fremd war, sie vor allem aber verwirrte. Bei keinem anderen Mann hätte sie dieses Verhalten geduldet. Aber sie war neugierig, ihr Herz klopfte, und der Abendwind ließ sie im Stich bei der inneren Hitze, die sie fühlte.

Maria hasste es, wenn das Herz dem Verstand das Steuer aus der Hand nahm.

»Warum haben Sie nicht schon vorher angerufen?«, holte er sie aus ihren Gedanken zurück. »Privat und nicht im Büro?« Diese blauen Augen, die in ihr Melodien wachriefen, die sie schon lange nicht mehr in sich gehört hatte. *My heart will go on*, *unchained melody*, das Lieblingslied ihrer Mutter, *I just called to say I love you* … Sie unterbrach sich selbst, ehe sie in Gefühlen versank.

»Ich hab die Visitenkarte irrtümlich weggeworfen …«

»Wir sollten nicht mit einer Lüge beginnen.« Sein Lächeln blieb warm, aber Maria war irritiert. Was bildete sich dieser Mann ein, dass sie seine Visitenkarte umrahmte und auf ein Podest stellte?

»Sie sind ganz schön arrogant.«

»Nur ehrlich! Und verletzt, wenn Sie sie tatsächlich weggeworfen haben.« Er hatte dieses Lächeln, dem man alles verzieh.

»Natürlich nicht.«

Die Bedienung brachte den Wein. Florian probierte, befand ihn für gut, die Bedienung schenkte ein, zog sich zurück, Florian fuhr fort: »Ich kann mir kaum vorstellen, dass Sie nicht genau überlegen, wem Sie Namen, Adresse und Telefonnummer anvertrauen.«

»Selbstverständlich überlege ich.«

»Deshalb hab ich Ihre ja auch nicht bekommen.«

Neckte er sie? Spielte er schon wieder mit ihr? Maria zog sich hinter die Professionalität zurück. »Es war ein Versehen. Ich wollte sie nicht wegwerfen … ach was, wollen wir jetzt den ganzen Abend darüber reden?« Ganz konnte sie die Ironie nicht verhindern.

»Wo wir doch über Sie sprechen wollten. Sie hatten ja schon angedeutet, dass es so einiges über Sie herauszufinden gibt. Und das ist eben der Anfang …«

Er beugte sich über den Tisch zu ihr, so nah, dass sie seinen Atem wie den Wind fühlen konnte, mit all seinen Träumen, der Sehnsucht, weggetragen zu werden.

»Wer bist du?« Er kam noch näher.

»Ach, das mit dem Über-mich-Herausfinden war nur …« Jetzt wurde sie auch noch rot. Verdammt.

»Jetzt sag nicht, dass es für mich nichts über dich herauszufinden gibt, Maria.« Er lachte wieder dieses gewinnende Lachen, und Maria konnte sich nicht erinnern, wann sie jemals einen Mann getroffen hatte, der eine so erotische Ausstrahlung auf sie gehabt hatte. Allein schon, wie er ihren Namen aussprach. *Maria. Unchained melody.* Auch sie war entfesselt. *Oh, my love, my darling. I've hungered for your touch. A long, lonely time. Time goes by so slowly.*

Sie schluckte die aufsteigenden Gefühle weg. Doch Sehnsucht war hartnäckig.

Es war nicht nur sein braun gebrannter, durchtrainierter Körper, wie man durch das weiße T-Shirt deutlich sehen konnte. Der Mund schön geschwungen, die Lippen vielleicht etwas schmal, aber sinnlich, und er hatte etwas Verletzliches an sich, das ein eigenartiges Gefühl in ihr auslöste. Wieder besonders zu sein. So, als sei allein sie diejenige, die in der Lage war, hinter seinen selbstsicheren Charme, seine Arroganz zu blicken. Und als spürte er, dass sie spürte, wiederholte er jetzt mit einer Stimme, die Gott hundertprozentig an einem Sonntag für ihn ausgesucht hatte: »Wer bist du?«

»Maria Popp aus München, arbeite bei einer Bank im Geschäftskundenbereich ...«

»Verheiratet, Kinder ...«

»Sie denken wirklich, dann wäre ich hier?«

»Ja.« Das Ja kam so selbstverständlich, dass sie am liebsten aufgestanden und gegangen wäre, aber ausgerechnet jetzt wurden Chiemseerenke und Bouillabaisse serviert. Maria wäre aber auch nicht wirklich gegangen. Sie war nicht mehr nur neugierig. Sie war fasziniert. So einen Mann, der sie wütend machte, traurig und sehnsüchtig, aber auch irgendwie glücklich fühlen ließ, so einen Mann hatte sie noch nie kennengelernt.

»Ich weiß nicht, welche Frauen Sie ...«

»Du ...«

»... du sonst triffst, aber ich ...«

»Schon kapiert. Die große Ausnahme.« Er lachte wieder, und jetzt fiel ihr ein, an wen er sie erinnerte, an den jungen Alain Delon. Eisvogelaugen, hinreißende Fröhlichkeit, aber auch den Hauch von *Bad Boy*. Das zog sie an und stieß sie gleichzeitig ab. Er war Bauunternehmer, also kein Krimineller, sondern seriös.

»Klingt so, als hättest du mit Frauen keine so guten Erfahrungen gemacht.«

»Klingt das so?« Mehr kam von ihm dazu nicht.

Noch fiel Maria nicht auf, dass er kaum etwas von sich preisgab, aber geradezu begierig war, alles von ihr zu erfahren. Und so erzählte sie von Paul Hartmann und seinem Auftritt mit Bobby, Stephanie und Happy in ihrem Büro, von Henri Sonnenschein, aber nicht von seinen finanziellen Problemen, nur dass sie ihn als Geschäftskunden betreute, kam irgendwann bei Aaron, ihrer Trennung und dem Verlust des Babys an, er hörte zu, tröstete sie, ermutigte sie, neckte sie, bewunderte sie, zog jedes Register, und am Ende des Abends musste Maria zugeben, dass sie sich schon lange nicht mehr so gut, so satt und vor allem lebendig gefühlt hatte.

Egal, was sie erzählt hatte, Florian hatte zugehört, Fragen gestellt, hatte sie kennenlernen wollen.

Und es gab diesen klitzekleinen Moment, in dem ihr bewusst wurde, dass hinter seiner etwas übertriebenen Selbstsicherheit, um nicht zu sagen Übergriffigkeit, etwas anderes versteckt war. Unsicherheit. Verletzlichkeit. Das wurde ihr klar, als sie ihn fragte, weshalb er das rechte Bein nachzog.

Eine einfache Frage, und doch brachte sie ihn aus dem Konzept. Seine Augen irrten umher, als hätten sie jeden Halt verloren, und es dauerte, bis sie zur Ruhe kamen und er die Sprache wiederfand.

»Polio.«

»Kinderlähmung? Ist die bei uns nicht ausgestorben?«

»Nigeria. Mein Vater war Diplomat.«

Wie auch immer Florian Wieser war. Sie wollte mehr von ihm. Auch irgendwann erfahren, weshalb seine Eltern ihn nicht dagegen geimpft hatten.

Sie redete viel.

Er redete wenig.

Das Thema Kinderlähmung wurde nicht mehr erwähnt.

Er versprach, sich zu melden.

Sie verabschiedeten sich.

Ohne Kuss.

Sie ging zu ihrem Auto.

Er zu dem Taxi, das schon auf ihn wartete.

Gegen Mitternacht kam sie am Archehof an, für den Bärbel ihr den Schlüssel überlassen hatte. »Wenn Sie Ihre Freundin so lange nicht mehr gesehen haben, wird es sicher später …«

Diese Wärme in ihrer Stimme. Dieses Mütterliche. »Einen wunderschönen Abend, passen Sie gut auf sich auf.« Wie sehr sie es vermisste. Ein wenig schämte sie sich, dass sie Bärbel belogen hatte. Wie früher, wenn sie mit ihrer Mutter die Auseinandersetzung vermeiden wollte, weil sie den falschen Mann traf. Den falschen Mann in den Augen ihrer Mutter, nur, wenn sie ehrlich war, hatte die Mutter meistens recht gehabt, aber eben nur meistens. Nun, auch in dieser Hinsicht war sie erwachsen geworden. Sie konnte beurteilen, mit wem sie sich abgab und mit wem nicht.

Maria betrat das Zimmer. Paul hatte es ihr zur Verfügung gestellt. Das Zimmer mit Schlafcouch, zu der er manchmal, wie er lachend schilderte, Zuflucht nahm, wenn Bärbel zu laut schnarchte. Diese Aussage wiederum hatte Bärbel heftig bestritten, die beiden hatten sich scherzend gekabbelt, und Maria hatte sie beneidet. Um das, wer sie waren, und vor allem um das, was sie aneinander hatten. Bobby hatte dann den Globus angeknipst, der so wunderbar von innen heraus leuchtete, und ihr gezeigt, woher die Sesay-Kumaras und die Alpakas kamen. Dann hatte er Marias rosafarbene Puschelpommelpantoffel, kurz Ppps, entdeckt, war hineingeschlüpft und damit durch das Zimmer marschiert.

Maria musste unwillkürlich lächeln, als sie jetzt, ihre High Heels endlich losgeworden, die schmerzenden Füße auf dem Schreibtischstuhl sitzend massierte, um gleich ebenfalls in ihre Ppps zu schlüpfen, was schon ein wenig wie Nachhausekommen war. Aber erst als sie das Deckenlicht löschen wollte, um Bobbys Globus zum Leuchten zu bringen, fiel ihr Blick auf zwei Dinge. Ein Schokoherz auf dem Kopfkissen – und dass es sich schon jemand auf der Schlafcouch gemütlich gemacht zu haben schien. Zumindest war die Decke seltsam nach oben gewölbt. Bobby, war ihr erster Gedanke, sie zog die Decke weg … Nicht Bobby, es war Misti, der sie mit seinen dunklen Alpakaaugen und mit großer Unschuld ansah.

24

Misti, raus aus meinem Bett!«

Seit zehn Minuten schon versuchte Maria, Misti dazu zu bewegen, ihr Bett zu verlassen. Misti sah Maria nur groß an. Klappte jedes Mal, wenn sie ihn zum Stehen brachte, die Streichholzbeine wieder ein, ordnete sie unter seinem Bäuchlein, streckte den langen Hals nach vorn und schloss mit einem klitzekleinen Summen selig die Augen.

Was tun? Dazulegen? Sich an Misti kuscheln wie an ein Stofftier? Selbst wenn sie nicht augenblicklich die Bilder von Ungeziefer, Bakterien und Pilzen vor Augen gehabt hätte, die sich trotz hervorragender Pflege möglicherweise in seine dicke Wolle eingenistet haben könnten, war da vor allem noch die Platzfrage. Mit einem Misti im Bett blieb für einen Menschen kaum noch Platz.

Bobby wecken? Doch es war kurz vor Mitternacht. Außerdem, so wie sie Bobby kannte, würde das Wecken nicht unbemerkt bleiben. Also nahm Maria all ihren Mut zusammen, redete sich ein, dass Misti zu klein und unschuldig war, um schon Opfer von Ungeziefer und Bakterien zu werden, holte tief Luft, sammelte all ihre Kräfte, schnappte sich Misti, ehe ihm noch bewusst wurde, was sie da tat, hob ihn aus dem Bett, wollte ihn auf den Boden stellen, doch die Beinchen knickten wieder ein, und Misti lag flach. Diesmal war nichts Seliges mehr in seinem dunklen Blick, sondern pure Panik. Maria konnte nicht anders, als sich neben ihn zu setzen, ihn behutsam zu streicheln, aber nur an den Stellen, an denen ein Alpaka gern gestreichelt wird.

»Misti, du gehörst in den Stall, deine Mama vermisst dich sicher schon.« Misti schloss die Augen und schlief augenblicklich wieder ein. Nun hätte Maria die Situation durchaus so belassen und sich einen anderen Schlafplatz suchen können, aber sie hatte nun einmal entschieden, Misti dahin zu bringen, wo er hingehörte: zurück in den Stall.

Nur sosehr sie auch *Misti, Misti* flüsterte, bettelte, schimpfte, bat, Misti rührte sich nicht vom Fleck. Maria blieb nichts anderes übrig, als ihn nun doch zu tragen und damit eine ganz neue Tierform zu erschaffen, wie ihr ein kurzer Blick in den Spiegel verriet, der neben der Tür angebracht war. Aus ihnen war ein Alpaka auf menschlichen Beinen mit Füßen in Puschelpommelpantoffeln geworden, wobei sich diese seltene Form der Symbiose in dem Augenblick auflöste, als Maria Misti die Treppe hinuntertragen wollte und Misti ihr mit einem panikähnlichen Aufschrei entkam.

Maria blieb stehen. Darauf gefasst, dass in der nächsten Sekunde sämtliche Schlaf- und Kinderzimmertüren aufgerissen und sie und Misti zum Mittelpunkt eines Mitmachtheaters werden würden. Doch da war nichts als Stille. Die Bewohner des Archehofs schienen einen sehr guten Schlaf zu haben.

Misti klappte am Fuß der Treppe erneut die Beinchen unter sich ein, behielt die Augen jedoch offen.

Maria watschelte in ihren Ppps nun ebenfalls die Stufen hinunter, pirschte sich an Misti heran. Auge in Auge. Sie beobachtete ihn. Er beobachtete sie. Zentimeter um Zentimeter baute sie den Abstand zwischen ihnen ab. Dann, Misti konnte gar nicht wieder so schnell auf die Beine kommen, und vielleicht hatte er Marias Todesmut auch nicht erwartet, jedenfalls machte Maria einen Sprung, die Pantoffeln schleuderten quer durch den Flur, und hing nicht nur an Mistis Hals, sondern lag neben ihm flach.

Und so lag sie da, darüber nachdenkend, wie das Ganze nun weiterging. Bis zum Morgen in dieser Stellung verharren, den Vögeln beim ersten Zwitschern zuhören, durch die Scheibe der Eingangstür der Sonne zusehen, wie sie allmählich das Tageslicht anknipste, zu lauschen, wann an einem Samstag der Archehof aufzustehen gedachte, sollte das tatsächlich das etwas unrühmliche Ende dieses fantastischen Abends sein?

Wobei sie tröstete, dass die Alpakas versorgt werden mussten, und das vermutlich nicht zu spät. Eine Person also würde sich zu früher Stunde aus dem Bett quälen müssen.

Andererseits konnte sie Misti auch sich selbst überlassen und davon ausgehen, dass alles gut ging. Aber Misti war noch ein Baby, und was einem Alpakakind so einfiel, wenn es ohne Aufsicht war, dafür hatte Maria keinerlei Erfahrungswerte.

Da gab es Stolperspielzeug im Haus, das überall herumlag. Da gab es Steckdosen, die vielleicht nicht so freundlich zu Misti waren, wenn er neugierig versuchte, sein Lächeln hineinzustecken, um die beiden winzigen Löcher genauer zu untersuchen. Oder irgendwelche Kabel, an denen man mal knabbern konnte.

Also, was tun? In diesem Moment fiel ihr auf, dass die Wohnzimmertür nicht nur einen Spalt geöffnet war, sondern dort auch Licht brannte. Möglicherweise war noch jemand wach. Nur, wenn jemand wach war, hatte der doch zumindest das eine oder andere Geräusch gehört. Also, wenn es jemand mitbekommen hatte und nicht reagierte, kam dafür nur eine Person infrage.

»Herr Sonnenschein!« Sie rief nicht allzu laut. Mistis kleiner Körper unter ihr hob und senkte sich. »Henri!«

Und tatsächlich, es bewegte sich etwas, der Türspalt wurde breiter, und Henri Sonnenschein in Schlafshorts und T-Shirt stand mit einem Whiskeyglas in der Hand und – Pantoffeln, allerdings ohne Puscheln – vor ihr.

»Ach, Sie waren das.« Er schien nicht einmal verwundert darüber, dass sie Arm in Arm mit Misti auf dem Boden lag. »Holen Sie sich ein Stofftier, wenn Sie was zum Kuscheln brauchen.«

»Ha, ha. Ich nehme an, den gleichen Gedanken hatte Ihr Sohn, nur, dass er sich für etwas sehr Lebendiges entschieden hat.«

War da ein klitzekleines, amüsiertes Aufblitzen in Henris Augen? »Zumindest Bobbys Herz scheinen Sie gewonnen zu haben, wenn er Ihnen Misti anvertraut. Und jetzt?«

»Jetzt wäre es nett, wenn es Ihnen irgendwie gelänge, Misti festzuhalten, während ich aufstehe. Dann könnten wir ihn gemeinsam zurück in den Stall bringen.«

»Okay!« Henri schlurfte etwas unwillig zurück ins Wohnzimmer, und es dauerte eine gefühlte Ewigkeit, bis er ohne Whiskeyglas zurückkam, sich feste Schuhe anzog, dabei die Schnürsenkel doppelt band, sich vor ihr aufbaute und brummte: »Stehen Sie endlich auf, sonst wird das nie was.«

»Sie müssen aber schnell reagieren, sonst geht das Ganze von vorn los.«

»Jetzt stehen Sie schon auf!«

Maria hoffte, dass Henri wusste, was zu tun war, rappelte sich ebenso auf wie Misti, der sichtlich verwirrt keine Anstalten machte fortzulaufen. Henri hob ihn wortlos auf und trug ihn aus dem Haus.

Maria lief barfuß hinterher bis in den Stall, in dem vor allem Suri schon völlig aufgelöst nach ihrem Jungen gesucht hatte. Aber auch Happy, Jason, Francis, die trächtige Bella Donna, und wie sie alle hießen, scharten sich aufgeregt um Misti.

Henri schloss das Gatter, blieb aber im Außenbereich des Stalls. Irgendetwas schien ihn zu bewegen.

Und auch Maria blieb nicht unberührt von dem Frieden, der sich in dem zur Weide hin offenen Stall ausbreitete. Ein sanftes Pusten von Happy, dann legte sich auch Happy zu den anderen, beschienen von sanftem Mondlicht, als käme es weit her aus dem Land der sagenumwobenen Götter der Inkas, herabgestiegen von den Hochebenen Perus, der Heimat der Alpakas.

Es war ein magischer Moment. Vor allem die Veränderung in Henris Gesicht. Lag es am sanften Licht oder an der Ruhe, die die Alpakas ausstrahlten? Es erschien ihr weicher. Verletzlich.

Er war nicht so attraktiv wie Florian, aber da war etwas an ihm. Sie hatte Ellas Fotos auf dem Kaminsims im Wohnzimmer gesehen. Diese hübsche, aus sich heraus strahlende Frau – Stephanie sah ihr ähnlich –, niemals hätte Ella einen ungehobelten, verantwortungslosen Mann geheiratet, der sich lieber unter der Decke versteckte, als sich helfen zu lassen und dadurch wieder für seine Kinder da zu sein. Hinter Henri gab es noch einen Henri, der es wert war, entdeckt zu werden. Zumindest als Freund. Das fühlte sie in diesem Moment ganz genau. Und dieser Henri konnte lieben. So sehr, dass der Abschied von Ella nicht nur ein Moment für ihn, sondern eine lange Reise war. In Maria zog sich alles zusammen. Nur ein Mal so geliebt zu werden. Vielleicht war das sogar einen frühen Tod wert.

Der Gedanke war absurd, aber womöglich drückte er wie kein anderer aus, wie einsam sie sich seit Jahren fühlte.

»Lassen Sie mich bitte allein!«

Sie hatte Henris Bitte erwartet, ehe er sie ausgesprochen hatte. Es war schön, zumindest kurz die Fähigkeit zu haben, in einem anderen zu lesen. In Henri zu lesen. Sie nickte und ließ ihn ohne ein weiteres Wort allein.

Es war an der Zeit zu duschen. Befürchtungen, irgendjemanden im Haus zu stören, machte sie sich keine mehr. Hier wurde gut geschlafen. Wenn sie an ihre eigenen gedankenschweren Nächte mit offenen Augen dachte, beneidete sie die Bewohner zumindest darum.

Das lauwarme Wasser tat gut. Was für ein Abend. Hatte sie in den letzten Jahren den Eindruck eines eher inhaltsleeren Lebens gehabt, so war es zumindest an diesem Abend übervoll gewesen. Und Misti hatte dem Ganzen die Krone aufgesetzt.

Maria konnte nicht anders, sie lachte laut heraus, jetzt, da alles gut ausgegangen war. Dann lauschte sie erschrocken. Nein, außer ihr und Henri war offenbar niemand wach. Vielleicht benutzten die Erwachsenen Ohrstöpsel, und Kinder hatten ja meist einen guten Schlaf.

Maria seifte sich gründlich mit ihrem antiseptischen Duschgel ein, duschte und trocknete sich ab, schlüpfte in Jogginghose und T-Shirt, kehrte ins Wohnzimmer zurück, um Henri zu fragen, wo es in diesem Haus Bettwäsche gab, damit sie ihr Bett frisch überziehen konnte.

Henri war an seinen Platz am Kamin mit Ellas Fotos zurückgekehrt, sinnierte mit dem Whiskeyglas in der Hand, von dem sie nicht wusste, ob er das erste schon ausgetrunken oder noch kaum einen Schluck vom ersten Glas genommen hatte.

»Entschuldigen Sie, dass ich schon wieder da bin.« Verdammt noch mal. Er verunsicherte sie. »Ich will auch nicht lange stören.« Keine Antwort. Dennoch versuchte sie es erneut. »Ich suche frische Bettwäsche.«

Henri starrte weiter in sein Whiskeyglas. Aber er begann zu reden.

»Kennen Sie dieses Gefühl? Jemanden zu sehen und zu denken, in all der Zeit, in der ich jede Stunde, jede Minute, jede Sekunde verschwendet habe an irgendwelche Ideen, vermeintliche Erfolge, an Frauen, die trotz allem irgendwie fremd geblieben sind, habe ich nur auf dich gewartet. Darauf gewartet, dich zu treffen. So viel verschwendete Zeit. So viele verschwendete Jahre. Kennen Sie das Gefühl?«

Marias Blick ging zu Ellas Fotos. Mit Henri. Ohne Henri. Den Kindern. Ohne die Kinder. Mit allen Bewohnern des Archehofs. Den Alpakas und am Ende – allein.

»Nein.« Die Antwort kam spontan, obwohl Maria nach dem Abend mit Florian eher das Gegenteil hätte sagen müssen.

»Nein?« Verwundert sah er sie an. Auch er hatte hübsche Augen. Der Abend der hübschen Männeraugen. Allerdings war es jetzt schon nach Mitternacht und Henris Blick so, als habe er etwas verloren.

»Nein. Ich verstehe Ihre Trauer, aber ich fürchte, Sie steigern sich da auch in irgendwas rein.«

»Das denken Sie?«

»Das denke ich. Morgen würde ich gern mit Ihnen über einen Businessplan reden. Ich möchte etwas in der Hand haben, wenn ich am Montag zu den Kreditgöttern gehe.«

Er hob den Kopf. Ein kaum wahrnehmbares Lächeln umspielte seinen Mund. Wie anziehend er sein konnte. »Kreditgötter?«

»Ich bin dagegen nur ein ganz kleines Licht.«

»Schade eigentlich. Kleine Lichter verlöschen. Götter haben die Macht.« Das Lächeln war weg. Die Stimme spöttisch.

»Der Businessplan. Morgen.« Ihr war nicht danach, sich erneut von ihm beleidigen zu lassen. Sie wandte sich schon zum Gehen, da fuhr er fort, als habe er ihren letzten Satz nicht gehört.

»Das tut mir leid.«

»Was tut Ihnen leid?« Sie blieb stehen.

»Dass Sie noch nie einem Menschen begegnet sind wie ich meiner Ella. Dass Sie vielleicht noch nicht mal richtig geliebt haben.«

Sie drehte sich wieder langsam um.

Sie konnte es nicht fassen. Da redete der Typ zum ersten Mal mehr als zwei, drei Sätze mit ihr, nur um ihr zu unterstellen, dass sie nicht wüsste, was Liebe war. Am liebsten hätte sie ihm eine Ohrfeige verpasst. Nur ihre gute Erziehung hielt sie zurück, ebenso wie die Neugier sie am Gehen hinderte.

Zum ersten Mal hatte Henri Sonnenschein gesprochen. Nicht nur Worte aneinandergefügt.

Henri fuhr fort: »Ella war da, und ich war trotzdem nicht glücklich …«

Maria horchte auf. »Gerade erzählen Sie mir, dass Sie nur auf eine Frau wie Ella gewartet haben? Und jetzt sagen Sie, Sie waren trotzdem nicht glücklich. Wegen Bobby?«

»Oh nein! Nicht seinetwegen. Natürlich war es zunächst nicht einfach zu akzeptieren, dass das eigene Kind behindert ist. Aber Sie erleben ihn doch. Es geht ihm gut und uns mit ihm auch.« Wieder ein Nippen am Whiskeyglas, immer noch kein Gedanke, ihr einen Platz anzubieten. »Ich hab Angst bekommen.«

»Wovor, um Himmels willen?«

»Dieses Glück wieder zu verlieren, sobald ich es anerkenne.«

Oh, das verstand sie. Und wie gut sie das verstand.

»Darum haben Sie es nicht genießen können?«

»Manchmal. Aber gerade, wenn es besonders schön war …« Seine Hände spielten mit dem Glas, und zum ersten Mal bemerkte sie, wie schön sie waren, lange, sensible Finger, und sie erinnerte sich an den kurzen wohligen Moment, als er beim Reißverschlusszuziehen ihren Nacken berührt hatte. Sie schüttelte die Erinnerung rasch ab.

»Wenn es mit uns besonders schön war, kam sogleich wieder die Angst. Nicht der Götter wegen, die einem das Geld abknöpfen wollen, die anderen Götter. Die mit uns Menschen spielen und im Grund nur neidisch sind.«

»Sie konnten ihre Liebe nicht genießen? Wie traurig.« Jetzt setzte sich Maria, ob es ihm recht war oder auch nicht.

»Heute denke ich, alles, was wir getan haben, uns verliebt, geheiratet, Kinder bekommen, das hier aufgebaut, ihr Traum, mein Traum, in der ganzen Zeit habe ich nur darauf gewartet, dass es so weit ist …«

»Was so weit ist …«

»Dass sie wieder geht. Ich habe gefühlt, dass sie nicht gekommen ist, um zu bleiben. Dass sie nur gekommen ist, um wieder zu gehen. Und ich glaube, sie hat es auch gefühlt. Glauben Sie, dass Menschen fühlen, wenn ihre Zeit nur kurz ist? Dass sie deshalb alles in sich hineinstopfen, als wüssten sie, dass es für sehr lange Zeit nichts mehr gibt? Deshalb sehr intensiv leben?«

»Wenn es um intensives Leben geht, müsste ich hundert Jahre alt werden.« Das war daneben. Ein kurzer, scheuer Blick auf sein Gesicht, doch er wollte gar nicht zuhören. Er wollte reden. Überging die Traurigkeit ihrer Aussage, die ihr selbst erst richtig bewusst wurde.

»Ich habe es zu verhindern versucht, mit allem, was mir zur Verfügung steht. Ich habe auf Ella aufgepasst, sie manchmal auch kontrolliert, aber nicht, um sie zu kontrollieren, sondern aus Angst. Angst, sie zu verlieren. Es gab Momente, da bin ich fast wahnsinnig geworden vor Liebe.«

»Das, verzeihen Sie, aber das klingt nicht ganz gesund.«

»Das war es wohl auch nicht. Es war auch nicht die Angst vor einem anderen Mann … Glauben Sie, dass man die Zukunft fühlen kann, das unausweichliche Schicksal, das man nicht verhindern kann, egal, was man tut? Also glauben Sie, dass man die Zukunft fühlen kann?«

»Ich bin Bankerin. Ich glaube an Zahlen. Und da sieht die Zukunft nicht gerade gut aus für den Archehof, um wieder zu unserem Thema zurückzukehren.«

»Natürlich.« Ein Schatten glitt über sein Gesicht. Sie musste etwas sagen, mit Worten den Fuß in den Spalt schieben, ehe er die Tür zu seiner Seele wieder zuzog und den Schlüssel vielleicht noch einmal öfter umdrehte als zuvor. Nur was? Dann fiel es ihr ein. Es war die Grabesrede der Pfarrerin gewesen, die ihre Mutter beerdigt hatte.

»Sie kennen Raupen?«

Er sah sie überrascht an. »Ja, klar. Natürlich. Sie fressen uns hier alles zusammen.«

»Richtig. Sie sind hier und fressen und fressen und fressen, bis sie sich irgendwann in ihren kleinen, festen Kokon einspinnen und sterben, ehe sie zum Schmetterling werden.«

»Was wollen Sie jetzt mit Raupen und Schmetterlingen?«

»Bei der Metamorphose stirbt nie die ganze Raupe, haben Sie das gewusst?« Henri reagierte nicht, und Maria fuhr fort. »Dreißig Prozent von ihr bleiben im Schmetterling. Das wurde sogar wissenschaftlich untersucht.«

»Wissen Sie was? Das alles interessiert mich einen Sch…«

Maria ließ sich nicht beirren.

»Also, wenn wir davon ausgehen, dass wir die Raupe sind und der Tod die Verwandlung zum Schmetterling ist, dann bleibt das, was wir waren, zu dreißig Prozent erhalten.«

»Zahlen bis in den Tod …« Er lächelte süffisant.

Maria gab nicht auf. Die Worte der Pfarrerin hatten ihr Trost gespendet. »Und es kommt noch etwas dazu. In wissenschaftlichen Versuchen wurde der Kokon der Raupe ein klein wenig geöffnet, damit der Schmetterling es leichter hat zu schlüpfen. Wissen Sie, was passiert ist?«

»Es interessiert mich wirklich nicht.«

»Kein einziger Schmetterling ist geschlüpft. Aus keinem einzigen Kokon ist etwas geworden.«

»Was soll ich jetzt damit anfangen?«

»Ich konnte etwas damit anfangen. Als meine Mutter gestorben ist, habe ich die Pfarrerin gefragt, was der Tod in ihren Augen eigentlich sei, und sie brachte diesen Vergleich. Wir sind wie die Raupen, wir fressen und fressen und fressen, bis wir nicht mehr können, dann spinnen wir uns ein, sterben, sind so lange im Kokon unseres Todes, bis er sich allmählich öffnet und wir als Schmetterling in den Himmel fliegen, direkt auf die Hand Gottes … Aber die Seele braucht ihre Zeit, bis sie den Kokon verlässt …«

»Was soll das werden, ein Vortrag, dass man Sterbehilfe zu unterlassen habe? Und was hat das mit Ella zu tun?«

»Nein, natürlich nicht, ich wollte nur …« Sie hatte ihm den Trost spenden wollen, den sie durch die Worte der Pfarrerin nach dem Tod ihrer Mutter erhalten hatte. Jetzt kam sie sich dumm vor.

»Wissen Sie was? Lassen Sie mich einfach in Ruhe.«

Maria stöhnte innerlich auf. Er hatte die Tür zu seinem Ich so fest zugeknallt, dass die Tür ihren Fuß, den sie ganz vorsichtig dazwischengeschoben hatte, förmlich zu zerquetschen schien.

Es war besser zu gehen.

Egal, wie sehr er litt. Sie schlurfte in ihren Pantoffeln hinaus. Er war ein Idiot.

Sie war schon fast an der Treppe, als sie seine Stimme hörte, nicht allzu laut. »Rosa … und dann noch Pommeln!« Ein Lachen folgte. Langsam stieg Maria in ihren Ppps die Stufen hinauf. Sie lächelte auch.

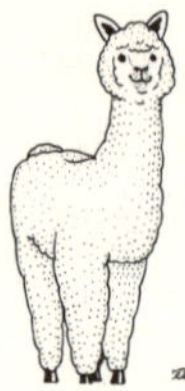

25

Zurück in ihrem Zimmer, in das zum Glück kein Alpaka mehr Einzug gehalten hatte, überzog Maria ihr Bett frisch, nachdem sie saubere Bettwäsche in einem Schrank im Flur gefunden hatte, ging noch einmal ins Badezimmer und stopfte die von Misti verschmutzte Bettwäsche in die Waschmaschine.

Es war die Zeit der Stille und der offenen Fenster, durch die man die schlechten Gedanken fortschickte und die guten willkommen hieß. An aufwühlenden Tagen wie diesen war das besonders wichtig. Den Wind fühlen, die Stille hören, den Mond sehen. Groß, golden und schon fast rund inmitten seines ihm stets ergebenen Sternengefolges.

Als Kind war sie davon überzeugt gewesen, dass alle Sterne von Kindern gebastelt und bemalt worden waren. Auch Maria hatte als kleines Mädchen einen besonders großen Stern gebastelt. Ihn aber nicht gelb angemalt, sondern knallrot. Damit sie ihn, sobald er von einem Engel abgeholt und am Firmament befestigt wurde, von der Erde aus sehen und nie wieder verlieren konnte. Damit sie sicher war und nie allein. Am nächsten Morgen war die Enttäuschung allerdings groß gewesen. Kein Engel hatte den knallroten Stern abgeholt.

Ihre Mutter hatte es ihr erklärt. »Maria«, hatte sie gesagt, »Engel machen keine Unterschiede, für sie sind alle Sterne gleich. Gleich schön. Gleich intelligent. Gleich liebenswert.«

Sie erklärte ihr weiter, dass die Engel aus dem Verhalten der Menschen gelernt hatten, die ständig auf dem Anderssein herumritten. Unterschiede machten. Sich klüger vorkamen als andere. Schöner. Und ganz schlimm wurde es, wenn jemand eine andere Hautfarbe hatte. Denn genau diese Überheblichkeit machte hässlich. Zuerst innen, dann außen.

Am nächsten Abend hatte Maria einen gelben Stern aufs Fensterbrett gelegt, und diesen hatten die Engel dann auch abgeholt. Maria hatte ihr Lieblingskleid angezogen, rot mit bunter Borte, damit die Engel vielleicht doch noch einen besonderen Blick auf sie warfen, und dann hatte sie getanzt. Das Video gab es noch immer. Irgendwann würde sie es sich wieder einmal ansehen. Doch auf ihm war ihre Mutter so jung, so lebendig, sie hatte Angst vor dem Schmerz.

Auch jetzt, als sie sich noch ein Kissen unter den Nacken stopfte, um höher zu liegen und Mond und Himmel besser zu sehen, glaubte sie ihren Stern zu erkennen. Zumindest gefiel ihr die Vorstellung, dass er es war, der auch in dieser Nacht besonders hell leuchtete, der auf sie aufpasste, damit sie sich nicht ganz so einsam fühlen musste.

Nein, hier brauchte sie keine Schlafmaske wie in München, um zur Ruhe zu kommen, und auch keine Ohrstöpsel. Hier genügte es, an Bobby zu denken, der anders war und genau deshalb bezauberte. Sie dachte an Steph, die mehr einem Jungen ähnelte und dennoch Mädchen war und vor allem Ella so ähnlich sah. Sie dachte an Mariama und ihre Familie, die nicht nur eine andere Hautfarbe hatten, sondern auch eine andere Religion, Bärbel und Paul, die sich gegen die Vernunft und für die Welt entschieden hatten und jetzt mit der Angst vor Altersarmut dafür bezahlten. Sie würde es Paul nicht sagen, aber zumindest in dieser sternenklaren, mondhellen Nacht leistete sie Abbitte für ihren fast rotzigen Ton am Telefon, als sie zum ersten Mal mit ihm gesprochen hatte. Auch Henri war in ihren Gedanken, und dass sie beide etwas verband. Die Trauer, der Schmerz und vielleicht auch das Nicht-loslassen-Können. Darüber schlief sie ein, ohne auch nur einmal an Florian Wieser zu denken, während der Globus noch weiter vor sich hin leuchtete.

Dafür spazierte Florian nun in ihren Traum. Himmelblaue Augen luden sie ein auf eine Jacht, die plötzlich Flügel bekam und sie weit übers Meer mitten in den ewig blauen Horizont trug. Aus Florian wurde Aaron, aus Aaron ein ungeborenes Baby, das blutüberströmt aus ihrem Leib rutschte, obwohl sie immer wieder versuchte, es zurückzustopfen. *Bleib bei mir. Verlass mich nicht.* Sie griff danach, wie sie nach Misti gegriffen hatte, doch dieses Etwas, das schon ein klitzekleiner Mensch war und auch wieder nicht, entglitt ihr, sosehr sie sich auch mühte, sie konnte es nicht halten.

Und darüber die Frage, die Henri ihr gestellt hatte. Können wir die Zukunft fühlen? Und in diesem Moment, wenn auch im Schlaf, wurde ihr klar, dass sie von der Sekunde an, als der Arzt ihr die Schwangerschaft bestätigt hatte, gewusst hatte, es würde niemals so sein.

Deshalb hatte sie nicht einmal über die Schwangerschaft reden wollen. Aaron hatte das nicht verstanden. Vielleicht begann damals schon das Schweigen zwischen ihnen, sie wurden von zwei unterschiedlichen Strömen erfasst, die sie immer weiter und weiter voneinander forttrugen. Aber wie, verdammt noch mal, wie hätte sie ihm das Gefühl erklären sollen, dass nicht wahr werden würde, was sie sich beide so sehr gewünscht hatten.

Das war die Wahrheit.

Vom Morgengezwitscher der Vögel und von den ersten Sonnenstrahlen, die sich wie kühlende Finger zart über ihr Gesicht tasteten, wachte Maria auf und begriff, was die Sonnenstrahlen versucht hatten. Ihre Tränen zu trocknen. Und nicht nur ihr Gesicht. Auch das Kopfkissen war nass. Sie wunderte sich, schaltete das Licht im Globus aus und schlief wieder ein.

26

Zuerst fühlte Maria warmen Atem auf der Haut. Dann wurden ihre Lider behutsam an den Wimpern zurückgezogen, als wolle jemand prüfen, ob die Augen darunter noch schliefen. Da dieser Vorgang leicht ziepte, entschloss sich Maria, den kleinen Schlafforscher, von dem sie ahnte, wer es war, zu unterstützen. Sie schlug also die Augen auf, und tatsächlich war es Bobbys rundes Gesicht, das ihr nicht wie sonst entgegenlächelte, sondern besorgt dreinsah.

»Wo ist Misti? Ich hab ihn dir ins Bett gelegt, und jetzt ist er nicht mehr da.« In seiner Stimme lagen Besorgnis und Vorwurf.

»Ach, Bobby!« Fast gegen ihren Willen musste Maria lächeln. »Ein Alpaka gehört doch nicht ins Bett.«

»Ich weiß, aber ich wollte dir eine Freude machen. Damit du nicht so allein bist, wenn du nach Hause kommst. Es ist nicht schön, allein zu sein, wenn man nach Hause kommt.«

Maria hätte schon fast geantwortet, das sei sie gewohnt, als Bobby aufgeregt fortfuhr: »Ist er wieder im Stall? Hast du ihn zurückgebracht?«

»Ja, Bobby!« Maria stützte sich auf die Ellbogen. »Dein Papa hat mir dabei geholfen.«

»Papa?« Wenn sich die ganze nächtliche Aktion gelohnt hatte, dann allein des Strahlens wegen, das sich langsam über Bobbys Gesicht legte. Er hauchte es nur, als habe er Angst, ab einer gewissen Lautstärke Marias Worte zu vertreiben.

»Papa hat Misti in den Stall gebracht? Wirklich?«

»Ja, Bobby. Das hat er getan.«

Jetzt kam der Jubel, Bobby stürmte mit vor Glück hoch erhobenen Armen aus dem Zimmer, um allen da draußen zu verkünden, dass sein Vater zum ersten Mal wieder etwas Nützliches getan hatte. Dass Henri überhaupt etwas getan hatte, außer zu schlafen, nicht zu essen, Bobby mit falschen Versprechungen abzuspeisen, die Vorhänge zuzuziehen, kaum hatte Bobby sie geöffnet, und ihm zu versprechen, in fünf Minuten bei ihm zu sein, und ihn dann warten zu lassen, bis Bobby begriff, dass er wieder nicht kam.

Und Bobby war nicht der Einzige, der sich darüber freute. Auch für Bärbel, Paul, Stephanie, Mariama, Abubakar und die Kinder war das eine gute Nachricht: Henri hatte Maria geholfen, Misti einzufangen und zurück in den Stall zu bringen! Henri war zumindest mit dem kleinen oder vielleicht dem großen Zeh im Leben zurück. Und wem war es zu verdanken. Maria!

»Sie sind unser guter Engel«, sagte Bärbel gerührt.

»Mary Poppins«, ergänzte Bobby.

Stephanie hob die Hand und schlug Maria ab.

»Ich hab von Anfang an gewusst, dass Sie die Richtige sind, um uns zu helfen«, log Paul.

Und Mariama ergänzte mit einem afrikanischen Sprichwort. *Erst wenn man den Weg verliert, lernt man ihn kennen.* Sie sah Maria mit ihren großen, dunklen Augen an, und Maria begriff, dass sie damit nicht nur Henri meinte, sondern auch sie.

Eine Stunde später saß Henri tatsächlich mit allen anderen im Schatten der alten Kastanie am Frühstückstisch für exakt zehn Personen, an dem jetzt aber wie selbstverständlich alle zusammenrückten, um für die elfte Person am Tisch Platz zu machen – Maria.

Es war Samstag, und am Samstag, so hatte es zumindest Mariama beschlossen, gab es ein Weißwurstfrühstück mit Brezen und süßem Senf. Aber unbedingt vor dem Mittagsläuten, denn Traditionen gehörten nun mal eingehalten. Nicht nur in der alten, sondern auch in der neuen Heimat.

Abubakar rollte seinen Gebetsteppich ein, ebenfalls bereit, eine Weißwurst zu essen, die allerdings nicht aus Schwein, sondern aus Geflügel bestand.

Stephanie verzichtete auf ihre Playlist mit dem derzeit von ihr bevorzugten Gangsta-Rap, da nicht nur Bärbel das Naturorchester aus Vögeln, Blätterrauschen und Windsummen bevorzugte.

Bobby hatte, gleich nachdem er Maria geweckt hatte, gemeinsam mit Bärbel und Paul die Alpakas versorgt. Und etwas später war Maria dazugekommen und hatte beobachtet, wie die Ställe ausgemistet, die Alpakas gestriegelt und gefüttert wurden.

»Es ist wichtig«, erklärte ihr Bobby, »dass jeden Tag da, wo sie trinken und fressen, sauber gemacht wird.« Er führte ihr vor, wie die Wasserreste weggeschüttet und die Tränken mit sauberen Lappen gereinigt wurden und man sie wieder mit frischem Wasser füllte. »Das nächste Mal kannst du mir dabei schon helfen«, sagte er hoffnungsvoll, »und dem Paul, wenn er den Kot wegbringt, weil ihre Klos auch jeden Tag sauber gemacht werden müssen, wegen der Parasiten und so …«

Das war der Moment, in dem Maria sich vorsichtshalber zurückzog. Nicht dass Bobby es noch schaffte, ihr ein Versprechen abzunehmen, von dem sie wusste, dass sie es ganz gewiss nicht einhalten würde. Ihre Aufgabe war nicht, den Stall zu säubern, und schon gar nicht den Kotplatz … Ihre Aufgabe war es, Ideen für den Hof zu sammeln, und eine weitere war ihr gerade gekommen. *Tiererlebniscamp*.

Noch vor dem Weißwurstessen hatte sie den Begriff gegoogelt und war fündig geworden. Es gab tatsächlich Angebote, wie Kinder den Umgang mit Alpakas erlernen konnten. Darüber hinaus wurden spannende Spiele angeboten, Schnitzeljagd und ein gemeinsames Mittagessen. Und am Ende wurde gemeinsam gebastelt. Tolle Erinnerungsstücke, die die Kinder nach Hause mitnehmen durften. Wenn man auch noch Pauls Bienen mit einbezog – am Sonntagmorgen würde sie Paul zu seinen Bienenstöcken begleiten –, selbst gemachten Honig im Hofladen anbot und später dann auch noch über die Homepage, damit waren tatsächlich einige Einkommensquellen gefunden.

Marias Herz schlug ihr bis zum Hals. Auf diese Art kreativ zu sein, machte unglaublichen Spaß. Und wenn es an diesem wunderschönen Samstagvormittag einen Wermutstropfen gab, dann den, dass sich Florian noch immer nicht gemeldet hatte.

Selbst wenn sie es sich selbst niemals eingestanden hätte, so hatte sie doch auf einen morgendlichen Gruß als WhatsApp gehofft. Eine kleine Nachricht, der sie entnehmen konnte, dass er den Abend ebenso genossen hatte wie sie.

Vermutlich schlief er noch und würde sich später melden. Versprochen hatte er es.

Rasch legte sie das Smartphone beiseite, wollte es nicht zum Weißwurstessen mitnehmen, um zu verhindern, dass sie ständig klammheimlich einen Blick darauf warf. Lief die Treppe hinunter. Kaum war sie unten angekommen, überlegte sie, dass es besser wäre, sofort auf seine Nachricht zu reagieren, da sicher gleich am Frühstückstisch die Pläne für den Tag besprochen werden würden. Also, die Treppe wieder hinauf, das Smartphone geschnappt, auf Vibrieren gestellt, in das kleine Täschchen zusammen mit Taschentuch, Kamm und Lippenstift gesteckt und – die Treppe wieder hinunter.

Alle warteten auf sie.

»Die Weißwürste platzen gleich.« In Mariamas Stimme lag ein klitzekleiner Vorwurf. Doch das war nicht der eigentliche Grund, weshalb Maria schon sehnlichst erwartet worden war.

Bobby hatte Henri zwar schon aufgefordert, von der nächtlichen Misti-Jagd zu erzählen, doch seine Darstellung war arg knapp ausgefallen: *Misti aufgehoben, in den Stall gebracht, das war's*. Marias Schilderung war da schon sehr viel ausführlicher.

Und Mariamas Mädchen, wie immer geschmückt mit bunten Spangen und Bändern, quietschten vor Vergnügen. Vor allem als Maria mit viel Selbstironie schilderte, wie sie Misti im Bett vorgefunden hatte, wie er ihr entkommen war, sie ihn mit einem Hechtsprung hatte einfangen wollen, dabei neben ihm bäuchlings auf dem Boden gelandet war und schon befürchtet hatte, bis zum Morgen mit Misti Arm in Arm im Flur liegen zu müssen, bis endlich jemand aufwachte und sie fand.

»So gesehen hätten Misti und ich es im Bett gemütlicher gehabt«, fügte sie trocken hinzu, und Paul stellte verwundert fest, dass Maria durchaus Humor haben konnte, wenn sie wollte.

»Natürlich hat sie den, was denkst du denn«, nahm Bärbel Maria vor ihrem Gatten leise in Schutz, während Maria erneut so unauffällig wie möglich das Smartphone aus der Hosentasche zog und einen Blick darauf warf. Nichts.

Maria aß ihre Weißwurst. Nichts. Knabberte an ihrer Brezel. Nichts. Trank einen Schluck Weißbier. Nichts. Die anderen lachten, palaverten, bis auf Henri, der noch immer wenig Appetit zu haben schien, aber sich zumindest Mühe gab, etwas zu essen.

Wieder ein verstohlener Blick aufs Smartphone. Wieder nichts. Irgendwann hielt Maria es nicht mehr aus, zog es aus der Hosentasche und spürte, wie sich alle Blicke auf sie richteten.

»Kein Handy beim Essen!« In dieser Hinsicht verstand Bobby offensichtlich keinen Spaß.

»Jetzt lass sie doch. Sie ist unser Gast.« Stephanie war da schon großzügiger, doch Bobby wiederholte: »Kein Handy beim Essen. Wir wollen uns unterhalten!«

Maria blieb nichts anderes übrig, als ihn anzulügen. »Ist beruflich.«

Aber sie stand auf, entfernte sich ein paar Schritte vom Tisch und schrieb »*Guten Morgen*«. Kein Wort mehr, bis ihr einfiel, dass es nicht unbedingt falsch war, noch eine Frage zu stellen. Eine Frage konnte man nicht ignorieren. Eine Frage musste beantwortet werden. Also schrieb sie weiter: *Ich hoffe, dein Taxi hat dich gut und sicher zu Hause abgesetzt* … Blödsinn. Löschen. Von vorn. *Danke noch mal für den schönen Abend* … Quatsch, wenn, dann musste er sich bedanken. Nicht sie. Löschen.

»Das ist aber eine lange WhatsApp«, rief ihr Bärbel zu, und Bobby bestätigte diese Aussage mit einem kräftigen Nicken und strenger Miene.

»Sorry, aber es ist wirklich wichtig.« Egal. Sie entschied sich endgültig für ein *Gut geschlafen?* Steckte das Smartphone schnell zurück in die Tasche, setzte sich wieder an ihren Platz und schickte ein strahlendes Lächeln in die Runde.

Bobby schimpfte. »Jetzt sind die Weißwürste kalt.«

Henri hielt ihren Blick einen Augenblick zu lange fest, wandte sich wieder ab, Maria hielt es ungefähr fünf Minuten aus, bis sie erneut einen verstohlenen Blick auf ihr Smartphone warf, was wiederum von Bobbys nicht zu überhörendem Seufzen begleitet wurde.

Zwei blaue Häkchen verrieten ihr, dass Florian gelesen hatte. Gleich würde er antworten. Sie würde aber erst später einen Blick darauf werfen. Nahm sich noch eine Weißwurst aus dem großen Topf mit dem heißen Wasser, eine Brezel, süßen Senf und beteiligte sich an dem Gespräch, das sich um Schule, Kindergarten, Kochrezepte und vor allem darum drehte, dass Bella

Donna bald ihr Baby bekommen würde. Die Frage des zukünftigen Paten wurde aufgeworfen, aber noch nicht beantwortet. Die Zeit würde es bringen. Maria versuchte, ihre Ideen hinsichtlich des Archehofs zu vermitteln, aber da war Bärbel streng. »Keine Probleme während des Essens. Das schlägt nur auf den Magen und macht krank.«

In dieser Hinsicht hätten die Bewohner des Archehofs von früh bis spät essen müssen, dachte Maria, sprach es jedoch nicht aus. Stattdessen ein erneuter, diesmal unbeachteter Blick aufs Smartphone.

Florian Wieser hatte nicht geantwortet, und Maria fragte sich unwillkürlich, was sie Falsches getan oder gesagt hatte. Vor allem jedoch wurde ihr klar, dass er etwas sehr Wesentliches nicht getan hatte. Er hatte sie nicht geküsst. Das war es. Er hatte nicht einmal den Versuch gemacht, es zu tun.

Auch wenn sie es nicht zugelassen hätte.

Noch nicht.

Nicht nach seiner Unterstellung, dass sie sich selbst als Ehefrau und Mutter mit ihm verabredet hätte. Wie eingebildet er war. Wie absolut von sich überzeugt.

Maria ließ den vergangenen Abend noch einmal Revue passieren, und Bobby erklärte Abubakar, wie man eine Weißwurst so richtig auf Bayerisch aß. Nicht wie Abu mit Messer und Gabel.

»Du musst sie zuzeln, Abu, und das geht so.« Bobby nahm die Weißwurst zwischen Daumen und Zeigefinger, führte sie zum Mund, biss kräftig hinein und begann dann das Fleisch langsam und genüsslich herauszusaugen.

Abubakars Blick war so fassungslos, dass Bobby vor Lachen fast vom Stuhl fiel. Alle anderen fielen mit ein, und selbst aus Henris Kehle kam das eine oder andere noch unterdrückte Glucksen. Abubakar grinste, und Maria wurde klar, dass das ein

Spiel zwischen ihm und Bobby war. Auch, dass er jetzt mit ihm bayerische Ausdrücke wie *Eichkatzelschwoaf* übte. Bobby lobte ihn. Seit ihrem letzten Unterricht hatte Abu sein Bayerisch enorm verbessert. Das nächste Mal würden sie zusammen jodeln.

Unwillkürlich überlegte Maria, dass der Abend mit Florian im Gegensatz zu dem, was sie gerade an Unbeschwertheit erlebte, anstrengend gewesen war. Vor allem, weil er kaum etwas von sich erzählt hatte.

Im Geschäftsleben eine Eigenschaft, die sie an Menschen schätzte. Aber privat?

Maria hatte noch nicht ganz zu Ende gedacht, als ihr Handy vibrierte. *Lust auf die Fraueninsel? Kaffee und Kuchen beim Inselwirt?* Maria wollte schon begeistert zusagen, doch in diesem Moment fragte Stephanie, ob sie Lust habe, mit ihr zur Alzbrücke zu radeln und beim Preußenversenken zuzusehen. Gleichzeitig trat Marias Verstand so heftig auf die innere Bremse, dass ihr Herz fast durch ihre Brust wie durch eine Windschutzscheibe geschleudert wurde. *So nicht, mein Freund! Nicht diesmal!*

Sie antwortete nicht. Geschlagene fünfzehn Minuten schaffte sie es, nicht zu antworten, bis sie sich zu einer Antwort herabließ. *Tut mir leid, bin schon zum Preußenversenken an der Alzbrücke verabredet.*

Sosehr sie auf seine Reaktion gespannt gewesen wäre, sie wartete sie nicht ab. Machte mit zufriedenem Lächeln das Handy aus und stellte sich vor, mit welchem Erstaunen Florian gleich feststellen würde, dass sie nicht mehr erreichbar und er ihr offenbar gleichgültig war. Gleichzeitig lächelte sie Stephanie an. »Na dann, auf zum Preußenversenken. Was immer das auch ist!«

27

Maria erinnerte sich nicht, wann sie zum letzten Mal Fahrrad gefahren war. In der Münchner Innenstadt war das Rad zwar mittlerweile zum üblichen Fortbewegungsmittel geworden, aber in Marias Augen gewann der Ausdruck Verkehrsknotenpunkt genau dadurch eine ganz neue Bedeutung. Es wurde auf Münchens Straßen nicht mehr nur verkehrt, sondern es wurde vor allem verknotet. Radfahrer, Autofahrer, seit Neuestem auch E-Scooter-Benutzer kämpften oft rücksichtslos gegen den einfachen Fußgänger um die Vorherrschaft im Straßenverkehr und auf Geh- und Fahrradwegen.

Hier auf dem Feldweg zwischen dem Archehof und der Alzbrücke war die Welt zumindest in dieser Hinsicht noch in Ordnung. Weites Land mit gold leuchtenden Ähren, sattem Grün, bunt blühenden Wiesen mit ihrem intensiven, alle Sinne betörenden Duft, den Maria sonst nur aus dem Blumenladen um die Ecke kannte. Vogelgezwitscher. Irgendwo bellte ein Hund.

Bärbel hatte Maria ihr himmelblaues Hollandrad geliehen, mit dem passenden pinkfarbenen Korb, der gefüllt war mit selbst gemachter Limonade aus Zitronengras, Orange, Zitrone, Limette und etwas Minze. Einer gekühlten Wassermelone, kalt gebratenen Hühnchenschenkeln, Radieschen, Radi und selbst gebackenem Brot.

Für Maria gab es noch eine Thermosflasche Kaffee, für Stephanie und ihre Freundinnen eisgekühlten Kakao.

»Ich will mir das mit den Preußen nur anschauen«, hatte Maria protestiert, als Bärbel ihr den Picknickkorb überreicht hatte, »und nicht den ganzen Tag bleiben.«

»Was haben Sie denn heute noch Schönes vor?«, erkundigte sich Bärbel, und Stephanie erklärte: »Wenn du erst mal da bist, bleibst du den ganzen Tag, weil das Preußenversenken ist so lustig, und Kio lernst du auch kennen.«

»Wer ist Kio?«

Zum ersten Mal, seit Maria das Mädchen kannte, wurde es rot. Sie fragte nicht weiter, sie wusste es auch so. Die erste Liebe. Unsicherheit. Hoffnung. Diese wundervollen Schmetterlinge im Bauch. Der erste Kuss, Spuren im Herzen. Und vor allem der Glaube, dass nach dieser Liebe nichts mehr kommt. Auch wenn man erst zwölf war und vor allem gern auf Bäume kletterte. Bärbel erklärte, dass Kio vor zwei Jahren als Flüchtling aus Nigeria gekommen war, dort Schlimmes erlebt hatte und jetzt von Johanna Schmidtbauer und Leon Duwé adoptiert worden war, den Besitzern der Whiskeybrennerei Schmidtbauer, deren Whiskey Maria unbedingt noch probieren müsse, ehe sie wieder nach München zurückfuhr.

»Und wann machen wir uns an die Arbeit?« Sie wandte sich an Henri, der noch immer am Tisch saß und so tat, als gehe ihn das alles nichts an.

Es wurde Zeit, einen vernünftigen Businessplan zu erstellen. Die Ideen kamen und wurden mehr. Zu den Erlebnistagen für Kinder und Erwachsene kam das Übernachten mit Alpakas hinzu. Auch darüber hatte Maria im Internet gelesen, und sie konnte sich gut vorstellen, wie sich die Magie des nächtlichen Stalls am vergangenen Abend, die Ruhe und das freundliche Wesen der Alpakas auf den Menschen übertrugen, der unter Schlaflosigkeit litt.

»Alpakas wissen, wie es uns geht«, hatte Bärbel ihr erklärt. »Sie spiegeln die Seele.« Tatsächlich hatte Maria einen Bericht über

Alpakas als Therapietiere in einer Münchner Klinik gefunden. Vor allem die kleinen Patienten wurden von ihren Schmerzen abgelenkt. Alpaka, der Klinikclown. Alpaka, das bessere Einhorn.

»Der Businessplan«, wiederholte Maria, da Henri noch immer nicht geantwortet hatte. Henri murmelte etwas von er brauche fünf Minuten für sich, stand auf und zog sich ins Haus zurück.

Offenbar hatte ihn der kurze Ausflug so erschöpft, dass er trotz des herrlichen Vormittags die Vorhänge zuzog und sich, so vermutete Maria, wieder in Ellas Decke einwickelte. Konnten Alpakas auch die Seele reparieren? Was war Depression? Die Illusion eines erkrankten Gehirns? Oder war es die Wahrheit, die jeder in sich trug? Eine Wahrheit aus tief in sich vergrabener Aggression, Schmerz und Trauer. Bei dem einen nach oben gespült, bei dem anderen für immer irgendwo in sich vergraben. Vielleicht hatte sie bisher nur Glück gehabt.

Ihr Blick ging erneut zu dem Fenster der geschlossenen Vorhänge, die Bobby dazu brachten, auf den Badetag zu verzichten. Er wollte da sein, so wie er immer da sein wollte, wenn sein Vater versprach, in fünf Minuten wieder da zu sein, in der Hoffnung, dass dies der Tag war, an dem er nicht vergeblich auf ihn warten würde.

Vom Ausflug an die Alz versprach sich Maria ein paar hübsche Fotos zum Aufpeppen der Homepage, die Paul in Auftrag geben sollte, sobald sie nicht nur erreicht hatte, dass Henri Sonnenschein mehr Zeit für die Rückzahlung des Kredits bekam, sondern ihm auch eine Erhöhung des Kreditrahmens bewilligt wurde. Mit alldem, was sie allein durch die Alpakas in petto hatte, zweifelte sie kaum noch daran, dass sie es schaffen konnte. Zumal sie Hartung auf ihrer Seite wusste. Sie mochte ihn nicht, aber dass er sie gezwungen hatte, sich besonders intensiv um den Archehof zu kümmern, dafür war sie ihm – fast – dankbar.

Und falls nötig, würde sie kämpfen. Vielleicht so, wie sie noch nie für einen Kunden gekämpft hatte.

Stephanie fuhr voraus, und Maria auf Bärbels Hollandrand glitt selig hinter ihr her. Goldlackgeflüster, schadhafte Zäune, strahlend gelb die Schlüsselblumen, sanft lila die Waldhyazinthe, blütenweiß die Schlehe. All das, was ihre Großmutter sie gelehrt hatte, kam zurück. Und die Erinnerung an heimelige Plauderstunden in warmer Sommernacht, bis irgendwo das Donnern begann.

Einmal hatten sie, die Mutter und die Großmutter, im Regen getanzt.

Marias Blick ging zum Himmel, dorthin, wo vielleicht Egon der Fischreiher seine Kreise zog. Sie lauschte dem Surren der Nabenschaltung, dem Klackern beim Leerlauf. Sommerbrise im Haar. Gleichmäßiger Tritt, nur ein leichter Impuls, um eine Richtungsänderung anzudeuten, mehr brauchte es nicht. Der Blick weit – und vor allem dieses Gefühl – *in diesem Moment gehöre ich nur einem Menschen. Mir.*

Zumindest fühlte es sich für Maria so an, bis sie die Truchtlachinger Brücke erreichten, in der Nähe des überfüllten Strandbads. Das strahlend weiße Leuchten der Kirche, deren Zwiebelturm sich im klaren Wasser der Alz spiegelte, und der Neuwirt mit seinen Holzbänken unter dem Blätterdach alter Kastanien. Es war laut, es war fröhlich, es war schön.

Steph stellte Maria ihre beste Freundin Lena vor und schien enttäuscht, dass Kio noch nicht da war.

Sie suchten sich ein schattiges Plätzchen, breiteten die Decke aus, auf der sie sich gleich bäuchlings niederlassen würden, den Kopf in die Hände gestützt, so wie damals … Maria erinnerte sich, wie sie an der Isar gelegen hatte. Stundenlang. Und als fordere das Leben nichts anderes von ihr, als da zu sein, zu genießen und das Spiel des Wassers zu beobachten, dem die Sonne ein immer wieder neues Glitzern aufsetzte.

Es konnte schön sein.

Sie hatte es irgendwann vergessen.

Maria nahm den Korb, suchte auch für ihn einen Platz im Schatten, behielt Shorts und T-Shirt an und bereute, keinen Badeanzug oder Bikini mitgenommen zu haben. Auch das hatte sie vergessen, dass man in der Alz baden konnte.

Ein paar Jungs trieben sich auf der Brücke herum, sprangen als Mumie, Arschbombe oder Hammer, so zumindest nannten es Steph und Lena, drei Meter tief von der Brücke, wo das Wasser noch harmlos war, bevor die Alz Fahrt aufnahm, die Strömung tückisch wurde und der restliche Kajak- oder Bootsausflug zur Herausforderung mit der Staustufe eines E-Werks, ein Höhepunkt der Fahrt. Ebenso wie das zweite Wehr, dessen Wasser die Turbinen im Höllthal antrieb, das nächste Hindernis.

Lena und Steph lästerten, feuerten an und freuten sich auf das erste Schlauchboot, das sie zum Kentern bringen würden.

Maria dagegen beobachtete die Libellen, die bunt schillernd und elfengleich über das Wasser sausten und mit tollkühnem Balzflug versuchten, ihre Auserwählte zu beeindrucken. Mit einem Mal sprang Lena auf, um auf die Brücke zu gehen. Steph rückte näher an Maria heran. Etwas in ihr hatte sich verändert. Sie wirkte älter als zwölf, schien besorgt.

»Was ist los, Stephanie?«

»Er ist auf einmal wieder da!«

»Wer ist wieder da?«

»Heulibold. Er krallt sich in meinen Nacken, und dann bekomme ich keine Luft mehr.« Und dann sagte Stephanie das, was Maria mehr hasste als alles andere. »Darf ich dir ein Geheimnis anvertrauen? Ein Geheimnis, das mich ganz traurig macht und oft nicht schlafen lässt?«

28

Geheimnis. Heulibold, der sich im Nacken einer Zwölfjährigen festkrallte. In was war Maria da hineingeraten? Sie, die gelernt hatte, sich aus den Schicksalen anderer herauszuhalten. Anders hätte sie so manches Schicksal eines Bankkunden wohl nicht ertragen, dem sie mitteilen musste, dass sein Kreditantrag nicht genehmigt oder verlängert wurde. Oder gar sofort zurückzuzahlen war. Männer, die gegen ihre Tränen ankämpften. Mütter mit kleinen Kindern. Inhaber kleiner und mittlerer Unternehmen, die sie anflehten, es gehe ja nicht nur um sie, sondern um ihre Angestellten und deren Familien. Wer keine Mauer um sich zog, ging selbst kaputt.

Bei den Investmentbankern war es noch schlimmer. Große Bildschirme voll von Zahlen. Tabletten, um länger wach zu bleiben. Arbeiten bis zum Umfallen. Ständiger Druck. Im Frankfurter Bankenviertel hatten sich schon einige in die Tiefe gestürzt. Kein umfangreiches Vorwissen nötig. Zehn Wochen Training, Grundlagen der Buchhaltung und Marktwirtschaft genügten. Man hatte ihr so einen Job angeboten. Sie hatte abgelehnt. Hundert Wochenstunden. Das war doch nicht mehr normal.

Sie wollte leben, glücklich sein, und hatte nicht bemerkt, dass selbst ihr Job sie allmählich auffraß.

In diesem Moment fühlte Maria nur eines: Sie wollte raus, raus, raus, und da war Stephanie, die sie mit großen Augen ansah, weil sie noch immer nicht darauf reagiert hatte, dass sie ihr ein Geheimnis anvertrauen wollte. Gleichzeitig wurde Maria klar, dass Stephanie sie einzig und allein aus diesem Grund mit zur Alzbrücke genommen hatte: um weitab vom Archehof mit ihr zu sprechen. Was war so groß, so das Innere überwältigend, dass Stephanie sich nicht den Menschen anvertrauen wollte, die ihr nahestanden, sondern einer Fremden? Was beschäftigte sie so sehr, dass sie jetzt sogar von der Alz wegwollte und somit von ihren Freunden, sich wieder auf ihr Fahrrad setzte und Maria bat, mit ihr gemeinsam loszufahren. Durch Moor- und Hügellandschaften. Vorbei an einem alten Weiler. An Wiesen, Weiden und Wäldern. Weit und noch weiter fort von allem. Alte Wirtsgärten, verträumt unter noch älteren Obstbäumen. Auf dem Osterberg mit dem Blick fast über den ganzen Chiemsee machten sie endlich halt.

Obwohl Maria wusste, dass Stephanie etwas auf dem Herzen hatte, fühlte sie sich so beschwingt, dass sie in diesem Moment mit Bobby hätte schwebend über die Wiesen tänzeln, mit Egon dem Fischreiher hätte fliegen können, bis – bis Stephanie nicht nur ihr Fahrrad, sondern auch sich selbst ins Gras fallen ließ, tief Luft holte und nur einen Satz sagte, der Marias Atem stocken ließ:

»Ich glaube, Bobby hat unsere Mama umgebracht.«

Es gibt Momente, in denen alles still wird. Gleichgültig, wie laut es um einen herum tobt. Eine Stille, die stiller ist als still. Weil es für diese Art von Stille kein Wort mehr gibt.

In Maria war nur ein Gedanke. *Ich will das nicht. Ich will nicht, dass etwas die innere Mauer zum Einsturz bringt. Sie hat schon genug Risse, seit die Menschen vom Archehof in mein Leben gekommen sind. Ich muss stark bleiben, was wird sonst aus meinem Beruf? Was wird sonst aus mir?*

So viele Gefühle stiegen in ihr auf. Und sie wusste, wenn sie jetzt zuließ, dass sie die Macht übernahmen und sie die Kontrolle verlor – dann war es vorbei. Sie wusste nicht, was genau dieses innere Wissen bedeutete, sie wusste nur, dass es so sein würde. Und sobald es so war, würde nie wieder etwas so sein, wie es in den letzten Jahren gewesen war. Angst!

»Weiß dein Vater davon?« Sie wollte es noch wegschieben, demjenigen zuschieben, der für seine Kinder verantwortlich war. Stephanie senkte den Blick und schüttelte den Kopf. Maria fuhr fort: »Bärbel? Paul? Irgendjemand?« Warum ausgerechnet sie. Sie, die gerade erst in diese bunte Familie geschneit war. »Mariama?«

Wieder schüttelte Stephanie den Kopf.

Maria wurde verzweifelter, hakte nach: »Gibt es denn niemandem, dem du vertraust?«

»Dir vertrau ich.« Stephanies Blick so tief, so klar.

In Maria zog sich alles zu einem einzigen Knoten zusammen. »Mir? Aber du kennst mich doch gar nicht? Ich verstehe nicht …«

»Du bist da«, antwortete Stephanie. »Du bist da und willst den Archehof retten. Und du bist die Einzige, die das auch kann.«

Genau das war es, was Maria an Geheimnissen nicht leiden konnte. Der eine entlastete sich, indem er die Verantwortung auf einen anderen übertrug, und der schleppte sich dann mit etwas herum, das ihn nichts anging. Aber Stephanie war ein Kind. *Ich glaube, Bobby hat unsere Mama getötet.* Damit kam keine Zwölfjährige klar. Wie sollte sie auch. Etwas in Maria explodierte. Sie wusste nicht, weshalb sie auf einmal so wütend war, vermutlich auf Henri. Er hätte hier stehen sollen. Mit seiner Tochter. Er hätte sich Stephanies ungeheuerlichen Verdacht anhören müssen. Nicht sie.

Maria setzte sich neben Stephanie ins Gras. Der Chiemsee wie ein tiefblaues Versprechen in weiter Ferne.

Sie sprach behutsam. Tastete sich an sie heran. Kein falsches Wort. Nichts, das sie falsch verstehen oder verletzen konnte. Für Maria eine Herausforderung.

»Wie kommst du auf so etwas, Stephanie?«

»Du kennst Bobby.«

»Ich kenne ihn nicht.«

Stephanie zuckte zusammen. Da war es gewesen, das falsche Wort.

»Was ich meine, ich habe einen Eindruck von ihm. Einen guten, dass er ein ganz wunderbarer Junge ist.«

Stephanies Gesicht leuchtete auf. »Das ist er. Weißt du, dass er versucht, eine Brücke aus Gras zu bauen, wie die Menschen ihn Peru, die damit die tiefsten Tiefen überwinden, um aus Liebe zueinanderzukommen?«

Maria musste lächeln. »Und welche tiefen Tiefen will Bobby im Chiemgau überwinden?«

»Ich glaube, er spürt einfach ganz, ganz viel …«

»Und kann nicht anders ausdrücken, wie weit wir alle oft voneinander entfernt sind.« Was für ein Gespräch. Die schwere Zeit hatte Stephanie offenbar weit über ihr Alter hinaus reifen lassen. Maria kehrte zum Thema zurück. »Wieso glaubst du, dass Bobby eurer Mama was angetan hat? In dem Brief, den ihr mir geschrieben habt …«

»Es war Bobbys Idee.« Stephanie lächelte leicht. »Ich hab nur seine Gedanken aufgeschrieben. Das Schreiben muss er noch üben.«

»Das hab ich mir fast gedacht. Und in dem Brief stand, dass eure Mama in der Waschküche auf dem Boden ausgerutscht ist und sich mit dem Hinterkopf an Dachziegeln so verletzt hat, dass sie gestorben ist.«

»Das hat auch die Polizei gesagt.«

»Was beunruhigt dich dann, Stephanie?«

»Bobby war allein auf dem Hof.«

»Ich weiß, und er hat eure Mama gefunden, aber das heißt doch nicht …«

»Du weißt, wie Bobby Menschen umarmt. Wenn er von hinten …«

Allmählich konnte Maria Stephanies Gedankengang folgen. Bobby hatte auch sie zweimal umarmt. Stürmisch umarmt. Es hatte einem Überfall geglichen. Das erste Mal war sie fast vom Bürostuhl gefallen, das zweite Mal war sie gestürzt und hatte sich – nur – ihren Rock zerrissen. Wenn sie nun aber nicht im Gras, sondern auf nassen Kacheln ausgerutscht wäre? Es konnte sein. Es konnte tatsächlich sein. Aber selbst wenn es so gewesen war? Was änderte das? Alles. Selbst wenn alle versuchten, verständnis- und verantwortungsvoll damit umzugehen, die Tatsache würde bleiben: Ohne Bobby wäre Ella Sonnenschein noch am Leben. Allerdings, wenn man so dachte, musste man auch miteinbeziehen, dass es Henri gewesen war, der die Dachziegel liegen gelassen hatte. Schuld oder Schicksal?

Wenn etwas aussichtslos wirkt, ist es meist nicht so schlimm, wie es auf den ersten Blick scheint, pflegte Mary Poppins zu sagen. *Wenn die Welt kopfunter hängt, ist es die beste Idee, sich einfach mit ihr umzudrehen*. Okay, dann drehten sie die Welt jetzt einfach mal um.

»Leg dich hin«, forderte sie Stephanie auf.

»Wie hin?«

»Auf den Rücken.« Maria wusste noch nicht genau, was sie vorhatte. Sie tat es instinktiv. Bei so einem Gespräch spielte der Himmel eine besondere Rolle. So blau und weit. Mit all den geliebten Menschen, die, so die vielleicht kindliche Vorstellung, darin wohnten. Womöglich nur einen Atemzug von den ihren entfernt. Sie tragend, beschützend und für sie da, immer, man musste es nur zulassen.

Eine ganze Weile lagen Maria und Stephanie im Gras, das Gesicht dem Himmel zugewandt, sagten kein Wort. Wolkenspiele. Maria war es schließlich, die zu reden begann.

»Wie hat Bobby diesen Tag geschildert?«

»Dass er draußen war bei den Alpakas, dann Sehnsucht nach Mama gekriegt hat, in die Waschküche ist, und da hat sie schon gelegen.«

»Lügt Bobby?«

»Er ist der ehrlichste Mensch von der ganzen Welt.«

»Dann, Steph, ist es das Einzige«, Maria richtete sich wieder auf und sprach nun mit all der Überzeugung, zu der sie fähig war, »woran du glauben sollst. Mit deinem Kopf, deinem Herzen und vor allem mit deinem Bauch. Weil du deinen Bruder besser kennst als alle anderen. Weil du ihm vertraust und er dir auch. Ich bin ganz sicher, wenn es so gewesen wäre, hätte Bobby es dir gesagt.«

»Denkst du das wirklich, Maria?« Stephanie blieb liegen, hielt den Blick weiter, fast krampfhaft, an den Wolken fest.

»Ja, das denke ich wirklich. Und ich denke, Bobby würde jetzt sagen, deine Fantasie ist viel bunter als in echt.«

Steph schniefte. Maria zog ein Päckchen mit Papiertaschentüchern aus ihrer Shorts, öffnete es und gab Stephanie eines davon.

Steph kam nun ebenfalls wieder ins Sitzen, schnäuzte, atmete tief durch und sah Maria mit einem Blick an, den Maria nicht so schnell vergessen würde. Es war, als habe Maria Stephanie mit ihren Worten ein Stück ihrer Kindheit zurückgegeben.

Für Stephanie war es geklärt, bei Maria setzte das Gedankenkarussell jedoch erst ein. Sie fuhren zurück. Während Stephanie eher beschwingt in die Pedale trat, fiel Maria jeder Tritt auf einmal schwer. Nach einer Stunde etwa kamen sie wieder an der Alzbrücke an.

Lena hatte sowohl die Decke als auch den Picknickkorb gehütet. Aber sie war nicht mehr allein. Ein etwa dreizehnjähriger dunkelhäutiger Junge war bei ihr. Er hatte ein schönes, ebenmäßiges Gesicht und einen für sein Alter schon recht muskulösen Körper.

Als er Stephanie sah, sprang er auf, und aus Stephanie wurde eine andere. Weich. Mädchenhaft. Fast zart. Sie stellte den Jungen Maria vor. »Das ist Kio!«

Kio reichte Maria höflich die Hand. »Sehr erfreut«, sagte er mit einer leichten Verbeugung und wandte sich, nachdem auch Maria sich vorgestellt hatte, wieder an Stephanie. »Lena hat mir einen von euren gebratenen Hühnerschenkeln spendiert, ich hoffe, das war okay.«

»Logisch«, antwortete Stephanie.

»Und du?«

»Keinen Hunger!«

»Ja, dann …«

»Okay …«

Während Maria noch darüber nachsann, dass man sich in der ersten Liebe offenbar auch mit Hieroglyphen verständigen konnte, zog Kio sein T-Shirt aus. Auf ihrer Rückfahrt vom Osterberg hatte Stephanie Maria erzählt, dass Kio mit zehn aus Nigeria vor Folter und Tod geflüchtet war. Aber was Maria sah, waren mehr als Narben. Das war unmenschlich. Unwillkürlich fragte sie sich, ob mit seiner Haut auch seine Seele verstümmelt worden war und welche Auswirkungen das auf Dauer auf diesen Jungen hatte. Es war seltsam, diese Parallelwelten, die nebeneinander existierten. Idylle und Grausamkeit. Frieden und Krieg. Trauer und Glück. Gab es eine allgemeingültige Realität, oder hatte jeder seine ganz eigene Wirklichkeit? Sie hatte nie nach dem Sinn des Lebens gefragt. Warum die einen es gut hatten und die anderen, was auch immer sie taten, nicht auf die Beine kamen. Warum manche von Geburt an chancenlos waren, während anderen ihre Chancen lautstark angeboten wurden wie die kostbaren Waren eines Basars. Die einen streckten die Hand nur ins Leere, die anderen wussten vor Überangebot nicht, wohin sie zuerst greifen sollten.

Nein, auch jetzt würde sie nicht beginnen, sich diese Fragen zu stellen. Die einen lebten, andere wurden gelebt, und wiederum andere harrten am Ufer aus, bis der Fluss ihres Lebens an ihnen vorbeigezogen war. Manchmal sogar mit den Leichen derer, die ihnen geschadet hatten. Ja, vielleicht musste man gelegentlich einfach nur sitzen und warten. Bei Kio allerdings war es anders. Er war seinem offenbar furchtbaren Schicksal ausgeliefert gewesen, hatte zu den Verlierern gehört, bis er mit seiner Flucht sein Schicksal selbst in die Hand genommen hatte. Auch das war möglich.

Während Maria noch versuchte, ihre Gedanken, Gefühle und Eindrücke zu ordnen und in jeweils dafür bestimmte Schubladen zu verstauen, damit in ihr nicht noch mehr durcheinanderkam, als ohnehin schon geschehen, nahm Kio Stephanie an die Hand. Gemeinsam liefen sie zur Alzbrücke hinauf. So leicht, so unbeschwert, als habe das Vorher nicht existiert. Stephanie formte die Hände zum Trichter und rief ihr zu. »Wir versenken jetzt a paar Preißen … Machst du mit?«

Auch Maria formte die Hände zum Trichter. »Ich spring ganz bestimmt nicht da runter.«

»Das werden wir noch sehen!«

Maria lachte, wollte schon den Kopf schütteln, als sie es sich anders überlegte und Lena, die ebenfalls unterwegs zur Brücke war, folgte.

Zunächst kam sich Maria albern vor. Wie sie da in Shorts und T-Shirt zwischen Kindern und Jugendlichen in Badeklamotten stand, die unter Johlen und Kriegsgeheul versuchten, mit einem gezielten Sprung in die Alz das Schlauchboot eines ahnungslosen Ausflüglers mit einer hohen Wasserfontäne zu versenken. Dann jedoch kam das nächste Schlauchboot angepaddelt. Die Anspannung der anderen übertrug sich auf Maria. Fast verspürte sie eine ähnlich kindliche Freude, wie Stephanie, Lena und Kio und all die anderen Kids sie ausstrahlten.

Zwei Jungs in Kios Alter machten sich zum Sprung bereit. Auf die Plätze, fertig, los. Kurzflug in die Tiefe. Maximale Wasserverdrängung, aber kein Treffer. Unbeschadet paddelte der Familienvater mit seinen beiden Kindern weiter, die den Jungs eine lange Nase drehten.

Das nächste Schlauchboot. Erneute Anspannung. Maria drückte unwillkürlich die Daumen. Der Jagdinstinkt hatte auch von ihr Besitz ergriffen.

Diesmal machten sich Kio und Stephanie zur Arschbombe bereit. Noch war der Paddler aufgrund eines riesigen Sonnenhuts nicht zu erkennen, was für einen Urlauber aus dem Norden sprach, das bevorzugte Opfer der Täterkids. Das richtige Timing, die richtige Sprungtechnik. Anspannung bei Stephanie, straffe Körperhaltung bei Kio.

Und in dem Augenblick, in dem sie zum Sprung ansetzten, hob der Paddler den Kopf, Maria registrierte, dass es Florian war, der ihr fröhlich zuwinkte, sie rief Steph und Kio noch zu: »Nicht springen!« Und im nächsten Moment schon wurde sie von hinten geschubst und segelte die drei Meter tief direkt in Florians Boot. Es kippte, und begleitet von einer Wasserfontäne landeten sie beide im Wasser.

Maria war verblüfft.

Florian war verblüfft.

Attentäterin Lena winkte ihr von der Brücke aus fröhlich zu.

Maria und Florian mussten lachen und konnten nicht mehr damit aufhören, obwohl sie immer und immer wieder Wasser schluckten und es wieder aushusteten.

»Das nenn ich mal ein Wiedersehen!« Florian grinste, schwamm zurück zum Boot, zog sich am Rand hinauf, schwang sich ins Boot hinein, während Maria noch überlegte, ob sie sich für Boot oder Ufer entscheiden sollte. Florian winkte, sie entschied sich für ihn, schwamm auf ihn zu. Florian reichte ihr die Hand und zog sie ins Boot. Sie rappelte sich auf, kam irgendwie zum Sitzen. Florian wurde ernst. »Alles okay? So was kann blöd ausgehen.«

»Ich fürchte eher, ich hab blöd ausgesehen.«

Er lachte. »Anmutig ist anders.« Lachte wieder und sah so verdammt gut aus in seiner Badehose, während sie mittlerweile den Hauch von Ahnung hatte, wie sich ein nasses, zerrupftes Huhn neben einem stolzen Gockel fühlen musste.

»Und jetzt«, er nahm das Paddel, »wartet ein Drei-Gänge-Menü zur Erholung von dem Schrecken auf dich.«

»Aber ich bin nicht angezogen.«

»Bei mir zu Hause wird sich schon etwas für dich finden.«

»Bei dir zu Hause.«

»Richtig.«

Sie wusste noch nicht, ob sie so weit war, sich in die Intimität seiner vier Wände zu begeben.

»Weißt du was, ich zieh mich erst mal um, und dann gehen wir irgendwo schön essen.«

»Und die vielen Stunden in der Küche völlig umsonst?«

»Du hast gekocht?«

»Irgendwie musste ich mir ja die Zeit vertreiben, nachdem ich dich nicht mehr erreicht habe. Okay?«

Träumte nicht fast jede Frau von dem Ritter, der auf seinem weißen Pferd angaloppiert kam und sie in sein Reich der immerwährenden und romantischen Liebe entführte? Es war zwar keine glänzende Rüstung, die Florian trug, sondern nur eine Badehose, die ihm allerdings gut stand, und es war auch kein weißes Pferd, aber ein Schlauchboot konnte unter gewissen Umständen doch recht nahe an das außerordentliche Ereignis eines auf einem Schimmel reitenden Ritters herankommen.

Maria rief Stephanie zu, sie würde später das Fahrrad holen.

Stephanie rief zurück, sie fände es gemein, dass Maria jetzt einfach abhaute. Doch als ihre Worte Maria erreichten, war ihre Kraft schon so weit verbraucht, dass sie Maria kaum noch erreichten.

Florian hatte einen hauseigenen Steg. Er zurrte das Schlauchboot fest, stieg etwas umständlich aus dem Boot und reichte Maria galant die Hand. Nur ein paar Schritte, und dann wurde Maria klar, dass sie möglicherweise gerade einen Fehler begangen hatte.

Sie war Florian schon einmal begegnet.

Vor vielen Jahren.

In der kalten Villa am Bahndamm.

Florian Wieser war der Schmetterlingstöter.

Florian war der Junge mit den stahlblauen Augen hinter Glas.

29

Kaum hatte Maria begriffen, wen sie da vor sich hatte, wäre sie am liebsten auf der Stelle umgedreht, wie damals durch die schadhafte Stelle am Zaun geschlüpft, hätte sich die Schuhe ausgezogen, *lauf, Maria, lauf*, die Füße am stillgelegten Gleis verbrannt, hätte alles in Kauf genommen, um schnell von dem Ort wegzukommen, der sie noch jahrelang in ihren Träumen verfolgt hatte.

Dieser Junge, der das Zucken des Schmetterlings ignoriert, die Flügel etwas anhebt, die Nadel darunterschiebt und die sich wehrenden Beinchen schließlich aufspießt … Und dieser Moment, als der Junge sie entdeckt, die Augen leer und dieses ganz leichte Lächeln um den hübschen Mund. Als erfreue er sich an ihrem Entsetzen. Das war Florian gewesen. Der Mann, in den sie sich auf den ersten Blick verliebt hatte.

Sie hätte ihn darauf ansprechen können, herausfinden, ob das, was sie damals in seinen Augen und in seinem Lächeln gesehen hatte, noch in ihm war. Doch die Worte formten sich nicht in ihr. Deshalb sah sie sich erst einmal um und – blieb.

Die Villa hatte sich verändert. War zu einem einladenden Ort geworden. Der Garten angelegt mit geometrischen Bosketten, Kieswegen und einem zauberhaften Arrangement aus Brunnen, Grotten und Kaskaden. Offenbar hatte Florian sich an toskanischen Gärten orientiert. Es gab ein von Flussgöttern umlagertes Brunnenbecken und einen Pool. Üppige Blumenbeete, umschwirrt von sehr lebendigen Faltern und Schmetterlingen, Hummeln und Bienen. Ein Zauber haftete dem Garten an, den man schon einen Park nennen konnte. Und im Haus nicht das geringste Anzeichen, dass Florian noch immer seinem mörderischen Hobby nachging. Er hatte Geschmack. Das Wohnzimmer, von dem aus die gemauerte Treppe in den ersten Stock führte, wo sich das Badezimmer befand, war großzügig geschnitten. Ein minimalistischer offener Kamin teilte den Raum in zwei Hälften. Auf der einen Seite stand eine weiße Couchgarnitur aus Leder, in der Mitte ein schwarzer, quadratischer Tisch, und an der Wand hing ein rechteckiges, in Gelb und Violett gehaltenes Bild. Vorhänge gab es keine. Stattdessen eine Glasfront, von der aus man die Terrasse betreten konnte. Mehr war auch nicht nötig, denn eine hohe Hecke schirmte das Grundstück vor neugierigen Blicken ab.

So klar und ohne Schnörkel die eine Hälfte des Wohnraums war, so gemütlich war die andere Hälfte. Ein alter Bauernschrank, ein langer Holztisch, kombiniert mit modernen Designerstühlen. Hätte es nicht aus der angrenzenden Küche geduftet nach sonnengereiftem Gemüse, Knoblauch, sattem Olivenöl und Kräutern wie Basilikum, Rosmarin und Thymian, wäre es ihr dennoch ein wenig zu steril gewesen. Sosehr sie selbst die Ordnung liebte und mit Chaos wie im Archehof nur schlecht zurechtkam, ein wenig empfand sie das Ganze wie den Showroom eines exklusiven Möbelhauses.

Die Frauenhand fehlte. Mit einer Vorliebe für Dekostücke. Wobei, das musste sie wohl oder übel zugeben, dies auch nicht gerade zu ihren hervorstechenden Eigenschaften gehörte. Das Wichtigste aber war, dass es keinen einzigen toten Schmetterling mehr gab.

Menschen verändern sich.

Auch sie hatte sich in den letzten Jahren verändert, was ihr an diesem Wochenende bewusst geworden war. Sie wusste nicht, wann genau ihre Erstarrung begonnen hatte. Vermutlich nach dem Verlust des Babys, und als Aaron sie deswegen verlassen hatte.

Nein, man durfte nicht urteilen, ehe man nicht die ganze Geschichte kannte. Wie hieß es so schön? Erst sollte man in die Schuhe des anderen schlüpfen und dann hundert Schritte in ihnen gehen, um zu verstehen.

Während sich Maria in dem luxuriösen Badezimmer aus Naturstein, frei stehender Wanne und antiken Fliesen für die Regendusche entschied und Höschen, BH, T-Shirt und Shorts im Trockner durcheinandergewirbelt wurden, überlegte sie, wie es wohl sein würde, wenn Florian einfach hereinkommen, sich ausziehen und sich mit ihr unter die Dusche stellen würde. Konnte sie die Erinnerung an den blassen Jungen mit dem dunklen Haar, den Eisaugen und dem höhnischen Lächeln verbannen? Konnte sie vergessen, dass seine langen, knochigen Finger in der Lage waren zu töten?

Psycho. Hitchcock. Janet Leigh unter der Dusche. Anthony Perkins mit dem Messer. Maria lachte laut heraus, dass ihre Fantasie gerade derartig mit ihr durchging. Aber Florian hatte tatsächlich was von Anthony Perkins. Zumindest der Junge von damals. Und genauso hübsch war er auch.

Sie rief sich zur Ordnung, massierte mit langsamen, kreisenden Bewegungen das Duschgel auf ihrer Haut, und es war, als wache auch sie nach einer zu langen Zeit der Ruhe und des Nichtgehaltenwerdens allmählich auf. Die Haut fing an zu pulsieren. Leidenschaft. Wie lange hatte sie sie nicht mehr erlebt. Es sich verboten. Leidenschaft gleich Befruchtung. Befruchtung gleich Baby. Baby gleich Tod. Unter dem warmen Wasser kam sie dem, wer sie heute war, allmählich näher. Dafür zumindest war sie Florian dankbar.

Schritte!

Ihr Körper brannte.

»Maria?«

Sie hielt den Atem an. Wollte sie es? Jetzt? Danach würde alles anders sein. Selbst wenn es zwischen ihnen nicht lange andauerte. Sich herausstellte, dass er nicht der Richtige für sie war und sie nicht die Richtige für ihn. *Nein, nein, nein! Ich will keine weitere Kerbe mehr in meinem Bettpfosten. Ich will endlich das Fürimmer.*

»Maria? Hallo?« Ein Klopfen.

Und da war auch noch diese kleine Berührung von Henri, als er ihr geholfen hatte, den Reißverschluss von Ellas Kleid zu öffnen. Warum war die Erinnerung daran jetzt da. Sie war verwirrt. Zahlen waren berechenbar. Aber sie kannte offenbar nicht einmal sich selbst.

Die Türklinke bewegte sich nach unten. Jetzt wusste sie, was zu tun war, reagierte schnell. Stellte die Dusche ab und rief: »Ich bin gleich fertig!«

Die Türklinke ging wieder nach oben. »Okay, der Tisch ist gedeckt.« Die Schritte entfernten sich.

Maria wusste nicht, ob sie enttäuscht war oder nicht. Wenn ja, dann war das nicht mehr als die Eitelkeit einer Frau, die begehrt sein wollte. In den letzten Jahren hatte sie eher zu den Frauen gehört, die ein Mann behutsam zudeckte, wenn sie nackt auf dem Bett lag. Damit sie sich nicht erkältete. Wieder musste sie lachen. Über sich selbst, und sie fühlte sich gut dabei. Irgendwann würde *Fifty Shades of Grey* auch in ihr Leben zurückkehren. Wenn auch ohne Machtspielchen und Machogehabe.

Sie stieg aus der Dusche, fühlte sich nicht nur äußerlich, sondern auch innerlich gereinigt, hüllte sich in ein Badetuch, stellte den Trockner ab. Die Sachen waren noch etwas feucht, aber die Sonne würde schnell den Rest erledigen. Sie schlüpfte in

Höschen und BH, T-Shirt und Shorts, fuhr sich mit Florians Bürste durchs Haar. Sie war ungeschminkt, aber irgendwie gefiel es ihr. So pur. Ohne Hut, weiße Bluse mit Stehkragen und Businesskostüm. Im Spiegel begrüßte sie die andere Maria. Mit einem guten Gefühl verließ sie das Bad.

Lief beschwingt mit einigen Wackersteinen weniger auf Herz und Seele barfuß die Steintreppe hinunter, trat durch die offene Terrassentür ins Freie, lief zum Pool, an dem schon Florian und ein herrlich gedeckter Tisch auf sie warteten. Mit all den Wohlgerüchen, die die Küche versprochen hatte.

Als Vorspeise gab es Kirschtomaten mit frischen Thymianzweigen, gewürzt mit Oregano, etwas Olivenöl, Weißweinessig und Pecorino. Allein schon, wie sinnlich Florian die Zutaten schilderte, ließ Maria das Wasser im Mund zusammenlaufen.

Danach verzauberte er ihre Geschmacksnerven mit Polpettine al sugo di pomodoro, Hackbällchen in Tomatensoße, dazu einen erstklassigen Barolo, und zum Abschluss legte Florian jeden inneren Widerstand, zumindest was den Gedanken an ihr Gewicht betraf, mit La Torta con ricotta e cioccolata della Luigina endgültig lahm.

Sie räkelte sich wie eine satte Katze, dachte, welche Überraschungen an diesem Wochenende wohl noch auf sie warteten. Verzieh Florian in diesem Moment endgültig. Der Pool lud zum Schwimmen ein, aber mit vollem Magen und einer halben Flasche Rotwein war ihr das zu riskant. Sie blieb trocken, genoss den fantastischen Cappuccino, den Florian ihr nun mit der übertriebenen Geste eines Butlers am Liegestuhl servierte, und war bereit. Wenn Florian sie jetzt küssen würde. Sie würde nicht Nein sagen.

Doch Florian blieb auf Abstand, was ihn für Maria noch attraktiver machte. Er war nicht auf eine schnelle Nummer aus, sie war sicher, er wollte mehr von ihr. Sich wohl und sicher fühlend, begann sie zu flirten. »Wieso warst du eigentlich so sicher, dass ich komme?«

Er musste nicht antworten. Seine Augen verrieten ihn, er hatte nicht einen Gedanken daran verschwendet, dass sie seine Einladung ablehnen würde.

»Du bist ganz schön überzeugt von dir.« Sie wusste nicht, ob sie das noch immer anziehend fand, herausfordernd vielleicht, aber wo blieb die Unsicherheit, die Verletzlichkeit, die sie an Männern mochte.

»Maria, ich bin von gar nichts überzeugt, und am wenigsten von mir selbst.«

Sie entspannte sich. Er begann zu erzählen, und Maria hörte zu.

Florian schilderte, was es für ihn bedeutet hatte, gefangen zu sein in einer Kinderkrankheit, die es gar nicht mehr geben dürfte und die ihn nur aufgrund der Achtlosigkeit seiner Eltern »erwischt« hatte.

»Hast du sie so wenig interessiert?«

»Wie man sich halt für ein Zufallsprodukt interessiert. Diplomaten in exotischen Ländern, Partys, Berühmtheiten, die bei uns ein und aus gingen, das war ihre Welt.«

Florian schilderte fast emotionslos, wie er manchmal lieber gestorben wäre, als allein zurückzubleiben in diesem Haus, weil seine Kinderlähmung das Versäumnis der Eltern offen anprangerte, versorgt von wechselnden Haushälterinnen und Kindermädchen. »Kaum habe ich eine wirklich gemocht, hat meine Mutter ihr schon gekündigt.«

»Sie war eifersüchtig?«

»Sie konnte keine Nähe ertragen. Nicht bei sich und nicht bei anderen.«

»Wie traurig.«

Er lächelte. »Ich hab's überlebt. Sie nicht. Herzinfarkt – und ich dachte immer, das sei nicht möglich, so ohne Herz.«

Maria schluckte. »Und dein Vater?«

»Hockt mit neuer Frau und drei Kindern in Namibia.«

»Besuchst du ihn?«

»Nein.« Florians Stimme klirrte jetzt vor Kälte.

Maria entschied sich, die toten Schmetterlinge nicht anzusprechen. Und auch Florian gab nicht zu erkennen, ob er sich an Maria und ihren Begleiter erinnerte, die im Pool geschwommen waren, während er sie sehnsüchtig durch das Fenster beobachtet hatte. Jetzt, da sie seine Geschichte kannte, schämte sich Maria. Für ihre kindliche Unwissenheit, mit der sie ihn planschend und lachend im Pool gequält hatte, sie schämte sich ihrer Albträume und für ihre Vorurteile.

Sie lächelten einander zu.

Er küsste sie noch immer nicht.

Sie räumten gemeinsam den Tisch ab, Florian schenkte ihr noch einen Grappa ein, sie ließen die Füße im kühlen Nass des Pools baumeln, redeten über Gott und die Welt, irgendwann lenkte Florian das Gespräch auf den Archehof, und Maria, die normalerweise sehr diskret mit den finanziellen Problemen ihrer Kunden umging, umgehen musste – war es der Alkohol oder das Vertrauen, das sie jetzt für Florian empfand? –, jedenfalls deutete sie zumindest an, mit welchen Schwierigkeiten Henri Sonnenschein zu kämpfen hatte. Sie sei jedoch dabei, ein Konzept zu entwickeln, durch das der Archehof zumindest Zeit gewinnen konnte. »Ich setze alles daran, um den Hof zu retten.«

Florian Wieser hörte zu.

Er hörte gut zu.

Mehr noch, er hörte äußerst interessiert zu, und als sie ihre Ausführungen beendet hatte, nahm er sie in den Arm, küsste sie nun doch und meinte mit einer Zärtlichkeit in der Stimme, die völlig neu an ihm war: »Du bist ein wunderbarer Mensch, Maria, und ich wünsche dir von ganzem Herzen, dass du das mit dem Hof genauso hinkriegst, wie du es dir vorstellst.«

Irgendwann verabschiedete sich Maria, weil sie nicht auch noch den zweiten Abend außer Haus verbringen wollte, wenn Bärbel und Paul sie schon übers Wochenende eingeladen hatten. Sie machte sich auf den Weg. Schlenderte durch Feld- und Wiesenland, zwischen Korn und Heu, eine Blindschleiche lag regungslos, brütend, stille Minuten, bis sie die Alzbrücke erreichte.

Die Kids waren fort.

Auch Stephanie, Kio und Lena waren aufgebrochen. Nur das Hollandrad wartete auf Maria. Beschwingt von Kuss, Alkohol und der Klärung einer alten Geschichte, fuhr sie zurück zum Archehof. Egon der Fischreiher begleitete sie, zumindest nahm sie an, dass es Egon war, der über ihrem Kopf kreiste. Sie fuhr durch das Tor mit dem Holzschild, warf einen Blick auf das *Schee war's* und konnte das von ganzem Herzen nur bestätigen.

Es war ein wundervoller Tag gewesen. Sie setzte sich zu Bärbel unter die alte Kastanie, die umringt von Stephanie, Bobby und Mariamas Töchtern eine Geschichte erzählte von einer Welt, in der es keine Sonne mehr gab und sich nur noch wenige daran erinnern konnten, wie sie ausgesehen hatte. »Die einen behaupteten«, so Bärbel, »sie habe ausgesehen wie eine gelbe Zitrone, andere wiederum meinten, sie sei nur so groß gewesen wie ein Centstück, andere bestanden darauf, sie sei so golden und groß, dass man damit die ganze Welt kaufen könne …«

Irgendwann hörte Maria nicht mehr zu. Lauschte den Sommertönen. Dem Grillengeläut. Dem Rauschen wogender Ähren. Mückenschwärme. Bekämpft von Bärbel mit Kerzenlicht. Irgendwo ein entfernter leiser Donner. Warmer Wind und das Sehnen nach zumindest etwas Regen.

Morgen würde sie, musste sie, aufbrechen, der Beginn der Arbeitswoche nahte, und Maria wusste jetzt schon – der Archehof würde ihr fehlen.

Etwa zur selben Zeit griff Florian Wieser nach seinem Smartphone.

30

Die Hoffnung auf Regen hatte sich nicht erfüllt. Irgendwo in der Ferne hatte ein giftgelbes Durchzucken des Nachthimmels gezeigt, dass es durchaus Regionen gab, die in die Gnade eines Gewitters gekommen waren. Unter der Kastanie war es schwül geblieben, das Donnergrollen irgendwann verstummt, und nachdem die Kinder im Bett waren, hatten die Frauen noch ein wenig geplaudert. Bärbel hatte von ihren Reisen mit Paul berichtet und Mariama, wie schlecht die medizinische Versorgung in Sierra Leone war. Ihre beste Freundin war mit acht Jahren an einer Blinddarmentzündung gestorben, weil kein Arzt in der Nähe gewesen war, obendrein wurden die Mädchen noch beschnitten, sie selbst litt bis heute darunter, jede Geburt war eine Qual gewesen, und daher hatten sie und Abubakar diese unmenschliche Prozedur ihren Töchtern ersparen wollen. Maria hatte noch mehr wissen wollen über das, was Mariama erlebt hatte, doch sie hatte nur gesagt, sie könne nicht darüber reden, denn wenn sie all das, was sie in Sierra Leone erlebt hatte, sich wieder in Erinnerung rufe, wäre auch ihr der baldige Tod sicher.

Maria hatte es dabei belassen, aber gerade Mariamas letzter Satz verstärkte in ihr den Wunsch, alles für die Menschen hier zu tun, die an diesem Wochenende noch nicht zu Freunden geworden waren, aber vielleicht doch zu etwas wie einer Familie.

Jetzt war es tiefe Nacht. Die Zimmertemperatur war nicht unter zwanzig Grad gefallen, und Maria hatte noch kein Auge zugemacht.

Durch das offene Fenster formierte sich das Zirpen der Grillen zu einem unaufhörlichen Konzert. Eine Fliege surrte. Das Miauen des Katers, den alle nur Kater nannten. Ein Hund schlug an. Ein Hahn krähte. Möglicherweise war ein Fuchs in der Nähe des Hühnerstalls.

Fielen Maria irgendwann doch die Augen zu und war sie kurz davor einzuschlafen, schlug die Kirchturmuhr. Zuerst viermal, um die volle Stunde anzuzeigen, dann die nächsten Schläge für die exakte Uhrzeit. Mörderisch. Aber das war nun mal das Land. Maria zählte, *ein, zwei, drei* … Es war also drei Uhr nachts. Die Zeit zu kennen, erleichterte nicht gerade das Einschlafen.

Gedankenkarussell. Tagsüber verdrängt, legte es jetzt an Tempo zu. Raste, verhakte sich, wurde für Maria, die noch verzweifelt versuchte, sich irgendwo festzuhalten, zum Schleudersitz, der sie durch die Dunkelheit wirbelte. Hatte Bobby etwas mit dem Tod seiner Mutter zu tun? Nachmittags und abends hatte sie die Frage verdrängt, jetzt war sie plötzlich ganz präsent.

Sie hatte Stephanie beruhigt, aber war auch sie beruhigt? Es konnte möglich sein, sagte etwas in ihr, möglich sein, möglich sein … dieses immerwährende Echo in ihrem Kopf. Quälend. Sie stand auf. Gehen. Ihr Inneres tobte. Was tun? Es ignorieren oder sich anvertrauen. Aber damit Stephanie verraten – und wem half es? Bobby? Wenn es so gewesen war, war er nicht verantwortlich. Aus Liebe töten. Was für eine Wahnsinnsvorstellung.

Sie beugte sich nach unten. Berührte mit den Händen das kühle Parkett, zählte zuerst bis zwanzig, dann bis dreißig, bei vierzig gab sie auf. Auch ihr Ritual, um sich zu erden, half diesmal nicht. Sie legte sich wieder ins Bett, wühlte sich in ihr Kissen, auch um den Kopfschmerz zu bekämpfen, der sich wie aus dem Hinterhalt vom Nacken her bis hinter die Stirn schlich. Wie so oft, wenn sie etwas beunruhigte. Florian hatte es getan. Getötet. Gnadenlos. Schmetterlinge, filigran, ein Wunder an Farben. Er hatte sie nicht zu Forschungszwecken aufgespießt. Zumindest nahm sie das an. In Anbetracht seiner Geschichte hatte er es getan, weil sie frei und er gefangen gewesen war. Damals war er fast noch ein Kind gewesen. Ein einsames, verlorenes Kind. Heute sammelte er nicht mehr. Heute küsste er, und das gar nicht mal so schlecht. Dennoch – der Kuss hatte nicht das gehalten, was sie sich seit Tagen in ihrer Fantasie versprochen hatte.

Der Schweiß tropfte. Sie war klatschnass. Und nicht nur von der Hitze, die sich in den Wänden staute. Die Temperaturen kletterten höher, und allmählich glichen sich die Temperatur von Luft und Körper einander an. Normalerweise liebte Maria diesen Zustand, in dem sie nicht wusste, wo der Körper aufhörte und die Luft begann, in dem alles so leicht wurde wie der leise Wind, der behutsam den zartgelben Vorhang bewegte, den vermutlich noch Ella ausgesucht hatte. Geräusche der Nacht. Geister der Nacht. Maria war fast eingeschlafen, als erneut die Turmuhr schlug. *Eins, zwei, drei, vier.* Und noch einmal. *Eins, zwei, drei, vier.* Danke schön für das Inkenntnissetzen, dass sie schon wieder eine Stunde wach gelegen hatte.

Maria stand auf und trat ans Fenster.

Die Linde, die Kastanie. Freund Baum. Seele des Gartens. Zuhause der Vögel. Darunter der Holztisch, an dem es, so zumindest hatte es Bärbel formuliert, von nun an auch immer einen Platz für sie geben würde. Sie konnte wiederkommen. Jederzeit. Und so lange bleiben, wie sie wollte.

Allein der Gedanke tat gut. Von jetzt an immer zu wissen, wohin … Einen Ort zu haben, an dem sie willkommen war. Marias Blick wanderte weiter. Zum abgeblühten Rhododendron. Den Gladiolen, Schwertlilien und Dahlien, über den Holzschuppen mit den weißen Scheibengardinen hinweg. Und dann sah sie das Licht.

Es kam aus dem Alpakastall. Aber da war noch etwas. Ein Geräusch, das sie nicht einordnen konnte.

Fast war es, als wehte der Nachtwind ein Schluchzen zu ihr. Konnte es sein, dass jemand weinte? Bobby? War etwas mit Misti oder Happy oder einem anderen Alpaka? Oder Stephanie, die sie doch nicht hatte beruhigen können, die überwältigt war von der Furcht, Bobby könne etwas mit dem Tod der Mutter zu tun haben?

Maria lauschte erneut. Was immer es gewesen war, es war verstummt. Das Licht jedoch blieb.

Vielleicht war es die Übermüdung, war es der übervolle Tag, aber Maria hatte mit einem Mal das sichere Gefühl, gebraucht zu werden. Sie schlüpfte in Jeans, T-Shirt und Flipflops, betrat leise den Flur. Sie wollte niemanden wecken, falls sich alles nur in ihrem Kopf abspielte, in dem das Feuer hinter der Stirn jetzt lichterloh brannte.

Jeder Schritt eine Qual. Keine Schmerztabletten. Später würde sie sich einen Kaffee mit etwas Salz machen. Das half immer, wenn sich die Migräne in ihr festkrallte und sie ganz langsam auszuhöhlen begann, bis in ihr nichts anderes war als Schmerz und Leere, weil Anspannung und Druck wieder einmal zu groß gewesen waren.

Die Tür zu Bärbels und Pauls Zimmer war geschlossen. Maria lauschte, hörte regelmäßiges Atmen. Stephanie hatte ihre Zimmertür einen Spaltbreit geöffnet. Auch sie schlief, ebenso wie Bobby, als sie ganz behutsam die Klinke herunterdrückte. Mariama? Abubakar? Die Kinder?

Jetzt sah sie es. Henris Couch, die er nachts zum Bett auszog, war leer. Wenn Henri es war, der sich in den Stall zu den Alpakas zurückgezogen hatte, war es besser, ihn nicht zu stören. Andererseits, vielleicht war es doch besser, zumindest nachzusehen. Sie würde nicht schlafen können, ohne sich davon überzeugt zu haben, dass alles in Ordnung war. Diese Hitze machte einen ja schon verrückt, wenn man seelisch gesund war.

Sie trat aus dem Haus.

Die Nachtluft schaffte Raum zum Atmen. Das tat gut. Auch ihrem Kopf. Vielleicht würde es doch auch ohne Kaffee gehen, sodass sie zumindest noch zwei, drei Stunden schlafen konnte, ehe sie sich völlig übermüdet auf den Weg zurück nach München machte.

München.

Ihr Apartment.

Leere.

Einsamkeit.

Angst.

War es auch das, was ihr Kopfschmerzen bereitete? Die Furcht vor dem Alleinsein? Etwas, an das sie gewöhnt war, aber konnte ein einziges Wochenende ausreichen, dass man es nicht mehr ertragen konnte?

Maria ging nicht schnell. Falls es Henri war – und sie war sicher, dass er es war –, wollte sie vorbereitet sein. Die Begegnungen mit ihm waren nie einfach.

Sie blieb vor dem Stall stehen. Der Mond hing wie eine große Laterne am Himmel. Es raschelte. Eine Maus, die sich kurz mit den Vorderpfoten an der Schwelle zum Stall hochzog, Maria ansah und wieder im Laub verschwand, das Bärbel auch für die Igel das ganze Jahr über liegen ließ. Beim Anblick der Maus fiel Maria ein Erlebnis im Garten ihrer Großmutter ein. Eine Pflanze war vertrocknet. Ihre Großmutter hatte sie aus der Erde gelöst und wegwerfen wollen, als vier kleine Babymäuse das Weite suchten. Maria hatte sich Sorgen gemacht, was aus ihnen werden würde, denn es gab Katzen, die nur auf die Gelegenheit warteten, um ihr Futter mit Frischfleisch zu ergänzen. Und schon wenige Minuten später war auch die Mäusemutter zurück, wo immer sie auch gewesen war, und begann nach ihren Mäusebabys zu suchen, fand sie und schleppte eines nach dem anderen in den Blumentopf zurück. Von diesem Moment an hatten Topf und Pflanze unter Marias besonderem Schutz gestanden, bis die Babys erwachsen geworden und die Sommerferien bei der Großmutter wieder einmal zu Ende gewesen waren.

Ameisen, Regenwürmer und Tausendfüßler. Es knackte, knisterte, summte, schnaufte und piepste. Irgendwo schrie eine Eule den Mond an. Ein Blatt wisperte. Sie holte tief Atem, öffnete die Stalltür, die ein Stöhnen von sich gab, als hasse auch sie es, um diese Zeit gestört zu werden.

Es gibt Bilder, die man für immer mit einem Menschen verbindet. Dies war so ein Bild:

Der Mond umschlang Henri wie mit einem goldenen Band – und nicht nur ihn. Misti hatte den Kopf in Henris Schoß gebettet, Suri lag entspannt daneben, Happy mahlte unentwegt mit dem Unterkiefer, was etwas Beruhigendes hatte.

Offenbar hatte Henri die drei Alpakas vor das Gatter gelassen, während der Rest der Herde hinter dem Gatter schlief oder auch – der Stall war offen – nach draußen lief, um Gras zu fressen, zu koten, sich gegenseitig über die Weide zu jagen oder sich irgendwelche anderen Alpakaspiele auszudenken, bei denen gelegentlich auch Kater und andere Kätzchen aus der Umgebung mitmischten. Henri hatte die Augen geschlossen, und so konnte Maria ihn ungestört betrachten.

Er sah lange nicht so gut aus wie Florian. Aber jetzt lag etwas Sanftes über dem herben, kantigen Gesicht. Die Lippen weich und verletzlich. Die dunklen Augenbrauen schön geschwungen. Es war ein Gesicht, in dem Gefühle ihre Pfade hinterlassen hatten, wie mehr oder weniger ausgetretene Wege in einem bisher unberührten Wald. Es war ein interessantes Gesicht. Ein Gesicht mit einer Geschichte, die es wert war, gehört zu werden.

Maria ertappte sich dabei, dass sie mehr über ihn erfahren wollte. Das andere Ich kennenlernen. Den Mann, in den sich Ella verliebt hatte und mit dem sie aus dem Hof einen Ort der Begegnung hatte machen wollen. Ein Shangri-La, der sagenhafte Ort des Friedens, der Liebe und der Harmonie. Paradies und Rückzugsort.

Seltsam, während sie Henri so betrachtete und in seinem Gesicht nach seinem anderen Ich stöberte, war es, als ob auch in ihr eine andere Seite an den inneren Gitterstäben rüttelte. *Wenn du nicht mehr funktionierst in dieser Welt, wo ist dann dein Platz?* Sie musste an Franz denken, den Obdachlosen, um dessen Kaffeezufuhr sie sich am Montag wieder würde kümmern müssen.

Suri mahlte.

Francis summte.

Happys sanftes Pusten an ihrem Ohr, das sie einlud, sich zu ihnen zu setzen. Maria blieb stehen.

Er schlug die Augen auf. Knurrte. »Jetzt kommen Sie mir bloß nicht mit dem Businessplan.«

»Ich hab Licht gesehen.«

»Und sind wie die Heiligen Drei Könige dem Stern gefolgt.«

Maria grinste. »Ein bisschen sieht's ja schon aus wie der Stall von Bethlehem.«

»Und jetzt«, Henri kraulte mit der einen Hand Suri und mit der anderen Misti, »haben wir auch noch die Maria da. Was will man mehr.«

»Alles gut?«

»Was soll sich seit unserem letzten Gespräch über den Tod verändert haben?«

»Dass Sie zumindest schon mal beim Frühstück waren.«

»Stimmt. Sie scheinen eine wiederbelebende Wirkung auf mich zu haben.«

»Ich fasse es nicht.«

»Was?«

»Sie haben Humor.«

Er ging nicht darauf ein, angelte nach dem Whiskeyglas, das er außerhalb der Reichweite der Alpakas abgestellt hatte, und trank einen Schluck. »Wie geht's übrigens Ihrem Freund?«

»Freund?«

»Na, dem Typen, dem Sie praktisch ins Schlauchboot geplumpst sind. Dem Typen, der mit dem Bürgermeister befreundet ist und hier alles aufkauft, was nicht niet- und nagelfest ist.«

»Florian Wieser?«

»Genau der. Steph sagt, er ist hinter Ihnen her. Ich denke aber, Sie als Bankerin sind hinter ihm her.«

»Was wollen Sie damit sagen?«

»Na ja … Immobilienhai und Bankerin fressen den kleinen Fisch.«

»Sie sind betrunken.«

»Hab ich nie bestritten. Cincin. Skol. Prost. Nasdarowje.« Er hob das Whiskeyglas wie zum Beweis. Vielleicht wollte er sie auch nur provozieren.

In Maria stieg Zorn auf. Normalerweise erstickte sie jeden Ansatz innerer Aggression im Keim. Diesmal jedoch explodierte etwas mit einer Kraft in ihr, dass sie nicht mehr in der Lage war, es zu unterdrücken. Mit voller Wucht holte sie zum verbalen Gegenschlag aus.

»Ich reiß mir für Sie hier den Arsch auf. Renn den ganzen Tag rum und sammle Ideen, wie Sie zu geregelten Einkünften kommen könnten. Und nein, das ist nicht meine Aufgabe. Ich kann in dieser Sekunde noch zurück nach München fahren, ins Büro gehen und eine negative Einschätzung Ihrer Situation protokollieren …«

»Und warum tun Sie es nicht?« Er schwenkte das Glas, als bereite es ihm zunehmend Vergnügen, alles, was er und Ella aufgebaut hatten, endgültig gegen die Wand zu fahren.

Sie kochte vor Wut. »Warum ich es nicht tue? Oh, ganz bestimmt nicht Ihretwegen. Sie in Ihrem verdammten Selbstmitleid …«

»Oh, oh, oh!«

»Sie sind mir so etwas von egal. Aber Ihre Kinder sind mir nicht egal. Merken Sie überhaupt noch was? Merken Sie, was Sie für großartige Kinder haben? Bobby, der noch immer voller Vertrauen ist, dass Sie wieder in Ordnung kommen? Wollen Sie ihm das hier«, sie deutete auf Misti, »wirklich nehmen und ihn für den Rest seines Lebens in eine Behindertenwerkstatt stecken, in der Bobby ganz allmählich verkümmert? Sehen Sie nicht, wie stark er ist, wie klug, voller Liebe, verantwortungsbewusst? Er hat etwas anderes verdient. Nämlich den Hof hier, weil er sich hier mit den Alpakas frei entfalten kann …«

»Das Problem an einer Depression ist, dass sie keiner versteht.«

»Wenn es wirklich eine Depression ist und nicht nur unterdrückte Trauer, dann verdammt noch mal kriegen Sie Ihren Arsch …«

»Oh, oh, das zweite Mal dieses böse Wort aus Ihrem Mund …«

Sie wurde eindringlich. »Es gibt Hilfe. Lassen Sie sich helfen. Für Bobby, für Stephanie, die so ein starkes Mädchen ist, eine Kämpferin, und die gerade ihre Kindheit viel zu früh an der Garderobe abgibt, um sich in Klamotten zu hüllen, die viel zu groß für sie sind.«

»Stephanie hat Spaß.«

»Stephanie hat Angst.«

»Wovor?«

In Maria war jeder Ärger verpufft. Sie war erschöpft. Der Tag mit seinen vielen Eindrücken hatte sie erschöpft. Dazu die Nacht ohne Schlaf, vor dem Stall graute schon der Morgen. Nur so konnte sie sich erklären, dass sie etwas tat, was sie nicht hätte tun dürfen. Stephanie verraten. Das Versprechen brechen, das sie ihr gegeben hatte.

Aber so sprach sie es aus. War sehr ruhig dabei. »Wissen Sie eigentlich, dass sie glaubt, Bobby habe Ella durch seine überfallartige Umarmung umgebracht?«

Stille.

Absolute Fassungslosigkeit.

Henri griff weder sie an, noch nahm er Bobby in Schutz. Es dauerte einige Minuten, bis er seine Stimme wiederfand. »Gleich morgen«, sagte er sehr ruhig, »rede ich mit Stephanie, dass sie niemals, nicht einmal in ihren schlimmsten Albträumen auf so einen Gedanken kommen soll. Ich hab die Dachziegel liegen lassen. Wenn jemand schuld an Ellas Tod ist, dann ich.«

»Schuld. Ein dunkles Mosaik, das sich aus vielen Teilen zusammensetzt.« Sie sah Henri direkt in die Augen. »So wie ich die Sache sehe …«

»Mischen Sie sich jetzt in alles ein?«

Sie blieb ruhig. Ließ sich nicht provozieren. »Sie sollten anfangen, sich zu verzeihen, dann ist es vielleicht auch mit der Depression vorbei.«

Es dauerte einen Moment, dann erwiderte er ihren Blick ebenso direkt. »Sehr glücklich sehen Sie auch nicht gerade aus. Also Maria Popp, was ist es, das du dir zu verzeihen hast?«

Maria war auf einmal unendlich müde. Vielleicht lag es am

mahlenden Geräusch der unentwegt wiederkäuenden Happy. Wie ein immerwährendes Mantra. Dazu die Atmosphäre im Stall. Im Gegensatz zum Wohnhaus war es recht kühl. Nur die Körpertemperatur der Tiere strahlte Wärme aus und vermittelte das Gefühl von Geborgenheit. Maria gähnte. Die Augen fielen ihr zu. Das Kinn klappte nach vorn.

Sie bemerkte nicht, wie Henri ihren Kopf ganz behutsam hob, seine Frage nur für sich wiederholte – »Was ist es, Maria, das dich so traurig macht?« – und den Kopf ebenso sanft, wie er ihren Nacken berührt hatte, auf seine Brust bettete. Sie bemerkte nicht, wie er eine Strähne aus ihrem Gesicht strich und für den Bruchteil einer Sekunde den Duft ihres Haares in sich aufnahm. Happy, Suri, Bella Donna, Francis und auch Misti rückten näher, nahmen Maria und Henri, der jetzt ebenfalls die Augen schloss, auf, als gehörten sie von nun an auch zu ihrer Herde.

Maria wachte auf, als Bobby im Morgenlicht vor ihnen stand und fast ehrfürchtig feststellte: »Wie Maria und Josef in Bethlehem im Stall.« Maria und Henri, ebenfalls schlagartig wach, rückten verlegen voneinander ab, wollten etwas erklären, doch Bobby war schneller. Seine Stimme wurde streng. »Außerdem geht das gar nicht, dass ihr so mit Misti kuschelt, sonst verliert er noch den Respekt und will«, sein Blick heftete sich an Maria, »Babys mit dir machen. Und am Ende landet er beim Metzger.«

Maria und Henri sahen sich an, Maria wollte schon fragen, woher Bobby das wusste, da fügte Bobby gelassen hinzu: »Wenn ihr schon mal da seid, könnt ihr mir gleich helfen, den Stall sauber zu machen. Maria, du kümmerst dich um den Kotplatz, und du, Papa, reinigst den Stall … Ich sorge inzwischen dafür, dass die Alpakas was zu fressen bekommen.« Er machte eine kleine Pause und schmunzelte. »Und das mit den Babys, dem Kuscheln und dem Metzger hat mir Bärbel erzählt. Das ist es doch, was ihr auch wissen wollt.« Mit diesen Worten tänzelte er davon, und Maria und Henri sahen sich erneut an. »Er ist schon was Besonderes«, sagte Maria schließlich.

»Das ist er!«, bestätigte Henri, und dann fing er ganz langsam zu strahlen an, bis alles in ihm und um ihn herum leuchtete.

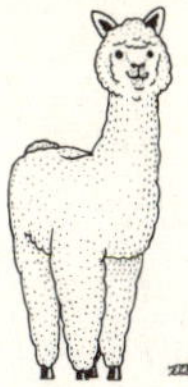

31

Der Abschied vom Archehof fiel Maria an diesem Sonntagmorgen besonders schwer. Bobby hatte ein Bild für Maria gemalt, das sie bei der Alpakawanderung mit Happy zeigte. *Für meine herzallerliebste Mary Poppins, in ewiger Liebe, Bobby!*

Stephanie schickte ihr über WhatsApp ein Handyfoto, das Lena gemacht hatte. Es zeigte Maria als unbekanntes Flugobjekt. Start auf der Alzbrücke. Punktlandung im Schlauchboot. Bärbel hatte ein Stoffalpaka für sie – eine Handarbeit peruanischer Frauen und Mädchen. Paul schenkte ihr zwei Gläser Honig, nachdem sie mit ihm noch vor der Abreise die Bienenstöcke besucht hatte. Von Tidanke, Hawa und Fanta gab es einen Kuss, und Mariama gab ihr etwas von dem Kaiserschmarrn mit, den sie gebacken hatte. Abubakar segnete sie: »Möge dich Allah beim Kampf um den Hof begleiten.«

Maria schenkte jedem von ihnen ihre Umarmung, sah sich dabei unwillkürlich nach Henri um. Sie hatte schon die Fahrertür geöffnet, als er plötzlich vor ihr stand. »Ich habe aus dem Büro noch einige Unterlagen geholt.«

»Für den Businessplan?«

»Damit Sie wissen, weshalb Sie sich besser von Ihrem neuen Freund fernhalten sollten.« Er drückte ihr ein Kuvert in die Hand und drehte sich im Gehen noch einmal um. »Ach ja, und gleich Montag kümmere ich mich um eine Therapie, und mit Stephanie sprech ich Bobbys wegen auch.«

Er ging durch das Tor zurück zum Hof.

Maria sah ihm nach, bis er aus ihrem Blickfeld verschwunden war. Und es war, als habe er etwas von ihr mitgenommen.

Rasch streifte sie das unangebrachte Gefühl ab wie lästige Schuppen von einer dunklen Bluse, warf das Kuvert auf den Rücksitz. Es war nicht Henris düsterer Blick, der sie davon abhielt, sofort einen Blick in die Unterlagen zu werfen. Es war die Erinnerung an den Jungen mit den kalten Augen. Den Schmetterlingstöter. Noch konnte sie Florians Verhalten als Kind auf die tiefe Verletzung schieben, die ihm von den Eltern zugefügt worden war. Nur, wenn das bösartige Kind noch immer in ihm war? Sie war so in Gedanken vertieft, dass sie erst jetzt Paul, Bärbel, Mariama und ihre *Babys* bemerkte, die ebenso zum Abschied winkten wie Stephanie und vor allem Bobby. Bobbys Winken war so heftig, dass Maria schon befürchtete, die rechte Hand würde ihr gleich entgegenflattern und sich wie ein Vögelchen auf dem Beifahrersitz niederlassen, um sie nach München zu begleiten, wenn Bobby es schon vor allem Mistis wegen nicht konnte. Nur allzu gern hätte er ihr dabei geholfen, die Sache mit dem Archehof endgültig in Ordnung zu bringen. Maria winkte auch, ließ den Motor an, setzte etwas zurück und fuhr los. Dass Henri am Fenster seines Zimmers stand und ihr ebenfalls nachsah, als sei er noch immer überrascht von dem, was Maria in der vergangenen Nacht im Stall in ihm ausgelöst hatte – das bemerkte sie nicht.

32

War Maria beim letzten Mal schon ungern nach München zurückgefahren, so fühlte sie diesmal den Widerwillen noch deutlicher. Auf dem Archehof fühlte sie sich aufgehoben. In München ausgeschlossen. Andere hatten Freunde. Sie hatte gearbeitet. Und ganz allmählich den Kontakt zu ihren Freundinnen verloren. Dabei war sie so gerne mit ihnen um die Häuser gezogen, hatte geflirtet, getanzt, war eine normale junge Frau gewesen, das ganze Leben mit all seinen Möglichkeiten vor sich. Bis sie sich für Sicherheit entschieden hatte, ein regelmäßiges Einkommen, Rentenanspruch, der Tag geordnet und überschaubar.

»Der Beruf ist nicht zum Spaß, sondern zum Geldverdienen da«, hatte ihr Vater sie gelehrt. Hatte nach dem Tod der Mutter eine Thailänderin kennengelernt – was das anging, waren ihre und Florians Geschichte einander ähnlich –, lebte jetzt dort, hatte kaum Kontakt zu seiner Tochter, die zurückgeblieben war mit all dem, was er ihr von klein auf eingeimpft hatte, um dann ohne Rücksicht das zu tun, worauf er Lust hatte. Seinetwegen hatte sie nicht Philosophie studiert.

Sie betrat ihre Wohnung, und sie erschien ihr plötzlich seelenleer. Wie ein Ort, den sie nie mit dem Herzen bewohnt hatte. Den sie immer nur vorübergehend aufsuchte, weil sie sonst nicht wusste, wohin mit sich selbst. Sie sehnte sich nach dem Geruch von Äpfeln und kühlen Steinen. Dem Schatten der alten Kastanie, dem Holztisch, an dem nun auch sie ihren Platz hatte. Dem Summen der Alpakas, sogar nach dem Spinnennetz in einer Ecke des Stalls, das im Sonnenlicht aussah wie ein milchiger Stoff. Kreisrund und glänzend. Unwillkürlich musste sie an das Faltennetz auf Bärbels Wangen denken. Wie hatte Bobby sie genannt? Frau Sonnenstrahl! Der Alte Paul – und sie die herzallerliebste Maria, gelegentlich auch Mary Poppins. Aus seinem Mund klang das anders. Nicht ironisch, sondern als Kompliment. Maria lächelte. Sie brauchte keine Pusca mehr, sie hatte jetzt Bobby. Bei ihm gab es Umarmungen ganz umsonst. Allerdings würde sie Pusca anrufen und ihr die Idee unterbreiten, nicht nur Umarmungen zu verkaufen, sondern diejenigen, die ausgehungert nach Berührung zu ihr kamen, mit auf eine Alpakawanderung zu nehmen. Der Zauber wirkte, auch wenn man sich zunächst so bescheuert anstellte wie sie.

Maria lachte auf, die Wände beäugten sie misstrauisch, als sei sie nicht ganz bei Trost, sie holte Bobbys Zeichnung aus der Reisetasche und klatschte sie mitten in das höhnische Weiß. Befestigte sie mit Tesafilm und störte sich auch nicht daran, dass die Zeichnung nun etwas schief hing. Denn jetzt schien zumindest das Wohnzimmer an dieser Stelle zu lächeln, und Maria zwinkerte vergnügt zurück.

Das Zurückkommen war damit leichter geworden. Die Reisetasche würde sie später auspacken. Pauls Honig stellte sie allerdings in die Küche, Mariamas Kaiserschmarrn in die Mikrowelle und Bärbels Alpaka auf die Couch zum Kuscheln. Stephanies Foto von ihr als Flugobjekt von der Alzbrücke würde sie vergrößert ausdrucken lassen und gerahmt neben Bobbys Zeichnung hängen. Der Beweis, dass auch sie fliegen konnte.

Sie riss sämtliche Fenster und die Terrassentür auf, die sie aus Angst vor Gewittern fest verrammelt hatte. Mit der frischen Luft verschwand auch der letzte Rest der Beklemmung, die sie beim Betreten der Wohnung empfunden hatte.

Radio an. *What about us* von Pink. Zunächst bewegte sie sich noch zurückgenommen zum Rhythmus der Musik. Doch als dann ein spanischer Sommerhit folgte, der forderte, dass man *vamos alla playa* und *come with me* sollte, war Maria nicht mehr zu halten. Sie tanzte wie als junges Mädchen am Strand von Mykonos, so selbstvergessen, dass sie damals die Blutblasen erst bemerkt hatte, als sie von Schweiß und Lebenslust durchnässt einfach so ins Meer gelaufen war. Hatte das Salzwasser auf ihren Fußsohlen gebrannt! Aber sie hatte sich gespürt. Und das war fantastisch gewesen. Maria tanzte schneller, Bobbys Zeichnung löste sich, rutschte die Wand entlang und landete auf dem Boden. Maria klebte sie wieder an. Diesmal gerade, sie, Maria, würde jedoch von nun an immer ein wenig schräg bleiben. Nicht mehr perfekt, dafür ganz bei sich.

Mit dem aufgewärmten Kaiserschmarrn und einer Tasse Kaffee machte sie es sich wenig später auf dem Balkon gemütlich. Danach legte sie die Kleidung für den nächsten Tag zurecht. Bedauerte, dass sie nicht in Shorts und Sandalen ins Büro gehen konnte. Wählte einen ihrer unzähligen Bleistiftröcke, weiße Bluse, High Heels, legte sich mit dem Alpaka, das sie Happy getauft hatte, auf die Couch, schaltete den Fernseher an, das Handy blieb aus, und ließ sich vom Herzkino im ZDF in eine Welt mit schönen Bildern entführen, in der am Ende alles gut war. Schaltete irgendwann den Fernseher wieder aus und machte sich an die Arbeit, indem sie im Internet nach allem suchte, wie man mit Alpakas auf gute Art und Weise Geld verdienen konnte.

In die Unterlagen, die Henri ihr mitgegeben hatte, warf sie keinen Blick. Nichts Negatives jetzt, da sie vor Ideen zu platzen schien.

Maria saß bis lange nach Mitternacht.

Erst als ihr die Augen zufielen, schaltete sie den Computer aus.

33

Bobby hatte die halbe Nacht überlegt, wie er Maria bei ihrem Vorhaben, den Archehof zu retten, unterstützen konnte. Jetzt saß er auf der Weide, neben sich einen ganzen Berg aus Grasbüscheln, die er gesammelt hatte und aus denen die Brücke aus Gras entstehen würde, die nur dafür geboren worden war, um die Menschen über tiefe Schluchten hinweg durch Liebe zu verbinden. Zwar hatte er nach wie vor noch keine genaue Vorstellung davon, wie das funktionieren sollte – außer dass man damit Happy in den Bulli locken konnte –, aber die Menschen in Peru waren ganz sicher keine Doofköppe, und wenn sie diese Brücken aus diesem Grund flochten, hatte das seinen Sinn. Und so musste die Brücke fertiggestellt sein, wenn Maria am nächsten Wochenende kam, wie sie es ihm beim Abschied versprochen hatte. Denn Bobby hatte zwei sehr konkrete Pläne mit der Grasbrücke. Sie sollte nicht nur helfen, den Hof zu retten, denn Liebe half immer, sondern auch – und dieser Gedanke war sein Lieblingsgedanke – Maria und Henri für immer zusammenführen. Schließlich konnten er und Steph sich nicht für immer um ihren Vater kümmern. Das Wichtigste aber war, eine Maria landete nicht wie ein Alpaka beim Metzger, wenn man sie zu sehr knuddelte.

Bobby begann mit seiner Arbeit.

Happy, Bella Donna, Suri, Misti und Francis indessen wohnten einem anderen außerordentlichen Ereignis bei. Vor dem

Weidezaun eng aneinandergedrängt, versuchten sie es einzuordnen. Der weiß gestiefelte Kater, normalerweise mit Vorliebe von ihnen bespielt wie ein Schucoauto von Jungs, war auf einmal viel, viel größer als sie. Blickte von einem Pfosten mit einem so arrogant triumphierenden Blick auf die erstaunten Alpakas herab, dass Bobby lachen musste.

»Passt auf, gleich spuckt er euch auf die Köpfe!«

Nun drehten die Alpakas sich wiederum unisono zu Bobby um, als könne Bobby ihnen die Frage beantworten, was in dieser Nacht des abnehmenden Mondes Magisches mit dem Kater geschehen sei und wie sie in Zukunft mit ihm umgehen sollten.

Bobby winkte der Sonne zu. Seiner Mama. Sonne und Mama winkten zurück, Bobby war glücklich, weil er jetzt sicher war, dass auch in Zukunft alles so bleiben würde. Für immer. Bobby wusste zwar nicht genau, wie er sich das Fürimmer vorstellen sollte, aber es war ein Wort, das ihm gefiel, und Maria würde in München für es sorgen.

Irgendwann begann sich Bobby mit der Brücke aus Gras zu langweilen, vor allem weil sie immer wieder auseinanderfiel, und verschob die Arbeit auf später. Es war Zeit, Papa Sonnenschein zu wecken. Er kicherte. Er liebte es, seinen Menschen neue Namen zu geben. Oma Bärbel war Frau Sonnenstrahl wegen der vielen Sonnenstrahlen um ihre Augen. Der Alte Paul war der Alte Paul, weil er ihm jede Frage beantworten konnte, und das konnten nur Menschen, die schon lange lebten. Stephanie war seine Steph, Mariama und ihre Familie waren Afrika, weil sich Bobby den dunklen Kontinent genauso dunkel vorstellte. Und seine herzallerliebste Mary, sie würde immer seine Mary Poppins bleiben, auch wenn sie den Namen nicht mochte. Auf Stephs Foto hatte er seine Mary fliegen sehen. Von der Alzbrücke und sogar ohne Regenschirm. Bobby war mehr denn je davon überzeugt, auch Maria sei wie Mary Poppins mit dem Ostwind zu ihnen verweht worden, geschickt von Mama Ella, die nun auch dafür sorgen musste, dass der Wind nie wieder vom Westen kam, der Mary Poppins mitgenommen hatte und auch Maria mitnehmen würde.

Bobby lief in Henris Zimmer, zog die Vorhänge zurück, klappte die Fensterläden auf und rief wie jeden Morgen: »Schau, Papa, das Leben ist schön!«

Bobby hatte es wirklich erwartet. Hundertprozentig hatte er es erwartet, dass sein Vater nach dem Wochenende mit Maria auch an diesem Morgen aufstehen, neben ihn ans Fenster treten und sagen würde: »Ja, Bobby, das Leben ist schön.«

Doch wie an jedem der schon viel zu vielen Morgen in der letzten Zeit drehte sich Henri zur Wand, murmelte: »Nur noch fünf Minuten, Bobby«, und zog die Decke über den Kopf.

Und wie auch an all den anderen dieser vielen Morgen saß Bobby neben Mariama in der Küche, die an diesem Tag wieder einmal die Zöpfe ihrer Mädchen neu flocht, und starrte auf die Küchenuhr, und sobald der große Zeiger auf die letzte der fünf Minuten rutschte, sprang er auf, lief zu seinem Vater: »Die fünf Minuten sind vorbei!« Wollte schon wieder umdrehen, weil er fest davon überzeugt war, dass es gleich heißen würde: »Noch fünf Minuten, Bobby.«

Doch es kam keine Antwort.

Die Stille unter der Bettdecke war unheimlich.

Bobby bekam Angst und rannte aus dem Zimmer mit demselben Gefühl, das er gehabt hatte, ehe er seine Mutter in der Waschküche am Boden liegend gefunden hatte. Dass von nun an alles anders war. Das Fürimmer war ein Wort, das manchmal kürzer war als die Anzahl seiner Buchstaben.

34

Die Einsamkeit trifft einen am schlimmsten, wenn man die Nacht mit schönen Träumen verbracht hat und beim Aufwachen feststellen muss, dass es eben nur Träume gewesen sind.

Maria stellte den Wecker aus, der sie mit *Sunshine Reggae* geweckt hatte. Ihrer Meinung nach das richtige Lied, um zu verhindern, dass man die neue Woche nicht schon in der ersten Minute mit einem Stinkefinger begrüßte.

Dennoch drückte sie auf den Snooze-Button, versuchte noch einmal unter der Decke in schützender Embryostellung den noch angenehm kühlen Wind zu genießen, der vom Fenster aus durchs Schlafzimmer zog.

Montagsgefühl, auch bei der Kaffeemaschine, die wieder mit ihren Forderungen auf Trab hielt. Kaffeepulverbehälter leeren, Kaffeebohnenbehälter füllen. Viel zu wenig Wasser. Als ihr Kaffee endlich fertig war, war es zu spät, um ihn in Ruhe zu trinken. Außerdem hatte sie keine Lust, sich die Zunge zu verbrennen.

Sie schüttete den Kaffee aus, stellte die Tasse ins Spülbecken, kleidete sich im üblichen Businesslook, fuhr mit dem Lift in die Tiefgarage, stieg in ihren Wagen, zog an der Kette, die das Garagentor öffnen sollte. Nichts. Wunderbar. Der Montag kam ja diesmal so richtig in Fahrt. Neuer Versuch. Chancenlos. Technisches Versagen des Garagentors. Anruf beim Hausmeister, der sie dahin gehend vertröstete, dass die Techniker schon informiert seien, aber es einige Stunden dauern könne, bis der Schaden repariert und das Garagentor wieder funktionsfähig sei.

»Und wenn Sie es mit der Hand hochkurbeln?«

»Keine Zeit, bin unterwegs.«

»Und wie soll ich dann zur Arbeit kommen?«

»Soviel ich weiß, gibt es in München durchaus öffentliche Verkehrsmittel, die einen dahin bringen, wohin man will.« Maria konnte sich nicht erinnern, dass der Hausmeister schon jemals so viel auf einmal gesprochen hatte. Für diese Antwort jedenfalls würde es in diesem Jahr ganz sicher kein Weihnachtsgeld geben.

Maria steuerte den Wagen zurück auf ihren Garagenplatz, lief wieder nach oben, um zumindest die Schuhe zu wechseln. S-Bahn, U-Bahn und Bus mit hohen Absätzen – undenkbar. Also rein in bequeme Schuhe. Treppe wieder runter. Kurzer, banaler Austausch mit einer Nachbarin, die sich ebenso über die Unfähigkeit des Hausmeisters empörte wie sie. Im Laufschritt zur S-Bahn. Gerade noch daran gedacht, eine Streifenkarte zu lösen. Kein Kleingeld. Den Fünfzigeuroschein nahm der Kassenautomat nicht an, also schwarzfahren, was blieb ihr anderes übrig – und dann hoffentlich nicht erwischt werden. Wie hieß es so schön, wer am Montagmorgen erholt aussah, hatte ein bescheidenes Wochenende gehabt. *Danke, Leben. Dieses Wochenende war aufregend genug gewesen. Nicht nötig, noch eins draufzusetzen.*

Maria quetschte sich in die S-Bahn, innerlich drei Kreuze schlagend, dass nicht ausgerechnet jetzt eine Kontrolle kam. Sie hatte noch nicht zu Ende gedacht, da schob sich die Verbindungstür auf, und zwei eindrucksvolle, muskelbepackte Männer arbeiteten sich nach und nach durch die dicht gedrängten Fahrgäste: »Fahrkartenkontrolle. Einmal Ihre Fahrkarte, bitte!«

Maria war noch nie schwarzgefahren.

Sie hatte noch nicht einmal Punkte in Flensburg, und die Strafzettel ihres Führerscheinlebens konnte sie an fünf Fingern abzählen. Und jetzt vor all diesen Menschen würde sie überführt, bloßgestellt und darauf hingewiesen werden, dass sie straffällig geworden war.

Ihr Herz raste.

Ihr war heiß, und das lag nicht an der stickigen S-Bahn, in der sich die Menschen wie in einer Sardinenbüchse zusammenpferchten. Die sechzig Euro Bußgeld waren ihr auch egal. Was sie nicht wollte war, Aufmerksamkeit zu erregen. *Hilfe, lieber Gott, ich will raus!!!*

Und in dem Augenblick, in dem sich ihr ein Kontrolleur zuwenden wollte, stoppte die S-Bahn. Das Wunder der nächsten Haltestelle. Sie quetschte und boxte sich förmlich zu der sie erlösenden Tür. Der rettende Türöffner war schon in Reichweite, als sich eine schwere Hand auf ihre zarte Schulter legte und ein strenges »Halt!« sie dazu aufforderte, sich keinen Millimeter mehr zu bewegen.

Alle Blicke waren auf sie gerichtet.

Dann ein Drängen und Schubsen, auch andere wollten raus. Und in diesem Moment geschah das zweite Wunder. Die Tür öffnete sich, und wie durch ein drittes Wunder stand sie, von den anderen Fahrgästen nach draußen geschoben, auf dem Bahnsteig.

»Sorry«, rief sie dem verdutzten Kontrolleur zu, »ich zeig Ihnen das Ticket beim nächsten Mal.«

Er wollte ihr auf den Bahnsteig folgen, doch da geschah das vierte Wunder. Ehe er auch nur einen Fuß auf den Asphalt setzen konnte, schloss sich die Tür wieder, die S-Bahn fuhr los, und Maria tat das, was sie, wenn sie sich recht erinnerte, nicht einmal als Kind gemacht hatte. Sie streckte ihm die Zunge raus.

Was für ein Gefühl! Gerade noch an das farblose Grau ihrer Umwelt angepasst, fühlte sie sich bunt, wild und rebellisch. Bis sie sich dann doch ins Taxi setzte, um die Abenteuerlust nicht noch weiter herauszufordern, und irgendwann an diesem Montag wollte sie obendrein im Büro auch ankommen.

Sie nannte dem älteren Taxifahrer mit dunklem Haar, Feueraugen und sehr gepflegtem Bart die Adresse der Bank, und während er mit Vollgas im ersten Stau landete, fiel ihr ein, dass sie an diesem Morgen noch kein einziges Mal auf ihr Smartphone geschaut hatte. Sie tat es in der Erwartung, eine WhatsApp von Florian erhalten zu haben. Nichts. Egal. Denn jetzt sprang ihr eine WhatsApp ins Auge, die ihr Herz schneller schlagen ließ, mehr noch, die herzerwärmend war.

Der Taxifahrer warf ihr durch den Rückspiegel einen Blick zu und lächelte: »Glück ist eine Oase, die zu erreichen nur träumenden Kamelen gelingt.«

Maria löste sich von dem Selfie, das ihr Stephanie geschickt hatte und auf dem ihr Bobby, Stephanie, Oma Bärbel, der Alte Paul und Mariama mit ihrer Familie einen guten Morgen wünschten. Sogar Abubakar, schon auf dem Sprung zur Baustelle, war auf dem Foto. Nur einer fehlte. Henri. Marias Enttäuschung darüber war stärker, als sie erwartet hatte. Dennoch versuchte sie ein Lächeln, als sie den freundlichen Blick des Taxifahrers erwiderte: »Sie halten mich für ein träumendes Kamel?«

»Verzeihen Sie. Das ist ein Sprichwort aus meiner Heimat.«

»Darf ich fragen, woher Sie kommen?«

»Aus Syrien. Und ich wollte Ihnen nur sagen, dass Sie nie aufhören sollten zu träumen.«

»Oh, wie nett! Danke sehr!« So bescheuert der Tag begonnen hatte, so ausgezeichnet ließ er sich an.

Der Taxifahrer konzentrierte sich wieder auf den Verkehr. Sie war froh darüber, dass er sie nicht in ein Gespräch verwickelte.

Oder aber er schwieg betont, weil er nicht mit Fragen belästigt werden wollte. *Woher kommst du? Bist du ein Flüchtling? Und wenn ja, wieso sprichst du schon so gut Deutsch?* Sie beendeten die Fahrt schweigend. Und als sie ausstieg, fiel ihr das Lieblingszitat ihrer Großmutter ein. Ohne zu überlegen, sprach sie es laut aus: »Es gibt keine Fremden, nur Freunde, denen man noch nicht begegnet ist.«

Der Taxifahrer lachte, drückte ihr seine Visitenkarte in die Hand und meinte, falls sie mal wieder ein Taxi brauche, einfach anrufen.

Die letzten Meter zur Bank ging Maria zu Fuß und traf prompt auf Franz, der sich beschwerte, dass sein Kaffeekontingent aufgebraucht sei und sie nicht für die Fortsetzung ihres Arrangements gesorgt habe.

Sie war viel zu gut gelaunt, um seine Forderung als anmaßend zu empfinden. »Asche auf mein Haupt. Wird sofort erledigt.«

Offenbar hatte er diese Reaktion nicht erwartet, und seine Verblüffung verfolgte sie bis ins Café, in dem sie Franz' Kaffee für die ganze Woche bezahlte, zwei Becher *Coffee to go* gleich mitnahm und Franz einen davon in die Hand drückte.

»Wie sind Sie denn heute drauf?« Fast schien er enttäuscht, dass sie sich nicht hatte provozieren lassen.

»Setzen wir uns.« Statt einer Antwort deutete sie auf die Stufen, die zum Bankgebäude führten. »Trinken wir unseren Kaffee zusammen.«

Sein Blick wurde misstrauisch. »Haben Sie was genommen? Ihr von der Bank steht doch auf Koks, hab ich mir sagen lassen.«

»Würden Sie mir glauben, dass ich einfach ein schönes Wochenende hatte?«

»Kann Ihnen doch egal sein, was ich glaube«, erwiderte er in einem Tonfall, der Maria an das Brummen eines Braunbären erinnerte, der gerade beschlossen hatte, das Fressen seines Opfers vorerst auf später zu verlegen.

Sie ging nicht darauf ein, sondern fragte unvermittelt. »Was sind Sie eigentlich von Beruf?«

»Geht Sie nichts an.«

»Schade«, sie stand auf, »wenn Sie handwerklich begabt wären, hätte ich vielleicht wieder ein Leben für Sie gehabt.« Sprach's, stand auf und lief leichtfüßig die letzten Stufen hinauf.

»Hey!«

Maria blieb stehen, drehte sich aber nicht zu ihm um.

»Ich hab ein altes Haus renoviert, ehe es sich meine Ex unter den Nagel gerissen hat. Genügt das?«

Sie lächelte in sich hinein. »Wir werden sehen.« Drehte sich auch jetzt nicht zu ihm um, hob nur die Hand und winkte ihm über den Hinterkopf hinweg zu.

»Das Reiseziel ist nie ein Ort, sondern die Dinge anders zu betrachten …«

Maria lächelte in sich hinein. Natürlich, Franz, Handwerker und Straßenphilosoph, musste das letzte Wort haben.

»Nicht von mir«, setzte er hinzu. »Henry Miller.«

Und belesen war er auch noch. Es würde Spaß machen, ihn näher kennenzulernen. Die Glastür fiel hinter Maria zu, und mit ihrem Schließen begann ein wichtiger Tag. Ein Tag, dem noch viele folgen würden, in denen sich das Schicksal des Archehofs entscheiden würde.

Der Anfang war gemacht.

35

»Oh, là, là, da haben wir aber eine hübsche Eroberung gemacht«, Lilli Grimaud empfing Maria mit einem Grinsen, das von einem Ohr zum anderen reichte.

»Franz ist keine Eroberung, wie du sehr gut weißt«, gab Maria trocken zurück, »er ist mein Schicksal – und das jeden Morgen!« Sie wollte sich an Lilli vorbei in ihr Büro schieben, aber so einfach kam Maria nicht davon. Den rechten Arm lässig auf den Türrahmen gestützt, versperrte Lilli ihr den Weg.

»Doch nicht Franz, *ma chérie*. Dieser andere Mann, übrigens *très attrayant* und sehr, sehr, sehr charmant.« Marias Herz begann zu klopfen. Konnte es sein, dass Henri gekommen war, um ihr den so wichtigen Businessplan nachzureichen? War er deswegen nicht auf dem Gutenmorgenfoto gewesen? Oder weil er eine Reaktion auf die Unterlagen erwartete, die sie zu Hause vergessen und die sie sich immer noch nicht angesehen hatte? Ihr Herz hatte noch nicht zu Ende geklopft, da fuhr Lilli fort. »Er hinkt ein wenig, aber das stört nicht.«

»Florian Wieser!« Marias Herz klappte enttäuscht in sich zusammen. Ehe Maria noch über ihre Reaktion erstaunt sein konnte, bäumte sich etwas in ihr auf. Typisch Florian. Sich nicht mit einer WhatsApp oder einem Anruf ankündigen, nein, dieser Mann tauchte gleich persönlich bei ihr auf. Ob es ihr passte oder nicht. Nun, so wie sie ihn kannte, würde er nicht aufgeben und es später noch einmal probieren.

»Du sagst ja gar nichts mehr?« Lilli gab den Weg ins Büro frei.

Ehe Maria etwas entgegnen konnte, meldete sich Pink Floyds Registrierkassengerassel auf ihrem Handy. Eine WhatsApp. In Erwartung, sie sei von Florian, warf sie nur einen flüchtigen Blick darauf. Dann wurde aus flüchtig intensiv.

Die WhatsApp kam von Bobby. Maria blieb wie angewurzelt stehen. Sie hatten ihr doch schon ein Foto geschickt? Hoffentlich war nichts passiert. In diesem Moment begriff Maria, wie wichtig ihr diese Menschen geworden waren.

»Alles okay?« Nun sah auch Lilli besorgt aus.

Maria antwortete nicht. Las. *Heute hat Papa sein Versprechen eingehalten. Nach genau fünf Minuten ist er aus seinem Bett aufgestanden, hat sich angezogen und rasiert und unter der Dusche sogar gesungen.* Ein Foto folgte, das Bobby vermutlich heimlich aufgenommen hatte. Henris Rückenansicht unter der Dusche. Und noch ein zweites. Henri inmitten von Alpakas, sich ihrer Neugier und Zuneigung kaum erwehren könnend.

»Dieses Lächeln, *ma puce*.« Maria korrigierte rasch ihren Gesichtsausdruck, doch es war zu spät. Lillis Kopf hatte sich schon zwischen sie und das Smartphone geschoben. »Der Herr Sonnenschein, hübscher Popo!« Maria hätte Lilli schütteln mögen, so vergnügt sah Lilli aus. »Bei uns heißt das: *s'attirer de gros ennuis*.« Und so richtig gut gelaunt fuhr Lilli fort: »Kommst du jetzt in Kalamitäten *amoureuses*, meine Süße?«

»Quatsch.« Maria hätte Lilli schütteln mögen, mit jedem Mittel daran hindern, weiterzusprechen. Ein Knebel war noch die harmloseste aller Varianten, die ihr dabei in den Sinn kamen.

»Stimmt, bei deinem Florian: Licht aus. Jetzt aber …«, Lilli grinste wieder von einem Ohr zum anderen, »… ist der Spot in deinen hübschen Augen so dermaßen an!«

»Wenn die Damen mich vielleicht auch erleuchten wollen?« Auch wenn Hartung leise sprach, drang seine tiefe Stimme bis in den letzten Winkel des Flurs.

»Der Herr Hartung.« Zum Glück reagierte Lilli, ehe es peinlich wurde. »Kaffee?«

»Mit Milch und drei Löffel Zucker.«

»Oh, wie süß Sie doch immer sind.« Lilli schenkte ihm ihr bezauberndstes Lächeln, verdrehte in Marias Richtung die Augen und zog sich in die kleine Küche zurück. Maria unterdrückte den Impuls, hinter ihr herzulaufen, betrat ihr Büro, setzte sich hinter den Schreibtisch, wollte Hartung schon den Platz ihr gegenüber anbieten, aber er war schneller. Saß im nächsten Moment schon breitbeinig vor ihrem Schreibtisch. »Und?«

»Was und?«

»Wie war Ihr Wochenende auf dem Archehof? Kriegen Sie es hin? Wo ist der Businessplan?«

»Kommt!«

»Sie wissen, dass uns die Zwangsversteigerung im Nacken sitzt?«

»Und deshalb habe ich mir schon einiges überlegt, wie man gerade die Alpakas wirtschaftlich nutzen kann.«

»Wie schmecken Alpakas? So wie Pferdefleisch oder eher wie Esel? Ha, ha!«

Maria warf ihm einen vernichtenden Blick zu. »Sie würden vermutlich auch noch Ihren eigenen Hund essen.«

»Mein Gott, das war ein Witz.« Hartung sah sie verärgert an. »Frauen wie Sie verstehen wirklich überhaupt keinen Spaß.«

Maria ging nicht weiter darauf ein, sondern warf Hartung das erste Stichwort zu. »Alpakawolle.«

»Wolle.« Er schlürfte seinen Kaffee, klang nicht überzeugt.

»Alpakawolle gehört zu den hochwertigsten Wollsorten der Welt und somit zu den teuersten Produkten des Marktes.«

»Sie wollen also mit Wollknäueln den Hof retten. Ich hätte nicht gedacht, dass Sie so grün gestrickt sind.«

Maria überprüfte mit einem kurzen Blick, ob das wieder ein dämlicher Witz sein sollte, doch in Hartungs Augen stand eine gewisse Ratlosigkeit. Eine genauere Ausführung des Ganzen tat also not.

»Im Winter speichert die Wolle Wärme, im Sommer sorgen die Fasern für einen Wärmeausgleich, und selbst wenn Sie stark schwitzen …«

»Ich schwitze nicht.« Sprach's und tupfte sich einige Schweißperlen von der Stirn.

»Okay, jedenfalls, falls jemand doch schwitzen sollte, gibt es keinerlei Geruch, weil die enthaltenen Eiweißmoleküle den Schweiß neutralisieren.« Bärbel hatte es ihr erklärt.

»Das ist ja gut zu wissen. Aber was ich noch immer nicht weiß: Kann man damit Geld machen?«

Statt einer Antwort zog Maria die Ausdrucke der im Internet gefundenen Artikel aus einer Mappe, legte sie vor Hartung auf den Tisch. Hartung las und hob nach ein paar Sekunden wieder den Kopf. »Und wer verarbeitet die Wolle?«

»Ich denke, Bärbel Hartmann und Mariama, die mit ihrer Familie auf dem Hof wohnt, werden sich im Lauf der Zeit eine Spinnerei einrichten … Oder aber sie überlassen die Verarbeitung einer Spinnerei wie dieser da.« Sie deutete auf ein Familienunternehmen, das sich darauf spezialisiert hatte, Rohwolle zum Endprodukt zu verarbeiten. Sei es Schafwolle, Wolle von Angorakaninchen und sogar die Wolle vom eigenen Hund nach der Fellpflege. Die Wolle von Alpakas gehörte zu ihren Haupteinnahmequellen, und – es schien zu funktionieren. Die Familie auf dem Prospekt sah sehr zuversichtlich aus.

»Okay, fast überzeugt, weiter im Text.«

Es folgte nun alles andere, was sie am vergangenen Abend noch einmal recherchiert und ausgedruckt hatte. Artikel über erfolgreich geführte Hofläden. »Wir werden das Ganze auch online anbieten, und einmal im Monat wird Bärbel Hartmann über ihre Zeit in Peru mit den Alpakas und deren Familien referieren. Mariama wird dazu Kostproben aus ihrer Heimat Sierra Leone anbieten …«

»Ein Nachmittag der Begegnung also.«

»Vielleicht kann man nach und nach auch einen Biergartenbetrieb aufbauen, wenn das Nebenhaus renoviert ist, oben könnte man Zimmer vermieten für Menschen, die längere Zeit mit Alpakas verbringen wollen.«

»So eine Art Urlaub auf dem Alpakahof.«

»Richtig!«

Maria schwärmte von der Idee, Übernachtungen im Alpakastall anzubieten, vielleicht sogar den Hof für Hochzeiten zur Verfügung zu stellen, für Lesungen, Konzerte … Wie ihr selbst gerade erst bewusst wurde – die Möglichkeiten waren unerschöpflich, man musste nur endlich damit beginnen. Anpacken!

»Und all das haben Sie mit Henri Sonnenschein besprochen.«

Das war der Punkt. Das hatte sie nicht. Und das sah Hartung ihrem Gesichtsausdruck auch an.

»Es sind die Pläne, die er hatte, ehe seine Frau starb.« Maria wusste nicht, ob das der Wahrheit entsprach, aber eines wusste sie. Henri Sonnenschein hatte nicht die Wahl. Wenn er seinen Hof retten wollte, musste er auf sie hören.

Hartung schlürfte den letzten Schluck seines Kaffees, stand auf. »Wenn ich Sie so reden höre, kommen mir zwei möglicherweise unerhebliche Gedanken.«

»Und die wären?«

»Wie wollen Sie heute Nachmittag die da oben«, er deutete mit dem Zeigefinger zur Decke, »ohne Businessplan davon überzeugen, dass es funktioniert?«

Maria lächelte. »Ich lade sie für das nächste Wochenende zu einem Alpakaspaziergang ein.«

»Okay.« Aus Hartungs Miene war nicht zu ersehen, was er davon hielt.

»Und Ihr zweiter unerheblicher Gedanke, Herr Hartung?«

Nicht nur sein Gesicht, sein ganzer Körper schob sich ihr jetzt über den Schreibtisch entgegen. »Sie sprechen ständig von *wir* – und das mit einer Leidenschaft, die bei Ihnen bisher nicht einmal im Ansatz zu erkennen gewesen ist. Also wann genau reichen Sie Ihre Kündigung ein?«

Er nickte Maria zu. Stand auf, verließ groß und wuchtig das Büro, ließ Maria zurück, mit einer Stimme in sich, die sich zunächst fremd anfühlte, aber nach und nach vertrauter wurde, je öfter sie Hartungs Worte wiederholte: *Wann, Maria, reichst du deine Kündigung ein?*

36

Wann, Maria, reichst du deine Kündigung ein?

Diese Frage beschäftigte Maria, während sie Kreditanträge bearbeitete, sie sichtete, erfasste und Kreditwürdigkeit und Bonität des Antragstellers prüfte. Die Frage war da, während sie Beschlussvorlagen erstellte, die weitergereicht wurden an diejenigen, die keinen Kundenkontakt hatten, um nicht durch persönliche Schicksale und die damit verbundenen Emotionen beeinflusst zu werden. Fakten zählten. Nackte Zahlen. Nicht der Mensch. Während sie Kreditsicherheiten bewertete und Kreditbestände überwachte, musste sie immer wieder diese Stimme beiseiteschieben in der Hoffnung, dass sie irgendwann wieder aus ihrem Kopf herausfiel, auf den Boden knallte und sich schmerzerfüllt, weil so komplett unsinnig, für immer zurückzog.

Und da waren noch andere Stimmen. Ebenso hartnäckig. *Gefräßiges Monster. Geburtsort der Zocker. Haus Gnadenlos. Playing God. Blutsauger des Kapitalismus*. Franz. Wuterfüllt bei ihrer ersten Begegnung. Und die sanfte ihrer Großmutter, die sich gern an Zitaten festhielt, wenn sie nicht weiterwusste. All das lärmte in Marias Kopf wie ein Wecker, der sich nicht abstellen ließ, da mochte sie noch so oft auf Aus drücken. *Wie, Maria, willst du den Rest deines Lebens verbringen, der genau in dieser Sekunde beginnt?* Sie hielt sich innerlich die Ohren zu. *Wenn du bis morgen wartest, wird das Heute nie geboren*. Und am

Ende ihre eigene Stimme, die Verräterin, die nun auch noch alles andere übertönte: *Versau nicht das Finale. Ein zweites Leben kriegst du nicht!*

Weg, weg, weg. Maria wollte nur raus aus ihrem Kopf. Raus aus sich selbst. Dieser Fremden in ihr. Mit einer Stimme, über die sie keine Kontrolle hatte. Sie fühlte sich kleiner werden. Kleiner und bedürftiger. Sie brauchte Ruhe.

»Kommst du mit in die Kantine?«

»Raus!« So hatte sie Lilli noch nie angefahren.

»Ist ja schon gut.«

Lilli zog sich verwundert zurück. Maria bohrte die Zeigefinger in die Ohren. Das Rauschen, seit drei Jahren erfolgreich bekämpft, war wieder da. Tinnitus. Immer mal wieder. Einatmen. Ausatmen. Tief, bis in den Bauch. Sie wusste, ehe sie damit begann, dass es nichts nützen würde. *Geh weg! Ein zweites Leben bekommst du nicht. Mach was aus dem Finale.* Sie wollte schreien. *Lasst mich in Ruhe. Seid still.* Kein Wort. Nicht eines.

Stattdessen riss sie das Fenster auf. Sie brauchte Sauerstoff, um nicht zusammenzubrechen. Und dann wusste sie es. Es gab nur einen Menschen, der ihr die beiden vielleicht dringendsten Fragen beantworten konnte. *Wie wird man zu demjenigen, der man ist,* und *was muss man tun, um sein Leben endgültig zu versauen?*

Sie holte aus der kleinen Küche zwei Teller, Besteck, zwei Gläser, Servietten, packte alles in einen Korb, der aus unerfindlichen Gründen herumstand, und lief zu dem italienischen Imbiss um die Ecke. Sie kaufte Ciabatta, Wildschweinsalami, Prosciutto di Parma, hauchdünn geschnitten und zart. Pecorino Romano, von dem ihr Giovanni, der Besitzer des Ladens, wie jedes Mal erklärte, dass er nach uralter Tradition aus purer Schafsmilch gekäst wurde. Dass ihn schon die Legionäre des Alten Rom genossen hatten und dass er in Friedenszeiten noch besser schmeckte. Maria lächelte in sich hinein. Gleich würde auch sie den Pecorino einem alten Legionär anbieten, um mit ihm die Friedenspfeife zu rauchen.

Nur, offenbar war Franz Nichtraucher, zumindest, was die Friedenspfeife mit ihr betraf. »Schleich dich!«, war seine erste Reaktion, als sie ihm ein Picknick anbot. »Ich brauch keine Almosen.«

Nun, dann würde sie es eben mit Waffenstillstand versuchen, der ja schon heute Morgen mit Henri Miller begonnen hatte. Maria tat sich noch immer schwer mit dem Anblick seiner tiefen Wunden an den Händen, seinen schlechten Zähnen, dem Schorf im Gesicht, aber der Wunsch, endlich zu wissen, wer der Mensch hinter dem Menschen Franz war, ließ sie ganz beiläufig den Einkaufskorb mit all seinen Wohlgerüchen in seine Richtung tänzeln, sodass ihm der Duft von Salami, Pecorino und Ciabatta in die Nase stieg. Sie konnte förmlich sehen, wie ihm das Wasser im Mund zusammenlief.

»Kein gemeinsamer Mittag. Wirklich nicht?«

»Ich esse nicht mit euch Leichenfledderern!«

»Waren wir beide nicht schon bei Henri Miller angekommen?«

Er legte den Kopf etwas schief, warf ihr von unten einen noch immer misstrauischen Blick zu. »Was ist das für ein Job, den du für mich hast? Damit eines klar ist, in der Bank mach ich nichts. Und wenn, dann nur, dass das Dach über euch zusammenbricht und euch alle erschlägt.«

»Sie haben Ahnung vom Dachbau?«

»Ich bin Dachdecker.« Er knurrte, und für Maria war das die erste und möglicherweise durchaus nützliche Information, falls sie ihm tatsächlich Arbeit auf dem Archehof verschaffen konnte.

»Also, was ist das für ein Job?«

»Essen wir zusammen, dann erzähl ich Ihnen davon.«

»Dachte es mir schon, dass es dir nur um meinen Körper geht.« Er grinste sie frech an und vermittelte Maria zumindest eine Ahnung, dass er früher einmal durchaus Charme gehabt hatte.

»In einem gesunden Körper wohnt ein gesunder Geist.« Marias Lächeln war nun ebenfalls herausfordernd.

»Wissen Sie was?« Im Gegensatz zu Franz war das Aprilwetter absolut beständig. »Ich scheiß auf Ihr Samaritergetue. Und den Kaffee können Sie in Zukunft selber trinken. Schmeckt sowieso nur wie braunes Wasser.« Er wandte sich entschlossen ab. Dabei sah sie, dass seine Schuhsohlen kurz davor waren, endgültig schlappzumachen.

»Okay, schade, schönen Tag noch.« Sie lächelte ihm zuckersüß zu, machte eine gekonnte Pirouette in die entgegengesetzte Richtung, fühlte sich zum ersten Mal tatsächlich fast wie eine Mary Poppins, die unerzogenen Kindern Disziplin und höfliches Verhalten beibrachte. Ihr inneres Supercalifragilistischexpialligetisch zeigte Wirkung.

Sie ging in Richtung des kleinen Parks. Am schmatzenden Geräusch von Franz' kaputten Schuhen konnte sie erahnen, dass er ihr folgte. In sich hineinschmunzelnd, betrat sie die Oase der Schatten spendenden Bäume mit dem kleinen sprudelnden Brunnen, der ebenso beruhigte wie das Kunterbunt der Vögel, die aus dem Brunnen tranken.

Es gab Bänke und auch den einen oder anderen Picknicktisch. Ein paar ältere Leute spielten Boccia. Ein junges Pärchen sonnte sich im Gras. Auf dem Kinderspielplatz stupste eine junge Mutter die Schaukel an, auf der ihre Tochter mit wehendem Pferdeschwanz saß und weit hinein in den Himmel flog. Bis zu den Wolken und somit noch weit hinter die verrücktesten Träume. Maria beneidete das Kind um diesen Moment, in dem alles möglich zu sein schien.

»Hunger!«

»Hände waschen!«

»Hätt ich gemacht, musst du mir nicht sagen.«

Franz schlurfte zum Brunnen, wo eine badende Amsel sich über die Störung empörte und schimpfend davonflog. Franz wusch sich gründlich Gesicht und Hände. Maria versorgte ihn mit Papiertüchern zum Abtrocknen und bereitete auf einem Tisch das italienische Picknick. Tischdecke, Teller, kein Bier, dafür Wasser. Franz setzte sich, und dann sah sie in seinen Augen etwas, was sie niemals vermutet hätte. Tränen.

»Wie ein Mensch!«

»Was meinen Sie damit?«

Er antwortete nicht.

Hatte Maria gedacht, er würde sich auf das Essen stürzen, so hatte sie sich getäuscht. Franz bekreuzigte sich, begann leise ein Tischgebet zu sprechen, unterbrach es, sah sie auffordernd an. »Beten Sie mit. Nichts ist selbstverständlich. Wir sollten dankbar sein.«

Sekunden später fand sich Maria in der außergewöhnlichen Situation wieder, ausgerechnet mit dem Mann ein Tischgebet zu sprechen, der sie täglich verfolgt und ihr Angst gemacht hatte. Was passierte gerade mit ihr? *Du funktionierst nicht mehr, du bist lebendig, Maria, und vor allem, du lässt dich wieder auf die Menschen ein.* Mit dieser inneren Stimme konnte sie zur Abwechslung mal etwas anfangen.

Sie aßen schweigend. Vor allem Franz aß. Wobei er jeden Bissen behandelte, als sei er unendlich kostbar. Zuerst betrachtete er ihn, roch an ihm. Nahm den Duft ganz tief in sich auf, steckte den Bissen in den Mund, als ließe er auch seinen Schleimhäuten die Zeit, das zu erkunden und vor allem zu genießen, was Franz ihnen gerade anbot. Wie schmeckte es? Wie sind die einzelnen Bestandteile der Nahrung? Maria stoppte den Autopilotmodus, mit dem sie zu essen pflegte. Schnell und den nächsten Happen schon im Mund, obwohl sie den ersten noch nicht einmal ganz geschluckt hatte.

Sie hatte von Franz erfahren wollen, wie man zum Obdachlosen wurde, welche Rolle dabei die Bank gespielt hatte, ob es ihre Bank gewesen war, und jetzt – jetzt brachte er ihr bei, wie man bewusst aß und das, was man aß, genoss.

Irgendwann lehnte sich Franz zurück, meinte, er habe jetzt genug, verfütterte den Rest seines Weißbrots an die Vögel, und auch Maria stellte fest, dass sie satt war. Sie packte den Rest ihrer Mahlzeit in den Picknickkorb, Franz stand auf. »Dann muss ich mal wieder!«

Maria sah ihn enttäuscht an. »Ich dachte …«

»Wusste ich doch, es gibt 'nen Haken.«

»Wir begegnen uns jeden Tag. Und wenn Sie wollen, also ich würde wirklich gern was für Sie tun …«

»… aber nicht, ohne vorher zu erfahren, wie ich in diese Scheiße gekommen bin. Danke. Diese Art Gespräch muss ich nicht haben. Sozialarbeiter gibt's hier genug.«

Er wollte schon gehen, doch Maria war mit einem Satz bei ihm. »Bitte!«

Sie wusste nicht, weshalb er sich zum Bleiben entschied. War es die Not in ihren Augen oder das, was sie sagte? »Es geht nicht um Sie, Franz. Es geht um mich. Auch wenn ich noch nicht genau weiß, warum.«

Er sah sie lange und fast väterlich an. »Vielleicht fragst du dich, für wie viel Leid du verantwortlich bist, Frau Angenehm?« So hatte er sie auch am ersten Tag ihrer Begegnung genannt, als er sie noch nicht verurteilt und anschließend verdammt hatte. »Ob du was damit zu tun hast, dass Menschen auf der Straße landen, Rentner ohne Flaschensammeln nicht klarkommen, Familien die Tafel brauchen? Ob du irgendwas mit dem ganzen

Scheiß zu tun hast, der immer schlimmer wird? In Brasilien gibt's so 'nen Spruch. Die Armen sterben vor Hunger. Die Reichen aus Angst, dass man ihnen irgendwann die Kohle klaut oder sie gleich umbringt. Beides nicht wünschenswert.«

»Wie ist Ihre Antwort?« Sie fühlte die Anspannung im ganzen Körper. »Hab ich was damit zu tun?«

»Nein. Jeder ist für sich selbst verantwortlich.«

Maria wollte schon aufatmen, da fuhr er fort.

»Aber das ganze System, an dem bist du halt schon beteiligt.«

»Aber ohne Banken ...« Fast gegen ihren Willen war Maria jetzt etwas ratlos. »Wir brauchen doch Banken. Ich meine, ohne geht's ja auch nicht. Oder wieder Geld ins Kopfkissen einnähen?«

Er rückte näher. Sein Blick wurde zwingend. »Kennst du die erste Regel des Kapitalismus, Frau Angenehm, Madame Bank?« Maria schüttelte den Kopf, und Franz nickte, als habe er nichts anderes erwartet. »Zuerst verkaufst du deinen Nächsten, und dann, Maria, dich selbst! Also hört auf, die anderen zu verhökern, dann dürft ihr gern behalten. Euch und eure Seelen.«

Dann begann Franz zu erzählen, wie aus einem ganz normalen Familienvater und Angestellten ein Mann geworden war, der auf der Straße lebte.

Seine Geschichte war die vieler Obdachloser. Alltäglich. Und gleichzeitig war es seine eigene, persönliche Geschichte. Alkohol hatte dabei keine Rolle gespielt. Es war eher die Abfolge von Ereignissen, zu rasant, um sie irgendwann zu stoppen und wieder in Ordnung zu bringen. Ehefrau, zwei Kinder, das Haus, das er renoviert hatte. Trennung. Die Immobilie noch mit Schulden belastet. Unterhaltszahlungen. Alles noch zu schaffen, wenn auch schon seelisch angeschlagen. Bis die Firma, für die er als Dachdecker gearbeitet hat, pleitegeht. Steuerhinterziehung. Der Chef wandert in den Knast. Keine Chance auf Abfindung oder irgendeinen Ausgleich.

Franz wirkte auf einmal so müde, dass Maria schon fürchtete, er würde beim Sprechen einschlafen.

»Haben Sie keine Familie, zu der Sie hätten gehen können?« Franz schüttelte den Kopf.

»Freunde?«

»Ich dachte, ich hätte welche.« Das war das einzige Mal, dass seine Stimme bitter klang.

Nach dem Verlust des Jobs hatte er es irgendwann nicht mehr geschafft, am Morgen aufzustehen. Burn-out. Termine beim Arbeitsamt versäumt. Der regelmäßige Besuch der Kinder, vorbei. Nicht mehr die Kraft, Briefe zu öffnen. Mahnungen. Mietschulden. Pfändung. Zwangsräumung.

Es war ein warmer Septembertag gewesen, als man ihn auf die Straße setzte. Sein Hab und Gut nach drei Monaten im Lager auf den Müll geworfen, weil er kein Geld hatte, um es auszulösen.

»Im Herbst ging es ja noch einigermaßen, aber dann kam der Winter …« Eine Passantin hatte ihn schließlich halb erfroren zur Bahnhofsmission geschickt. Dort gab es zumindest ein Faltblatt mit Unterkünften und Suppenküchen und den Rat, sich wohnungslos zu melden. »Wer wohnungslos ist, bekommt ein Postfach und ist für die Behörden erreichbar, aber auch für die Banken, und einen Job ohne Wohnung mit dem Vermerk OFW, ohne festen Wohnsitz, im Ausweis, *no chance*. Und ohne Wohnung kein Job.«

»Und wie geht's jetzt weiter?«

Bis zu diesem Moment war Maria nicht klar gewesen, was sie mit ihrer eher beiläufigen Aussage, sie habe möglicherweise einen Job für Franz, ausgelöst hatte. Mit seinem Blick legte er sein Schicksal in Marias Hände. »Verschaff mir den Job, von dem du geredet hast, dann geht's auch weiter.«

Eine Amsel stibitzte sich ein Brösel vom Ciabatta, flog zum Brunnenrand, sah sich um, hüpfte in das kühle Nass, benetzte flatternd ihre Flügel, sodass das Wasser bis zu Maria und Franz spritzte. Flog ins Gras, breitete ihre Federn wie frisch gewaschene Wäsche zum Trocknen aus und verfiel in eine Art Lethargie. Als Amsel konnte man sich das leisten.

Vor dem Glaspalast mit seinen zwanzig Stockwerken trennten sich Marias und Franz' Wege. Ein letztes Versprechen von Maria, ein letzter, nicht überzeugter Blick von Franz. Maria lief die Stufen hinauf, sich kurz an ihren ersten Tag erinnernd, an dem sie sich trotz großer Nervosität geschworen hatte, es bis ganz nach oben zu schaffen. An die vorderste Front.

Dort stand sie nun.

Vor der Tür mit den Kollegen, deren goldener Daumen im Fall von Kreditanträgen endgültig nach oben oder nach unten ging. Sie klopfte an und wusste in dem Moment, in dem sie ihn mit lässig überschlagenen Beinen und süffisantem Lächeln vor dem höchsten aller Kreditgötter sitzen sah – die Idee einer gemeinsamen Alpakawanderung mit den Kollegen war zum Scheitern verurteilt, ehe sie noch dazugekommen war, sie auszusprechen.

»Hallo, Maria«, sagte Florian Wieser.

»Setzen Sie sich doch zu uns«, lud sie nun auch Hartung ein und zog ihr sogar den Stuhl zurecht.

37

Große, dunkelbraune Augen unter wunderschön geschwungenen Brauen. Ein Gesicht von fast nostalgisch anmutendem Zauber. Am schönsten war der Mund in dem etwas zu blassen Gesicht. Sie hatte Ellas Kleid getragen, und beim Öffnen des Reißverschlusses, weil er den Anblick nicht hatte ertragen können, hatte er ihre Haut berührt. So zart. Er hatte das leichte Vibrieren unter seinen Fingern gespürt. Das aufgeregte Klopfen ihrer Halsschlagader. Jede einzelne Pore war in Bewegung gewesen.

Das »Papa«, glückselig, kam von weit her. Fast wie aus einem anderen Sein. Im nächsten Augenblick war er jedoch wieder ganz in dieser Welt. Bobby hatte Anlauf genommen und fiel jetzt in einer Endlosumarmung über ihn her. Misti folgte. Henri rutschte vom Liegestuhl, und gemeinsam rollten er, Bobby und Misti, in einigem Abstand, lachend über die Wiese.

Aus der Küche klang »Pata Pata« von Miriam Makeba, zu der Mariama gerade noch getanzt hatte. Jetzt nahm sie ihre Jüngste auf den Arm, beugte sich aus dem Fenster und winkte Bärbel zu, die gerade Wäsche aufhängte. Bärbel winkte zurück. Die unausgesprochene Botschaft zwischen den beiden Frauen war eindeutig.

Henri Sonnenschein war zurück! Auch Bobby fing an zu tanzen. Misti galoppierte vor Schreck davon, suchte Schutz bei

Suri, seiner Mutter, hing an ihren Zitzen, als wolle er sagen, jetzt sind aber wirklich alle durchgeknallt.

Vielleicht ja, vielleicht nein, was immer sie gerade waren, und man konnte es durchaus als fröhlich bezeichnen, hatten sie jedenfalls einer Frau zu verdanken – Maria!

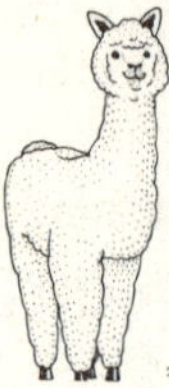

38

Sosehr Maria sich auch bemühte, ihre flammende Rede half nichts mehr. Zu interessant war das Angebot, das Florian Wieser machte. Ein Wellnessareal mit allen Schikanen im wunderschönen Chiemgau und der Archehof mit seinen Wiesen und Weiden mittendrin.

Was aus den Menschen wurde, konnte Maria sich vorstellen, mit Paul hatte sie schon eingehend darüber gesprochen. Er und Bärbel in ein winziges Zimmer im Seniorenheim. Mariama und ihre Familie möglicherweise zurück in eine Unterkunft, da es kaum bezahlbaren Wohnraum gab. Was auch für Henri, Stephanie und Bobby ein Problem werden würde, und Bobbys berufliche Zukunft? Behindertenwerkstatt. Und welchen Plan hatten sie mit den Alpakas?

»Die Alpakas sollen also auch zwangsversteigert werden?«

»Herr Wieser wird alle Ihre Vorschläge übernehmen!«

Maria konnte es nicht fassen. Worte wie Bebauungsplan, geänderter Flächennutzungsplan flogen ihr um die Ohren. Sie kannte das Spiel. Man würde Henri eine etwa zweiwöchige Frist einräumen, um seine aufgelaufenen Kreditraten zu bezahlen, in der Annahme, dass er das niemals schaffen würde. Danach würde ganz legal die Zwangsversteigerung anberaumt werden, aus der Florian Wieser als Sieger hervorgehen würde, und als Dank für das Entgegenkommen der Bank würde er alles, was mit dem Bau des Wellnessareals zu tun hatte, über die Bank abwickeln.

Win-win, wie es heutzutage so schön hieß, und sie hatte Henri ans Messer geliefert. An diesem herrlichen Nachmittag am Pool, als sie noch geglaubt hatte, in Florian verliebt zu sein. Unwissend, was er vorhatte, hatte sie ihm die notwendigen Informationen geliefert. Dass Henri Sonnenschein finanzielle Schwierigkeiten hatte, war ihm bekannt gewesen. Nicht aber, wie knapp es schon vor Torschluss war.

Spannen Sie Ihren Schirm auf, Mary Poppins, und bringen Sie die Welt auf dem Archehof in Ordnung! Sie hatte den Rettungsschirm aufgespannt, war damit sogar von der Alzbrücke gesegelt, mitten hinein in das Schlauchboot von Florian Wieser. *Treffer! Versenkt!* Wie froh wäre sie heute, wäre es ihr an diesem Nachmittag gelungen. Nun war es genau umgekehrt. Sie war getroffen worden, und danach würde der Archehof versenkt werden.

»Komm, Maria, so ist das Leben, ich lad dich zum Essen ein.« Florian lächelte sie an.

»Da Sie persönlich zu engagiert sind, sind Sie jetzt raus aus der Sache«, erklärte der, den sie Henri gegenüber spöttisch Kreditgott genannt hatte, weil er derjenige war, der über die endgültige Kreditzusage oder Absage entschied, »überlassen Sie den Rest uns.«

Maria machte einen letzten Versuch. Sie wandte sich an Hartung. »Und was ist mit Herrn Hartmanns Drohung, an die Presse zu gehen? Was ist mit dem guten Ruf unserer Bank?«

»Wie hat schon der alte Brecht gesagt?« Hartung begann den Satz, Florian beendete ihn. »Zuerst kommt das Fressen, dann erst die Moral.«

Maria fühlte etwas in sich aufsteigen. Aber sie blieb zu gut erzogen, um den Mageninhalt, bestehend aus unflätigen Worten, den drei Männern direkt vor die Füße zu kotzen. Man konnte sie verarschen. Ihre Ideen klauen. Sich auf diese Weise an ihr rächen, weil sie nicht mitmachte bei dem Spiel. Aber eines konnten diese Typen allesamt nicht. Ihr die Würde nehmen.

Sie sagte nichts.

Verließ das Büro.

Ging Stufe um Stufe die Treppen hinab, von denen sie einmal den Ehrgeiz gehabt hatte, sie ganz hinaufzusteigen, um irgendwann an vorderster Front zu sein. Schönes Haus. Schöner Wagen. Schöne Reisen. Schöne Restaurants. Schöne Familie. Sie war es nicht. War es nie gewesen. Würde es nie sein. Und das Glück, das sie dabei empfand, hielt genau die fünf Minuten an, nach denen ihr wieder bewusst wurde, was gerade geschehen war.

Sie verließ das Bankgebäude.

Rief Lilli an, dass sie erkrankt sei und heute nicht mehr kommen würde. Sah sich nach Franz um, um ihm zu sagen, dass vorerst aus dem Job nichts würde. Dann jedoch bäumte sich etwas in ihr auf. *Absolut alles ist möglich. Selbst das Unmögliche. Seien wir realistisch, versuchen wir das Unmögliche*. Mary Poppins und Che Guevara hatten doch da glatt einiges gemeinsam. Und jetzt kam auch noch sie, Maria Popp, hinzu.

An diesem dunklen Tag mit dem allmählich wieder heller werdenden Horizont tat Maria genau zwei Dinge. Sie kaufte sich in ihrer Lieblingshutmacherei im Bahnhofsviertel, die einst einer Amelie gehört hatte, einen neuen, violetten Melonenhut, fuhr anschließend nach Hause, machte sich einen Kaffee und setzte sich mit den Aufzeichnungen über den Bauunternehmer und Immobilienspekulanten Florian Wieser, die Henri ihr mitgegeben hatte, auf den Balkon unter die knallrote Markise mit den abgeblühten Geranien von oben, ärgerte sich nicht darüber, sondern begann zu lesen. Und während sie las, wurde ihr klar, was sie schon vermutet hatte, aber nicht hatte wissen wollen. Als Jugendlicher hatte es Florian Wieser genügt, Schmetterlinge aufzuspießen, als Erwachsener brauchte er dazu – Menschen. Henri Sonnenschein war nicht der Erste, den er mit unlauteren Mitteln fertigzumachen versuchte.

Eine Stunde später machte sie sich bei noch blauem Himmel auf den Weg zum Archehof.

39

Bisher hatte man sich in diesem Sommer nicht auf den Regen verlassen können. Und auch gegen achtzehn Uhr desselben Tages, an dem sich Maria krankgemeldet hatte und sich im späten Rückflutverkehr auf der A 8 in den Chiemgau quälte, waren es noch über dreißig Grad. Wobei die Hitze der vergangenen Tage in eine zunehmend unerträgliche Schwüle umschlug. Die Klimaanlage in ihrem Wagen arbeitete auf Hochtouren. Dennoch klebte ihr leichtes Sommerkleid unangenehm auf der Haut.

Der Himmel verlor allmählich seine Farbe, und die Büsche entlang der Autobahn schienen müde von der lange anhaltenden Trockenheit. Standen wie erstarrt. Für das Chiemgau waren Gewitter angesagt, und der Regen würde den ausgetrockneten Wiesen guttun. Die Äste der Bäume wirkten mancherorts wie flehend ausgebreitete Arme, viele ihrer Blätter wie von der Sonne verbrannte Wunden.

Was Maria Henri, Bärbel und Paul zu sagen hatte, würde andere Folgen haben als ein Gewitter. Das fröhliche Spielen von Mariamas Mädchen in dem üppigen, manchmal auch geheimnisvollen Garten ihrer neuen Heimat würde verloren gehen. Und nicht, weil Regen, Blitz und Donner sie ins Haus jagten, sondern die Nachricht, die Maria behutsam würde überbringen müssen. Nur, wie überbrachte man eine Hiobsbotschaft behutsam? Den Verlust des Zuhauses. Den Verlust eines friedlichen

Miteinanders. Shangri-La-amputiert. Mit Phantomschmerzen, die nur langsam abklingen würden. Wenn überhaupt. Es würde davon abhängen, wo sie bei den hohen Mietpreisen und den viel zu knappen Wohnungen unterkommen konnten. Und sie hatte auch noch den Bauunternehmer Florian Wieser ins Spiel gebracht. Aber jetzt war keine Zeit für Schuldgefühle. Jetzt war es an der Zeit – Maria angelte ihren violetten Melonenhut vom Beifahrersitz, setzte ihn entschlossen auf –, mit allen Bandagen zu kämpfen und zu siegen. Nur wie? Gegen diese Übermacht.

Zuerst kommt das Aufgefressenwerden und nach dem Verdauungsprozess – aber auch nur vielleicht – der Gedanke an die Moral. Dann allerdings war es zu spät. Außerdem – wer dachte schon an Moral, wenn ihn die Gier im Griff hatte. Größer, höher, weiter. Ob Menschen wie Florian klar war, dass der Himmel auch für sie die natürliche Grenze war? In den sie nichts mitnehmen konnten, wenn es einmal so weit war? In den oberen Stockwerken des im Sonnenlicht glänzenden und im Regen trübsinnigen Bankgebäudes wurde noch ein anderes Zitat gern verwendet. *Geldvermehrung und Ethik und Moral passen nicht zusammen.* Maria fragte sich, ob sie nach alldem überhaupt in der Lage sein würde, an ihren Arbeitsplatz zurückzukehren? Oder das durchziehen, was vor ihrem inneren Auge zunehmend Gestalt annahm. Zu kündigen und ein neues Leben zu beginnen. Mit dem Geld, das sie angelegt hatte. Keine geringe Summe, mit der sie zumindest die erste Zeit würde überbrücken können.

Sie kehrte gedanklich zu Florian zurück. Was wohl würde er in den letzten Sekunden seines Lebens empfinden? Scheiße gelaufen? Dass es falsch gewesen war, auf Geld und Erfolg zu bauen und die Menschen von sich fernzuhalten, um den Schmerz zu vermeiden? Würde es das viel zu späte Erkennen sein, dass Glück immer nur im Jetzt ist und das Jetzt, so kurz vor Schluss, für immer und endgültig vorbei? Wie war es, bis obenhin satt zu sterben, aber gleichzeitig ausgehungert zu sein? Nach einer Berührung. Nach einer Umarmung. Oder blieb es für Menschen wie Florian – egal?

Schon bald würde sie an die Stelle kommen, an der ihr Florian zum ersten Mal begegnet war. *Kann ich Ihnen helfen?* Tiefblaue Augen. Tanzende Mundwinkel. Papiertaschentuch und Fisherman's Friend. War es ihrer Einsamkeit geschuldet, dass sie sich so hatte blenden lassen? Konnte sie sich auf gar nichts mehr verlassen? Nicht einmal auf ihr Herz? Mein Gott, war sie billig zu haben gewesen für die kostbaren Informationen, die er nach und nach aus ihr hervorgeholt hatte.

Geahnt hatte er, wie es um den Archehof stand, gewusst allerdings hatte er es endgültig dank ihr. Blitzlichtgewitter in ihrem übermüdeten Kopf. Ihr wurde übel. Ehe ihr noch ganz bewusst war, was geschah, schoss der Wagen auf einen Baum zu. In letzter Sekunde riss sie das Lenkrad herum, kam zum Stehen, riss die Fahrertür auf, sprang aus dem Wagen. Übergab sich diesmal nicht. Dennoch war ihr schlecht. Sie war schlecht. Hatte das Leben anderer versaut. Sie bekam kaum noch Luft. Panik. *Tief atmen. Atme tief.* Sich mit den Händen auf dem trockenen Boden erden. Diese Schwüle. Am liebsten hätte sie sich aus der Kleidung geschält wie aus der falschen Haut. Wäre nackt losgelaufen. Weg von sich selbst. Maria ablegen wie eine Schlange ihre alte Haut. So musste es sich anfühlen, wenn man verrückt wurde. Oder endlich die Kontrolle verlor über die mit aller Macht unterdrückten Gefühle, Instinkte. Die Mauer Risse bekam. Endgültig in sich zusammenfiel.

Es dauerte zehn Minuten, dann hatte Maria sich beruhigt.

Sie drehte nicht um.

Sie zog durch.

So wie sie immer alles durchzog. Ohne Rücksicht, vor allem auf sich selbst. Sie stieg in ihren Wagen. Setzte ihn vom Baum zurück, vor dem sie nur wenige Zentimeter zum Stehen gekommen war. Unterdrückte jedes Zittern, indem sie den Atem anhielt. Fuhr wieder. Merkte, dass sie keine Luft mehr bekam. Atmete wieder. Setzte ihren Weg fort. Langsam, atmend und kontrolliert.

Das Dorf tauchte auf, inzwischen so vertraut mit seinen alten und neuen Landhäusern. Bauerngärten. blütenschweren Balkonen. Die Metzgerei, der Gasthof zur Post, der Wegweiser zum Archehof. Ihn zu sehen tat verdammt weh. Und für den Bruchteil einer Sekunde tauchte vor ihrem geistigen Auge das Bild auf, wie sie ihn aus der Erde rissen, ihn auf dem Wertstoffhof in irgendeiner Anlage vernichteten und ein Hinweis an seine Stelle trat. Auf das hochmoderne, luxuriöse Wellnessareal Wieser, das eine Besonderheit anbot. Wellness mit und unter Alpakas und nicht nur für den stressgeplagten Manager.

Diese Bilder. Sie wollte sie nicht mehr sehen. Wollte, dass ihre innere Stimme verstummte. Autoradio an. Ablenken. Doch auch da keine Musik, sondern eine Unwetterwarnung vor Starkregen, Hagel und Sturmböen. Gefahr von Blitzschlag, entwurzelten Bäumen, herabstürzenden Ästen und Dachziegeln. Na bravo, auch die Natur würde ihr ganzes Waffenarsenal gegen sie einsetzen, wenn sie zurück nach München fuhr, um am nächsten Morgen hinter ihrem Schreibtisch zu sitzen, als sei nichts geschehen!

Als sei nichts geschehen? Zwei Wochen nur – und nichts war mehr so, wie es mal gewesen war, und schon gar nicht sie selbst. Trotzdem würde sie weitermachen und weiter und immer weiter. Was auch immer sie kurz empfunden hatte – von ihrem Ersparten leben, bis sie wusste, wohin die Reise ging –, sie kannte sich. Diejenige, die sich auf dem Sterbebett die Frage nach dem Glück stellen würde, war sie. Niemand sonst.

Vor ihren realen Augen tauchte der Archehof auf. Maria parkte den Wagen vor dem Hof. War sie bei ihrem ersten Besuch vor zwei Wochen bis auf Vogelgezwitscher nur von Stille empfangen worden, war kein Mensch zu sehen gewesen, so war diesmal die Wiedersehensfreude überwältigend.

Stephanie entdeckte sie zuerst, formte die Hände zum Trichter, rief, so laut sie konnte: »Maria ist da!«

Es glich einem Startschuss. Bobby, der gemeinsam mit Paul die Alpakas aufgrund des bevorstehenden Unwetters in den Stall gebracht hatte, spitzte zunächst nur mit seinem runden, von der frischen Luft immer rosigen Gesicht gemeinsam mit Misti aus der Tür. Zuerst kam der Kopf von Misti, und dicht über ihm – Bobby. Wäre der Anlass ihres Kommens ein anderer gewesen, hätte Maria laut herausgelacht. Misti und Bobby hatten eine ähnliche Sturmwindfrisur, gespickt mit unzähligen Strohhalmen, die sie fast wie eine Krone schmückten. Vermutlich hatten sie sich im Heu gebalgt.

Misti hatte ohnehin sein freundlich kuschliges Aussehen, aber Bobby … In ihm leuchtete alles auf. Die Augen. Das Lächeln. Alles in Bobby nahm Anlauf. Zuerst das Erkennen, dann das Begreifen, dass es völlig unerwartet Maria war, und schließlich sein kleiner runder Körper. Am schnellsten waren die kurzen festen Beine.

Bobby lief nicht, er rannte auf Maria zu. Misti sprang fröhlich hinterher, und Maria bemühte sich sofort um einen festen Stand, fing Bobby auf, der sich an sie schmiegte wie an eine lang verlorene Freundin, aber nicht wie sonst losjubelte, sondern ihr ins Ohr hauchte. »Meine herzallerliebste Maria, ich hab dich so vermisst.«

Glück war jetzt. Glück war Bobbys Atem in dem einen Ohr und Mistis Summen und Pusten im anderen.

Stephanie rief: »Schau, Maria, was ich kann!« Und schlug das perfekte Rad. Mariama klatschte in die Hände. »Was für eine Freude! Gott segne dich!« Und fuhr fort, dass Maria doch ganz sicher zum Abendessen bleiben werde. Sie würde afrikanisch kochen. Abubakar würde seine Trommeln hervorholen. Gemeinsam würden sie singen und tanzen … die Überbringerin der guten Nachricht feiern und nicht nur dem bevorstehenden Sturm trotzen, sondern auch allen Stürmen, die noch vor ihnen lagen.

Bobby fing sofort zu tanzen an, schnappte den Melonenhut. Misti sprang um ihn herum. Hawa, Fanta und Tidanke hingen bunt und fröhlich an Marias T-Shirt. Abubakar kündigte ein Gebet an, um Allah zu danken, wie seine Frau überzeugt davon, wenn Maria heute schon kam, dann mit guten Nachrichten.

Der Wind blies indessen stärker, und für den Bruchteil einer Sekunde wünschte sich Maria, tatsächlich Bobbys Mary Poppins zu sein, die vom Westwind davongetragen wurde, ehe sie sagen musste, was sie zu sagen hatte. Denn da war auch noch Bärbel, die jetzt aus dem Haus kam. Einen Flyer schwingend, den sie für Alpakawanderungen entworfen hatte. Mehr noch, am Vormittag schon hatte sie mit der Leiterin der VHS eine kleine Alpakawanderung gemacht, und nun würden diese Wanderungen als Stressreduktion ins Programm der Volkshochschule aufgenommen werden. Am nächsten Tag war das Touristikbüro dran. Und das Beste war, fuhr sie vergnügt fort, Henri habe seinen Lebenswillen zurück und feile schon den ganzen Tag an einem Businessplan. Maria käme also genau zur rechten Zeit.

Bärbel umarmte Maria. »Danke.« Und auch für sie gab es kein *Sie* mehr, sondern nur noch das *Du*. »Danke, Maria, dass du einfach so in unser Leben geschneit bist. Bobbys Mary, die zwar nicht wie im neuen Film in einer Zeichentrickkutsche auf dem Blumenmuster einer Porzellanschale spaziert, aber von der Alzbrücke fliegt, um den übelsten Mann in der ganzen Gegend zu versenken.«

Maria wusste nicht, was es war. Vielleicht die Fortsetzung des auf der Landstraße angekündigten psychischen Zusammenbruchs. Oder dass sie erneut mit Mary Poppins verglichen wurde. Noch ehe sie es aus sich herausschrie, wusste sie, es war der falsche Moment. Nicht vor Bobby. Nicht vor Stephanie. Nicht vor den Kindern. Doch sie tat es. Sie schrie es aus sich heraus, denn wäre sie es jetzt nicht losgeworden – sie spürte es genau –, sie wäre daran erstickt.

»Die Wahrheit ist, dieser üble Typ stiehlt euch gerade mit meiner Bank den Archehof!«

Möglicherweise wäre noch alles gut gegangen, hätte sie sofort hinzugefügt, dass sie dennoch nicht aufgeben wolle, dass es immer eine Lösung gäbe, doch Maria war fest entschlossen, erst reinen Tisch zu machen.

»Ich hab Florian Wieser auch nicht versenkt, Bärbel«, fuhr sie daher fort. »Ich habe ihm sogar noch die Informationen geliefert.«

Stille, so still, dass sie die Zeit anhält.

»Aber es gibt doch so etwas wie ein Bankgeheimnis?« Pauls Blick war fassungslos.

Maria sprach schnell, als könne sie auf diese Weise noch etwas verhindern. »Ich habe ihm lediglich gesagt, dass es euch nicht gut geht, ich aber alles tun werde, um euren Hof zu retten!«

»Wie blöd kann man sein!« Henri war dazugekommen.

Paul schüttelte langsam den Kopf. »Und da hat er gewusst, dass die Zeit drängt.«

Erneute Stille. Stephanie sprach dann aus, was wohl alle in diesem Moment dachten. »Verräterin!«

Maria wandte sich Bobby zu, sah ihn hilflos an. »Den Alpakas wird nichts geschehen, Bobby, das verspreche ich.«

»Wieso Alpakas?« Bobby verstand nicht.

»Halt den Mund!« Henri mischte sich an Maria gewandt ein. Zu spät. Maria hatte es schon ausgesprochen. Dass Florian Wieser bei der bevorstehenden Zwangsversteigerung versuchen werde, auch an die Alpakas zu kommen, die ein Teil seines Konzepts geworden waren.

»Auch Misti?« Bobby sah Maria ungläubig an.

»Auch Misti.« Sie sah an Bobbys Blick, dass sie erneut einen Fehler begangen hatte. Der Junge gab den Hut zurück, drehte sich langsam um und lief dann, so schnell ihn seine Beine tragen konnten. Stephanie wartete, bis sie Bobby außer Hörweite glaubte, dann platzte es aus ihr heraus. »Ich hab dir so sehr vertraut, Maria. Sogar, dass ich dachte, Bobby habe Mama getötet.«

»Stephanie, verdammt, fang nicht auch noch davon an!« Zum ersten Mal wurde Henri richtig laut. »Wir haben darüber geredet.«

»Ihr denkt, ich habe Mama totgemacht.« Alle wirbelten herum. Bobby war nicht außer Hörweite gewesen. Er hatte hinter der alten Kastanie haltgemacht, stand jetzt mit fassungslos großen Augen vor Stephanie und seinem Vater. »Ihr denkt das in echt? Wirklich?«

»Natürlich nicht, Bobby!« Stephanie wollte ihren Bruder in den Arm nehmen. »Bobby, natürlich hast du das nicht.«

»Hab ich auch nicht.« Bobby wich vor Stephanie zurück.

»Das weiß ich doch!«

»Aber gedacht hast du es«, sagte Bobby und war völlig ruhig. »Und das ist schlimm, Steph, ganz, ganz schlimm.« Misti fest im Arm, zitterte er am ganzen Leib. Nun machte auch Bärbel einen Schritt auf Bobby zu. Bobby wich weiter zurück. Stephanie versuchte es noch einmal. »Ich hab nur gedacht, dass du Mama zu heftig umarmt hast …«

Bärbel packte Stephanie so fest am Arm, dass sie aufschrie. »Ab ins Haus mit dir!«

Henri rief ihr noch nach: »Wir reden später.« Wandte sich seinem Sohn zu.

Zu spät!

Es ist unendlich traurig, mitanzusehen, wenn das Leuchten in den Augen eines Kindes erlischt. Und bei Bobby waren es nicht nur die Augen. Der ganze Bobby erlosch. Er ließ Misti los, als wolle er damit ausdrücken, dass er von nun an nie wieder jemanden umarmen oder halten würde. Drehte sich ohne ein weiteres Wort um, ging mit der Schwerfälligkeit eines alten Mannes ebenfalls ins Haus. Misti lächelte nicht mehr. Er senkte den Kopf, legte den Schwanz auf den Rücken und die Ohren nach hinten.

»Ich kümmere mich um Bobby.« Henri nickte Misti zu, als wolle er ihn beruhigen, folgte Bobby ins Haus. Paul blieb noch einen Moment, sah Maria an.

»Meine Bärbel hat einmal gesagt«, er machte eine Pause, als fiele ihm das Weitersprechen schwer, »das Zuhause zu verlieren, hat sie gesagt, ist wie eingesperrt zu sein in einem dunklen Loch mit dem letzten brennenden Streichholz in der Hand. Das hier …« Er machte eine weit ausholende Bewegung, fuhr ohne jeden Vorwurf fort: »Das hier, Maria, war unser letztes Streichholz!«

Mit diesen Worten ließ er Maria stehen, und auch Mariama und Abubakar zogen sich mit gesenktem Kopf zurück.

Maria hatte sich schon oft einsam gefühlt, aber diesmal war die Einsamkeit nicht nur eine Bitch. Sie tat so weh, dass sie fürchtete, sie nicht zu überleben.

»Verschwinde!« Henri war noch einmal zurückgekommen. »Und trau dich nie wieder her!« Maria brauchte einen Moment, dann wandte sie sich langsam zu ihm um. »Und sag jetzt nicht, dass es dir leidtut«, fuhr er ruhig fort. »Kein Wort.«

Im Gehen wandte er sich noch einmal zu ihr um. »Da oben«, er deutete mit dem Finger in den ersten Stock, »ist Bobby.«

Seine Stimme stockte. »Ahnst du überhaupt, wie es ihm geht? Wie es uns allen hier gerade geht?«

Es dauerte einen Augenblick, aber dann bäumte sich etwas in Maria auf. So nicht, Henri Sonnenschein. Nicht so. Sie zitterte am ganzen Leib, als sie antwortete: »Ich hab es so satt. Dein Selbstmitleid. Dieses ständige Schuld-von-sich-Weisen. Wer hat sich denn nicht gekümmert? Ja, ich habe einen Fehler gemacht. Und ich stehe dazu, du aber schiebst und schiebst immer alles den anderen zu. Übernimm Verantwortung! Fang endlich wieder damit an! Lass dir den Hof nicht nehmen. Kämpfe!« Sie setzte den Melonenhut wieder auf.

»Und wie, verdammt? Wo soll ich das Geld hernehmen, das sie bis zum Ende des Monats wollen? Hast du eine Lösung, Maria Popp? Oder auch nur den Ansatz dazu?«

Die Alpakas verkaufen. Sie sprach es nicht aus.

Henri dagegen sah sie an, als bestätige ihr Schweigen, dass es keine Lösung gab. »Du hast recht mit allem, was du gesagt hast, es ist allein meine Schuld. Es tut mir leid.«

Mit diesen Worten wollte er zurück ins Haus. Mit einem Satz war Maria bei ihm, hielt ihn am Arm fest.

»Nein, mir tut es leid. Es ist einfach alles … ich weiß auch nicht.«

»Komplett beschissen?«

»Genau so!«

»Wir kommen schon wieder auf die Beine!« Seine Zuversicht war nicht echt. Natürlich war sie das nicht.

»Eine Zwangsversteigerung bedeutet mindestens dreißig Prozent Verlust.«

Henris Blick wanderte zum Himmel, der sich vor seinem schwarzen Hintergrund giftgelb zu verfärben begann. »Stimmt, ich werde auf einer Menge Schulden sitzen bleiben. Mir wird schon was einfallen.«

Sie versuchte, zumindest einen Hauch von Hoffnung zurückzulassen, wenn sie gleich fuhr. »Ich werde auf alle Fälle versuchen, Florian Wieser dazu zu bringen, einen reellen Preis für das alles zu zahlen?«

»Wie sagt man auf Bayerisch?« Henri versuchte ein Grinsen. Es misslang. »Du träumst von de Weißwürscht!«

Er hatte recht. Maria hatte ja die Aufzeichnungen studiert, die er ihr mitgegeben hatte. Die Aufzeichnungen der Biobäuerin, die er ruiniert hatte. Die Zeitungsartikel. Hatte gelesen, mit welchem billigen Trick Florian Wieser mit seinem Freund, dem Bürgermeister, Anwohner vertrieben hatte, um günstig an ihre Grundstücke zu kommen. Nicht selten hatten sie die rechtliche Grundlage für nicht rechtmäßige Baugebietsausweisungen geschaffen. Die Biobäuerin war auf diese Weise zum Verkauf gezwungen worden. Bei neun geplanten Baustellen und einer Teerstraße war ihr jahrelang mühsam aufgebauter Bioboden gefährdet. Es gab keine Schutzmaßnahmen für die Fläche. Es wurde nicht auf Schadstoffbelastung geachtet und und und … Florian Wieser hatte Menschen aus ihren Häusern vertrieben, in denen sie ihr Leben lang gewohnt hatten. Einmal musste die Straße für teures Geld saniert werden, was für viele nicht zu leisten war. Dann wiederum musste ein altes Bauernhaus unbedingt an die Kanalisation angeschlossen werden, wobei sich die Gemeinde erst dafür interessierte, als Florian Wieser das Grundstück haben wollte. *Spezlwirtschaft*, ein viel zu netter Begriff für das, was einer Enteignung nahekam.

Erste Tropfen fielen. Die alte Linde, die Kastanie bäumten sich auf, als ahnten sie, dass bald ein gewaltiger Sturm sie verwunden und ihre Äste brechen würde. Der Regen wurde stärker.

»Besser, wir gehen rein!« Henri nickte Richtung Hof.

»Ich kann nicht.« Maria wollte nur weg.

»Los, rein jetzt mit dir!«

»Tut mir leid. Alles.« Maria ging nicht, sie rannte zum Parkplatz, setzte sich in ihren Wagen, ein letzter Blick auf Henri, der noch einmal versuchte, sie mit Gesten zurückzuhalten.

Sie fuhr los.

Die Scheiben trotz des inzwischen hart arbeitenden Scheibenwischers regenblind. Die Tropfen mittlerweile so groß wie Murmeln aus Glas.

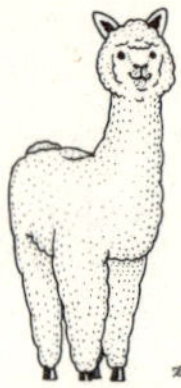

40

Maria kam nicht weit. Ein umgefallener Baum versperrte ihr den Weg zur Hauptstraße. Dann blieb sie eben genau hier. Sollte der Blitz doch einschlagen. Was er nicht tun würde. Im Auto sei man sicher, hieß es. Dafür würde der jetzt einsetzende Eisregen, Hagelstücke fast so groß wie Glasmurmeln, Blechbeulen hinterlassen. Nun. Dagegen war sie versichert. Nicht aber gegen die Angst, die umso größer wurde, je heftiger der Wind am Auto rüttelte, als wolle er Maria ins Freie zwingen. Als habe er eine Botschaft für sie. Grelles Gelb durchzuckte das Wageninnere. Maria zählte die Sekunden zwischen Blitz und Donner. Das Gewitter war genau über ihr. Der Sturm fegte über die Bäume. Dumpfe Töne aus dem hohlen und morschen Geäst, sich gefährlich biegende Baumkronen.

Schicksalssturm. Wenn sich ein Baum dem widersetzte, stand er am nächsten Morgen doppelt fest. Möglicherweise galt das auch für sie. Hielt sie aus, würde sie nichts mehr umwerfen.

Maria schob den Sitz nach hinten, legte die Rückenlehne flach. Lauschte dem Trommeln des Hagels, der nach und nach wieder zu Tropfen wurde. An das Rütteln des Windes gewöhnte sie sich allmählich. Es wurde zu einem fast angenehmen, wenn auch heftigen Wiegen der Natur.

Maria schloss die Augen, und es war, als schwemmte der Regen nicht nur die aufgeweichte Erde, sondern auch sie mit sich fort. Regentrommeln. Windheulen. Das Seufzen der Äste. Erschöpfung. Der Melonenhut rutschte über ihre Augen.

Maria wusste nicht, wie lange sie geschlafen hatte, als Stimmen laut wurden. Verzweifelte Stimmen. Stimmen, die immer und immer wieder nur einen Namen riefen. »Bobby!«

Schlagartig war Maria wach. Regen, Sturm, Blitz und Donner hatten sich fast gelegt. Doch auch sonst wäre sie jetzt ebenfalls aus dem Auto gesprungen. Lief auf Bärbel, Paul, Stephanie und Henri zu, die sich aufteilen wollten.

»Was ist passiert?«

»Bobby ist weg, und er hat Misti mitgenommen.« Maria hatte schon oft Verzweiflung in Männeraugen gesehen. Wenn der finanzielle Ruin bevorstand. Henris Ausdruck kannte sie noch nicht. Es gab kein Wort, das ihn auch nur annähernd beschreiben konnte.

Bobby hatte Angst. Er wusste nicht, wie lange er schon lief. Mit Misti auf dem Arm, weil Misti immer wieder zurückwollte, in den sicheren Stall, und selbst am Führungsseil so große Kraft entwickelt hatte, dass Bobby mit ihm kaum einen Schritt weitergekommen war. Der Regen peitschte. Die Äste flogen. Sturm. Überall Sturm und Wald.

Misti in seinen Armen summte vor Angst. Er war so schwer. Bobby setzte ihn auf dem Boden ab. Zog und zerrte ihn weiter. Das Fohlen hielt dagegen. Bobby schrie es an. Hing im nächsten Moment um Mistis Hals. Bat um Verzeihung. Erklärte, dass er Misti nur beschützen wolle. Vor dem fremden Mann. Weil sie zusammengehörten und das seine Aufgabe war.

Wieder ein paar Schritte. Ins Nirgendwo. Kein Anhaltspunkt, wo er und wie lange er schon unterwegs war. Es konnten Minuten sein, aber auch Stunden. Zeit und Raum flossen ineinander. Es war kalt. Es war nass. Von oben. Von unten. Sogar von den Seiten peitschte der Regen auf Bobby und Misti ein. Bobby fror, er wollte zurück. Doch selbst die Wege hatten ihre Richtung verloren.

Blitze wie gelbe Pfeile. Der Regen wurde hart. Tat weh. Bobby weinte nicht. Er schleppte Misti erneut. Wenn er zu schwer wurde, setzte er ihn ab, zerrte ihn am Führungsseil hinter sich her. Ebenfalls müde geworden, leistete Misti zwar nicht mehr so viel Widerstand, aber auch Bobby konnte nicht mehr. Suchte sich mit Misti einen Platz unter einem Baum. Das Frieren nahm zu, aber darunter war Schweiß. Kalter Schweiß.

Bobby entschloss sich, das zu tun, was er immer tat, wenn die Welt zu groß, zu beängstigend, zu undurchschaubar für ihn wurde. Er ging auf Reisen.

Auch vorhin hatte er nicht fliehen, sondern eine Reise machen wollen. Ein Bild aus Kreide zeichnen. So wie Mary Poppins. Und dann gemeinsam mit Misti hineinspringen. In diese andere Welt, in der Schornsteinfeger auf den Dächern tanzten. Ganz supercalifragilisticexpialigetisch hatte er mit ihnen mittanzen wollen. Den dreckigen und zerlumpten Mr. Bert hatte er ja schon vor Marias Bank getroffen. Er hieß nur Franz. Bobby hatte wie Mary Poppins nicht auf Äußerlichkeiten geschaut, sondern geguckt, wer dahinter war, ihm Marias roten Melonenhut geschenkt, und dann hatten sie gemeinsam mit Happy für Mr. Franz Geld gesammelt. Vielleicht – Bobby hielt kurz inne – war das auch für den Archehof eine Idee. Aber da war nun einmal die Bank. Sie hatte ja sogar den Vater von Mary Poppins' Kindern hinausgeworfen, als er einem mittellosen jungen Mann Geld geben wollte.

Seine Gedanken wanderten zu Mary Poppins. Wegen eines Wutausbruchs von einem Kind, Jane, hat Mary Poppins die Kinder ohne ein Wiedersehen verlassen. Nicht Steph, er war wütend geworden. Und jetzt würde seine herzallerliebste Maria ihn ohne ein Wiedersehen für immer verlassen. Bobby wischte den Regen mit dem Handrücken fort. Vielleicht waren es auch Tränen. Rasch änderte er den Plan. Ehe sich die Angst in ihm wieder aufblies wie ein rabenschwarzer Luftballon, so riesig wurde, dass er platzte und er, Bobby, nur noch Angst war.

Die Lösung des Problems war: Er musste Maria finden. Er rappelte sich auf. Lief weiter, gemeinsam mit Misti immer weiter die Wege ohne Richtung entlang. Statt nach München gelangte er immer tiefer in den Wald.

Maria, Henri und Stephanie suchten gemeinsam. Doch sosehr sie nach Bobby riefen, da war nur beängstigende Stille. Die Stille nach dem Sturm.

Kein München. Keine Mary. Nur Müdigkeit. Auch Misti war am Ende. Seine Beinchen knickten ein, er wollte schon bäuchlings niedersinken, doch Bobby zog ihn weiter unter die gewaltige Krone eines wohl uralten Baumes. Bobby hockte sich, der Boden war zu nass, um zu sitzen. Bärbel sagte immer, so könne er sich eine Erkältung einfangen. Und Erkältungen waren gefährlich für Kinder wie ihn. Misti klappte endgültig die langen Beine ein, wollte den Kopf auf Bobbys Bauch betten, was mit Bobby in der Hocke allerdings nicht funktionierte. Also setzte sich Bobby doch. Misti legte den Kopf vertrauensvoll in seinen Schoß, schloss die Augen und schlief ein.

Obwohl Bobby noch heiß und gleichzeitig kalt war, war es doch irgendwie gemütlich mit dem leisen Wispern der Blätter und der weiten Krone des Baumes über sich.

Gemütlich genug, um sich aus der Welt von Mary Poppins zu verabschieden und den eigenen Träumen zu folgen. Bobby träumte. Wie er Mistis Nüstern mit den Lippen umschloss und ihr Atem nun erneut eine Reise antrat. In das unbekannte Land der Alpakas. Nur durch die Brücke aus Gras erreichbar, die hinauf in einen wunderschönen Himmel führte

Wenn eine Mama stirbt, Bobby, dann kommt ein Engel und breitet seine Flügel ganz weit aus, hebt die Mama auf und fliegt mit ihr an ihren Lieblingsplatz. Hebt der Engel auch die Bobbys auf, Steph? Natürlich, Bobby, der Engel hebt auch die Bobbys auf, du darfst aber nicht vergessen, einen wunderschönen Strauß zu pflücken und ihn dem lieben Gott mitzubringen. Ich fang gleich damit an, Steph. Ja, Bobby, fang gleich damit an.

Bobby konnte nicht anders. Er musste die Finger lösen, die Misti am Seil festhielten. Wie hätte er auch sonst einen Strauß pflücken und die Brücke aus Gras hinaufklettern sollen, die jetzt in seinem Traum zur immergrünen Himmelsleiter wurde? Misti jedoch, kaum bemerkte er, dass er frei war, lief davon. Bobby öffnete die Augen, rief Misti noch nach, ihn doch bitte nicht allein zu lassen, doch seine Stimme war zu schwach. Also quälte er sich erneut auf die inzwischen so schwachen Beine, die sich anfühlten wie Mariamas Schokopudding, wenn er einen Löffel hineinfallen ließ. Schwabblig. Sein ganzer Körper wurde jetzt geschüttelt. Ihm war heiß und kalt zugleich. Aber Bobby ging weiter. Er musste Misti finden. Er war sein Pate. Seine Aufgabe war, sein Cria zu beschützen.

Bobby schaffte nur wenige Schritte.

Dann brach er endgültig zusammen.

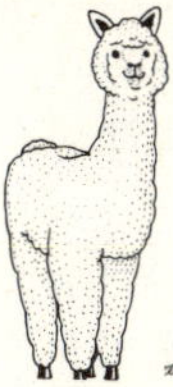

47

Schwester Margerita warf einen prüfenden Blick auf den Monitor des schlafenden Patienten. Fast noch ein Kind, das jetzt an Kabeln und Schläuchen hing. Umgeben von pumpender Technik. Herzfrequenz, Blutdruck, Puls, Sauerstoffsättigung. Schwester Margerita strich ihm behutsam über das feine Haar. Jetzt öffnete er die Augen, war noch zu schwach zu sprechen, dämmerte wieder weg.

Ein paar Meter weiter erklärte der diensthabende Arzt dem aufgelösten Vater, dass das Immunsystem bei Kindern mit Downsyndrom sehr häufig geschwächt war. Daher waren Kinder mit dieser Behinderung anfälliger für Infektionen, besonders der Atemwege. Es war also nicht verwunderlich, dass sich Bobby bei seinem Ausflug, der sich bis tief in die Nacht hingezogen hatte, eine schwere Lungenentzündung zugezogen hatte. Das Fieber war noch hoch. Die Sauerstoffsättigung hatte sich jedoch verbessert. Dennoch würde es sich erst in den nächsten Stunden entscheiden, ob Bobby überlebte. Henri flehte ihn an, alles für seinen Sohn zu tun. Als der Arzt hörte, dass Henri erst vor einem Jahr seine Frau und damit Bobby die Mutter verloren hatte, hatte er nur den einzigen Gedanken. Wie viel Schicksal müssen manche Menschen noch ertragen.

Er versprach Henri, zu kämpfen.

Sonst nichts.

Henri setzte sich wieder zu Bobby. Umfasste seinen Zeigefinger, so wie Bobby sich gleich nach seiner Geburt bei ihm festgehalten hatte. Henri weinte nicht. Er betete.

Auch Bärbel, die mit Maria, Stephanie und Paul vor der Intensivstation saß, bewegte unentwegt die Lippen. Paul hielt ihre Hand. Die beiden hatten den bewusstlosen Bobby entdeckt. Nicht weit vom Archehof. Offenbar war er im Wald im Kreis gelaufen. Misti dagegen war von Henri und Maria gefunden worden. Das Seil im struppigen Gebüsch verheddert. Misti ging es trotz seiner offenbar zahllosen Versuche, sich zu befreien, gut. Henri nahm das völlig verängstigte Tier behutsam auf den Arm, brachte es zu seiner Mutter in den Stall. Diese Fürsorge, mit der Misti von der Herde aufgenommen wurde. Suri, die aufschrie vor Glück. All das würde Maria ebenso wenig vergessen wie den Moment, als sie und Henri wieder aufbrechen wollten, um Bobby zu finden.

Sie waren nur wenige Meter gegangen, da kam ihnen Bärbel entgegen – und Paul, Bobby wie leblos auf seinen Armen.

Unwillkürlich hatte Maria nach Henris Hand gegriffen. Sie war eiskalt gewesen.

»Er lebt«, hatte Bärbel nur gesagt.

Paul hatte Bobby seinem Vater übergeben, Henri hatte seinen Sohn genommen, der mittlerweile vor Fieber glühte, und hatte ihn nach Hause getragen. Dort hatte Maria der inzwischen verständigten Polizei mitgeteilt, dass Bobby gefunden worden war.

Bärbel hatte den Rettungsdienst angerufen. Abubakar hatte auf seinem Gebetsteppich gebetet, und Mariama hatte sich zu einem Ritual entschlossen, jedoch keines, deretwegen sie ihre Heimat verlassen hatte, Voodoo, Magie und Hexenwerk, sie wollte für ihre Kinder das Heute. Eine Zukunft. Nachdem der

Notarzt Bobbys sofortige Aufnahme ins Krankenhaus angeordnet hatte, war sie, die, die noch nie auf einem Fahrrad gesessen hatte, mit Stephanies Fahrrad losgefahren. Zunächst eine äußerst wacklige Angelegenheit, doch mit jedem Tritt in die Pedale war sie sicherer geworden, hatte tatsächlich die Kirche von Truchtlaching ohne Unfall erreicht, hatte das für die nächste Mahlzeit bestimmte Geld in den Opferstock gesteckt und alle Kerzen angezündet, derer sie in der Kirche habhaft geworden war. Auch die auf dem Altar.

Später würde der Pfarrer in seiner Sonntagspredigt verkünden, er habe die Kirche noch nie so leuchtend gesehen, so erhaben, so durchdrungen von Licht und Hoffnung, und in Truchtlaching und Umgebung wurde noch lange gerätselt, wer die Kerzen angezündet hatte.

Jetzt vor der Intensivstation, die nur Henri hatte betreten dürfen, war allerdings nur eines zu spüren: Angst. Bärbels leises Murmeln. Stephanie auf und ab gehend. Immer wieder. Auf und ab. Angst wie Schatten an der Wand. Maria konnte es nicht mehr ertragen. Niemand sprach es aus, aber sie spürte die Gedanken fast körperlich. Wenn Bobby nicht überlebte, dann war es ihre Schuld. Und selbst, wenn sie es nicht dachten. Es war in ihr! *Der Schmerz geht erst, wenn man sich verzeiht*. Schmerz zu Schmerz. Auch dieser Schmerz würde bleiben. Sie ertrug es nicht länger. Sie musste etwas tun. Steph ging weiter auf und ab. Paul hielt nicht mehr Bärbels Hand. Er brauchte sie für sich selbst, um sich zu halten. Jetzt ein Geräusch. Die Tür zur Intensivstation öffnete sich. So langsam, dass auch das kaum zu ertragen war. Dann endlich Henri. Alle Blicke waren auf ihn gerichtet. Er zögerte, atmete tief durch: »Wir müssen warten!«

Nein. Maria würde nicht warten. Sie würde Florian vor Augen führen, was er mit zu verantworten hatte. Vielleicht, vielleicht ließ er mit sich reden. Vielleicht, wenn er verstand, dass es hier nicht um Vermehrung des Kapitals ging, sondern um den weltgrößten Umarmer, Dancing King, Alpakahirten, Grasbrückenbauer, und vor allem um Leben und – Liebe. Vielleicht, wenn sie Bobby sagen konnte, dass alles gut war, dass er auf dem Archehof bleiben durfte, vielleicht würde er die Kraft entwickeln, um zu kämpfen.

Sie musste es versuchen.

Sie setzte den Melonenhut wieder auf, den sie zwischendurch abgelegt hatte. Sie musste es schaffen.

Es war alles, was sie im Moment tun konnte.

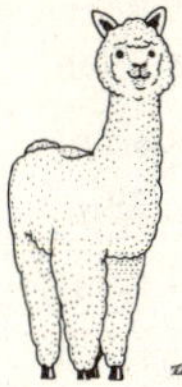

42

Und was geht mich das an?«

Maria hatte vor der Villa geparkt, geläutet, Florian hatte das Tor geöffnet, sich offenbar tatsächlich gefreut, sie zu sehen, war lächelnd umgedreht, und sie war ihm zum Swimmingpool gefolgt, bei dem er es sich in einer Hängematte gemütlich gemacht hatte. Jetzt aber, da sie nicht gekommen war, um ihm das Okay für seine Pläne zu geben, was für ihn anscheinend – warum auch immer – wichtig war, schwang er sich lässig hin und her, nippte an seinem Drink und wiederholte: »Ich bin Geschäftsmann, kein Seelsorger.«

»Bobby könnte sterben.«

»Meinetwegen? Bin ich Arzt?«

Ohne von Florian dazu aufgefordert worden zu sein, zog Maria die Liege zu sich heran, setzte sich ihm gegenüber. Sie versuchte es mit allen Mitteln. Appellierte an sein Mitgefühl. Schilderte, was aus den Bewohnern wurde, wenn Henri den Hof verlor.

»Behindertenwerkstätte ist doch cool, mein Gott, Maria, wir leben in einem Sozialstaat, da landet niemand unter der Brücke.«

Maria verkniff es sich, ihm von Franz zu erzählen. Er hätte es nicht verstanden. Stattdessen schlug sie Florian vor, ihn dabei zu unterstützen, ein anderes Objekt für sein Wellnessareal zu finden, doch auch da nur eine süffisante Reaktion. »Die heilige Maria. Du machst deinem Namen alle Ehre, Mutter Teresa.«

Dieser Zynismus. Sie konnte nicht glauben, was sie hörte. Sie fragte nicht, weshalb er sich für sie interessiert hatte. Aus Berechnung oder aus aufrichtigem Interesse. Es war ihr schlichtweg egal. Dennoch suchte sie noch immer etwas in ihm. Etwas, wo sie ansetzen, mit dem sie sein Herz erreichen konnte. Etwas, das ihr sagte, dass das, was sie in ihm gesehen hatte, auch existierte. Dieses tiefe Verletztsein, die innere Einsamkeit, die wohl nie ganz verschwand, wenn man von klein auf die Gefühle zurückdrängen musste. Die einzige Möglichkeit für ein Kind, zu überleben, dessen Schrei nach Liebe von den Eltern ungehört blieb. Sie versuchte es erneut, nicht um ihretwillen, um Bobbys und vielleicht sogar um Florians willen. Sie überlegte, wie sie anfangen sollte. Vielleicht bei dem Jungen mit dem kalten Blick hinter Glas. Durch die Kinderlähmung nicht in der Lage, mit ihr und Max im Pool herumzutoben.

»Ich hab dich damals gesehen.« Ihr Lächeln war ein Versuch.

»Natürlich.« Er stupste sich mit dem Fuß an, die Hängematte schwang hin und her. »Du bist ja nicht blind, und du warst durchaus beeindruckt von mir.«

»Stimmt. Aber das war nicht unsere erste Begegnung.« Sie lächelte erneut. Er sollte sich wohlfühlen bei ihr. Beschützt und angenommen.

»Wir haben uns schon mal getroffen? Tatsächlich?« Er schien interessiert, setzte sich auf. Ließ die Beine baumeln.

»Hier im Garten. Ich war noch ein Kind und hatte einen Freund dabei. Wir sind in den Garten geschlichen, haben im Pool gebadet, und dann hab ich dich gesehen.«

»Kann mich nicht erinnern.«

»Ich aber. Du hast Schmetterlinge präpariert, da«, sie deutete Richtung Wohnzimmer, »hinter dem Fenster.« Bewusst verlegenes Lachen. »Ich konnte danach lange nicht mehr gut schlafen.«

»Stimmt, ich hab mal Schmetterlinge gesammelt. Bleibt nicht viel, wenn man mit den anderen nicht mithalten kann. Und Briefmarken waren mir zu langweilig.«

»Es war vor allem dein Blick.« Jetzt brach es doch aus ihr heraus. Psychologie würde nicht ihre Zukunft sein. »So eiskalt. So, so …«

»Isst du Fleisch?«

»Was hat das damit zu tun?«

»Na, dann geh mal in den Schlachthof.«

Er hatte ja irgendwie recht. Sie wusste nicht weiter.

Durchaus freundlich fuhr er fort: »Hey, ich bin nicht der Einzige, der so was sammelt. Das ist eine Wissenschaft.«

»Stimmt.«

»Natürlich.« Zufrieden schwang er sich aus der Hängematte. »Ich zieh mich um, und dann lass uns was essen gehen, Maria.« Dieses Lächeln, dem kaum zu widerstehen war. »Wir sind ein gutes Team.« Seine Hand lag plötzlich auf ihrem Oberschenkel. »Ich hab's dir noch nicht gesagt, aber ich bin echt dabei, mich in dich zu verlieben.«

Bobby lag auf der Intensivstation, und er sprach vom Verlieben?

Maria versuchte es noch einmal. »Wenn ich dir etwas bedeute, dann, bitte, Florian, vergiss den Archehof.«

Er zog die Hand zurück. »Ich vermische grundsätzlich nicht Privates mit Geschäftlichem. Und, wohin willst du? Biergarten oder lieber was Schickes?«

Maria sah Florian an und begriff mit einem Mal, was sie damals wirklich aus dem Konzept gebracht hatte. Es waren nicht nur die Schmetterlinge und Falter gewesen. »Es ist dir nie ums Sammeln gegangen. Und auch heute geht es dir noch immer um Macht.«

»Du kennst meine Geschichte!« Sein trauriger Blick war kalkuliert.

»Ja, und sie ist traurig.« Sie nickte, blieb ganz bei sich. »Aber du hast immer die Wahl. Irgendwann kann jeder von uns selbst entscheiden, wer und was er sein will. Und du, Florian Wieser, willst genau das sein, was du bist. Und leider bist du mit der Einstellung nicht allein.« *Und wirst deshalb bis zum Finale in deinem inneren Käfig bleiben*. Sie dachte es nur. Hätte sie es ausgesprochen, er hätte sie nicht verstanden.

»Wirklich kein Versuch?« Bittende Augen. Ein Lächeln, das noch immer ihr Herz, warum auch immer, erreichte, ein kurzes Zögern, dann schüttelte sie den Kopf.

»Kategorie drei!«

»Kategorie drei?«

»Das heißt so viel wie … kein Interesse.« Sie drehte sich um, wollte schon gehen, doch da rief er ihr nach.

»Du mit deinem lächerlichen Hut, glaubst du, ich hab Lust, mich mit so einer wie dir zu blamieren?«

Der Hut. Sie hatte vergessen, ihn wieder abzunehmen.

Langsam. Sehr langsam drehte sie sich zu Florian Wieser um. Ihre Stimme klang freundlich, als sie ihm mitteilte, dass sie gewisse Informationen über ihn habe, von denen sie wisse, sie würden weder Hartung noch ihrem Boss gefallen. »Nicht weil meine Bank so anständig ist, aber einer, der mauschelt und sogar mit Betrug arbeitet, der ist nun einmal nicht tragbar.«

Es war ein Schuss ins Blaue, aber sie würde schon dafür sorgen, dass der Treffer exakt in der Mitte der Schießscheibe saß. Nicht nur Hartung hatte Angst vor schlechter Presse.

Ohne seine Antwort abzuwarten, drehte sie sich endgültig um und verließ den Garten. Sah sich nicht um.

Hätte sie es getan, hätte sie für den Bruchteil einer Sekunde in seinen Augen den Florian Wieser entdeckt, den sie in ihm gesehen hatte, der er auch hätte sein können. Doch dieser Mann verschwand so schnell, wie er gekommen war. »Das werden wir noch sehen.« Es war nicht mehr als ein Zischen zwischen fest zusammengepressten Zähnen. Florian Wieser wollte genau der sein, der er war.

Maria fuhr nach München zurück. Redete zuerst mit Hartung. Zeigte ihm die Aufzeichnungen, die Henri ihr gegeben hatte. Drohte ihm, an die Presse zu gehen.

»Wie auch immer. Wie wollen Sie denen da oben klarmachen, dass Sie ihnen nicht nur ein Riesengeschäft vermasseln?« Hartung sah sie an. »Wenn Herr Sonnenschein nicht zahlt, werden Sie die Zwangsversteigerung nicht verhindern.«

Maria dachte nach.

Fasste einen Entschluss.

Und legte ihrem Vorgesetzten die fristgerechte Kündigung auf den Tisch. Danach setzte sie sich mit Franz auf die Stufen vor der Bank, trank erst einmal mit ihm einen Kaffee, und dann setzte sie mit ihm gemeinsam ein Bewerbungsschreiben für Henri Sonnenschein auf, in dem er seine Fähigkeiten beschrieb, sie als Leumund nannte und Henri das Angebot machte. Arbeit gegen Kost und Logis. Abschicken allerdings musste Franz ihn – nach reiflichem Überlegen, ob er wirklich ein anderes Leben wollte – allein.

43

»Der Archehof bleibt unser Zuhause?« Vor zwei Tagen schon war Bobby auf die Normalstation verlegt worden. Es ging ihm von Tag zu Tag besser. Jetzt strahlte er alle an, die um ihn herumsaßen. Bärbel, Paul, Stephanie, Mariama. Abubakar war bei den Kindern geblieben, die das Krankenhaus mit ihrem Temperament vermutlich zu einem Spielplatz gemacht hätten, auf dem das Auf-und-ab-Fahren mit dem Lift eine besondere Rolle eingenommen hätte. »Sie hat uns den Archehof geschenkt?« Bärbel, Paul, Stephanie und Mariama nickten. Henri kam ins Zimmer zurück.

»Und?« Stephanie sah ihn an. »Hast du sie erreicht?«

»Sie geht noch immer nicht ans Telefon.«

»Du hast ihr auf den Anrufbeantworter gesprochen, dass Bobby wieder gesund wird?« Das war Paul.

Henri nickte.

»Sie möchte kein Danke hören.« Das kam von Bärbel.

»Dann müssen wir sie eben abholen«, krähte Bobby.

»Mit einem ganzen Sack voll Salzlakritze.« Stephanie grinste. »Dann kommt sie bestimmt.«

Die Ahnung von Herbst lag in der Münchner Luft. Golden. Dieses besondere Licht, in dem die Konturen schärfer und die Farben gleichzeitig kräftig und sanft wurden. Die Hitze, die so manchen an seine Grenze gebracht hatte, war vorbei, aber es war noch warm genug, um am Eisbach zu surfen, das Bier am Chinesischen Turm im Englischen Garten zu genießen und die Schwabinger Cafés zu bevölkern.

An so einem Tag erregte wie schon fast zwei Monate zuvor ein Bulli, bunt bemalt mit Bienen und Siebzigerjahre-Nostalgie, die Aufmerksamkeit der Passanten. Wie damals trauten sie ihren Augen nicht, fingen im nächsten Moment an zu winken und zu lachen, überzogen die Straßen und Häuserschluchten mit einer Heiterkeit, als habe eine unsichtbare Hand einen bunten Eimer Glückshormone wie buntes Konfetti über ihre Köpfe gestreut.

Nicht wenige von den Glückshormonen wurden verschluckt, erreichten auf ihren ganz eigenen Wegen das Herz, wo sie sich einnisteten, um so lange zu bleiben, wie man es ihnen erlaubte. Vorzugsweise für immer.

Es war ein Montag – übrigens Marias letzter Arbeitstag in der Bank, sie hatte sich für das Wintersemester Philosophie eingeschrieben –, an dem Kuschelgesicht und Fellnase Happy wieder einmal Einzug in München hielt. Zwar nicht hoheitsvoll winkend wie das Münchner Kindl in Kürze auf seinem Pferd beim Einzug der Wiesnwirte auf dem Oktoberfest, aber in dem ähnlichen Bewusstsein, was ihr Anblick auslöste. Zumindest erweckte sie diesen Eindruck.

Bobbys schwarze Krawatte – wieder gesund, munter und sehr energisch, hatte er sich diesen seriösen Auftritt nicht nehmen lassen – wehte neben Happys Sturmwindfrisur aus dem Seitenfenster des Bullis. Stephanie in systematisch zerrissenen Jeans und einem T-Shirt, auf dem sie wieder einmal Che Guevara verewigt hatte – *Gibt es nicht genug Kaffee für alle, gibt es Kaffee für keinen* –, saß neben ihrem Bruder. Beide hielten das Führungsseil, damit Happy in seiner Begeisterung über die Begeisterung, die sie auslöste, nicht aus dem Fenster und in die Arme des nächstbesten Passanten sprang und damit ein Verkehrschaos auslöste.

Paul saß hinter dem Steuer, Henri auf dem Beifahrersitz und lenkte Paul mithilfe des Stadtplans sicher durch den Verkehr. Er war in dieser Hinsicht talentierter als Bobby, aber auch sichtlich nervös. »Und wenn sie uns noch immer nicht sehen will, uns einfach hinauswirft?«

»Mich wirft sie ganz bestimmt nicht hinaus.« Das kam von Bobby.

»Ich glaube, sie freut sich, wenn sie uns sieht.« Davon war auch Stephanie überzeugt.

»Du umarmst sie, gibst ihr einen Kuss, und alles ist gut.« Das kam wieder von Bobby.

»Ich kann Maria doch nicht einfach umarmen, Bobby.«

»Warum nicht, Papa? Wenn du sie doch liebst.«

»Wer sagt, dass ich sie liebe?«

»Dein Gesicht, wenn du von ihr sprichst.« Bobby grinste seinen Vater über den Rückspiegel an.

»Jetzt hör auf damit, Bobby!«

»Okay, wenn es nicht stimmt, dann, Daddy Sonnenschein, musst du halt anders aussehen.« Bobby machte ein betont gleichgültiges Gesicht. »Damit nicht nur du es weißt, dass du sie nicht liebst, sondern auch dein Herz!«

Alle bis auf Henri lachten, und Bobby wirkte außerordentlich vergnügt.

Henri sagte sicherheitshalber kein Wort mehr.

Er schwieg, als sie vor dem Bankgebäude ankamen.

Er schwieg, als Franz zur Stelle war, um sie in einen Parkplatz einzuweisen, und von Bobby mit Handschlag als Mr. Franz begrüßt wurde.

Henri schwieg, als Paul Franz fragte, ob er auf den Archehof ziehen wolle, um sie bei der Renovierung des Nebengebäudes zu unterstützen. Zunächst gegen Essen und Logis. Später dann auch für verschiedene Aufgaben, die ein Hof so mitbrachte, gegen Geld. Franz sah Paul an, zog dann einen Brief aus der Tasche. Er war mit einer Briefmarke versehen, aber so zerknüllt, als sei er immer und immer wieder gelesen und danach wieder zurück ins Kuvert gesteckt und in der Hosentasche herumgetragen worden. Jetzt reichte er ihn Paul, wollte ihn im letzten Moment wieder zurückziehen, doch da hatte Paul ihn schon an sich genommen, zog ihn aus dem Kuvert, überflog die Zeilen und nickte Franz zu: »Tja, dann ist ja alles klar!« Ehe er sichs versah, hatte Franz ihn schon mit beiden Händen gepackt, hörte nicht mehr auf, sich zu bedanken, und folgte der Prozession, angeführt von Bobby und Happy, die jetzt das sich golden im Sonnenlicht spiegelnde Bankgebäude betraten.

Es war Lilli, die zuerst in Marias Büro flatterte. »Du kriegst Besuch.«

»Ich hab dir doch gesagt, keine Kunden mehr. Ich bin praktisch schon weg!«

»Bist du nicht, und genau das habe ich ihnen gesagt.«

»Bitte nicht irgendwelche Kollegen, die mich verabschieden wollen.«

Lilli lachte. »Keine goldene Uhr, *ma chérie*, etwas viel Besseres.«

Sie hatte den Satz noch nicht beendet, da stürmte etwas auf Maria zu, Maria fing es auf, rutschte vom Stuhl, und gemeinsam mit Bobby kugelte sie über den Boden ihres Büros.

»Bobby!«

»Meine herzallerallerliebste Maria!« Voller Hingabe lächelte Bobby sie an.

Da saßen sie nun, während sich Paul, Bärbel, Henri und Happy, die offenbar diesmal fast freiwillig die Treppe hinaufmarschiert war, vor ihr aufbauten. Und jetzt schob sich auch noch Franz zwischen ihnen hindurch, bis er ganz dicht vor Maria stand, ihr galant die Hand reichte – »frisch gewaschen«, er grinste – und sie auf die Beine zog. »Und dass du mich dazu bringst, diesen Schuppen zu betreten, hätte ich auch nicht gedacht!«

»Der Mensch denkt, und das Leben lenkt«, krähte Bobby, rappelte sich nun ebenfalls auf. »Und deshalb, meine Herzallerliebste, holen wir dich ab.«

Wieder waren sämtliche Blicke auf Maria gerichtet. Keine Reaktion.

»Hast du Bobby gehört?«, hakte Paul nach.

Maria nickte.

»Und auch verstanden? Wir wollen, dass du zu uns auf den Archehof kommst.«

Maria nickte erneut. Sie wollte etwas sagen, brachte jedoch keinen Ton heraus.

Henri seufzte. »Bobby, zieh dein Sakko aus!«

Das musste Henri seinem Sohn nicht zweimal sagen. Bobby tat es mit seinem Lächeln, von dem Maria nicht wusste, ob er es sich von Happy oder es sich Happy von ihm abgeschaut hatte. Wie auch immer, vielleicht hatten die Bobbys und Alpakas dieser Welt auch sehr vieles gemeinsam. Dieses wunderschöne Lächeln, das wertvoll war, weil es klug war, die Fähigkeit zu Mitgefühl spiegelte und vor allem – durch und durch Liebe war.

»Und jetzt, Bobby, dreh dich um!«, fuhr Henri fort. Bobby drehte gekonnt eine Pirouette und kam genauso zum Stehen, wie er schon vorher gestanden hatte. Steph seufzte, und nun war sie es, die dafür sorgte, dass Bobby Maria den Rücken zudrehte. *Um etwas zu tun*, stand da in kleiner, enger, aber sehr schöner Schrift quer über Bobbys blütenweißem Hemd verewigt, *muss man es sehr lieben. Um etwas sehr zu lieben, muss man bis zur Verrücktheit daran glauben. Che!*.

Henri sah Maria an. »Was Bobby damit sagen will und ich auch, liebst du den Archehof genug, um bis zur Verrücktheit daran zu glauben?«

»Na ja, man muss schon verrückt sein, wenn man alles verhökert, um einen Hof zu kaufen, den man bei einer Zwangsversteigerung viel billiger hätte haben können, und ihn dann noch verschenkt, um selbst als arme Studentin mit einem Philosophiestudium anzufangen.« Das kam in vorwurfsvollem Ton von Lilli.

»Du willst wirklich mit so ’nem Zeug anfangen? So was wie: Ich weiß, dass ich nichts weiß?« Franz warf Maria einen Blick zu, als verstehe er endgültig die Welt nicht mehr.

»Und geschenkt wollen wir den Archehof auch nicht«, antwortete Paul.

»Eher so was wie …«, Henri suchte nach dem richtigen Ausdruck, »… geliehen, bis wir ihn abbezahlt haben. Ja, deshalb sind wir auch hier. Um dir das zu sagen. Also was ist? Kommst du?«

Stille. Dreizehn Augenpaare auf Maria gerichtet. Sie fast in ihrer Intensität durchbohrend. Happy tappte auf Maria zu, sie stupste sie an, summte und kam Maria so nah, dass sie nur noch Happys Augen sah. *Ein Blick in deine Augen, und ich bin für immer verloren.*

»Okay, aber studieren werde ich trotzdem.«

»Wenn’s sein muss«, erklärte Stephanie, Happy summte vergnügt, als habe sie Maria verstanden, und auch sonst ging ein Aufatmen durch den Raum, bis Bobby jubelte. »Und wir haben auch noch eine riesengroße Überraschung für dich, herzallerliebste Maria.«

Gemeinsam schoben sie Maria aus dem Büro.

Lilli blieb schniefend zurück. »Ich besuch dich, sobald ich kann!«

Maria drehte sich um und nahm Lilli, zum ersten Mal, seit sie sich kannten, in den Arm. »Wenn Franz das Nebengebäude fertig hat, Lilli, dann kommst du, so oft du willst. Und sonst bin ich ja auch noch regelmäßig in München.«

»Okay, dann mach, dass du davonkommst!« Lilli lachte schon wieder.

Die Prozession mit Maria und Happy an der Spitze zog an den anderen Büros vorbei, und wenn Maria sich nicht ganz täuschte und den einen oder anderen Blick richtig deutete, würde sie schon bald einige ihrer Kolleginnen und Kollegen bei einer Alpakawanderung begrüßen können. Zum Abschied würde sie ihnen dann eine Conopa schenken, das heilige Tier der Anden, aus Bärbels Produktion. Nicht nur für Lebenskraft und Fruchtbarkeit, sondern für die Fülle an Menschlichkeit, die zumindest einigen ihrer Kollegen noch fehlte. Dass die Conopas hungrig wurden und das Herz der Menschen fraßen, falls das Enga, die positive Lebenskraft, nicht jedes Jahr erneuert wurde, würde Maria ihnen allerdings erst dann sagen, wenn sie die Conopa in Besitz genommen hatten oder – die Conopa sie …

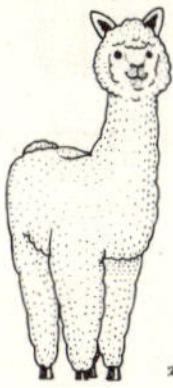

44

Du darfst Bella Donna von jetzt an nicht mehr aus den Augen lassen«, hatte Bobby Maria noch mit auf den Weg gegeben. Daher hatte Maria vom ersten Moment ihrer Rückkehr auf dem Archehof im Stall geschlafen. Nicht nur wegen Bella Donna, deren Cria jeden Moment zur Welt kommen würde, sondern auch, weil kein anderer Ort ihr so sehr das Gefühl gab, wieder zu Hause zu sein, ihre innere und äußere Heimat gefunden zu haben. Henri hatte sich mit ihr im Alpakastall eingerichtet, und Bobby kam immer wieder, um nach dem Rechten zu sehen.

An diesem Morgen war Bella Donna besonders unruhig. Verließ den Stall, kam wieder zurück, verließ den Stall, suchte den Kotplatz auf, den Maria schon am frühen Morgen gesäubert hatte. Ihr Euter war geschwollen, die Zitzen prall und die Geburtsbänder weich. Die Geburt eines neuen Cria auf dem Archehof stand kurz bevor. Und dann legte Bella Donna sich hin, streckte die Glieder und gab einen Laut von sich, stand wieder auf und hob den Schwanz.

Maria und Henri hatten noch nicht ganz begriffen, was vor sich ging, da rutschte das Fohlen schon aus seiner Mutter.

»Du musst ihr den Atem einhauchen, damit das Leben erwacht.«

Bobby, Stephanie, Bärbel, Paul, Mariama und ihre Familie hatten sich auf leisen Sohlen genähert. Maria nickte, atmete tief ein, beugte sich über das Fohlen, umschloss die Nüstern des Alpakas mit den Lippen, ließ ihren Atem ruhig entweichen, den das Cria nun ganz in sich aufnahm.

»So.« Bobby sah Maria zufrieden an. »Jetzt hast du für immer die Verantwortung für Mary Poppins …«

»Sie soll Mary Poppins heißen?«

»Logisch, aber wenn es zu lang ist, dann reicht auch Mariapopp.« Bobby lachte und tanzte mit Anmut und Leichtigkeit über die Wiese, direkt hinein in die Arme seines Vaters.

Henri setzte Bobby wieder ab.

Ging auf Maria zu.

Mehr lieben und dafür mehr leiden?

Weniger lieben und dafür weniger leiden?

Maria kannte die Antwort. Dass Liebe alles war und ohne Liebe alles nichts. Vor allem, dass sie keine Matchpoints benötigte, sondern nur dieses eine mit nichts zu vergleichende Gefühl.

Die anderen zogen sich zurück.

Henri blieb.

Nahm sie in die Arme.

Glück war jetzt.

Keine Fragen mehr.

Nur ein Kuss, der exakt so lange dauerte, wie die kleine Mary Poppins benötigte, um aufzustehen. Mit ihren noch wackligen Streichholzbeinchen ihr Gleichgewicht zu finden, zu ihrer Mutter zu laufen und sich erst einmal durch Saugen an ihren Zitzen von der anstrengenden Geburt zu erholen.

Schee war's!

Danke

Der Moment, in dem ich das Wort »Ende« unter einen Roman setze, ist ein ganz besonderer. Dann wird mir wieder einmal bewusst, wie viele Menschen dazu beitragen, dass aus einer Idee eine Geschichte wird. Und diesen Menschen möchte ich danken. Bei »Ein Blick in deine Augen« vor allem meiner Verlagslektorin Christine Steffen-Reimann. Nicht nur dafür, dass sie meinen nun mittlerweile fünften Roman für den Knaur Verlag begleitet, sondern weil Christine mir die Alpakas geschenkt hat. Nicht allein für diese Geschichte, sondern auch im Leben. Magisch ist, was ich nach jeder Wanderung oder allein in Anwesenheit von Alpakas empfinde. Worte wie »heilsam«, »gut für die Seele«, »Achtsamkeit« und vor allem »lächeln«, »lächeln«, »lächeln« gehören zu den Alpakas wie das Glück, das man in ihrer Anwesenheit umarmt.

Ich freue mich sehr, dass ihr den weiten Weg von den Anden bis zu uns gefunden habt – in meinem Fall zu Christian Tesch in die Weilachmühle in Thalhausen, nicht weit von München entfernt. Danke, Christian, für deine Unterstützung, für all das, was du mir über die Alpakas beigebracht hast, und die vielen schönen Momente, die ich schon in der Weilachmühle verbringen durfte. Gemeinsam mit meinem Mann Manfred, der diese Momente fotografisch festgehalten hat. Die wunderschönen Fotos sind für euch, liebe Leserinnen und Leser, im E-Book enthalten.

Für die liebevolle Gestaltung, nicht nur der Fotos, sondern des Romans, geht mein großes Dankeschön wie immer an Michaela Lichtblau. Was aber wäre ich ohne Regine Weisbrod? Eine bessere Lektorin kann ich mir nicht vorstellen. Danke,

Regine, für deine Genauigkeit und deine behutsame Art, Fragen zu stellen, die den Roman einfach besser machen. Danke Brigitte Dörner von der Dörnerschen Verlagsgesellschaft und Dirk Meynecke, die meinen Weg als Schriftstellerin nun schon so viele Jahre unterstützen und begleiten. Wie auch meine Freundinnen und Freunde, vor allem Gitti, meine in jeder Hinsicht großartige Freundin, der niemand entkommt, ohne meine Romane gelesen zu haben. Und – natürlich meine über alles geliebte Familie: Manfred, Milena, Emmi, Nanni, Edith, Daniel und Kathi. Ohne euch wäre alles nichts.